中國古典文學基本叢書

蘇軾詩集

第一册

[清]王文誥輯註
孔凡禮點校

圖書在版編目(CIP)數據

蘇軾詩集/(宋)蘇軾撰;(清)王文誥輯注;孔凡禮點校.—北京:中華書局,1982.2(2024.4重印)
(中國古典文學基本叢書)
ISBN 978-7-101-00333-8

Ⅰ.蘇… Ⅱ.①蘇…②王… Ⅲ.蘇軾(1037~1101)-古體詩-選集 Ⅳ.I222.744

中國版本圖書館CIP數據核字(98)第07123號

責任編輯:劉尚榮
責任印製:陳麗娜

中國古典文學基本叢書
蘇 軾 詩 集
(全八册)
〔清〕王文誥 輯注
孔凡禮 點校
*
中 華 書 局 出 版 發 行
(北京市豐臺區太平橋西里38號 100073)
http://www.zhbc.com.cn
E-mail:zhbc@zhbc.com.cn
大廠回族自治縣彩虹印刷有限公司印刷
*
850×1168毫米 1/32・94¾印張・18插頁・1647千字
1982年2月第1版 2024年4月第15次印刷
印數:48101-51100册 定價:358.00元

ISBN 978-7-101-00333-8

東坡集卷第四

詩八十八首

秋懷二首

苦熱念西風常恐來無時及茲遂凄凜又作徂
年悲蟋蟀鳴我牀黄葉投我帷窻前有棲鵩夜
嘯如狐狸露冷梧葉脱孤眠無安枝熠燿亦求
偶高屋飛相追定知無幾見迫此清霜期物化
逝不留我興爲嗟咨便當勤秉燭爲樂戒暮遲
海風東南來吹盡三日雨空堦有餘滴似與幽
人語念我平生歡寂寞守環堵壺觴慰作勞羣

宋刊東坡集（集甲）書影

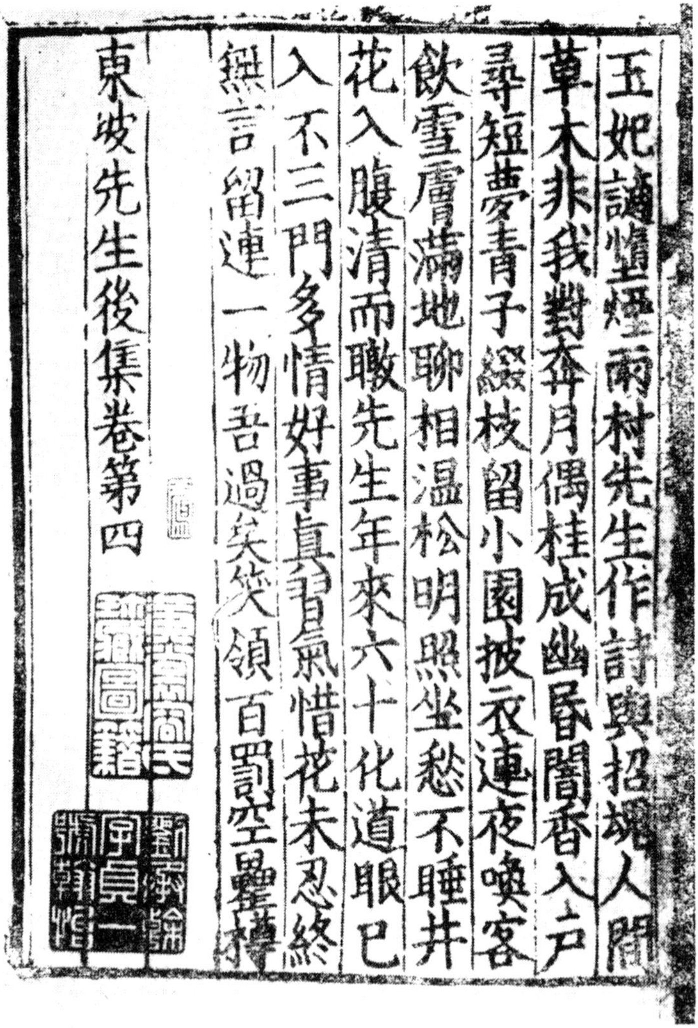
玉妃謫墮煙雨村先生作詩與招魂人間
草木非我對奔月偶桂成幽昏闇香入户
尋短夢青子綴枝留小園披衣連夜喚客
飲雪膚滿地聊相温松明照坐愁不睡井
花入腹清而暾先生年來六十化道眼已
入不三門多情好事真習氣惜花未忍終
無言留連一物吾過矣笑領百罰空罍樽

東坡先生後集卷第四

宋黄州刊《東坡先生後集》(集丁)書影

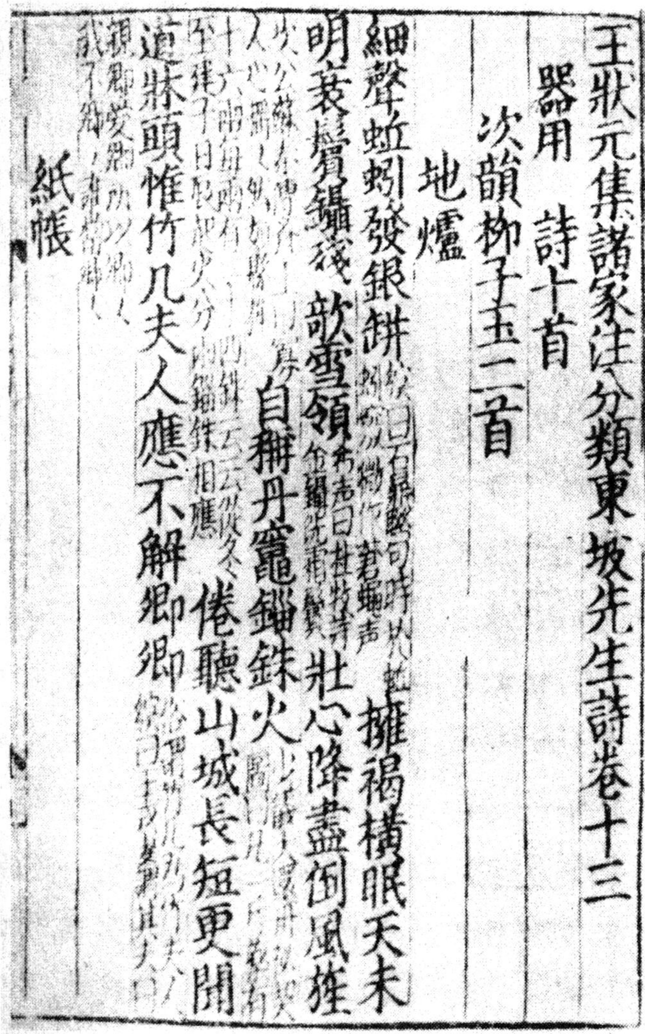

王狀元集諸家注分類東坡先生詩卷十三

器用　詩十首

次韻柳子玉二首

地爐

細聲蚯蚓發銀缾　擁褐橫眠天未明　衰鬢鑷殘欹雪領　壯心降盡倒風旌　自稱丹竈錙銖火　倦聽山城長短更　聞道牀頭惟竹几　夫人應不解卿卿

紙帳

南宋泉州刊《王狀元集諸家注分類東坡先生詩》(類乙)書影

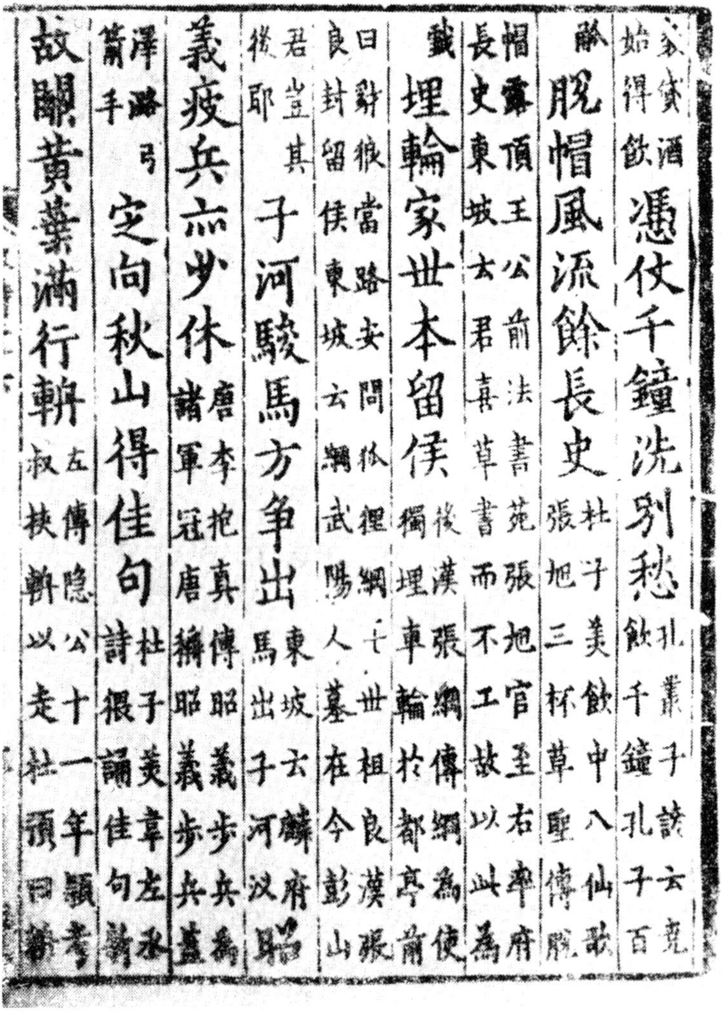
……家貧酒始得飲憑仗千鍾洗別愁孔叢子諺云堯飲千鍾孔子百觚脫帽風流餘長史杜子美飲中八仙歌張旭三杯草聖傳脫帽露頂王公前法書苑張旭官至右率府長史東坡云君喜草書而不工故以此為戲埋輪家世本留侯後漢張綱傳綱為使獨埋車輪於都亭前日豺狼當路安問狐狸綱七世祖良漢張良封留侯東坡云綱武陽人墓在今彭山君豈其後耶子河駿馬方爭出東坡云麟府昭馬出子河汊駱義疲兵亦步休唐李抱真傳昭義步兵為諸軍冠唐稱昭義步兵甚澤潞弓箭手定向秋山得佳句杜子美韋左丞詩很誦佳句新故關黃葉滿行輈左傳隱公十一年潁考叔挾輈以走杜預曰輈

南宋嘉定刊《施顧注東坡先生詩集》（施甲）書影

重印説明

《蘇軾詩集》自一九八二年出版至今，已重印五次，累計印數達三萬六百册，遂成爲中華書局常銷書。對於這套深受讀者歡迎的蘇詩全集整理本，每次重印都或多或少有所修訂補正，旨在使其日臻完善。這次重印也不例外，新發現的個别校點失誤，我們挖改了三十餘處，凡不便挖改的問題，今請孔凡禮先生撰寫了《第六次重印本後記》，附於書後。

《蘇軾詩集》一直受到讀者的關愛。清人整理本中的他集互見詩與補編詩，被《蘇軾詩集》移用而一直未做清理。近年來讀者對這部分作品多有考證，其中以四川大學馬德富教授發表在《文學遺産》(二〇〇二年第五期)上的《蘇軾佚詩辨正》最具代表性。今請馬先生將原文進一步修訂增補爲《蘇詩輯佚中的一些問題》，全文附於卷末，供讀者參考。

誠懇歡迎讀者對《蘇軾詩集》的底本問題、編校問題、標點問題、補遺問題等，提出批評指正，以便在不久的將來此書得以再版重印時，更加完美。

中華書局編輯部

二〇〇六年十月

前言

一

蘇軾，字子瞻，又字和仲，號東坡，四川眉山人。生於宋仁宗景祐三年十二月（一〇三七），死于宋徽宗建中靖國元年七月（一一〇一）。

蘇軾的曾祖、祖父都是布衣。他自稱是「寒族」（《西樓帖・家書》）「世農」（《東坡先生全集》卷六十七《題淵明詩》）。他說過「有田不歸如江水」（卷七《遊金山寺》），他家鄉的田産大約不多。他小時住在眉山城裏，住過租賃的房子（《東坡先生全集》卷七十三）。大約也在鄉下住過（卷三十六《書晁説之考牧圖後》）。他的家庭，大約屬于中小地主。父親蘇洵，雖説也是布衣，但從青年時代起，就「發憤」學習，「大究六經百家之説」（《歐陽文忠公集・居士集》卷三十四《蘇洵墓誌銘》），後來成爲著名的散文家和學者。蘇軾和他的弟弟蘇轍少時就以蘇洵爲師（《欒城集・亡兄端明子瞻墓誌銘》），受到了豐富的封建文化的教養和薰陶。

少年時，蘇軾就「奮厲有當世志」（《墓誌銘》）。他努力考察「前世盛衰之迹與其一時風俗之變」（《東坡集》卷二十八《上韓太尉書》）。「比冠，學通經史，屬文日數千言」（《墓誌銘》）。

宋仁宗嘉祐二年（一〇五七），蘇軾中進士。他的「無所藻飾」（《東坡集》卷二十六《謝梅龍圖啓》)的文風，一反當時「險怪奇澀」之「太學體」(《宋史·歐陽修傳》)的「浮剽」習氣，受到了當時執文壇牛耳的知貢舉歐陽修的特殊重視，受到了和歐陽修一起倡導詩文革新運動的詳定官梅堯臣的重視，也受到了元老重臣文彥博、富弼、韓琦的重視。

嘉祐六年(一〇六一)，蘇軾應仁宗直言極諫策問，入三等，授大理寺評事簽書鳳翔府節度判官廳公事。從此，蘇軾邁入了仕途。

蘇軾在仕途數十年，升沉不定，幾經入出朝廷。自嘉祐六年至英宗治平三年(一〇六六)丁老蘇憂回蜀，他由鳳翔簽判入判登聞鼓院，及試二論，復入三等，得直史館。自神宗熙寧二年(一〇六九)還朝至元豐二年(一〇七九)八月被逮進御史臺獄，他由判官誥院，權開封府推官，出爲杭州通判，繼知密、徐、湖三州。自元豐二年十二月出獄至宋哲宗元祐八年(一〇九三)，他先後任黄州團練副使，汝州團練副使，知登州，入爲禮部郎官，起居舍人，中書舍人，翰林學士；出知杭州，入爲翰林承旨；出知潁州、揚州，入爲兵部尚書，端明、侍讀二學士。自元祐八年至元符三年(一一〇〇)，出知定州，貶惠州、儋州。建中靖國元年，度嶺北歸。蘇軾仕途數十年，是在激烈的政治鬥争中度過的。

二

在嘉祐六年應仁宗直言極諫的對策中，蘇軾發表了一系列改革弊政的言論。他分析了北宋王朝建立一百多年來逐步形成的政治、經濟危機，指出「天下有治平之名，而無治平之實」，因爲遼、夏「二虜之大憂未去」，朝廷執行的「最下之策」，「是以歲出金繒數十百萬以資强虜」，長此下去，「則天下之治終不可爲」；又因土地兼併的情況越來越嚴重，「有兼併之族而賦甚輕，有貧弱之家而不免于重役，以至於破敗流移」；加以官僚機構臃腫，「率一官而三人共之」，「無事而食」（《東坡七集·應詔集》）。真實地反映了日益嚴重的民族矛盾和階級矛盾的實際。在嘉祐八年（一〇六三）的《思治論》（《東坡集》卷二十一）中，他强調「豐財」、「强兵」、「擇吏」是「存亡之所從出」，明確提出了改革目標。

這時，王安石的變法運動，正處于醞釀準備階段。王、蘇之間，在要求改革這一點上，並無重大分歧。分歧在于：王安石覺察到，當時國家形勢，已經到了「如藥不瞑眩，厥疾弗瘳」的地步，必須講求「法度」（《臨川文集》卷三十九《上時政疏》）。根據這種分析，他後來大刀闊斧地提出了變法措施，作爲醫治國家的藥石。和王安石比較，蘇軾對當時潛在的嚴重危機，認識得還不充分。他由此認爲：「天下之所以不大治」，「非法制之罪」，法制可以不變（《應詔集》）。他在這個基礎上提出的「課百官」、「安萬民」、「厚貨財」、「訓兵旅」等措施，就帶着十分温和的色彩，顯得無力，而且没有付諸實施。

熙寧二年（一〇六九），王安石任參知政事，變法運動進入實踐階段。王安石推行的一系列新法，在一定程度上，打擊了豪强兼併勢力，損害了特權階層的一些既得利益，在歷史上有進步意義。守舊的封建士大夫逐漸集結在以司馬光爲代表的包括原來重視蘇軾的那些人在内的反對變法的中堅力量周圍，掀起了有聲勢的反對變法的浪潮，蘇軾也被卷了進去。熙寧四年（一〇七一），他在《上神宗皇帝書》（《東坡續集》卷十一）中，鼓吹「國家之所以存亡」，「在道德之淺深」，「風俗之厚薄」，而「不在乎强與弱」、「富與貧」，反對王安石的富國强兵主張，也否定了自己過去的觀點。蘇、王之間分歧的日益擴大和激化，情況十分複雜。在變法派和守舊派之間，蘇軾有時處於中間地位。王安石主張「生天下之財」（《上仁宗言事書》），他的青苗、方田均税、均輸等法，是要解決北宋王朝的經濟危機。蘇軾這時反對「言利」，是青苗等法的持異議者，但是他却和頑固的守舊派不同。他在《上神宗皇帝書》中，憂慮青苗等法會帶來流弊，其着眼點是人民。他不是要維護豪强兼併勢力的特殊利益的。還有，他並没有全盤否定新法。他肯定了新法中「裁減皇族恩例」的措施，因爲這和他的《諫買浙燈狀》（《奏議集》卷一）要求限制皇族特權的精神是一致的；他還肯定了新法中「刊定任子條式，修完器械，閱習旗鼓」等措施。蘇、王交惡的主要原因，是雙方政治見解的不同。整個説來，在蘇、王的論争中，蘇是偏于保守的。

熙寧九年（一〇七六）十月，王安石二次罷相。從此，新法逐漸失去打擊豪强的激進色彩，封建統治階級内部變法派和守舊派的鬥争，部分地失去了原來的性質，變成封建宗派的傾軋、謗訕和報復。蘇軾在地方官任上因被指控寫了一些譏諷的詩而入獄，並且牽連了很多人，這個史稱「烏臺詩案」的事件，就是在上述情况中發生的。這一事件的主謀者何正臣、舒亶、李定等人，進行文字陷害的目的，不僅在除掉蘇軾，而且在除掉與蘇軾有過交往的包括司馬光、張方平、范鎮等人在内的一些人（《烏臺詩案》）。在這場險惡的政治風浪中，蘇軾險些遭到了滅頂之災。

元豐八年（一〇八五）三月，神宗死，哲宗卽位，高太后聽政。司馬光重新上臺，着手逐步廢除全部新法。元祐元年（一〇八六）初，司馬光奏復差役法，廢除新法中的免役法。圍繞着這個關係着全部廢除新法還是保留某些新法的問題，展開了一場相當規模的論争。蘇軾認爲：對于新法，應當「校量利害，參用所長」，「不可盡改」。他肯定了免役法「使民户率出錢，專力于農」，免除了「差役之害」，對生產發展有好處（《奏議集》卷三《辯試館職策問劄子》）。蘇軾的看法，是以自己的實踐爲依據的。他熙寧中在密州，曾經親自實行過與免役法精神相符的「給田募役法」，卽「買民田以募役人」，實行結果，「民甚便之」（《奏議集》卷二《論給田募役狀》）。實踐教育了他，他對免役法採取了維護態度。他和司馬光就此進行過激烈的争辯。他的「獨立不倚」的立場，遭到了守舊派的不滿，守舊派和他結了仇（《奏議集》卷九《杭州召還乞郡狀》）。愈演愈烈的封建統治階級内部的傾軋，包括「洛蜀黨争」一類朋黨之間由學術宗派與政見論争轉化而來的傾軋，他經常處于被人「忿疾」、「猜疑」的境地，不斷遭到造謡中傷者的襲擊。

元祐八年(一〇九三)九月，高太后死，哲宗親政。守舊派下臺，已經變了質的變法派上了臺。蘇軾被作爲守舊派的重要人物，接二連三地遭到了更沉重的迫害，一直到他死去和死後一段時間。

蘇軾的升沉、出入，是和王安石變法運動及其深遠影響，特别是後來統治集團内部宗派鬥争緊密相聯的。

三

蘇軾忠于趙氏王朝，反對遼、夏，有着正統的儒家忠君愛國思想，但又主張適當限制皇權，擁護郡縣制。他勸皇帝要「以至仁爲德」(《東坡續集》卷九《上初即位論治道二首》)，有着儒家的仁民思想，但謫貶黄州，「閉門却掃」，「歸誠佛僧」(《東坡集》卷三十五《黄州安國寺記》)以後，仁民中又夾雜着佛家憐憫的成分。他有儒家的「樂天知命」思想，但這又往往和老莊的曠達結合起來。蘇軾思想中的佛、道因素，是在政治上遭受打擊時發展起來的。他認爲道家「以清淨無爲爲宗，以虚明應物爲用，以慈儉不争爲行，合于《周易》『何思何慮』、《論語》『仁者静壽』之説」(《東坡後集》卷十五《上清儲祥宫碑》，元祐六年作)。雖然儒、佛、道三種思想在他身上，在不同的場合，有不同的適應，但「以釋氏書」「參之孔、老」(《墓誌銘》、《東坡紀年録》)，把儒、佛、道幾種思想調和起來，則更具有普遍意義，特别是晚年。他「認爲學佛老者本期于静而達，静似懶，達似放」（《東坡集》卷三十《答畢仲舉書》），在調和、適應中，保持了儒家入世思想相對的獨立性。透過錯綜的局面，可以這樣說，在政治思想上，他的儒家思想起着主導作用。

蘇軾同情人民，他的譏諷新法的詩篇，有些就針對新法的弊端，是從人民的現實生活出發的。他給人民辦了很多好事。在徐州，率領軍民修堤抗洪，保全了州城。在杭州，疏浚西湖，興修水利。政治上的坎坷，大大縮短了他和人民的距離。在黄州，他「與田父野老相從溪谷之間」（《墓誌銘》）。在惠州，踐父老的約會，「步從父老語」（卷三十九《和陶歸園田居》），希望「長作嶺南人」（卷四十《食荔支》）。在儋州，他親密無間地生活在黎族羣衆中。他認爲「漢黎均是一民」（卷四十一《和陶勸農》），第一個作爲一個文人把黎、漢兩族同胞放在平等的位置上。他爲海南的文化和生産的發展，做出了貢獻。到現在，海南儋縣，「東坡話」還作爲一種方言流傳（一九六二年三月十日《人民日報》郭沫若：《儋耳行》）。人民的評價總是最公正的，蘇軾在人民心中留下了永久的紀念。

蘇軾對待人生的主要傾向，是進取的。他的一生，無論是在朝，還是在州郡，都「盡言無隱」，不怕「犯衆怒」（《奏議集》卷九《杭州召還乞郡狀》），「不顧身害」（《經進東坡文集事略》宋孝宗趙昚序）。在海南「食飲不具，藥石無有」，所「僦房屋，僅足以蔽風雨」（《墓誌銘》）的艱難環境中，他仍然堅持創作，堅持著述，堅持對海南後進的培養。元符三年北歸，他雖然已是六十多歲身體衰弱的老人，「却登梅嶺望楓宸」（卷四十四《次韻韶倅李通直》），仍眷眷于朝廷，他那埋藏在心中的「齊物」、「濟時」(卷六《次韻柳子玉過陳絶糧》)的火焰,並没有熄滅。

蘇軾的立身操守,受到了當代和後代很多人的贊揚和欽慕。「東坡胸次廣」(陳毅《冬夜雜咏·冬讀》),江河湖海,山陵田野,花草樹木,乃至日月星辰,風雲雨露,都在他胸中。他對它們傾注着深厚的感情,歌唱它們,表現它們。他至誠待人,「與人無親疏,輒輸寫腑臟」(《東坡續集》卷十二《密州通判廳題名記》)。保留到現在的一千三百多通尺牘,就具體記録了這個情況。他正直不阿,在王安石變法初期,由于對新法的不理解,一再説自己「方拙」(《西樓帖·家書》),「方惷迂闊」(《東坡集》卷二十四《牡丹記敍》)。他不肯「少加附會」,以圖「進用」(《奏議集》卷九《杭州召還乞郡狀》)。

蘇軾作爲封建社會的一個士大夫,有很多可以稱道的地方。但是,我們也可以看到,在他身上,進步和保守,積極和消極,高尚和庸俗,往往交織在一起,有着鮮明的個性色彩,表現了深刻的時代烙印和階級烙印。這是我們不能回避的,儘管保守、消極、庸俗的東西對他來説是支流。

四

蘇軾走上詩壇的時候,他的前輩歐陽修、梅堯臣所倡導的反對缺乏實際内容、詩風濃艷艱澀的詩體革新運動正在開展。歐陽修「學韓退之」,以文爲詩;梅堯臣「學唐人平淡處」

（《滄浪詩話》），主張平淡。歐、梅的實踐和主張，起了很好的作用。但其影響所及，在含蓄和文采上顯得不足，流於淺俗。也出現了「『平』得常常沒有勁，『淡』得往往沒有味」（錢鍾書《宋詩選註》）的情況。蘇軾橫溢的才華，突破了前人的局限。他廣泛地向前代、前輩詩人學習，用他創造性的、豐富的藝術實踐，顯示了宋詩的獨立力量。他繼承了歐、梅的成就，超過了歐、梅。

蘇軾引用父親蘇洵的話，贊揚「詩文皆有爲而作」的作者（《東坡集》卷二十四《鳧繹先生詩集序》）。他不輕易給別人寫墓誌銘，很少給別人的詩文集作序文。「託事以諷」（《墓誌銘》），詩是他的武器。「山川之有雲霧，草木之有華實，充滿勃鬱而見於外」，「有觸於中」，才「不能不爲」，「而發於咏嘆」（《經進東坡文集事略》卷五十六《江行唱和集敍》）。詩是他通過山川草木這些形象發抒真情實感的工具。

「詩人例窮苦，天意遣奔逃」（卷六《次韻張安道讀杜詩》）。蘇軾一再强調現實生活對于詩的作用。「身行萬里半天下」（卷六《龜山》），蹭蹬奔波給他提供了廣泛的題材。這些題材到了他手裏，「嬉笑怒罵，無不鼓舞于筆端，而適如其意之欲出」（葉燮：《原詩》）。他的很多詩，和文一樣，「大略如行雲流水」（《東坡後集》卷十四《答謝民師書》）。他解放了詩體，用「芳鮮」的文字，繪出了十一世紀中後期我國封建社會的廣闊畫面。在卷三《李氏園》和被譽爲「史詩」的卷三十九《荔支歎》裏，他控訴了封建統治階級的罪惡。在《聞捷》（卷二十一）中，他歡呼對夏戰争的勝利。他別開生面地塑造了「兩足如霜不穿屨」、「青裙縞袂」的於潛農家勞動婦女的形象，「逢郎樵歸相媚嫵」，歌頌了他們建立在勞動基礎上的純真動人的愛情（卷九《於潛女》）。在卷三十八《秧馬歌》中，他熱情贊揚了勞動人民創造了而又熟練運用着的插秧工具——木駃騠秧馬。他寫出了「總角黎家三四童，口吹葱葉送迎翁」（卷四十二《被酒獨行……》）的生動場面，表現了黎、漢兩族人民的深厚感情。他贊賞「半酣論刀槊，怒髮欲起立」要爲國殺敵的勇士狄崇班季子（卷十七《贈狄崇班季子》），爲人民辦了好事的官吏趙尚寬、王慶源、柯述、何智甫（卷二《新渠》、卷三十《慶源宣義王丈……》、卷三十一《異鵲》、卷四十四《何公橋》），「期於活人」、「不志於利」的醫生王復（卷十六《種德亭》），機智勇敢殺死兩個强盜的童子劉醜厮（卷三十七《劉醜厮詩》）。他寫道人畫符賣錢騙人，而且也騙他自己（卷四《和子由踏青》）；他希望行船遇逆風的船客，不要老是給神靈添麻煩（卷六《泗州僧伽塔》）。對社會的可笑現象作了嘲諷。

蘇軾繼承並發揚了詩歌創作中的現實主義傳統。他十分重視作品的藝術性，有着深厚的藝術素養。

他富于想象。他要賞梅花，却說梅花要來拜訪他，梅花知道他正「醉卧」着，又派遣啄木鳥來敲門（卷三十八《再用前韻》）。在卷二十《武昌銅劍歌》中，他在小引「江岸裂出古銅劍」七個字上馳騁幻想。他運用《廣異記》中蛇變劍的神話故事，渲染出一個「雷公躍雲捕黃蛇」的令人心驚目眩的戰鬪場面，顯示出這劍的不平凡。奇思妙緒，層出不窮。

他長于比喻。他把「老檜」比成「蒼雲」(卷三十四《和趙景貺栽檜》)，新穎、貼切。他用專吃同類甚至吃自己母親的鬼車(即「鵙梟」)，比成酷吏(卷三十一《異鵲》)，有力地揭示了酷吏的殘暴本質。卷二十八《百步洪》用七種形象，比喻水波沖瀉，以物喻物；卷十一《和錢安道寄惠建茶》，用幾個歷史人物的不同性格，比喻不同的茶味，以人喻物；「朱唇得酒暈生臉，翠袖卷紗紅映肉」(卷二十《寓居定惠院……》)，則是用美人的行動、表情來比喻海棠，比起靜態的以人喻物，又進了一步。蘇軾在使用比喻這個我國詩歌的傳統手法上，是有發展的。

蘇軾善于體物，「隨物賦形」(《東坡先生全集》卷六十六《自評文》)。如月，明月則是「潑水」(卷二十一《次韻孔毅父久旱……》)；中秋滿月則是「鎔銀百頃湖，挂鏡千尋闕」(卷十七《中秋月寄子由》)；月從未出到出，先是「羣山高」，接着「瑞光萬丈生白毫，一杯未盡銀闕涌，亂雲脱壞如崩濤」(卷十七《中秋見月和子由》)；花下月，則是「炯如流水涵青蘋」(卷十八《月夜與客飲杏花下》)。蘇軾求物之妙，如「繫風捕影」(《東坡後集》卷十四《答謝民師書》)。他能迅速地捕捉到隨時變化着的事物的特徵，用眼前語點染成鮮明的形象，做到情景交融。他初到潁州，行船潁水中，「畫船俯明鏡，笑問汝爲誰」，寫船停下來，船上的東坡和映在水中的東坡互相致問。船一開動，平靜的水面不見了，「忽然生鱗甲，亂我鬚與眉，散爲百東坡，頃刻復在兹」(卷三十四《泛潁》)，波浪的翻動、展開和收攏，映在水中的人的形體的變化，都十分生動地表達了出來。

蘇軾熟練地運用着他自己總結出來的藝術方法：「出新意於法度之中，寄妙理於豪放之外（《東坡集》卷二十三《書吴道子畫後》）。」他的詩歌，呈現多樣化的風格。他有雄渾的《黄河》（卷三十七），有宛轉的《陌上花》（卷十），有清新，有平淡。他有閑適：「鶴閑雲作氅，駝卧草埋峯」（卷十一《劉孝叔會虎丘……》）；「老鷄卧糞土，振羽雙暝目，倦馬驏風沙，奮鬣一噴玉，垢淨各殊性，快愜聊自沃」（卷四十二《次韻子由浴罷》），不同於陶潛、白居易的閑適。他有幽默：「道人絶粒對寒碧，爲問鶴骨何緣肥」（卷三十二《壽星院寒碧軒》）。不同於以前人的幽默。在各種風格中，豪放是本色。「千山動鱗甲，萬谷酣笙鏞」（卷四十一《行瓊儋間……》）。他行進在瓊儋間，「天風浪浪，海山蒼蒼」（司空圖《詩品》），他陶醉在大自然的美妙音樂裏，忘記了是在謫貶中。這樣的境界，更是他所獨有的。

蘇軾擅長各種體裁，但七古更適合於他的縱橫馳騁，議論開闔。他有時把縱横的議論，納之於短小的篇幅中。在這中間，他通過習見的事物，生活中的瑣事，提出社會上、人生中富有普遍意義而人們還没有認識到或認識不够的問題，做出形象的、精辟的回答，啓示人們做多方面的思考。這種富有理趣的詩，是哲理詩。蘇軾的《題西林壁》、《題沈君琴》、《霜筠亭》及《書焦山綸長老壁》等都是這樣的詩。

南宋嚴羽在《滄浪詩話》中對於宋詩「以文字爲詩，以才學爲詩，以議論爲詩」的特點的歸納，其意義超過了他本人着眼的批評方面。因爲上述特點，其中有缺點，有優點，有包括蘇軾在内的宋人在前人的基礎上在詩歌領域的創造。上述特點，反映了宋詩的時代風貌。

蘇軾的詩，就表現了這樣的風貌。

如前所述，蘇軾基本糾正了詩體革新運動中出現的散文化、議論化傾向中的弊端，但也偶有「十年栽種百年規，好德無人助我儀」（卷二十《萬松亭》）這樣生澀乏味的句子和「停顔却老只如此，哀哉世人迷不迷」（卷四十《贈陳守道》）這樣的説教。蘇軾强調生活對于詩的作用的同時，也强調過「讀書萬卷詩愈美」（卷六《送任伋》）。「我欲然犀看，龍應抱寶眠」（卷五《仙遊潭》），用典貼切，屬對自然；「忽聞河東獅子吼，拄杖落手心茫然」（卷二十五《寄吴德仁兼簡陳季常》），驅使佛典，很有風趣：皆得力於讀書。從此生發開去，就出現了用典堆砌、隱僻，使詩句艱晦的缺點。但他並没有被典束縛住，大多數情況下，是信手拈來，和他往往自覺、不自覺信手運用人民羣衆語言一樣（如「風來震澤帆初飽，雨入松江水漸肥」、「夜半潮來風又熟」等句子中的「飽」、「肥」、「熟」，都活在人民口頭上），不同於江西詩派詩人的着意撏撦古書。

思想影響着作品。蘇軾思想中的保守因素，妨礙了他的現實主義創作的深度和廣度的發掘和開拓。他思想中的消極因素，使他的少數詩篇流露出「行樂當及時」（卷三十五《和陶飲酒》）的情緒。他思想中的庸俗因素，浪費了他的才華，他寫了八百多首和韻詩，其中有往復至四五次的，難免湊數，有一小部分是應酬之作，缺乏真實感人的力量。

全面權衡，我們應當充分肯定蘇軾在詩歌創作上的多方面的成就，加上在散文方面的建樹，他繼續有力推進了北宋詩文革新運動。他在文學創作上的革新精神，更爲突出地表現在詞上，他擴大了詞的領域，解放了詞體，開創了豪放一派。這些，就是蘇軾在文學史上創造出來的業績。

五

蘇軾獎掖後進。著名詩人黄庭堅、秦觀、張耒、晁補之都游于他的門下。他是繼歐陽修之後的文壇領袖。就在他活着的時候，他的作品已在包括契丹統治區在内的廣大地區廣泛流傳（卷三十一《次韻子由使契丹至涿州見寄》自註）。他死後不久，黨禍復起，他的著作和墨迹，都在禁燬之列。然而，「禁愈嚴而傳愈多」，「士大夫不能誦坡詩者，自覺氣索」（《梁溪漫志》、《清波雜志》、《風月堂詩話》）。有宋一代，各種蘇詩刊本（包括單行本），約有二十種。

江西詩派的詩人，把黄庭堅配蘇軾，稱爲蘇、黄（《東都事略·黄庭堅傳》）。蘇軾「以才學爲詩」的那些詩和這方面的主張，對江西詩派是有影響的。然而，蘇詩的影響是多方面的。他的一些格調清新的詩，開了陸游《劍南詩稿》同類詩的先聲。他的一些描寫民生疾苦和風土人情的詩，在范成大《石湖集》裏，可以找到痕迹。他寫的山川草木一類的詩，對楊萬里的影響較大，以致後人誤把楊詩當做蘇詩（見卷四十八有關校記及《增補》第一條校註）。更爲重要的，則是蘇軾豪放的、行雲流水般的、直抒胸臆的詩風，便利了廣大北宋南宋之交、南宋詩人愛國願望積極、熱情的表達，其意義是十分深遠的。

蘇軾的詩，「流入于金源，而有元好問」（錢謙益《牧齋有學集》卷三十九《復李叔則書》）。「蘇學盛于北」（翁方綱《齋中與友論詩》）。在金代初中期，學習蘇詩，形成了廣泛的運動。

在明代，當前後七子鼓吹的「詩必盛唐」的口號泛濫成災時，公安袁氏兄弟、竟陵鍾氏以及臨川湯顯祖都大力提倡蘇詩，蘇詩成了解脫「復古主義」、「形式主義」的桎梏的武器。

在清代，出現了不少研究蘇詩的專家和評論家，出版了不少專著。他們中有的人如查慎行、趙翼、紀昀、翁方綱，是負有盛名的詩人或學者。他們肯定了蘇軾是繼李白、杜甫等之後的一個大作家。他們的研究和評論，對傳播蘇詩和認識蘇詩起了很好的作用。

六

自北宋末以來，註釋蘇詩的人很多。較早的有趙次公、程縯等四家註，以後又有五註、八註、十註，大約在南宋中期，出現了題名王十朋編纂的百家分類註。南宋嘉泰年間，開始流傳施元之父子及顧禧合編的編年註本。到了清代又有不少學者整理蘇軾詩集，其中馮應榴和王文誥做了一些總結性的工作。馮應榴（一七四〇——一八〇〇），字星實，浙江桐鄉人。乾隆二十六年（一七六二）進士。官至鴻臚卿。他是具有素養的樸學學者。有《踵息齋詩文集》。王文誥（一七六四——？），字見大，浙江仁和人。游粤三十年，做過幕僚，接觸過近代科學知識，有《韻山堂集》。善畫山水。馮氏沿查慎行《蘇詩補註》的規模，「取王、施、查三註」，擇精去複，「援証羣書」及各舊註本，「考稽辨訂」，成《蘇文忠詩合註》五十卷（以下簡稱合註，以上引號中的話，見合註馮氏自序）。王氏編撰了《蘇文忠公詩編註集成》（以下簡稱集成）。其書之總案四十五卷，乃是比較詳細的蘇軾年譜（本集校點説明已作簡要介紹）。其詩註四十六卷，乃主要就合註編訂而成。合註四十七、四十八兩卷爲他集互見詩，馮氏認爲，其中只有個別詩，有可能爲蘇軾作，王氏删去了這兩卷詩。合註四十九、五十兩卷爲補編詩，其中一些作品，馮氏亦疑爲非蘇軾作。對于這兩卷詩，集成少數入集，大部則删去；聯繫集成删去合註一至四十五卷中包括《南行集》在内的個别篇來看，其删詩的體例，是不够謹嚴的。馮氏以註見長。王氏在蘇軾一生立身行實上下過很多功夫，他調整了合註中一些詩的次第，大體可信。合註資料翔實，但徵引過繁，往往喧賓奪主。集成删去了合註中的繁冗註文，對蘇軾詩句，間有發明，增補了紀昀的評語，詩註部分的篇幅略減於合註十之二，比較簡明，但是有的地方，删略不當。馮氏潛心考據，個别處拘泥於一字一詞的來歷，使得詩旨晦澀。王氏認爲詩乃「性靈所發」（卷三《和子由澠池懷舊》），然「性之所之，有的地方顯得主觀武斷，立論不周密。

總的説來，王氏的編訂，對傳播蘇詩、認識蘇詩，是有意義的。集成的詩註部分，創見雖不多，但在前人的基礎上，還是有所發展的，它是比較切合實際需要的。我們選用集成作爲校點蘇詩的底本，意實在此。

集成問世後，曾經受到馮應榴的孫子馮寶圻的責難。馮寶圻在清同治九年（一八七〇）《新修補蘇文忠詩合註序》中批評王氏調整編年及對合註「剪截移易」，「多失之鑿且固」、「陋且略」，批評王氏「對《南行集》及他集互見詩、補編詩恣行删削」，「專輒僭妄」，批評王氏「陰據」合註而「陽盭」合註。現在看來，馮寶圻的意見，有些是有一定道理的，有些則顯然是片面的。

見於合註而集成未收諸詩，真僞雜糅。對於這些詩篇，我們採取審慎的態度，還是從合註中移編過來。其詳，已見本集校點説明。

不論是合註，還是集成，從篇目、編年到註文，都還很不完善，都只能作參考。我們寄希望於比較完善的新版本《蘇軾詩集》的編註。我們的任務之一，就是給將來的新版本多提供一點方便。

孔凡禮

一九七九年十二月

目次

卷三 古今體詩四十八首

卷四　古今體詩四十六首

卷五　古今體詩四十八首

卷七　古今體詩四十五首

卷八　古今體詩六十八首

卷九　古今體詩六十一首

卷十　古今體詩五十二首

卷十二　古今體詩四十二首

卷十三 古今體詩四十八首

卷十四　古今體詩六十五首

卷十六　古今體詩六十一首

卷二十　古今體詩五十七首

卷二十一　古今體詩八十六首

卷二十二　古今體詩四十一首

卷二十三　古今體詩四十四首

卷二十六　古今體詩四十八首

卷二十七　古今體詩三十九首

卷二十八　古今體詩四十五首

卷二十九 古今體詩四十一首

卷三十　古今體詩六十三首

卷三十二　古今體詩六十二首

卷三十三　古今體詩六十一首

卷三十四　古今體詩六十七首

卷三十五　古今體詩五十首

卷三十六　古今體詩六十五首

卷三十七　古今體詩四十九首

卷三十八　古今體詩三十九首

卷三十九　古今體詩八十二首

卷四十　古今體詩六十一首

卷四十一 古今體詩六十首

卷四十二　古今體詩三十六首

卷四十三　古今體詩四十八首

卷四十四　古今體詩三十五首

卷四十五　古今體詩四十八首

卷四十六　帖子詞口號六十五首

卷四十七　補編古今體詩六十七首

卷四十八　補編古今體詩一百七十五首

卷四十九 他集互見古今體詩四十七首

增補　輯佚詩二十九首

附録一　銘傳

附録二　序跋

點校説明

一、今存蘇軾各種體裁的詩，達兩千首以上。早在宋朝，蘇詩就有了三種不同的傳本，卽(一)全集本，蘇詩分别收在《東坡集》、《東坡後集》、《和陶詩》中；(二)分類註本，卽題名王十朋編的《百家註分類東坡先生詩》二十五卷，係從四註、五註、八註、十註發展而來；(三)編年本，施元之與顧禧等合撰《註東坡先生詩》四十二卷。在元、明兩朝近四百年間，全集本和分類本迭經翻刻，略有補正，亦有竄改，摻進僞作。到了清朝，註家蜂起，宋犖、邵長蘅、查愼行、翁方綱、沈欽韓、馮應榴、王文誥等人，分别對蘇詩的刊行、箋註、編年……，各自做出了有價值的貢獻。

二、我們這次整理蘇詩，用清人王文誥編的《蘇文忠公詩編註集成》道光二年武林韻山堂王氏原刊本做爲底本(以下簡稱集成)。

清康熙間，查愼行搜集全部蘇詩，編了《東坡先生編年詩》五十卷(卽《蘇詩補註》，以下簡稱查註)。乾隆間，馮應榴的《蘇文忠詩合註》(以下簡稱合註)，保持了查註五十卷的規模。合註綜合了分類註本、施顧註本、查註本的註文，删去了重複部分，對其中一些註文，進行了認眞的考訂，加上了「榴案」，卽他自己的補註；缺點是繁瑣。集成無《他集互見詩》

卷、《補編詩》卷，故爲四十六卷，卽一至四十五卷爲編年詩，四十六卷爲帖子詞口號和致語口號，大體上保持了查註、合註前四十六卷的規模。集成於東坡一生立身行實，考證較詳，比較合理地調整了查註、合註中一些篇目的次第，受到了人們的重視。集成注意擺脫乾嘉學者用考據方法註詩的習氣，删去了合註中繁瑣的部分，增加了紀昀等人的一些評語和他自己的案語（卽「誥案」）。比較便利讀者。

集成有總案，「分爲四十五案，以弁四十五卷編年詩之首」（語見總案卷一），每案一卷。這個用力頗勤、載述東坡一生之「進退出處，是非得失」（同上）的長達六十萬字的總案，實際是一部詳盡的蘇軾年譜，是可以單行的專著。它「有助」於對蘇詩的了解，但對蘇詩研究的直接意義並不大，我們暫不收入。惟誥案中時有涉及「總案」云云，一般則從總案中做適當摘引，空一格用「案」字附於各該條「誥案」之後。

三、查氏查註、馮氏合註的「某一作某」的校勘，已不能令人滿足。不少重要版本和一些有重要校勘意義的資料，他們沒有看到。校勘是我們整理工作的基礎。爲此，我們以北京圖書館所藏善本爲主，搜集了海外的個別重要版本，參考了前人的部分校勘成果，採用匯校方式，逐條寫成校勘記，希望對讀者和研究者提供一些方便。

四、我們所用的校本有：

1宋刊《東坡集》（殘存三十卷，一至十八卷爲詩，十九卷有詩三首，中缺第三卷，又一、

二、四至十八各卷亦間有漫漶殘損。凡缺殘處用日本京都大學《蘇詩佚註》影印本補足)、《東坡後集》(一至七卷爲詩，亦採用《蘇詩佚註》影印本)。半葉十行，行十八字。簡稱集甲。

2宋刊《東坡集》(殘存詩十卷，卽六至十五卷)、《東坡後集》(殘存詩六卷，卽一至三、五至七卷)。半葉十二行，行二十三字。簡稱集乙。

集甲、集乙合稱集本。

3宋眉山刊《蘇文忠公文集》(殘存詩不足二卷，分見前集卷十七、十八，又卷十三存詩不足二首)。原書未見。傅增湘、章鈺曾用以校繆荃孫覆刻明成化《東坡七集》，章鈺謂該宋本半葉九行，現用傅、章校録本過録。簡稱集丙。

4宋黄州刊《東坡先生後集》(殘存詩三卷，分見第四、五、六卷，間有缺葉)。傅增湘、章鈺曾用以校繆荃孫覆刻明成化《東坡七集》。傅增湘謂該宋本係自内閣大庫散出者。原書存上海圖書館，今據照片校。簡稱集丁。

5宋刊《東坡先生和陶淵明詩》四卷。簡稱集戊。

6宋刊趙夔等撰《集註東坡先生詩前集》(殘存詩四卷，卷一至三爲十註，卷四爲五註)。簡稱集註。

7宋嘉泰刊施元之、顧禧撰《註東坡先生詩》(殘存四卷，此四卷中，亦間有缺損)。簡稱施甲。

8宋景定補刊施、顧《註東坡先生詩》(殘存三十四卷，原書未見，用影印本校)。簡稱施乙。

施甲、施乙合稱施本。

9宋刊施、顧《註東坡先生詩》上下卷，爲《和陶詩》。黄丕烈謂此「係全部之第四十一、四十二卷，雖不全而自可單行」。簡稱施丙。

10宋黄善夫家塾刊《王狀元集百家註分類東坡先生詩》二十五卷(存十七卷，其餘八卷配另一印本，行款基本相同)。簡稱類甲。

11宋泉州刊《王狀元集百家註分類東坡先生詩》(殘存一至十四卷)。簡稱類乙。

12元務本書堂刊《增刊校正王狀元集註分類東坡先生詩》二十五卷(四部叢刊影印本)。簡稱類丙。

類甲、類乙、類丙，合稱類本。

13元熊氏刊《王狀元集百家註分類東坡先生詩》(劉辰翁批點)。簡稱類丁。

14明成化刊《東坡七集》。簡稱七集。

15明萬曆刊《重編東坡先生外集》。簡稱外集。

16清查慎行撰《補註東坡編年詩》五十卷。簡稱查註。

17清馮應榴撰《蘇文忠詩合註》五十卷。簡稱合註。

我們用作參考的校勘資料有：

1金石碑帖和著録金石詩文專著的有關部分。前者有宋搨西樓帖、閱古樓三希堂石刻、北京圖書館藏蘇詩石刻搨本。後者有清王昶《金石萃編》、阮元《兩浙金石志》及《山左金石志》等。

2清人、近人的蘇詩校勘批語和校勘記。這裏有何焯校清康熙刊《施註蘇詩》（以下簡稱清施本），盧文弨、紀昀校清乾隆刊查註，章鈺校繆荃孫覆刻明成化《東坡七集》用《國朝文鑑》校勘的那部分。個别地方用了繆荃孫覆刻《東坡七集》的校勘記。

3清人、近人蘇詩專註的個别條。這些專著是：翁方綱《蘇詩補註》、沈欽韓《蘇詩查註補正》、張道《蘇亭詩話》、陳漢章《蘇詩註補》。

五、關於「新王本」和「清施本」。

合註有舊、新王本之稱。「舊王本」，卽類本。「新王本」指明萬曆間茅維刊、崇禎間王永積翻刻、清康熙間朱從延重刊之《東坡詩集註》。合註卷首又稱朱刻本爲通行王註本。

「新王本」增收了見於七集而不見於類本的詩（包括《和陶詩》），加上見於類本的詩，重分爲三十類（朱刻本又併酬和、酬答爲一類，則爲二十九類）、三十二卷。與通行類本（如類丙）之分爲七十八類、二十五卷者不同。「新王本」的註文來自類本，增收的詩無註文。「新王本」任意删削類註註文達十餘萬字。以類本卷一的《壬寅二月……寄子由》詩爲例：全詩註文七十九條，全部被删去的二十條，部分被删去的五條（其中包括「憶尋」句下次公「皆有詩，見《南行集》」這樣對蘇詩研究有重要資料意義的註文）。再以同卷《太白山下早行至横渠鎮書崇壽院壁》詩爲例：類註三條註文，全部被删去。「新王本」的註者姓氏，往往與類本不同。再以類本卷一《壬寅二月……寄子由》詩爲例：註文中有「師曰」七條，「新王本」删去了二條；「師曰」的「師」是師尹、徐師川，還是陳師道，很難弄清楚，而「新王本」却一條作「陳師道」，二條作「師道」，一條作「師川」，一條作「師尹」，根據則没有説。宋、元各類本，還有幾種保留到現在，兩相對照，我們認爲這個仍題「王十朋纂輯」的「新王本」，很可能是經茅維芟改重編的，已失類本原貌。

這裏附帶提一下，「王註」這個標法是不够準確的。因爲類本編者是否爲王十朋，懷疑的人居多。比較準確的標法，應該是「類註」。因爲相沿已久，我們没有改動。

「清施本」任意删削施、顧註文，前人已有責難。這不過是它的缺點的一個方面，其二，「清施本」往往改動施、顧註本的正文，不加説明。以「清施本」有施甲爲依據的卷十一爲例。我們拿施甲同它對照了一下，發現異文五處：施甲《和文與可洋川園池三十首》中的「金橙徑」，「清施本」作「香橙徑」；《和潞公超然臺》中的「煩君」，「清施本」作「煩公」；《趙既見和復次韵答之》中的「如何」，「清施本」作「亡何」；《劉貢父見余歌詩……》中的「漂然」，「清施本」作「飄然」；《大雪青州道上……》中的「君不是」，「清施本」作「君不見」。在這一卷中，自註註文也有改動的地方。卽此兩點，足以説明「清施本」多少已失去宋刻原貌。明代一些人浮而不實的毛病，「清施本」是有的。

因爲查註、合註校勘文字的牽涉，我們極個别地方引用了「清施本」。總的説來，我們對通行本的「新王本」和「清施本」採取了審慎的態度，没有用它們做校本。

六、校勘記的撰寫。

凡屬下列情況之一者，寫入校勘記。

1正文和自註脱訛的補正。在補正時，更多地尊重集本和施本。

2正文和自註的異文。

凡屬下列情況之一者，不寫入校勘記。

1避諱字。如「元」之諱「玄」，「邱」之諱「丘」，等等。

2明顯的誤刊、誤字。前者如卷十五《除夜大雪……》詩「逃户連敧棟」，集乙「棟」作「稬」；卷九《癸丑春分後雪》詩，集甲「丑」類「田」字。後者如卷十二《梅聖俞詩集中……》詩「飽聽衙鼓眠黄紬」，類甲「眠」作「眼」；卷十五《次韵蔣夔赴代州學官》詩「牀頭雜説爲爬梳」，集乙「雜」作「雖」。

3常見的異體字。如「弦」與「絃」，「暫」與「蹔」，「俯」與「俛」，「階」與「堦」，「仙」與「僊」，「牕」、「牎」與「窗」。……

校勘記着重反映宋刊本的情况：異文同見於集本、施本、七集的，不提七集。校勘記又注意反映初見本的情况：異文同見於類本、七集（續集）、外集、查註、合註的，不提查註、合註。查註、合註的校勘異文，已見於上列校本的，不提。

校勘記集中于每卷之末，順序編號，每卷自爲起訖。

七、關於註文的整理。

王文誥《蘇詩編註集成》彙集了施註、王註（類註）、查註、合註、邵註、翁註等諸家註文。我們没有一一核對這些註文，大部分註文仍保持底本（集成本）原貌。個别明顯的錯誤，我們做了改正，如卷一《竹枝歌》「哀唱」句下合註引《漢書·司馬遷傳》，《漢書》原誤爲《史記》。

在標點時，在詞句和事理難通的地方，我們翻檢了原書和有關資料；做了校正。如卷十三《寄劉孝叔》詩「忽令獨奏《鳳將雛》」句，底本爲「施註：應璩新論」云云，查《太平御覽》，乃知「論」爲「詩」之誤。又如卷十五《至濟南李公擇以詩相迎次其韻二首》題下，查註引《宋史·地理志》有「厚陵以齊州防禦使入繼升節度」之語，查《宋史·地理志》及《英宗紀》均無「厚陵」云云，《揮麈録·前録》却記載着「英宗以齊州防禦使入，繼以齊州爲興德軍節度」，可知《宋史·地理志》爲《揮麈録·前録》之訛。類似這樣較大的誤訛，我們在校勘記中做了説明。

另外有些小的補正，未入校勘記。如卷二十《王齊萬季才……》「仲謀公瑾不須弔」句，王註引李厚曰：「周瑜以兵三萬，敗曹公於赤壁，赤壁山在鄂州蒲圻縣。」「赤壁山」之「赤壁」，據類本補，有此二字，文意乃明。又如卷三十一《參寥上人……》「飛雲思故岑」句下引「施註：白樂天《别傷穎士》」云云，「穎」原誤爲「潁」。

爲了方便讀者，凡見於十三經、李白和杜甫詩集的各家註文，我們一般地補足了篇名。其它有關註文的出處，也部分補了一些。這類的補正，皆未入校勘記。

合註中所引施註，間有殘缺，集成從之。現據施乙做了一些添補。删去了「誥案」中個别地方因殘缺而妄加增補以及因妄加增補而做的説明文字，并在校勘記中簡要交代；一般添補，不入校勘記。

「誥案」時有妄自尊大處。如卷二十四《次韻蔣穎叔》「罨畫溪山指後期」句下東坡自註之後，王文誥有一段話，對詩句和自註做了説明，然後自我欣賞起來，説：「凡此類詩，七百餘年以後未可知，七百餘年以前斷無註解之人矣，諺云棋力酒量，不可强也。」有的地方，甚至引用别人的話，來替自己吹捧。如卷三十三《感舊詩》末句「我心久已降」句下引江藩云：「以本詩證本詩，亦以經註經之例也。案斷精確，妙有神解。」還有，王文誥有時借攻擊前輩註家，以抬高自己。如卷四《中隱堂詩》其五，「都城更幾姓，到處有殘碑」句下，説「世有畢生讀此集而始終不懂此集者」，乃是包括趙次公在内的「此曹誤之」，下面又説「次公本不了了」；《和子由聞子瞻將如終南太平宫溪堂讀書》詩「既得又憂失」句下，説「查註、紀評無能，故茫然不知」。「誥案」中類似上述文字，既佔篇幅，又於詩義闡釋没有補益，對讀者則可能有不良影響，現做適當删削，不入校勘記。

諸家註文及「誥案」均用小五號字單行排在所註詩句下，以便閲讀。同一題下多篇的組詩，補加「其一」、「其二」等爲副題，以便查引。

八、關於補編詩和他集互見詩。

爲了使讀者看到蘇詩全貌，掌握有關蘇詩的比較完備的資料，我們從查註、合註中，收入了補編詩和他集互見詩，編成第四十七至五十卷，恢復了查註、合註五十卷的規模。其第四十七卷，收一至四十六卷見於合註而集成未收諸詩。其第四十八卷，收除已編入集成的合註全部補編詩，其第四十九、五十卷，收查註、合註他集互見詩。我們斟酌集成體例，這四卷採用合註註文，並集中排在每篇之末，順序編號，正文加相應的序號，在排印格式上與前四十六卷稍有區别。和前四十六卷一樣，這四卷也撰寫校勘記。

九、關於查註、合註未收的蘇軾詩。我們於五十卷外，另行輯録，附於書末。

十、關於書名號和引號的使用。

本書使用新式標點，不分段。這裏要特别交代一下書名號和引號的使用。

書名號用《　》。由於十三經、前四史、《世説新語》、《文選》諸書，文、註合刊，爲時已久。

出處見於上述諸書註文的，書名號的下限，包括「註」字。如《漢書·趙充國傳註》、《爾雅疏》。此外，「註」字一般不包括在書名號内，如《舊唐書》註。單獨提「註」、「箋」字，或冠以姓氏如「郭註」、「鄭箋」的，不加書名號。單獨提「文」、「詩」、「賦」、「銘」的，一般不加書名號，如「韓愈文」、「白樂天詩」等等。

引號先單後雙，分别用「　」和『　』號。註文中的引文有所删節或概述大意的，一般不加引號。特指引語、人物獨白、對話，加引號。

孔凡禮　一九七九年三月於北京

蘇軾詩集卷一

古今體詩四十首

【誥案】起仁宗嘉祐四年己亥十月，公還朝，侍宫師自眉山，發嘉陵，下夔、巫，十二月至荆州作。〔查慎行註〕《南行集敍》云：己亥之歲，侍行適楚。舟中無事，凡與耳目所接者，雜然有觸於中，而發於詠歎。蓋家君之作，與弟轍之文皆在，凡一百篇，謂之《南行集》。十二月十八日，江陵驛書。按子由《辛丑除日寄》詩云：初來寄荆渚，魚雁賤宜客。楚人重歲時，爆竹聲磔磔。新春始涉五，田凍未生麥。相攜歷唐、許，花柳漸芽坼。蓋己亥十月，先生自眉州入嘉陵江，經戎、瀘、渝、涪、忠、夔諸州，下峽，抵荆州度歲。明年庚子正月，自荆門出陸，由襄、鄧、唐、許至開封，道里歲月，歷歷可考。故《欒城前集》以《郭綸》一首壓卷，《初發嘉州》以下諸詩次之。明萬曆朝焦弱侯敍《東坡外集》，自言得祕閣善本，其編次一如《欒城集》，今從之。施氏原本以《辛丑十一月初赴鳳翔》詩爲冠，己亥、庚子所作弗録。〔馮應榴合註〕子由所撰先生《墓誌銘》云：有《東坡前集》四十卷、《後集》二十卷。明成化間，海虞程氏得宋時曹訓所刻舊本及仁廟所刻未完新本，重加校閲，仍依舊本卷帙。舊本無而新本有者，則爲《續集》，并刻之，見於李紹《序》中。卽今所稱《東坡七集》也。其《前集》卷首以《辛丑十一月初赴鳳翔》詩爲冠；而《南行集》中詩，皆在《續集》內。則

《前、後二集》之詩必係先生及子由所編定；其《續集》諸詩，皆經删削。是以宋刊施、顧註本，亦照《前、後集》次序，而《續集》所載，除《遺詩》一卷外，皆不採也。今仍從查氏。【誥案】趙次公註「江上同舟詩滿篋」句云：即今所謂《南行集》。次公及見此集，可見《南行集》當日自爲一集，不在正集之内。此卽起《辛丑十一月初赴鳳翔》之證。合註專苛查註，而首立駁案，引前明作據，知其無能爲矣。其《前、後集》名之可考者：倅杭爲《錢塘集》，見《烏臺詩案》；守密爲《超然集》，守徐爲《黄樓集》，見本集《與陳師仲書》；歸常爲《毘陵集》，入翰林爲《蘭臺集》，見傅藻《紀年録》；謫儋耳爲《海外集》，北宋士大夫編次者，見惠洪題跋。今行世者，乃瓊、儋人傳本，誥有數册，皆彼中守牧所遺也。以上諸集詩，分見王、施本中，而其《續集》詩之有無得失，不可知矣。《墓誌》所載《前集》四十卷、《後集》二十卷，惟奏議、内制、外制、和陶集不在内，餘如策論、敍傳、碑、銘、詞賦，並在其中，而其詩之分合，今本多不同。查註謂施編起辛丑赴鳳翔，開卷便錯，固非；合註舉七集本之《前、後集》，指爲卽《墓誌》《前、後集》之所自，以公與子由編定駁之，亦誤。公固自言世之蓄軾詩文者率真僞相半，傅藻亦言全集詩文顛倒錯亂，不可勝計。蓋公盛時，其流傳本已淆矣。註則趙次公編年，趙夔分類，至王本始滙爲集註。施本雖與王異，其排纂實類次公，均有參錯。今施本誤編實繁，查註以《客位假寐》詩諷陳公弼爲陳襄，指爲施編口舌，此其誤之小者，何足自矜。若《神宗挽詞》，乃公迫切呼號之甚者，而夾雜起知文登詩後，以是知此集必非公與子由編定者也。然編年本流傳已久，其諸註於題不了了者，誥以本集所見事實正之，往往與施編符合。如黄州卷内之《魚蠻子》、惠州卷内與程正輔唱和之類，未易悉數。以是知施編實有所受，而起自辛丑鳳翔，亦爲公所自定，但其本流傳不一，勢不能無錯亂耳。今凡施編之顯誤者，固當更正，補其不足，而其後先有不盡知者，亦當以施編爲指歸，未可輕議。兹以查、合二註訟蔓，因删論之。其本集編註集成體例，載卷二總案公赴鳳翔任條下。〔案〕總案「赴鳳翔任」條下云：施註編年詩，自卷一辛丑赴鳳翔起，至卷三十九辛巳歸常止，又以翰林帖子詞及遺詩爲卷四十，和陶詩爲卷四十一、四十二。邵氏補施註本仍之，外增續補遺二卷，益以錢唐馮景之註。查氏蘇詩補註本，從《欒城集》起嘉祐己亥庚子以《郭綸》詩爲冠之例，採南行之《郭綸》諸詩編爲卷一、卷二。查氏又以施註編年之辛丑鳳翔起，編爲卷三，迄於辛巳歸常，至卷四十五止。其施註之誤編者，爲之改編，而續補遺之非南行諸詩，其時地可爲補編者及和陶二卷，並分編卷三至卷四十五之内。又以施註目録有帖子詞，經邵註删去，仍採編而益以口號，爲卷四十六。其續補遺之未編者十九首及查氏自爲搜採諸詩，列爲卷四十七、卷四十八。又以施註遺詩、續補遺諸本内之與唐、宋人集内互見諸詩，列入卷四十九、卷五十。此查註本分五十卷之大略也。馮氏合註卷數，仍查註之舊，惟改編《新城道中送張山人歸彭城二首》。詰此本雖分合間有不同，亦仍查註，卷一起嘉祐己亥至卷四十五歸常止，而卷四十六之帖子詞及原採之口號附焉。凡四十五卷中，有施註原編尚誤，而查註、合註並從誤者，有查註改編反誤或經合註駁正及從誤未知者，有原編、改編俱誤而合註從其一者，有合註苛駁致此詩兩無歸宿者，有查註補編續補遺之誤，或經合註駁正及從誤未知者。其類繁多，不能盡舉，今皆據本集考定，分別改編。而補編續補遺之太濫者，仍删去以歸嚴潔，或以記事例改歸總案條下。再如施註倅杭卷内之《寒食未明至湖上》一首，本集爲《瑞鷓鴣》詞，而强作七律；南遷卷内之《何公橋》一首，本集爲《何公橋銘》而强作四言古。如欲援此例，則《瑞鷓鴣》詞可指爲七律者，詞類尚有，而銘、贊中可截取作四、五、七言古者尤多。今此二首，姑仍其舊。又偈語一類，方外問答，不以詩論，舊本多搜採入詩，致查氏補編入集。如欲援此例，則送紀公作偈之類，舊本未採，而查註未編者，尚不乏也。今凡已編者，删存什一，或附見於總案。又卷十一施註原有之《戲錢道人二首》，亦屬偈類，並列總案卷三十六。《聞潮陽吴子野出家》一首，亦見《斜川集》，查註未能檢對此集，故補編入集，合註已考此集，而仍從其誤。今以無互見卷可歸，則竟删去。至查註補編僞託淺劣詩太多，今一概嚴删。合註五十卷後亦附有别採之詩，今詳閲，皆非公作，應毋庸議。又查註卷四十七、卷四十八未編之續補遺及别收外集諸詩，與本集人事時地有據，或採於他書，間有可信者，並詳考補編入集。至查註、合註於詩下引註各本互異之字，今約取紀曉嵐氏所定者什七，合註所從及誥所改定者什一二，作爲定本，删去所載互異各字。

郭　綸

〔公自註〕綸本河西弓箭手，屢戰有功，不賞。自黎州都監官滿，貧不能歸。今權嘉州監税。【誥案】公自註，各本小異，有舊註引公語後註作自註者，有取公跋語作自註者，今詳加審定。〔查註〕《漢書》：武帝初，置張掖、酒泉、燉煌、武威四郡，昭帝又置金城郡，爲河西五郡。歐陽忞《輿地廣記》：陝西路涼州，漢武威郡，前涼張軌、後涼吕光皆據此。唐武德二年，立涼州，後改河西節度。

《宋史・兵志》：鄉兵者，選自户籍，團結訓練，以爲防守。陝西保毅，開寶八年發平涼、潘源二縣民治城隍，因立爲保毅弓箭手，因周舊制也。咸平五年，點沿邊丁壯六萬八千人，與正兵同戍邊郡。慶曆初，悉刺爲保捷軍，環慶、保安亦各籍置。蘇轍《欒城集・郭綸》詩云：郭綸本蕃種，騎鬭雄西戎。流落初無罪，因循遂龍鍾。嘉州已經歲，見我涕無窮。自言將家子，少小學彎弓。長遇西鄙亂，走馬救邊烽。手挑丈八矛，所往如投空。平生事苦戰，數與大寇逢。昔在定川寨，賊來如羣蜂。萬騎擁酋帥，自謂白相公。揮兵取其元，模糊腥血紅。戰勝士氣振，赴敵如旋風。蚩蚩氈裘將，不信勇且忠。遥語相勸誘，一矢摧厥胸。短兵接死地，日落沙塵蒙。馳歸不敢息，馬口銜折鋒。誰知八尺軀，脱命萬死中。忽聞南蠻叛，羽檄行悤悤。將兵赴危難，瘴霧不辭衝。行經賀州城，寂寞無人蹤。攀堞莽不見，入據爲築墉。一旦賊兵下，百計燒且攻。三日不能陷，救至遂得通。崎嶇有成績，元帥多異同。有功不見賞，憔悴落巴賨。已矣復誰信，言之氣恟恟。予不識郭綸，聞此爲斂容。一夫何足言，竊恐悲羣雄。此非介子推，安肯不計功。郭綸未嘗敗，用之可前鋒。

河西猛士無人識，〔馮景註〕《史記・高祖紀》：安得猛士兮守四方。〔合註〕《後漢書・竇融傳》：累世在河西，知其土俗。日暮津亭閲過船。〔合註〕梁劉孝儀《連珠》：津亭掩馥。【誥案】紀昀曰：二句寫出英雄失路之概。路人但覺驄馬瘦，〔合註〕杜牧之《聞廣州趙使君死》詩：將軍獨乘鐵驄馬。不知鐵槊大如椽。〔合註〕《説文》：槊，矛也。椽，榱也。因言「西方久不戰，〔合註〕《續通鑑長編》：仁宗康定元年，九月，西賊寇三川寨，三班借職郭綸固守，定川堡得不陷。截髮願作萬騎先」。〔合註〕《晉・陶侃傳》：王貢挑戰，侃諭之，截髮爲信。《文選・子虛賦》：選徒萬騎。我當憑軾與寓目，〔王十朋百家註〕《左傳·僖公二十八年》：晉侯次於城濮，楚子玉使鬭勃請戰，曰：「請與君之士戲，君憑軾而觀之，得臣與寓目焉。」【誥案】合註以舊王本、集百家註及現行王註本，統稱王註，今從之。看君飛矢集蠻氈〔一〕。〔合註〕《文選》潘岳《馬汧督誄》：飛矢雨集。【誥案】謂矢集氈廬之上也。

初發嘉州

〔王註胡仔曰〕嘉祐己亥冬，先生與子由侍老泉舟行適楚。【誥案】王本集註之各自箋釋者，合註或標明王註某某曰，今從之。〔查註〕應劭《漢書註》：順帝改青衣縣爲漢嘉，以公孫述稱帝，青衣人不賓，光武嘉之也。《十道志》：嘉州犍爲郡，禹貢梁州之域。李吉甫《元和郡縣志》：漢犍爲郡之南安縣，接近漢中之漢嘉舊縣，因名。大業二年，并嘉州入眉州。武德二年，改嘉州，割通義、洪雅等四縣，別置眉州。王存《九域志》：成都府路嘉州犍爲郡，皇朝爲上州，治龍游縣。范成大《吳船録》：自眉至嘉百二十里。

朝發〔二〕鼓闐闐，〔馮註〕《詩·小雅·采芑》：伐鼓淵淵，振旅闐闐。鄭箋：振旅伐鼓，闐闐然。〔合註〕《楚辭》屈原《九章》：朝發枉陼兮。西風獵畫旃。故鄉飄已遠，往意浩無邊。錦水細不見，蠻江清可憐〔三〕。奔騰過佛脚，〔王註林子仁曰〕錦水，岷江也。蠻江，陽山與青衣江也。三江合流於嘉州城東南，過九頂山、凌雲寺、大像閣而下。〔查註〕樂史《太平寰宇記》：濯錦江，即蜀江，水至此濯錦鮮潤，異於他水。嘉州距成都三百餘里，故云錦水細不見。《太平寰宇記》：青衣水，濯衣即青，故名。至龍遊縣，與汶水合，以其來自徼外，故曰蠻江。又云：沫水自陽山縣流入。《輿地紀勝》：開元中，僧海通於瀆江、沫水、濛水三江合衝之濱，鑿石爲彌勒大像，高三百六十尺，建七層閣以覆之。陸放翁《謁凌云大像》詩註云：一泉泓然，正在髻下，每歲漲水，不能及佛足。曠蕩造平川。〔馮註〕杜子美《樂遊園歌》：秦川對酒平如掌。野市有禪客，〔合註〕陸龜蒙詩：留之問禪客。釣臺尋暮煙。【誥案】紀昀曰：接得挺拔，彷佛孟公「問我今何適，天台訪石橋」二句筆意。相期定先到，久立水潺潺。〔公自註〕是日〔四〕，期鄉僧宗一，會別釣魚臺下。〔合註〕魏文帝《丹霞蔽日行》：谷水潺潺。【誥案】紀昀曰：氣韻脱灑，格律謹嚴，此少年未縱筆時。

犍爲王氏書樓

〔查註〕桑欽《水經》：江水東南過犍爲武陽縣。《史記》：武帝拜唐蒙爲郎中將，入夜郎，以爲犍爲郡。《元和郡縣志》：漢南安縣地。周置沈犀郡，并立武陽縣。開皇三年，改犍爲縣。西北至嘉州一百五十六里。郭璞《記》：犍爲縣北百里，有書樓山。又，按先生在黄州《與王齊萬秀才》詩云：君家稻田冠西蜀，擣玉揚珠三萬斛。塞江流柹起書樓，碧瓦朱欄照山谷。齊萬蜀人，時寓居武昌縣，當卽書樓主人也。【誥案】王齊愈，字文甫。齊萬，字子辯。查註以文甫爲齊萬字，合註從誤，已删。又，查註以施註爲施氏，合註以查註爲查氏，今以王註不能槩稱王氏，體例不一，因以王註爲例，凡應指稱某氏者，槩云某註，并記於此。

樹林幽翠滿山谷，〔合註〕王昌齡詩：深篁引幽翠。樓觀突兀起江濱。〔馮註〕《爾雅》：狹而修曲曰樓。《説文》：樓，重屋也。《爾雅》：觀謂之闕。《釋名》：觀，於上觀望也。云是昔人藏書處，磊落萬卷今生塵。〔合註〕《博物志》：蔡邕有書萬卷。《文心雕龍》：磊落如琅玕之圃。江邊日出紅霧散，〔合註〕唐蘇頲詩：飛埃結紅霧。綺窗畫閣青氛氳。〔合註〕《文選·古詩》：交疏結綺窗。庾肩吾詩：歌聲臨畫閣。白樂天詩：桑麻青氛氳。山猿悲嘯谷泉響，野鳥嘐戞巖花春。借問「主人今何在」？〔合註〕曹子建《七哀》詩：借問歎者誰。「被甲遠戍長苦辛，〔合註〕《穀梁傳·僖公二十二年》：古者被甲嬰胄。蔡邕《述行賦》：勤諸侯之遠戍兮。先登搏戰事斬級，〔馮註〕《左傳·隱公十一年》：潁考叔取鄭伯之旗蝥弧以先登。〔合註〕《史記·白起傳》：趙括出鋭卒，自搏戰。《樊噲傳》：先登，斬首二十三級。區區何者爲《三墳》。」〔馮註〕《左傳·昭公十二年》：是能讀《三墳》、《五典》、《八索》、《九丘》。書生古亦有戰陣，葛巾羽扇揮三軍。〔馮註〕《世語》：諸葛武侯獨乘素輿，葛巾毛扇，指麾三軍。古人不見悲世俗，回首蒼山空白雲。

過宜賓見夷中亂山

【誥案】王註題作「夷中亂山」。《欒城集》：同公行，戎、涪一路，與黔境接壤，而不知其名，故云夷中亂山也。查註據《方輿勝覽》，改題爲「夷牢亂山」，謬甚。合註引《一統志》，夷牢謂夷牟，尤無謂。今復原題，餘詳案中。〔馮註〕《一統志》：宜賓在敍州。漢僰道，後周改外江，唐義賓，宋宜賓。〔查註〕《元和郡縣志》：漢南安縣地，屬犍爲郡。天寶元年，改爲義賓，屬戎州。東南至州一百六十里。《九域志》：太平興國元年，避太宗諱，改義賓縣爲宜賓。【誥案】詩題之下，註家箋釋地理，與自爲地理州郡考等書不同。如此題，馮註「唐義賓、宋宜賓」六字，已盡之矣。查註復增引《元和志》、《太平寰宇記》、《九域志》、《方輿勝覽》，紛然辯説，致合註駁所引出處，駁書名，駁沿革，駁字形，駁字音義，凡似此一註而逐段割截指駁，至於不可句讀而竟者，所在皆是。其中所謂甚當者，固是不乏，而苛之已甚；查註瘖不能申者尤多。今所定此集，與本事本詩毫無干涉者，皆不重。如互見卷諸詩，已不致詞，又無論乎此矣。故凡遇二註轇轕，輒泯之以便讀。其未經攻擊及所引數書次敍聯屬者，仍載以存查註面目，然不以存者爲盡是，亦不以去者爲必非也。首記於此，後不更載。

江寒晴不知，遠見山上日。朦朧含高峯，〔合註〕潘安仁《秋興賦》：月朦朧以含光。陶弘景《答謝中書書》：高峯入雲。晃蕩射峭壁。〔合註〕《樂府・子夜冬歌》：晃蕩無四壁。陳後主詩：峭壁迥難臨。橫雲忽飄散，〔合註〕韓退之詩：橫雲時平凝。翠樹紛歷歷。行人挹孤光，〔合註〕沈約《詠湖中雁》詩：單泛逐孤光。飛鳥投遠碧。蠻荒誰復愛，穠秀安可適。豈無避世士，高隱鍊精魄。〔馮註〕《黃氣陽精經》：金門之上，日之通門也。金門之内，有金精治鍊之地，故立春之節日，更鍊魄於金門之内。誰能從之游，路有豺虎跡。

夜泊牛口

〔查註〕《欒城集・夜泊牛口》詩云：行過石壁盡，夜泊牛口渚。野老三四家，寒燈照疎樹。見我各無言，倚石但箕踞。水寒雙脛長，壞袴不蔽股。日暮江上歸，潛魚遠難捕。稻飯不滿盂，饑卧冷徹曙。安知城市歡，守此田野趣。只應長凍餓，寒暑不能苦。

日落紅霧生，繫舟宿牛口。居民〔五〕偶相聚，三四依古柳。負薪出深谷，〔馮註〕皇甫謐《高士傳》：披裘公曰：「五月披裘而負薪，豈取遺金者哉。」見客喜且售。煮蔬爲夜飧〔六〕，安識肉與酒。朔風吹茅屋，破壁見星斗。兒女自咿嚘，〔查註〕趙壹詩：骯髒自骯髒，咿嚘自咿嚘。〔翁方綱註〕盧文弨云：《後漢書・趙壹傳》：伊優北堂上，抗髒倚門邊。古今詩總集中，亦未有如查註所引兩句。《東方朔傳》云：伊優亞者，辭未定也。又在趙壹前。亦足樂且久。人生本無事，苦爲世味誘。富貴耀吾前，貧賤獨難守。誰知深山子，甘與麋鹿友。置身落蠻荒，生意不自〔七〕陋。今予獨何者，汲汲强奔走。

牛口見月

〔查註〕仁宗嘉祐元年丙申，先生舉進士，過扶風，本集有《鳳鳴驛記》。以《年譜》攷之，公甫舉進士，明年丁酉，丁成國太夫人憂，歸蜀，己亥冬，侍老蘇公再入京。此詩乃己亥作，故云「忽憶丙申年」，通篇多是追遡語。

掩窗寂已睡，月脚垂孤光。披衣起周覽，飛露〔八〕灑我裳。〔合註〕魏文帝《雜詩》：白露霑我裳。山川同一色，浩若涉大荒。〔合註〕《山海經》：大荒之中。幽懷耿不寐，四顧獨徬徨。〔誥案〕紀昀曰：起八句極佳。忽憶丙申年，〔王註子仁曰〕時先生舉進士在京。京邑大雨雱。〔查註〕王偁《東都事畧》：嘉祐元年夏四月，河北大水。壬子，河決商胡。六月乙亥，社稷壇壞，詔令中外實封言時政缺失。〔合註〕《文選·東京賦》：京邑翼翼。蔡河中夜決，〔查註〕《宋史·河渠志》：蔡河貫京師，兼閔水、洧水、潩水。王應麟《困學紀聞》：建隆元年，浚蔡河，通陳、潁之漕，古琵琶溝也。杜佑《通典》謂：漢運路由浚儀十里入琵琶溝，絶蔡河，入陳州。即此矣。李濂《汴京遺跡志》：蔡河貫京師，爲都人所仰。閔水自尉氏，歷祥符，合於蔡，是爲惠民河。洧水自許田，注鄢陵東南，歷扶溝，合於蔡。潩水出鄭之大隗山，注臨潁，歷鄢陵、扶溝，合於蔡。凡許、鄭諸水悉會焉。其自尉氏北流，至戴樓門東廣利水門入城，名西蔡河。其從陳州門西普濟水門出城，流經通許，復接舊蔡河，名東蔡河。横浸國南方。車馬無復見，紛紛操桄郎。〔合註〕《爾雅疏》：桴桄，編木爲之，大曰桄，小曰桴，乘之渡水。新秋忽已晴，九陌尚汪洋。〔合註〕陸機《鼈賦》：肆志汪洋。龍津觀夜市，〔合註〕孟元老《東京夢華録》：龍津橋正對内前。又云：州橋夜市，出朱雀門，直至龍津橋。燈火亦煌煌。新月皎如晝，疏星弄寒芒。〔合註〕《晏子春秋》：變星有芒。不知京國喧，〔合註〕曹植《王仲宣誄》：表揚京國。謂是江湖鄉。【誥案】自「忽憶丙申年」句至此，皆追憶京中事。今來牛口渚，見月重凄涼。却思舊遊處，滿陌沙塵黄。

戎州

〔查註〕《元和郡縣志》：戎州，古僰國。秦軍破滇，通五尺道，至漢武通西南夷，置僰道縣，屬犍爲郡。戎獠之中，最有人道，故其字從人。梁大同十年立戎州。《太平寰宇記》：梁於此置大同郡，又置戎州。隋初郡廢而州存。天寶元年，改南溪郡，羈縻三十六州一百三十七縣，並荒梗無户口。乾元元年，復爲戎州。《輿地廣記》：宋政和四年，改戎州爲敍州，蓋取西戎卽敍之義。《吴船録》：自犍爲縣至敍州，一百五十里。《欒城集·戎州》詩云：江水通三峡，州城控百蠻。沙昏行旅倦，邊静禁軍閑。漢虜更成市，羅紈靳不還。投氈揀精密，换馬瘦孱顔。兀兀頭垂髻，團團耳帶環。夷聲不可會，争利苦間關。

亂山圍古郡，市易帶羣蠻。〔查註〕《太平寰宇記》：其土有四族，黎、蒯、虞、牟，夷夏雜居，風俗各異。其蠻獠之類，不識文字，言語不通。瘦嶺春耕少，孤城夜漏閑。往時邊有警，〔合註〕曹植《白馬篇》：邊城多警急。征馬去無還。自頃方從化，〔合註〕《漢書·匡衡傳》：百姓從化。年來亦款關。〔馮註〕《戰國策》：由余聞之，款關請見。頗能貪漢布，〔馮註〕《漢·食貨志》：大布、次布、弟布、壯布、中布、差布、厚布、幼布、幺布、小布，是爲布貨十品。鑄作錢布，皆用銅，殺以連錫，文質周郭放漢五銖錢云。師古註：布亦錢耳，謂之布者，言其分布流行也。但未脫金鐶。〔查註〕《南史·西南夷傳》：狼牙修國，其王及貴臣，加雲霞布，覆胛，以金繩爲絡帶，金環貫耳。《唐書·南蠻傳》：投和，在真臘國南。王宿衛百人，衣朝霞，耳金鐶。《太平寰宇記》：戎州，蠻獠風俗，椎髻跣足，鑿齒穿耳。按，金鐶，耳飾也。何足争强弱，吾民盡玉顏。【誥案】紀昀曰：對獠人之獰陋者言之，故曰玉顏。通作順筆寫出，有揮灑自如之致。

舟中聽大人彈琴

〔合註〕子稱父爲大人，始見《家語》。【誥案】紀曉嵐謂「獨激昂」三字，不似聽琴，此不懂琴者之言也。古之秦聲，酒後耳熱歌呼嗚嗚者，此卽激昂也。今之秦腔北調，皆其遺意。然非出凡一，不能成其聲也。所謂五六工尺上者，卽宮、商、角、徵、羽也。所謂凡一者，卽變宮、變徵之類是也。不捨宮、商而言工尺者，取其便於用也。今琴曲之不出凡一者，如《平沙》之類，其聲沖和澹遠，不可悉數。若《陽關》之用黄鍾調，《瀟湘水雲》之用蕤賓調，此出凡一而其聲激昂者也。非黄鍾不能道《渭城》別狀，非蕤賓不能盡《水雲》聲之變，故其聲皆繁音錯節，與他調異也。今之琴曲，不皆古調，然今之琴瑟簫管，皆古所遺，其聲只有五六工尺上，凡一七位至第八位，卽是一位之應聲，猶琴之仙翁也。故古樂雖不可知，而古聲終不可變，其激昂者，不能使爲和平也。曉嵐又謂此三字與下文不貫，彼何由知《風松》、《玉佩》諸曲必非激昂者乎。所論皆謬。

彈琴江浦夜漏永，斂衽竊聽獨激昂。〔合註〕《戰國策》：江乙曰：「莫不斂衽而拜。」註：衽，衣袵也。《史記·范雎傳》：左右多竊聽者。《漢書·王章傳》：不自激昂。風松瀑布已清絶，〔馮註〕《琴録》：吴忠懿王得天台寺中對瀑布泉屋柱，斲二琴，一號洗凡，一號清絶，爲曠代之寶。李太白《琴贊》：嶧陽孤桐，石聳天骨。根老冰泉，葉苦霜月。斲爲緑綺，徽聲粲發。秋風入松，萬古奇絶。更愛玉珮聲琅璫。自從鄭、衛亂雅樂，古器殘缺〔九〕世已忘。〔合註〕《漢書·藝文志》：載籍殘缺。千家寥落獨琴在，【誥案】宋琴法去今不遠，可見古意猶存也。有如老仙不死閲興亡。〔合註〕李太白《大鵬賦》云：南華老仙。世人不容獨反古，强以新曲求鏗鏘。〔馮註〕王子年《拾遺記》：師涓造新曲，以代古樂。衛靈公情湎心惑，怠於政事。鏗鏘，見《禮記》。微音淡弄忽變轉，數聲浮脆如笙簧。【誥案】凡琴曲起結入慢，多用泛音，或爲緩急之變，或爲跌蕩之終，或因實以間虚，或以其流走不定，而夾入破之，所用至廣，即「數聲浮脆」是也。此二句專指泛音，而查註以「浮脆」作「浮泡」，引《翻譯名義》「受想行起似浮泡」作解，此與曉嵐所論正等，可發一粲。無情枯木今尚爾，〔合註〕《漢書·鄒陽傳》：枯木朽株。何况古意墮渺茫。江空月出人響絶，夜闌更請彈《文王》。〔王註程縯曰〕古琴調有《文王操》〔一〇〕。〔馮註〕《史記·孔子世家》：孔子學鼓琴師襄子，十日不進。有間，曰：「得其爲人，黯然而黑，幾然而長，眼如望羊，心如王四國，非文王其誰能爲此也。」師襄子避席，再拜，曰：「師蓋云《文王操》也。」〔查註〕《吴淵穎集·古琴操九引曲歌辭序》云：「琴有十二操，《將歸》、《猗蘭》、《龜山》、《越裳》、《拘幽》、《岐山》、《履霜》、《雉朝飛》、《别鵠》、《殘形》、《水仙》、《襄陵》。」其中《拘幽》、《岐山》二操，即《文王操》也。

泊南井口〔二〕期任遵聖長官，到晚不及見，復來

〔查註〕曹學佺《名勝志》：瀘州江安縣，在州西南一百二十里，有縣市，有井市，宋南渡後置。南井監，在縣東北。《東都事畧》：任孜，字遵聖，眉山人。以學問氣節雄鄉閭，名聲與蘇洵相上下。仕至光禄寺丞。按，遵聖曾爲平原令，故稱爲長官。先生詩有「平原老令更可悲」之句，見本集。〔合註〕平原當作平泉，遵聖時爲平泉令，故期其來見也。詳後卷六《送任伋》詩註。〔查註〕《欒城集·泊南井口期任遵聖》詩云：期君荒江濆，未至望已極。朔風吹烏裘，隱隱沙上立。愧余後期至，先到犯寒色。既泊問所如，歸去已無及。繫舟重相邀，雨冷途路濕。

江上有微徑，〔合註〕張籍詩：田裏有微徑。深榛煙雨埋。〔馮註〕韋應物詩：一郡荆榛寒雨中。崎嶇欲取別，〔馮註〕陶潛《歸去來辭》：既窈窕以窮壑，亦崎嶇而經丘。〔合註〕杜子美《送長孫侍御赴武威判官》詩：取別何草草。不見又重來。下馬未及語，固已慰長懷。〔合註〕鮑照詩：長懷無終極。江湖涉浩渺，安得與之偕。

【誥案】伯淳創爲明道之論，天下驚疑，公此類詩，正如北宋道學變而未化之時，非具體也。

過安樂山，聞山上木葉有文，如道士篆符，云，此山乃張道陵所寓，二首〔三〕

〔王註子仁曰〕山在瀘州合江縣。〔查註〕《元和郡縣志》：瀘州合江縣，舊名安樂縣。安樂山，在縣東八十三里，縣取名焉。陸游《入蜀記》：黄牛廟後叢木，似冬青而非，莫能名者。落葉有黑文，

類符篆，葉葉不同。《後漢書》：建安二十年，曹操破張魯，定漢中。魯祖父陵，順帝時客於蜀，學道鶴鳴山中。《三國·魏志》：張陵客蜀，學道鵠鳴山，造作符書，以惑百姓。【詰案】葛洪《神仙傳》云：張道陵者，沛國人也。本太學書生，博通《五經》。晚乃歎曰：「此無益於年命。」遂學長生之道，得黄帝九鼎丹法，欲合之，用藥皆糜費錢帛。陵家素貧，欲治生營田牧畜，非己所長，乃不就。聞蜀人多純厚，易可教化，且多名山，乃與弟子入蜀。忽有天人授陵以新出正一明威之道，陵受之，能治病。於是百姓翕然，奉事之以爲師。弟子户至數萬，即立祭酒，分領其户，有如官長。并立條制，使諸弟子隨事輪出米、絹、器物、紙筆、樵薪、什物等。領人修復道路，不修復者，皆使疾病。縣有應治橋道，於是百姓斬草除溷，無所不爲，皆出其意，而愚者不知是陵所造，將爲此文從天上下也。後白日沖天而去。

其一

天師化去知何在，〔外集毛九苞註〕按，何在之在，疑是處字。玉印相傳世共珍。〔馮註〕《張真人傳》：名道陵，良八世孫。所遺經訣、符章、印劍，授子孫世守之。故國子孫今尚死，滿山秋葉豈能神。

其二

真人已不死，外慕墮空虚。〔馮註〕《莊子·大宗師篇》：古之真人，不知説生，不知惡死，其出不訢，其入不距，翛然而往，翛然而來而已矣。《史記·封禪書》：李少君病死，天子以爲化去不死。又：齊人丁公，年九十餘，曰：「封禪者，合不死之名。」〔合註〕江文通詩：玄風豈外慕。猶餘好名意，滿樹寫天書。〔馮註〕《宋史》：大中祥符元年，春，正月乙丑，有黃帛曳左承天門南鴟尾上，守門卒塗榮告有司以聞。上召羣臣拜迎於朝元殿，啓封號稱天書。

渝州寄王道矩〔一〕

〔馮註〕《重慶府志》：周巴子國，秦置巴郡，漢曰江州，漢末曰永寧，梁曰楚州，隋曰渝州。〔查註〕《十道志》：渝州南平郡，古巴國也。《元和郡縣志》：劍南道，東川節度所轄。東至魚復，西抵僰道，北接漢中，南極牂牁，是其界也。劉璋分巴郡，自墊江以下爲永寧郡，先主又以固陵爲巴東郡，由是巴郡分而爲三。梁武陵王於巴郡置楚州。開皇〔二〕元年爲渝州，因渝水爲名。東北至涪州水路三百四十里。《吳船録》所謂恭州，卽渝州也。後以光宗潛邸，始陞府名重慶。【誥案】王道矩，青神人。

曾聞五月到渝州，水拍長亭砌下流。〔馮註〕《白帖》：十里一長亭，五里一短亭。惟有夢魂長繚繞，共論唐史更綢繆。舟經〔三〕故國歲時改，霜落寒江波浪收。歸夢不成冬夜永，厭聞船上報更籌。〔合註〕庾肩吾《春夜應令》詩：刻燭驗更籌。

江上看山

船上看山如走馬，倏忽過去數百羣。〔馮註〕《莊子·應帝王篇》：「南海之帝爲儵，北海之帝爲忽。」儵，同倏。〔查

註〕馬思贊云：起句用少陵《前出塞》「隔河見胡騎，倏忽數百羣」二語。前山槎牙忽變態，〔合註〕陸龜蒙《太湖石》詩：槎牙真不材。後嶺雜沓如驚奔。〔合註〕揚雄《甘泉賦》：駢羅列布，鱗以雜沓兮。仰看微徑斜繚繞，上有行人高縹緲。【誥案】杜子美《鐵堂峽》詩：山風吹游子，縹緲兩俱絕。乃此句所本。馮註引「洞庭縹緲峯」，合註已云其謬矣。舟中舉手欲與言，孤帆南去如飛鳥。〔合註〕獨孤及《送盧秀才歸長沙》詩：風帆若鳥飛。

涪州得山胡次子由韻〔一六〕

〔公自註〕山胡善鳴出黔中〔一七〕。〔合註〕舟過涪州而得，故題云然。查氏以巴之南鄙，即秦黔中，遂改題目涪州二字爲黔中，不知自註乃言出處也。今仍改正。〔查註〕《元和郡縣志》：巴之南鄙，秦黔中也。蜀先主以爲涪陵郡。武德元年，立涪州。在蜀江之南，涪江之西。元《方輿勝覽》：涪江自思州之上費溪發源，經五十八節名灘，方至黔州，溯凡五百餘里，與蜀江會於涪州之東。《九域志》：涪州屬夔州路。東至忠州二百五十里。按，涪州，古巴國，漢涪陵。

終日鎖筠籠，〔合註〕《說文繫傳》云：籠，舉土器也，一曰笭也。回頭惜翠茸。〔馮註〕《左傳·僖公五年》：狐裘尨茸。註：亂貌。此云翠茸，蓋翠羽也。禰衡《鸚鵡賦》：閉以雕籠，翦其翅羽。誰知聲嚾嚾，〔馮註〕《揚子》：通諸人之嚾嚾。亦自意重重。〔合註〕隋煬帝詩：遠意更重重。夜宿煙生浦，朝鳴〔一八〕日上峯。故巢何足戀，〔合註〕《易林》：鳥反故巢。鷹隼豈能容。

留題仙都觀

〔查註〕《水經注》：平都縣，有天師治。《名勝志》：道書號爲平都福地。《太平寰宇記》：平都山，漢陰長生白日昇天，卽此。張道陵二十四化之一也。道藏有《平都山仙都觀記》二卷，註云，山在忠州陰長生成仙處。《輿地紀勝》：仙都觀，在酆都縣平都山，唐建，宋改景德觀，又名白鶴觀。段文昌《修平都觀記》云：平都最高頂，卽漢時王、陰二真人蟬蛻之所。《百川學海》：治平末，東坡泝峽，泊舟仙都觀下。道士持陰長生石刻《金丹訣》，就質真贋。坡曰：「不知也。」然士大夫過此必以請，久久自有知之者。【誥案】公以治平三年丙午載喪歸蜀，四年丁未四月，到家。其再過仙都觀，正四年事。英宗崩於是年正月，故云治平末也。《百川學海》並不誤。查註乃妄駁之，謂治平末公在鳳翔任，焉得泊舟觀下，公以治平元年甲辰十二月罷鳳翔任，此又一大誤也。今已刪。

山前江水流浩浩，〔馮註〕屈原《懷沙賦》：浩浩沅湘兮，分流汩兮。山上蒼蒼松柏老。〔合註〕《東坡題跋》云：余嘗遊忠州酆都觀，古松柏數千株，皆百圍。舟中行客去紛紛，古今換易如秋草。空山〔一九〕樓觀何崢嶸，真人王遠、陰長生。〔王註子仁曰〕王方平、陰長生，皆在此山學道得仙者。故子由詩云：道士白髮尊，面黑嵐氣染。自言王方平，學道古有驗。道成白晝飛，人世不留窆。後有陰長生，此地亦所占。並騎雙翔龍，霞綬紫雲擔。揚揚玉堂上，與世作豐歉。蓋紀實也。【誥案】此子由佚詩，在《南行》百篇之內者也。〔馮註〕《列仙傳》：王方平，名遠。知天下盛衰之期，九州吉凶之事。漢孝桓帝聞之，連徵不出。使郡國逼載以詣京師，低頭閉口，不肯答詔。題宮門扇四百餘字，帝令削之，墨皆徹入木。又嘗過吳門蔡經家。陰長生，新野人。漢皇后之親屬，不好榮貴。從馬明生得度世法，偕入青城山中，乃以《太清神丹經》授之。後丹成，著書九篇，白日昇天。飛符御氣朝百靈，〔馮註〕顧況《步虛詞》：飛符超羽翼。悟道不復誦《黃庭》。龍車虎駕來下迎，〔馮註〕《列仙傳》：竇子明好釣魚，於旋溪釣得白龍，解放之。三年，龍來迎去。又：呼子仙者，漢中卜師也，壽百餘歲。夜有仙人持二茅狗來，子仙持一與嫗，乃龍也，騎之上華陰山。又：龔聖者，結菴於道人峯上，每乘龍往來。〔合註〕《茅君傳》：斑龍輿，素虎軿。去如旋風摶紫清〔三〇〕。〔合註〕《爾雅》：迴風爲飄。註：旋風也。李白《春日行》詩：深宮高樓入紫清。真人厭世〔三一〕不回顧，〔馮註〕《莊子·天地篇》：千歲厭世，去而上仙，乘彼白雲，至於帝鄉。世間生死如朝暮。學仙度世豈無人，〔合註〕《史記·封禪書》：黃帝且戰且學仙。餐霞絶粒長苦辛〔三二〕。〔合註〕曹植《驅車篇》：餐霞漱沆瀣。孫綽《游天台山賦》：絶粒茹芝者。安得獨從逍遥君，〔馮註〕《莊子·逍遥遊篇》：不食五穀，吸風飲露，乘雲氣，御飛龍，而遊乎四海之外。泠然乘風駕浮雲，〔王註〕《莊子·逍遥遊篇》：列子御風而行，泠然善也，旬有五日而後反。超世無有我獨存〔三三〕。〔合註〕《晉書·阮修傳》：超世高逝，莫知其情。

仙都山鹿

〔王註〕老泉詩敍云：至酆都縣，將遊仙都觀，見知縣李長官。云，固知君之將至也，此山有鹿，甚老，而猛獸獵人，終莫能害，將有客來遊，鹿輒夜鳴，故常以此候之，而未嘗失。予聞而異之，乃爲此詩。〔查註〕按《嘉祐集》不載此序，亦無詩。《霏雪録》所載，與此畧同。《方輿勝覽》：景德宮，麂鹿時出没林間，皆與人狎甚。《志》云：自平都西去一里，樹木叢密者，白鹿山也。景德觀，卽仙都觀。註見上首。

日月何促促，〔合註〕魏文帝《蒼舒誄》：促促百年。塵世苦局束。仙子去無蹤，故山遺白鹿。〔馮註〕《春秋運斗樞》：瑶光星散爲鹿。任昉《述異記》：鹿千年化蒼，又五百年化爲白。虞世南《白鹿賦》：應嘉賓於雅什，寓仙客於宜春。《明皇別録》：芙蓉園得一白鹿。山人王旻曰：「此漢時鹿也。」果於角際雪毛中，得一銅牌，刻曰宜春苑中白鹿。上目之曰仙客，命圉人善蓄之。〔合註〕《述異記》：餘干縣有白鹿，晉成帝遣捕，得銅牌，在角後，書云，漢元鼎二年，臨江所獻白鹿。仙人已去鹿無家，孤棲悵望層城霞。〔馮註〕《淮南子》：掘崑崙墟以下，地中有增城九重。孫綽《遊天台山賦》：仍羽人於丹丘，尋不死之福庭；苟台嶺之可攀，亦何羨於層城。又：赤城霞起而建標。至今聞有遊洞客，夜來江市叫平沙。長松千樹風蕭瑟，仙宮去人無咫尺。夜鳴白鹿安在哉，滿山秋草無行迹。〔合註〕韋應物詩：落葉滿空山，何處尋行迹。

江上値雪，效歐陽體，限不以鹽玉鶴鷺絮蝶飛舞之類爲比，仍不使皓白潔素等字，次子由韻

〔查註〕歐陽公原作，載《聚星堂雪》詩後。

縮頸夜眠如凍龜，〔合註〕《史記·龜策傳》：神龜縮頸而却。雪來惟有客先知。江邊曉起浩無際，〔合註〕《列子·力命篇》：窈然無際。樹杪風多寒更吹。青山有似少年子，一夕變盡滄浪髭。方知陽氣在流水，沙上盈尺江無澌。〔馮註〕謝惠連《雪賦》：盈尺則呈瑞於豐年。《後漢書·王霸傳》：河水流澌，無船不可濟。

隨風顛倒紛不擇，下滿坑谷高陵危。江空野闊落不見，入户但覺輕絲絲。〔合註〕唐李餘《寒食》詩：玉輪江上雨絲絲。 沾裳細看巧刻鏤〔二四〕，豈有一一天工爲。〔馮註〕《世説》：羣公對雪。尚隆之曰：「麫堆金井，誰調湯餅？」吴永素曰：「玉滿天山，難刻佩環。」坐間服其韻精。 霍然一揮遍九野，〔合註〕司馬相如《大人賦》：霍然雲消。《吕氏春秋》：天有九野。吁此權柄誰執持。世間苦樂知有幾，今我幸免沾膚肌。山夫只見壓樵擔，豈知帶酒飄歌兒。〔合註〕李義山《魏侯第東北樓堂郢叔言别》詩：帶酒玉崑崙。《史記·日者傳》：從姬歌兒。 天王臨軒喜有麥，宰相獻壽嘉及時。〔馮註〕張鷟《朝野僉載》：要宜麥，見三白。《宋書》：大明五年元日，花雪降殿庭。時右衛將軍謝莊下殿，雪集衣，還白。上以爲瑞，公卿並作《花雪》詩。 凍吟書生筆欲折，夜織貧女寒無幃。 高人著屐踏冷冽，〔馮註〕褚少孫補《史記·滑稽傳》：齊東郭先生，久待詔公車，貧困飢寒，衣敝，履不完。行雪中，履有上無下，足盡踐地，道中人笑之。〔合註〕韓退之詩：酒味既冷冽。 飄拂巾帽真仙姿。〔馮註〕《晉書》：王恭，字孝伯。嘗披鶴氅裘，涉雪而行。孟昶窺見之，歎曰：「此真神仙中人也。」野僧斫路出門去，寒液滿鼻清淋漓。〔查註〕束皙《餅賦》：玄冬猛寒，清晨之會，涕凍鼻中，霜凝口外。〔合註〕杜子美《奉先劉少府新畫山水障歌》詩：元氣淋漓障猶濕。 灑袍入袖濕靴底，亦有執板趨堦墀。〔合註〕《吴志·朱治傳》：每進見，孫權常親迎，執板交拜。庾信《皇夏歌》：顧步堦墀。 舟中行客何所愛，願得獵騎當風披。 草中咻咻有寒兔，〔合註〕高適《送族侄式顔》詩：旅雁悲咻咻。 孤隼下擊千夫馳。【誥案】自「世間」至此一段，妙在拉雜而前後過脈。 敲冰煮鹿最可樂，我雖不飲强倒卮。 楚人自古好弋獵，誰能往者我欲隨。 紛紜旋轉從滿面，馬上操筆爲賦之。〔合註〕《後漢書·陳球傳》：趙忠曰：「陳廷尉宜便操筆。」

屈原塔

〔公自註〕在忠州，原不當有碑塔〔三五〕於此，意者後人追思，故爲作之。

楚人悲屈原，〔馮註〕《史記》：屈原者，名平，楚之同姓也。爲楚懷王左徒。上官大夫短屈原於頃襄王，王怒而遷之。屈原至於江濱，被髮行吟澤畔，顔色憔悴，形容枯槁，乃作《懷沙之賦》，懷石，遂自投汨羅以死。千載〔三六〕意未歇。精魂飄何處，〔馮註〕李華《弔古戰場文》：弔祭不至，精魂何依。父老空哽咽。〔合註〕《古樂府·焦仲卿妻詩》：哽咽不能語。至今滄江上，〔合註〕《文選》任彦昇詩：滄江路窮此。投飯救飢渴。遺風成競渡，〔王註〕宗懔《荆楚歲時記》：五月五日競渡，俗爲屈原投汨羅日，傷其死，故並命舟楫以拯之。〔馮註〕吴均《續齊諧記》：屈原五月五日投汨羅水，楚人哀之。至此日，以竹筒子貯米，投水祭之。漢建武中，長沙區曲見一士人，自云三閭大夫，謂曲曰：「聞君當見祭，甚善，常年爲蛟龍所竊，今若有惠，當以楝葉塞其上，以五綵絲縛之，此二物蛟龍所憚。」曲依其言。今五月五日作粽，并帶楝葉五花絲，蓋其遺風也。〔合註〕《藝文類聚》引《續齊諧記》，「區曲」作「歐回」。哀叫楚山裂。屈原古壯士，〔合註〕《戰國策》：壯士一去兮不復還。就死意甚烈。世俗安得知，眷眷不忍決。南賓舊屬楚，〔王註子仁曰〕南賓，古之巴子國也。〔查註〕《太平寰宇記》：山南東道忠州南賓郡，理臨江縣。梁大同六年，立臨江郡。後魏改臨州。唐武德二年，分武寧置南賓縣，屬臨州。天寶元年，改南賓郡〔三七〕。乾元元年，復爲忠州。忠州，即南賓也。山上有遺塔。〔查註〕《輿地碑目》：忠州有《屈原碑》。《九域志》亦引之。應是奉佛人，恐子就淪滅。〔合註〕《後漢書·馬融傳》：淪滅潭淵。【誥案】完出證據，若實有其事者然。公凡隨手起波，必於隨手抹到處蔵進一層，此終其身用筆如一轍者，而其法初見於此。亦猶曲工必送足五六上而後回至四合，工中有天籟存焉，不可强也。此事雖無憑，此意固已切。古人誰不死，何必較考折。〔馮註〕《尚書·洪範》：五福，五曰考終命。六極，一曰凶短折。名聲實無窮，富貴亦暫熱。大夫知此理，所以持死節。〔合註〕《漢書·郅都傳》：奉職死節官下。

望夫臺

〔公自註〕在忠州南數十里〔二八〕。〔查註〕《名勝志》：南山卽翠屏山，在忠州城對岸，山中有朝真洞、望夫臺。

山頭孤石遠亭亭，〔馮註〕《晉·蘇峻傳》：我寧山頭望廷尉，不能廷尉望山頭。〔合註〕張平子《西京賦》：干雲霧而上達，狀亭亭以苕苕。江轉船回石似屏。〔王註子仁曰〕武昌山上，有婦望夫不歸，身化爲石，卽此類。〔馮註〕《郡國志》：昔人往楚，累歲不還，其妻登山望之，久乃化爲石。《後山詩話》：望夫石，在處有之。可憐千古長如昨，船去船來自不停。浩浩長江赴滄海，〔馮註〕《尚書·禹貢》：江漢朝宗于海。紛紛過客似浮萍。〔馮註〕《韓詩外傳》：二親之壽，忽如過隙。又按李白《春夜宴桃李園序》：光陰者，百代之過客。《周禮·秋官》：萍氏掌國之水禁、幾酒、謹酒、禁川遊者。《埤雅》引鄭氏云：以不沈溺取名。《月令》：季春萍始生。舊説，萍善滋生，一夜七子，一日萍，浮於流水則不生。又，《埤雅》：世説楊花入水，化爲浮萍。劉伶《酒德頌》：俯觀萬物擾擾焉，如江漢之載浮萍。誰能坐待山月出，照見寒影高伶俜。〔合註〕潘安仁《寡婦賦》：少伶俜而偏孤兮。註：伶俜，單孑貌。《古猛虎行》：伶俜到他鄉。

竹枝歌 并引

〔合註〕王明清《揮麈前録》云：東坡祖諱序，是以文多稱引，或作敍。陸游《老學菴筆記》云：東坡祖名序，故爲人作序，皆用敍字，又以爲未安，遂改作引。【誥案】宮師已作引。〔查註〕竹枝，其聲本出於巴渝。唐貞元中，劉禹錫在沅湘，以俚歌鄙陋，乃依《騷》、《九歌》，作《竹枝新歌》。〔合註〕《唐書·劉禹錫傳》：爲朗州司馬。諸夷風俗喜巫鬼，每祠，歌《竹枝》。禹錫謂屈原作《九歌》，使楚人以迎送神，乃倚其聲，作《竹枝》十餘篇。李義山《河陽》詩：楚絲微覺《竹枝》高。【誥案】鏹錢祭鬼，皆見於《竹枝詞》內，自唐以前已有之，故方密之以爲起於晉也。

《竹枝歌》本楚聲，幽怨惻怛，若有所深悲者。豈亦往者之所見有足怨者與？夫傷二妃而哀屈原，思懷王而憐項羽，此亦楚人之意相傳而然者。且其山川風俗鄙野勤苦之態，固已見於前人之作與今子由之詩〔二九〕。故特緣楚人疇昔之意，爲一篇九章，以補其所未道者。【誥案】紀昀曰：每段八句，過接處，若斷若連，章法甚妙。

蒼梧山高湘水深，〔馮註〕《一統志》：禹貢荆州之域，天文牛女分野。周爲百粤地，秦屬桂林，漢置蒼梧郡，地總百粤，山連五嶺。柳開記：桂林全州分水嶺下，即湘、灕二水，東自海隅至此，分南北而離也。北爲湘水，南爲灕水。中原北望度千岑。〔合註〕唐張喬《送韓處士歸少室山》詩：江外歷千岑。帝子南遊飄不返，〔王註縯曰〕湘君，堯之二女，舜之二妃也。舜南巡狩，死於蒼梧，二妃從之不及，溺死沅湘之間。《史記》：舜南巡狩，崩於蒼梧之野，葬於江南九疑。惟有蒼蒼楓桂林。楓葉蕭蕭桂葉碧，萬里遠來超莫及。乘龍上天去無蹤，〔馮註〕《漢·郊祀志》：黄帝采首山銅，鑄鼎於荆山下。鼎既成，有龍垂胡顃下迎黄帝。黄帝上騎，羣臣後宮從上龍七十餘人，龍迺上去。餘小臣不得上，迺悉持龍顃，龍顃拔，墮，墮黄帝之弓。百姓卬望黄帝既上天，乃抱其弓與龍顃號。草木無情空寄泣。〔馮註〕《博物志》：舜之二妃曰湘夫人。舜崩，二妃啼，以涕揮竹，竹盡斑。水濱擊鼓何喧闐，相將扣水求屈原。〔合註〕《高陽樂人歌》：相將入酒家。見《樂府詩集》。屈原已死〔三〇〕今千載，滿船哀唱似當年。〔馮註〕《晉·夏統傳》：聆《小海》之唱，謂子胥、屈平立吾左右矣。〔合註〕《漢書·司馬遷傳〔三一〕》：當年不能究其禮。海濱長鯨徑千尺，〔馮註〕崔豹《古今注》：鯨，海魚也。大者長千丈，小者數十丈，一生數萬子。《異物志》：鯨鯢長百丈，大亦稱之，雄曰鯨，雌曰鯢。食人爲糧安可入？招君不歸海水深，海魚豈解哀忠直？〔合註〕此數句即用《招魂》意。吁嗟忠直死無人，可憐〔三二〕懷王西入秦。秦關已閉無歸日，〔馮註〕《史記·屈原傳》：時秦昭王與楚婚，欲與懷王會。懷王欲行，屈平曰：「秦，虎狼之國，不可信，不如無行。」懷王稚子子蘭勸王行。入武關，秦伏兵絶其後，因留懷王，以求割地。懷王怒，不聽，亡走趙，趙不內，復之秦，竟死於秦而歸葬。章華不復見車輪。〔合註〕《左傳·昭公七年》：楚子成章華之臺。君王去時簫鼓咽，父老送君車軸折。〔王註〕《漢書·臨江王榮傳》：上徵榮，榮既上車，軸折車廢。江陵父老流涕竊言曰：「吾王不反矣。」千里逃歸迷故鄉，南公〔三三〕哀痛彈長鋏。三户亡秦信不虛，〔馮註〕《史記·項羽本紀》：夫秦滅六國，楚最無罪，自懷王入秦不反，楚人憐之至今，故楚南公曰「楚雖三户，亡秦必楚」也。一朝兵起盡讙呼。當時項羽年最少，〔馮註〕《項羽本紀》：項籍者，字羽。

初起時，年二十四。提劍本是耕田夫。〔合註〕陳琳《爲袁紹檄豫州》：提劍揮鼓。橫行天下竟何事，〔合註〕《史記·伯夷傳》：盜跖橫行天下。棄馬烏江馬垂涕。項王已死無故人，〔馮註〕《史記·項羽本紀》：項王欲東渡烏江，亭長檥船待。王曰：「吾知公長者。吾騎此馬五歲，所當無敵，嘗一日行千里，不忍殺之，以賜公。」顧見漢騎司馬呂馬童曰：「若非吾故人乎，吾聞漢購我頭，千金，邑萬户，吾爲若德。」乃自刎而死。首入漢庭身委地。〔王註〕《史記·項羽本紀》：王翳取其頭，楊喜、呂馬童、呂勝、楊武各得其一體。〔合註〕《莊子·養生主篇》：如土委地。富貴榮華豈足多，至今惟有〔三〕冢嵯峨。故國淒涼人事改，楚鄉千古爲悲歌。〔馮註〕《史記·項羽本紀》：夜聞四面皆楚歌。又：項王乃悲歌忼慨。【誥案】第九章總結。紀昀曰：勢須有一總收，音節確似《汾陰行》，其聲哀曼動人。

過木櫪觀

〔王註〕老泉《詩叙》云：許旌陽得道之所，舟人不以相告，即過，至武寧縣，乃得其事。縣人云：「許旌陽棺槨，猶在山上。」旌陽，許遜也，嘗爲旌陽縣令。〔查註〕《太平寰宇記》：木櫪山，在萬州武寧縣東南十三里。《輿地紀勝》：許旌陽舊宅，今之白鶴寺也。

石壁高千尺，微蹤遠欲無。飛簷如劍寺，〔公自註〕出劍門東，望上，寺宇彷彿可見。〔查註〕《輿地碑目》：劍門山頂有一寺，曰梁山寺。〔合註〕張平子《西京賦》：飛檐巘巘。古柏似仙都。〔查註〕元《方輿勝覽》：自酆都縣東行二里，石徑縈回，翠柏殆數萬株，又名平都福地。許子嘗高遯，行舟悔不迂。斬蛟聞猛烈，〔馮註〕《南昌府志》：許遜，南昌人。母夢金鳳銜珠墮掌而生。晉初爲旌陽令，得異人術，周游江湖，悉斬蛟蜃，除民害。精修山中，年一百三十六，舉家飛昇。〔查註〕《列仙傳》：許遜，字敬之。晉永嘉中，爲蜀之旌陽令。從吴猛，得神方，棄官，居洪州西山下。時海有大蛇，真君用正一斬邪之法殲之。《十二真君傳》與此畧同。提劍想崎嶇。寂寞棺猶在，修崇世已愚。隱居人不識，化去俗争吁。洞府煙霞遠，人間爪髮枯。〔合註〕《列子·天瑞篇》：皮膚爪髮，隨世隨落。飄飄乘倒景，誰復顧遺軀。

八陣磧〔三五〕

〔外集註〕夔州。〔王註〕《晉書·桓温傳》：諸葛亮造八陣圖於魚復平沙之上，壘石爲行，行相去二丈。桓温見之，謂此常山蛇勢也。文武皆莫能識之。〔馮註〕《水經》：江水又東逕諸葛亮圖壘南注，石磧平曠，望兼川陸，有亮所作八陣圖。東跨故壘，皆累細石爲之。自壘西去，聚石八行，行間相去二丈，因曰八陣。《荊州圖記》：永安宫南一里渚下平磧中，有孔明八陣圖，聚細石爲之。各高五尺，廣十圍，歷然棋布，縱横相當。中間相去九尺，正中開南北巷，悉廣五尺。凡六十四聚。《成都圖經》：武侯八陣凡三，在夔者，六十有四，方陳法也。劉禹錫《嘉話録》：夔州西市，俯臨江岸沙石下，看諸葛亮八陣圖，箕張翼舒，鵝形鸛勢，衆石分布，宛然尚存。峽水大時，巴蜀雪消之際，大樹十圍，枯槎百丈，破磑巨石，隨波塞川而下，水與岸齊，雷奔山裂。及乎水落川平，萬物皆失故態，惟陣圖小石分堆標聚，行列依然。如是者，垂六七百年，淘灑推激，迨今不動。劉禹錫曰：「是諸葛公誠心爲玄德效死，況此法出《六韜》，是太公上智之才所搆，所以神明保持一定而不可改也。」《圖經》：夔人重諸葛公，每歲以人日傾城出游磧上，謂之踏磧。〔查註〕《困學紀聞·考史》：八陣圖。薛士龍曰：「可見者三，一在沔陽之高平舊壘，一在新都之八陣鄉，一在魚復永安宮南江灘水上。」蔡季通曰：「魚復石磧，迄今如故。」《太平寰宇記》：八陣圖，在奉節縣西南七里。按，奉節縣，本漢魚復縣地。桓温征蜀過此，見常山蛇陣，遂勒銘曰：「望古識其真，臨源愛往跡，恐君遺事節，聊下南山石。」《入蜀記》：夔州東南有八陣磧，孔明之遺跡。碎石行列如引繩，每歲江漲，磧上水數十丈，比退，陣石如故。〔合註〕方以智《通雅》所載八陣圖凡四：沔陽、新都、魚復、棋盤市。【誥案】《孔明文集》，諸圖具存。

平沙何茫茫，仿佛見石蕝。〔馮註〕《唐韻》：蕝，束茅表位。《漢書》：叔孫通爲綿蕞野外。註：立竹及茅索營之。《春秋傳》：置茅蕝。按，石蕝字，先生特借用其意耳。〔合註〕《漢書註》：蕞與蕝同，並音子悦反。〔查註〕《晉語》：楚爲荆蠻，置茅蕝，設望表。《説文》：朝會束茅表位曰蕝。按此云石蕝，謂八陣磧以石表位，如茅蕝也。縱横滿江上，歲歲沙水齧。孔明死已久，誰復辨行列。神兵〔三六〕非學到，〔合註〕陸士衡《辨亡論》：神兵東驅。自古不留訣。至人已心〔三七〕悟，〔查註〕《蜀志·諸葛亮傳》：亮性長於巧思，推演兵法，作八陣圖，咸得其要。後世徒妄説。自從漢道衰，蜂起盡姦傑。〔合註〕《史記·项羽本紀》：楚蜂起之將。英雄不相下，禍難久連結。〔王註仔曰〕謂曹操、孫權、袁紹、劉表之屬。驅民市無烟，戰野江流血。萬人賭一擲，〔合註〕李太白《經亂離後天恩流夜郎》詩：天地賭一擲，未能忘戰争。殺盡如沃雪。不爲久遠計，草草常無法。〔合註〕何焯曰：《蜀志·廖立傳》曰，關侯作軍無法，故前後數喪師衆。孔明最後起，意欲掃羣孽。崎嶇事節制，〔查註〕《蜀志》：建興十二年，亮悉大衆，由斜谷出據武功五丈原。每患糧不繼，使己志不伸，是以分兵屯田，爲久住之基。耕者雜於渭濱居民之間，而百姓安堵，軍無私焉。〔合註〕干令升《晉紀·總論》：屢拒諸葛亮節制之兵。隱忍久不決。志大遂成迂，歲月去如瞥。〔合註〕《説文》：瞥，過目也。六師紛未整，一旦英氣折。惟餘八陣圖，千古壯夔峽。

諸葛鹽井

〔公自註〕井有十四，自山下至山上，其十三井常空，每盛夏〔三八〕水漲，則鹽泉迤邐遷去，常去於江水之所不及。〔馮註〕《漢書·貨殖傳》：成都羅裒，訾至鉅萬，擅鹽井之利。〔查註〕《太平寰宇記》：八陣圖下三里有一磧，東西百步，南北四十步。上有鹽泉井五口，以木爲桶，昔嘗取鹽，即時沙壅。冬出夏没。

五行水本鹹，〔王註〕《尚書·洪範》：五行，水曰潤下，潤下作鹹。〔馮註〕《甘泉記》：甘露泉，在林縣，五行之理，相尅者相勝，山泉多甘而海鹹。蓋鹹者水歸本，甘者土勝之也。安擇江與井？如何不相入，此意誰復〔三九〕省。人心固難足，〔馮註〕《後漢書》：光武曰，人苦不知足。物理偶相逞。猶嫌取〔四〇〕未多，井上無閑綆。〔馮註〕《莊子·天運篇》：名，公器也，不可多取。又，《至樂篇》：綆短者，不可以汲深。

白帝廟

〔王註續曰〕公孫述據蜀，自稱白帝，改夔子國爲白帝城。〔馮註〕《寰宇記》：公孫述至魚復，有白龍出井中，因號爲白帝城。〔查註〕元《方輿勝覽》：白帝廟，在奉節縣東八里舊州城内，有三石筍猶存。《入蜀記》：白帝廟，氣象甚古，松柏皆百年物。《輿地碑目》：白帝廟碑凡三，其一，元和元年；其二，長興二年；其三，廣政元年立。廟前有柏柱，大可十圍，高二十餘丈，乃公孫述時棲柱。盛弘之《荆州記》：巴東郡峽上北岸，有一山，孤峙，甚峭，巴東郡據以爲城。《水經注》云：白帝山，北緣馬嶺，接赤甲山。其間平處，南北相去八十五丈，東西七十丈。東傍瀼溪，即以爲隍，寒山九坂，最爲險峻。公孫述據蜀，自以爲承漢土運，故號曰白帝城。

朔風催入峽，慘慘去何之？共指蒼山路，來朝白帝祠。荒城秋草滿，古樹野藤垂。浩蕩荆江遠，淒涼蜀客悲。遲回問風俗，〔合註〕孟襄陽詩：林下莫遲回。涕泗憫興衰。故國依然在，遺民豈復知。一方稱警蹕，萬乘擁旌旂。〔馮註〕《後漢·公孫述傳》：字子陽，扶風茂陵人。更始遣李寶、張忠徇蜀漢。述恃其地險衆附，有自立志。會有龍出其府殿，中夜有光耀，述以爲符瑞，因刻其掌，文曰公孫帝。建武元年四月，遂自立爲天子，號成家，色尚白，建元龍興。〔合註〕《後漢書》本傳：述出入法駕，鑾旂旄騎，陳置陛戟。遠略初吞漢，雄心豈在夔。〔合註〕《左傳·僖公九年》：齊侯不務德而勤遠略。傅休奕樂府：雄心志四海。崎嶇來野廟，閔默愧當時〔四二〕。〔合註〕梁吴均《送歸曲》：攬衣空憫默。破甑蒸山麥，〔馮註〕《後漢書》：孟敏貿甑，墮地，徑去不顧。郭林宗異之，問其意，曰：「甑已破矣，視之何益。」長歌唱竹枝。荆邯〔四三〕真壯士，〔馮註〕《後漢·公孫述傳》：平陵人荆邯，見東方將平，兵且西向，説述發國内精兵，令田戎據江陵，令延岑出漢中、定三輔，如此，海内震摇，冀有大利。述以問羣臣，博士吴柱曰：「昔武王伐殷，先觀兵孟津，八百諸侯，不期同辭，然猶還師以待天命，未聞無左右之助，而欲出師千里之外，以廣封疆者也。」邯曰：「今東帝無尺土之柄，驅烏合之衆，跨馬陷敵，所向輒平，不亟乘時與之分功，而坐談武王之説，是效隗囂欲爲西伯也。」述然邯言，而不能用。吴柱〔四三〕本經師。〔合註〕《漢書・平帝紀》：校學置經師一人。失計雖無及，圖王固已奇。〔合註〕《大戴禮》：是以慮無失計。《漢書・徐樂傳》：臣聞圖王不成。猶餘帝王號，皎皎在門楣。〔合註〕《釋名》：楣，眉也，近前各兩，若面之有眉也。【誥案】紀昀曰：通篇老健，結不作謾罵語，亦脱蹊徑。

入峽

〔馮註〕《漢書・趙充國傳註》：山陗而夾水曰陿。《太平寰宇記》：瞿塘峽，在夔州府城東。古西陵峽，兩崖對峙，中貫一江，灩澦堆當其口，乃三峽之門。巫峽，在巫山縣。庾仲雍《荆州記》：巴楚有明月峽、廣德峽、東突峽。今謂之巫峽、秭歸峽、歸鄉峽。〔查註〕《吴船録》：發泥碚村六十里，至恭州，自此入峽。〔合註〕余視學蜀中，自成都水程至夔州，凡過涪、忠諸險地，皆不稱峽，至夔府以下，方入三峽。《欒城集》編次不誤。【誥案】此題《欒城集》編次在灩澦堆後。查註疑其誤，改編涪州詩前。今考本集《灩澦堆賦》，叙所論形勢，大畧謂，蜀江會百水，直下千里，使無灩澦堆先當其衝，則瞿塘峽口之險，尚不止此。故其賦云：忽峽口之逼窄兮，納萬頃於一盃。方其未知有峽也，而戰乎灩澦之下。據此，則《欒城集》不誤，查註誤矣。今如《欒城集》，改編《巫山》詩前。合註所言不詳，惟親經其道者知之，玆則并其説瞭然矣。

自昔懷幽賞〔四四〕，〔合註〕李太白《春夜宴桃李園序》：幽賞未已。今玆得縱探。長江連楚蜀，〔馮註〕《輿圖》：大江源出蜀之岷山，歷荆州、夷陵、宜都、枝江、公安、石首，而東與漢江合。萬派瀉東南。〔合註〕唐李建勳《春水》：萬派争流雨過時。合水來如電，〔查註〕《水經》：江水，又東北至巴郡江州縣東，强水、涪水、漢水、白水、宕渠水，合南流注之。〔合註〕李太白《望瀑布水》詩：欻如飛電來。黔波綠似藍。〔查註〕《吴船録》：黔水自黔江來，合大江，江濤黄濁，黔江乃清泠如玻璃，其下悉是石底，自成都至此，始見清江。餘流細不數，遠勢競相參。〔合註〕杜子美《朝》詩：雲木曉相參。入峽初無路，連山忽似龕。〔合註〕庾信《麥積崖佛龕銘》：禮花首於山龕。縈紆收浩渺，〔合註〕班固《西都賦》：步甬道以縈紆。蹙縮作淵潭。〔合註〕劉禹錫《沓潮歌》：驚湍蹙縮悍而驕。風過如呼吸，〔合註〕《莊子·刻意篇》：吹呴呼吸，吐故納新。雲生似吐含。〔合註〕王褒《洞簫賦》：并包吐含。墜崖鳴窣窣，〔合註〕杜荀鶴《寄崔博士》詩：窣窣陰風有鬼聽。垂蔓綠毿毿。〔合註〕孟襄陽《高陽池送朱二》詩：綠岸毿毿楊柳垂。冷翠多崖竹，孤生有石枏。〔合註〕白樂天詩：冷翠落芭蕉。《文選·古詩》：冉冉孤生竹。《酉陽雜俎》：石枏花，有紫、碧、白三色，大如牡丹，亦有無花者。飛泉飄亂雪，怪石走驚驂。絶澗知深淺，樵童〔四五〕忽兩三。人煙偶逢郭，沙岸可乘籃。野戍荒州縣，〔查註〕本集《與荆州王兵部書》云：自蜀至楚，過郡十一，縣二十有六。〔合註〕庾信詩：野戍孤煙起。邦君古子男。〔馮註〕荆楚及夔子，皆古子男國也。放衙鳴晚鼓，留客薦霜柑。聞道黄精草，叢生綠玉篸。〔馮註〕《神仙傳》：鄧伯元、王元甫，俱在霍山，服青精飯。杜子美《贈李白》詩：豈無青精飯，使我顔色好。《登真訣註》：乾石青精卽黄精，其法，以南燭草汁浸米蒸飯，暴乾，其色青如黳珠，食之延年。〔合註〕司馬相如《上林賦》：珊瑚叢生。梁簡文帝詩：斜柯插玉簪。盡應充食飲，不見有彭、聃。〔合註〕嵇紹《贈石季倫》詩：遠希彭、聃壽。氣候冬猶煖，星河夜半涵。遺民悲昶、衍，〔公自註〕孟昶從此入覲〔四六〕。〔王註〕孟昶、王衍皆蜀主。舊俗接魚蠶〔四七〕。〔王註續曰〕魚凫、蠶叢，先爲蜀主。〔馮註〕李太白《蜀道難》詩：蠶叢及魚凫，開國何茫然。《一統志》：黄帝子曰昌意，取蜀山氏女，生帝嚳，後封其支庶於蜀，歷夏、商始稱王。首名蠶叢，次曰柏灌，次曰魚鳧。又：蠶叢氏初爲蜀侯，後稱蜀王，教民蠶桑，俗呼青衣神。又：成都有昇仙橋。相傳魚鳧王與張伯子，俱乘虎仙去，橋因以名。〔查註〕《與地廣記》：三代以前爲蜀君，曰蠶叢、曰伯雍、曰魚鳧、曰杜宇、曰開明，相繼王之。板屋漫無瓦，巖居窄似菴。〔合註〕《廣韻》：菴，小草舍也。《後漢書·皇甫規傳》：親入菴廬。伐薪常冒險〔四八〕，得米不盈甔。〔合註〕《廣韻》：甔，小甖。陸龜蒙詩：家儲不滿甔。歎息生何陋，劬勞不自慚。葉舟輕遠泝，大浪固嘗諳〔四九〕。矍鑠空相視，〔馮註〕《後漢·馬援傳》：矍鑠哉此翁。《莊子·大宗師篇》：相視而笑。嘔啞莫與談。〔合註〕《集韻》：嘔啞，小兒學言。蠻荒安可住〔五〇〕，幽邃信難妉。〔合註〕孫綽《游天台山賦》：幽邃窈窕。《爾雅·釋詁》：妉，般，樂也。獨愛孤棲鶻，〔馮註〕《風土記》：鶻鳩，一名鶌鳩，又名鶻舟，喜朝鳴。〔合註〕張衡《東京賦》：鶻嘲春鳴。高超百尺嵐。横飛應自得，遠颺似無貪。〔馮註〕《後漢·吕布傳》：譬如養鷹，飢卽爲用，飽則颺去。〔合註〕《廣韻》：颺，又餘亮切。振翮游霄漢，〔合註〕《文選·古詩》：高舉振六翮。《後漢書·仲長統傳》：可以淩霄漢。無心顧雀鵪。〔合註〕《詩·鄘風》：鶉之奔奔。《音義》云：鵪鶉，鳥。鵪，烏南反。塵勞世方病，〔合註〕《維摩經》：弟子衆塵勞，隨意之所轉。局促我何堪。〔合註〕《文選·古詩》：蟋蟀傷局促。韓退之詩：豈必局束爲人鞿。盡解林泉好，多爲富貴酣。試看飛鳥樂，高遁此心甘。【誥案】通幅整暇，自能入妙。紀昀曰：刻意鍛鍊，語皆警峭，氣局亦寬然有餘。入結，忽借一鳥生波，便覺淫佚詠歎，意味深長，故詩家當争用筆。

巫山

〔查註〕《水經》：江水歷峽，東逕新崩灘，注其下。十餘里，有大巫山。首尾一百六十里，謂之巫峽，蓋因川爲名也。《太平寰宇記》：自三峽取蜀數千里。惟三峽七百里，兩岸連山，畧無缺處，重巖疊嶂，隱天蔽日，自非亭午夜分，不見日月。所謂高山尋雲，怒湍流水，絶非人境。神女廟在峽北岸。

瞿塘迤邐盡，〔查註〕《水經注》：白帝城水門之西，江中有孤石，冬出水二十餘丈，夏則没。《樂府解題》：瞿，盛也；塘，陂池也。言盛水其中，可以行舟也。又云：夏則爲瞿，冬則爲塘。《入蜀記》：瞿塘關西門，正對灩澦堆。《太平寰宇記》：瞿塘在夔州東一里，古西陵峽也。連崖千丈，奔流電激。《方輿勝覽》以爲三峽之門。《吴船録》：泊夔州，視瞿塘水，僅漫灩澦之頂，盤渦散其上，謂之灩澦撒髮。十五里，至瞿塘口。〔合註〕梁簡文帝詩：迤邐觀鵝翼。巫峽峥嶸起。連峯稍可怪，石色變蒼翠。〔合註〕謝朓《冬日晚郡事隙》詩：蒼翠望寒山。天工運神巧，漸欲作奇偉。〔合註〕《文選》揚雄《劇秦美新》文：奇偉倜儻譎詭。坱軋勢方深，〔馮註〕劉安《招隱士》：坱軋兮山曲岪，心淹留兮恫荒忽。結搆意未遂。〔合註〕左太沖《招隱》詩：巖穴無結搆。旁觀不暇瞬，步步造幽邃。〔合註〕《魏志·顔斐傳註》：步步稽留。蒼崖忽相逼，〔合註〕李義山《幽人》詩：蒼崖萬歲藤。絶壁凛可悸。仰觀八九頂，〔查註〕《入蜀記》：巫山十二峯，不可悉見，所見八九峯。俊爽凌顥氣〔三二〕。〔馮註〕《文選》班固《答賓戲》：超忽荒而躆昊蒼。司馬相如《封禪文》：肇自顥穹。師古註：顥，灝也，元氣浩汗故曰顥。〔合註〕《晉書》：裴楷容儀俊爽。班固《西都賦》：鮮顥氣之清英。晃蕩天宇高，〔合註〕蔡邕《胡公碑》：充天宇。奔騰〔三三〕江水沸。〔合註〕《詩經·小雅·十月之交》：百川沸騰。孤超兀不讓〔三三〕，直拔勇無畏。攀緣見神宇，〔馮註〕劉安《招隱士》：攀緣桂枝兮聊淹留。憩坐就石位。巉巉隔江波，〔合註〕韓退之詩：倚天更覺青巉巉。一一問廟吏。遥觀神女石，〔查註〕按峽中十二峯，曰望霞、翠屏、朝雲、松巒、集仙、來鶴、浄壇、上昇、起雲、飛鳳、登龍、聖泉，無神女峯之名。《吴船録》云：陽臺高唐觀，人云，在來鶴峯上。《入蜀記》云：十二峯，惟神女峯最爲纖麗奇峭，宜爲仙真所托。竊意來鶴峯，即神女峯之别名。〔合註〕查註本《名勝志》。來鶴，《志》作聚鶴。綽約誠有以。俯首見斜鬟，拖霞弄修帔。〔合註〕《説文》：帔，謂帬帔也。《釋名》：帔，披也，披之肩背，不及下也。人心隨物變，遠覺含深意。野老笑我〔五四〕旁：「少年嘗屢至。去隨猿猱上，反以繩索試。石筍倚孤峯，〔合註〕《後漢·任文公傳》：蜀武擔石折。注：其石俗今爲石筍。突兀殊不類。世人喜神怪，論説驚幼穉。楚賦亦虚傳，神仙安有是？」【誥案】以上借野老口中述舊游，洗滌穢，賦爲後《神女廟》詩章本。其下入掃壇竹，至游歸，寫得在有意無意間，高貴之甚。次問「掃壇竹」，云「此今尚爾。翠葉紛下垂，婆娑緑鳳尾〔五五〕。風來自偃仰，若爲神物使。〔王註子仁曰〕《永嘉記》：川江緣岸有仙石壇，有竹嬋娟青翠，風來枝動掃石壇，壇上無塵，即此類。〔馮註〕《荆州圖記》：天門角上，特生一竹，倒垂拂拭，謂之天帚。《永嘉記》：陽嶼有仙石山，頂上有平石，方十餘丈，名爲仙壇。壇陬凡有四竹，葳蕤青翠，風來動音，自成宫商。石上浄潔，初無塵穢，相傳云，曾有却粒者於此羽化，故謂之仙石。婆娑、偃仰，見《詩經》，神物見《易經》。絶頂有三碑，詰曲〔五六〕古篆字。〔合註〕劉禹錫《蒲桃歌》：修蔓蟠詰曲。老人那解讀，偶見不能記。窮探到峯背，採斫黄楊子。黄楊生石上，堅瘦紋如綺〔五七〕。〔合註〕《埤雅》：黄楊木，性堅緻難長。貪心去不顧，澗谷千尋縋。〔合註〕孫綽《蘭亭集後序》：高嶺千尋。山高虎狼絶，深入坦無忌。溟濛〔五八〕草樹密，葱蒨雲霞膩。〔合註〕江文通《雜體》詩：青林結溟濛，丹巘被葱蒨。石竇有洪泉，甘滑如流髓。〔馮註〕《仙經》曰：神山五百歲一開，其中石髓出，得而服之，壽與天相畢，金玉之精也。《神仙傳》：王烈入大行山中，忽見山破石裂，青泥流出如髓，烈取食之，如飴。〔合註〕江總詩：風窗穿石竇。終朝自盥漱，冷冽清心胃。浣衣挂樹梢，磨斧就石鼻。徘徊雲日晚，歸意念城市。不到今卅年，【誥案】原作十年，當是卅字之譌。曉嵐謂不以辭害意也。衰老〔五九〕筋力憊。當時伐殘木，牙蘖已如臂〔六〇〕。」〔合註〕《古今注》：藤大如臂。【誥案】自「次問掃壇竹」句至此，亦述老人相告之詞也。忽聞老人說，終日爲歎喟。〔合註〕《楚辭·九章》：曾傷爰哀，永歎喟兮。神仙固有之，難在忘勢利。貧賤爾何愛，棄去如脫屣。〔馮註〕《史記·封禪書》：於是，天子曰：「嗟乎，吾誠得如黃帝，吾視去妻子如脫躧耳。」嗟爾若無還，絕糧〔六一〕應不死。【誥案】紀昀曰：波瀾壯闊，繁而不沓，一篇大文，如何收束，趁勢以野老作結，極完密，又極灑脫。

巫山廟上下數十里，有烏鳶無數，取食於行舟之上，舟人以神之故，亦不敢害

〔查註〕《吴船録》：凝真觀前有馴鴉，客舟將來，則迎於數里之外，舟過亦送數里，土人謂之神鴉。《入蜀記》：神女祠中有烏數百，送迎客舟，自唐夔州刺史李貽詩已云「羣烏幸胙餘」矣。

羣飛來去噪行人，〔馮註〕韓退之文：一斥不復，羣飛刺天。杜子美詩：白鷺羣飛太劇乾。《西京雜記》：陸賈曰，乾鵲噪而行人至。得食無憂便可馴。江上飢烏無足怪，野鷹何事亦頻頻。〔馮註〕揚子《法言·學行》：頻頻之黨甚於鷽斯，亦賊夫糧食而已矣。

神女廟

〔查註〕盛弘之《荆州記》：神女廟在峽之北岸。《入蜀記》：過巫山凝真觀，謁妙用真人祠，世所謂巫山神女祠，正對巫山，峯巒上入霄漢，山脚直插江中。【誥案】《集仙録》：雲華夫人，王母第二十三女，太真王夫人之妹也，名瑶姬。受徊風混合萬景鍊神飛化之道。嘗東海遊，還，過江上，有巫山焉。峯巖挺拔，林壑幽麗，巨石如壇，留連久之。時大禹理水，駐山下，大風卒至，崖振谷隕不可制，因與夫人相值，拜而求助。卽勅侍女授禹策，召鬼神之書，因命其神狂章、虞余、黄魔、大翳、庚辰、童律等助禹，斲石疏波，決塞導扼，以循其流。禹拜而謝焉。禹嘗詣之崇巘之巓，顧盻之際，化而爲石，或倏然飛騰，散爲輕雲，油然而止，聚爲夕雨，或爲游龍，或爲翔鶴，千態萬狀，不可親也。忽見雲樓玉臺，瑶宫瓊闕，森然靈官侍衞，不可名識。獅子抱關，天馬啓途，毒龍電獸，八威備軒。夫人宴坐於瑶臺之上，禹稽首問道。召禹使坐，而言曰：「夫聖匠肇興，剖大混之一樸，發爲億萬之體，發大蘊之一苞，散爲無窮之物。故步三光而立乎晷景，封九域而制乎邦國，刻漏以分晝夜，寒暑以成歲紀，兑離以正方位，山川以分陰陽，城廓以聚民，器械以衞衆，輿服以表貴賤，禾黍以備凶歉。凡此之制，上稟乎星辰，而取法乎神真，以養有形之物也。是故日月有幽明，生殺有寒暑，雷震有出入之期，風雨有動静之常，清氣浮乎上，而濁衆散於下。廢興之數，治亂之運，賢愚之質，善惡之性，剛柔之氣，壽夭之命，貴賤之位，尊卑之敍，吉凶之感，窮達之期，此皆稟之於道，懸之於天，而聖人爲紀也。天參玄玄，地參混黄，人參道德，天保其玄，地守其物，人養其氣，所以全也。至乎哉，勤乎哉，子之功及於物矣，勤逮於民矣，善格乎天矣。汝將欲越巨海而無飆輪，渡飛砂而無雲軒，陟扼塗而無所轝，涉泥波而無所乘，陸則困於遠絶，水則懼於漂淪，將欲以導百谷而濬萬川也，危乎悠哉。吾所授寶書，可以出入水火，嘯叱幽冥，收束虎豹，呼召六丁，隱淪八地，顛倒五星，久視存身，與天相傾也。」因命侍女陵容華，出丹玉之笈，開《上清寶文》以授。禹拜受而去。又得庚辰、虞余之助，遂能導波決川以成其功，奠五岳，別九州，而天錫玄珪也。祠在山下，神女石卽所化也。壇側有竹垂之，若篲，有槁葉飛物着壇上者，竹則因風掃之，終瑩潔不爲所汚焉。考《古岳瀆經》載禹授童律、庚辰頸鎖巫支祁事甚備，而巫支祁猶存。堯舜以德稱聖，而禹獨以功稱神。孔子曰：「禹致孝乎鬼神。」是禹之神未可思議，而巫山之助非無因也。子由《巫山廟》詩有云：堯使大禹導九州，石隕山隊幾折股。山前恐懼久無措，稽首山下苦求助。丹書玉笈世莫窺，指示文字相爾汝。擘山洩江幸無苦，庚辰、虞余實相禹。功成事定世莫知，空山俄頃千萬古。是全本此文也。公詩別出手法，以治水作骨，詩旨皆同，因補載其事焉。

大江從西來，上有千仞山〔六二〕。江山自環擁，恢詭富神姦。〔馮註〕《左傳·宣公三年》：使民知神姦。〔合註〕劉向《上列子序》：迂誕恢詭。【誥案】起四句，從江山入手，領起治水。深淵鼉鼈橫，〔類本原註〕橫，去聲〔六三〕。巨鼇蛇龍〔六四〕頑。旌陽斬長蛟，〔馮註〕《許旌陽傳》：旌陽於豫章遇一少年，謂門人施太玉曰：「此蜃精，宜亟翦戮，彼今化爲黃牛，我當化黑牛以逐之。」俄，龍沙洲一黑牛奔赴黃牛而來。太玉以劍揮之，中其左股，因投於井。先是少年以珍寶數萬，娶潭州刺史賈至女。至是，真君見賈曰：「聞君有貴壻，乃蛟蜃老魅，焉敢遁形。」蜃遂變本形，爲吏所殺。雷雨〔六五〕移滄灣〔六六〕。蜀守降老蹇，至今帶連環。〔王註〕《神異記》：蜀守李冰降毒龍蹇氏，鎖之於江上，水害遂息。〔馮註〕《誓水碑記》：李冰鑿山導江，其神怒，化爲牛，出沒波上。冰操刀入水殺之，因立五石犀於水旁，誓曰：

「淺毋至足，深毋至肩。」水患遂息。縱橫若無主，蕩逸侵人寰。〔合註〕《後漢書・馮衍傳》：蕩逸人間之事。【詰案】自「深淵」至此一節，以二比代本事，跡不露而神自到。上帝降瑤姬，【詰案】五字棒喝，喚醒多少癡兒騃女。來處荆巫間。〔馮註〕神女廟石刻《墉城記》云：瑤妃，西王母之女，稱雲華夫人。助禹驅神鬼，斬石疏波，有功，見紀。今封妙用真人，廟額曰凝真觀。習鑿齒《襄陽耆舊傳》：赤帝女曰瑤姬，未行而卒，葬於巫山之陽，故曰巫山之女。神仙豈在猛？【詰案】此句明翻治水以自蓋不敘本事之跡，實乃坐實前比一節，究竟是治水也。落墨高潔之甚。玉座〔六七〕幽且閑。〔合註〕謝莊《宋孝武宣貴妃》誄：金釭曖兮玉座寒。【詰案】此句掃除凡穢，出落清楚。紀昀曰：「神仙」十字精警。飄蕭駕風馭，〔合註〕庾信《雍夏歌》：風爲馭。弭節〔六八〕朝天闕。倏忽巡四方，不知道里〔六九〕艱。【詰案】自「上帝」至此一節，敘神女在不即不離之間，意有所避就也。古粧具法服，邃殿羅煙鬟。【詰案】此二句始敘入廟所見。曉嵐謂「飄蕭」四句可删，欲以「古粧」接「玉座」句，乃全不知作者意也。公乃特意下「幽閑」二字，又不欲着跡，故以「玉座」二字架空，乃敘事，非敘游也。「飄蕭」四句，全包助禹在内，特蓄此氣，納入前比一節，删去，則格法亂矣。百神自奔走，雜沓來趨班。【詰案】此二句結「神女」一節，完他治水本事。妙在下一「自」字，作想像之辭，收入眼界。雲興靈怪聚，雲散鬼神還。【詰案】此二句結前比一節，妙在忽聚忽散，以有爲無，仍是公口吻中。以上自「古粧」至此一節，敘入游廟中。茫茫夜潭静，皎皎秋月彎。〔查註〕《入蜀記》：神女峯，每八月十五夜月明時，有絲竹之音，往來峯頂上，峯頂猿皆鳴，達旦方止。還應摇玉佩，來聽水潺潺。【詰案】結有遠神，通篇藏「水」字不露，至末句出落「水」字，點明詩旨。紀昀曰：神女詩不作豔辭，是本領過人處。

過巴東縣不泊，聞頗有萊公遺迹

〔查註〕《太平寰宇記》：山南東道巴東縣，在歸州西六十里，本漢巫縣地。後周置樂鄉縣，開皇十八年改爲巴東縣。〔王註仔曰〕萊公，本朝宰相寇準也。嘗守官巴東，世傳「野水無人渡，孤舟盡日横」，卽巴東詩也。〔馮註〕《宋史·寇準傳》：字平仲，華州下邽人。中第，授大理評事，知歸州巴東、大名府成安縣。每期會賦役，未嘗輒出符移，惟具鄉里姓名揭縣門，百姓莫敢後期。累遷同平章事，封萊國公。〔合註〕《續通鑑長編》：真宗天禧四年，六月丙申，以寇準爲太子太傅萊國公。七月辛酉，李迪既除宰相，而準爲太子太傅萊國公如故。又：仁宗明道二年十一月，寇準以謫死。既十一年庚寅赦書，始復太子太傅。甲戌，贈準中書令，復萊國公。《宋史》與《長編》同。

萊公昔未遇，寂寞在巴東。聞道山中樹，猶餘手種松。〔馮註〕《荆州府志》：巴東，漢巫縣地，梁信陵，隋巴東。有寇萊公祠。祠中有二柏，乃公作令時手植者，民比之甘棠。〔合註〕王梅溪《宿巴東縣懷寇忠愍》詩：堂前雙柏今何在。江山養豪俊，禮數困英雄。執板迎官長，趨塵拜下風。〔合註〕《晉書》：望塵而拜。《左傳·僖公十五年》：羣臣敢在下風。當年誰刺史，應未識三公。

昭　君　村

〔馮註〕《漢書·匈奴傳》：單于自言，願壻漢氏以自親。元帝以後宫良家子王嬙字昭君賜單于，單于驩喜。〔查註〕《漢書註》應劭曰：王嬙，王氏女，名嬙。文穎曰：本南郡秭歸人也。《太平寰字記》：歸州興山縣，有王昭君宅，王嬙即此邑人，故曰昭君之縣。村連巫峽。又：香溪在邑界，即王昭君所游處。《方輿勝覽》：歸州東北四十里，有昭君村。〔合註〕《王梅溪集·昭君村》詩云：十二巫峯下，明妃生處村。至今粗醜女，灼面亦成痕。自註云：按《圖經》，昭君村，在歸州興山縣，而巫山亦有之，在十二峯之南神女廟下，未知孰是？杜少陵詩云：若道巫山女粗醜，安得此有昭君村。劉夢得《竹枝詞》云：昭君村中多女伴，永安宮外踏青回。則在巫山者是。據梅溪此說，則先生詩亦指在巫山者也。

昭君本楚人，艷色照江水。楚人不敢娶，謂是漢妃子〔七〕。誰知去鄉國，萬里爲胡鬼。〔王註〕白樂天《昭君》詩云：生爲漢宮妃，死作胡地鬼。人言生女作門楣，〔王註〕樂史《太眞外傳》：楊貴妃寵幸時，童謠有曰：「男不封侯女作妃，君看女却作門楣。」昭君當時憂色衰。〔馮註〕《韓非·說難》：及彌子色衰愛弛，得罪於君。古來人事盡如此，反覆縱横安可知。

新灘

〔王註〕《水經》云：江水歷峽，東逕新崩灘。注：此山晉太元二年又崩，水逆流百餘里，故謂之新崩灘。〔查註〕《吳船録》：歸州下五里，至白狗灘，三十里至新灘，名豪三峽。《入蜀記》：新灘兩岸，南曰官漕，北曰龍門。龍門水尤湍急，多暗石，官漕差可行，然亦多鋭石，故爲峽中最險處。至江瀆南廟，有一碑。碑言因山崩石壅成此灘，害舟不可計，於是著令自十月至二月禁行舟。

知歸州趙誠疏鑿之，灘害始去。皇祐三年也。蓋江絶於天聖中，至是復通，然灘害至今未能悉去。

扁舟轉山曲，〔馮註〕江淹《别賦》：怨復怨兮遠山曲，去復去兮長河湄。未至已先驚。白浪横江起，槎牙似雪城。番番從高來，一一投澗坑。大魚不能上，暴鬐〔七一〕灘下横。〔合註〕《文選》謝玄暉詩：乘流畏曝鰓。又，辛氏《三秦記》：龍門大魚集門下數千不得上，故云暴鰓龍門。小魚散復合，瀺灂如遭烹。〔馮註〕司馬相如《上林賦》：臨坻注壑，瀺灂霣墜。鸕鷀不敢下，〔合註〕《爾雅》鷀鷧。郭註：卽鸕鷀也，觜頭曲如鉤，食魚。《漢書註》引楊浮《異物志》：水鳥而巢高樹之上。飛過兩翅輕。白鷺誇瘦捷，插脚還敧傾。〔合註〕《文選》王延壽《魯靈光殿賦》：㑳敧傾兮。區區舟上人，薄技安敢呈。〔馮註〕《前漢·司馬遷傳》：使得奏薄技，出入周衞之中。只應灘頭廟，〔查註〕《入蜀記》：江瀆北廟，正臨龍門，江南岸又有江瀆南廟。賴此牛酒盈。〔合註〕《史記·司馬相如傳》：獻牛酒以交驩。【誥案】紀昀曰：純是香山門徑。

新灘阻風

北風吹寒江，來自兩山口。初聞似摇扇，漸覺平沙走。飛雲滿巖谷，舞雪穿窗牖。灘下三日留，識盡灘前叟〔七二〕。孤舟倦鴉軋，〔合註〕元稹詩：鴉軋深林井。短纜困牽揉。〔合註〕《廣韻》：揉，人九切。嘗聞不終朝〔七三〕，今此獨何久〔七四〕。〔馮註〕《老子》：飄風不崇朝，驟雨不終日，孰爲此者？天地。天地猶不能久，而況於人乎。只應〔七五〕留遠人，此意固亦厚。吾今幸無事，閉户爲飲酒。

黃牛廟

〔王註子仁曰〕黃牛山下，有灘名黃牛灘，南岸重嶺疊起高崖間，有石如人負刀牽牛，人墨牛黃，人跡所絕，莫得而究焉。〔查註〕《荆州記》：此巖既高，加以江湍紆迴，雖途經信宿，猶望見之。行者歌曰：「朝發黃牛，暮宿黃牛，三朝三暮，黃牛如故。」《吴船録》：過新灘八十里，至黃牛峽上，有沼川廟，黃牛之神也，亦云助禹疏川者。《入蜀記》：黃牛廟神，封嘉應保安侯。其下即無義灘，亂石塞中流，望之可畏。

江邊石壁高無路，上有黃牛不服箱。〔王註〕《詩・小雅・大東》：睆彼牽牛，不以服箱。廟前行客拜且舞，擊鼓吹簫屠白羊。〔馮註〕杜子美《玉臺觀》詩：自有馮夷來擊鼓，始知嬴女善吹簫。山下耕牛苦磽确，〔查註〕《詩疏》：阪田，崎嶇磽确之處。兩角磨崖四蹄濕〔七六〕。青芻半束長苦飢，〔查註〕杜子美《奏行》：與奴白飯馬青芻。仰看黃牛安可及。〔馮註〕李太白《上三峽》詩：三朝上黃牛，三暮行太遲。三朝復三暮，不覺鬢成絲。

蝦蟇背〔七七〕

〔馮註〕《峽州志》：扇子峽石，中突而洩水，獨清冷，石狀如圭頭，俗謂蝦蟇石。其水煎茶爲第一。培，一作碚，音佩。〔查註〕《歐陽公集》校者註云：碚，土人寫作背字。《荆州記》：蝦蟇碚在夷陵石鼻山下。黃山谷云：從舟中望之，頤項口吻，甚類蝦蟇。尋泉入洞中，石氣清寒，泉出石骨，若虯龍吼。水流循蝦蟇背，垂鼻口間，乃入江。《入蜀記》云：蝦蟇在扇子峽麓，頭鼻吻頤絶類，而背脊匏處尤逼真。

蟇背似覆盂，〔馮註〕張揖《廣雅》：蛙，蝦蟇也。《埤雅》：蝦蟇一名蟾蜍。東方朔《客難》：連四海之外以爲帶，安於覆盂。蟇頤似偃月〔七八〕。〔合註〕《戰國策》：犀角偃月。謂是月中蟇，〔馮註〕張衡《靈憲》：姮娥奔月，是謂蟾蜍。《易乾鑿度》：月，三日成魄，八日成光，蟾蜍體就，穴鼻始明。註：穴鼻，兔也。開口吐月液。〔合註〕王勃《上明員外啓》：瑶兔浮輪，候方諸而吐液。根源來甚遠，百尺蒼崖裂。當時龍破山，此水隨龍出。入江江水濁，猶作深碧色。禀受苦潔清〔七九〕，獨與凡水隔。豈惟煮茶好，〔馮註〕《輿地紀勝》：竹泉在荆州松滋縣南。宋至和初，苦竹寺僧浚井得筆。後，黄庭堅謫黔過之，視筆曰：「此吾蝦蟇碚所墜。」因知此泉與之相通。其詩曰：松滋縣西竹林寺，甘竹林中甘井泉。巴人謾説蝦蟇碚，試裹春茶來就煎。〔查註〕曹能始云：陸羽品其水爲天下第四。陸放翁詩：巴東峽裏最初峽，天下泉中第四泉。釀酒應無敵。

出峽

〔查註〕《吴船録》：黄牛峽盡，則爲扇子峽，過此，盡峽中灘矣。三十里，得南岸，則盡平地，曰平善壩。舟出峽。至此，人皆相慶如更生。三十里至峽州。【誥案】紀昀曰：《出峽》詩却寫未出峽事，一到本題，戛然竟住，潆洄掩暎，運意玲瓏。

入峽喜巉巖，〔合註〕宋玉《高唐賦》：登巉巖而下望兮。出峽愛平曠。〔合註〕陶淵明《桃花源記》：土地平曠。吾心淡無累，〔合註〕賈誼《鵩賦》：德人無累兮。遇境〔八〇〕即安暢。東西徑千里，勝處頗屢訪。〔合註〕《水經注》：嬉游多萃其上，信爲勝處。幽尋遠無厭，高絶每先上。前詩尚遺略，不録久恐忘。憶從巫廟回，中路寒泉漲。汲歸真可愛，翠碧光滿盎。〔合註〕《説文》：盎，盆也。忽驚巫峽尾，〔馮註〕《夔州志》：巫山在大江之濱，形如巫字。《三峽記》：巫峽與瞿塘峽、歸峽，世稱三峽。《水經》：江水又東逕巫峽。註：杜宇所鑿。又，漁者歌曰：巴東三峽巫峽長，猿鳴三聲淚霑裳。巖腹有穿壙。〔合註〕王維《燕子龕禪師》詩：巖腹乍旁穿。《周禮・春官・小宗伯註》：竁，穿壙也。仰見天蒼蒼，石室開南向〔八〕。宣尼古廟宇，〔查註〕《入蜀記》：發巴東山，益奇怪，有夫子洞，在峭壁，人迹不可至，彷佛若有欄楯，不知所謂夫子者何也。按《王梅溪集》：巴東之西近江，有夫子洞，亦曰聖洞。巫山縣有孔子泉，泉傍之民，雖童子皆能書，夫子胡爲洞於此，且有泉耶？詩以辨之。據此二説，則峽中當有孔子廟，而無可考。叢木作幃帳。鐵楯横半空，俯瞰不計丈。古人誰架構，下有不測浪。石竇見天囷，〔合註〕《星經》：天囷十二星，主倉廩之屬。瓦棺悲古葬。〔馮註〕《路史》：舜崩，以瓦棺葬於紀，是爲鳴條。〔合註〕《藝文類聚》引《帝王世紀》：舜南征，崩於鳴條，殯以瓦棺。新灘阻風雪，村落去攜杖。〔合註〕《史記・五帝紀註》：聚，謂村落也。亦到龍馬溪，〔馮註〕《寰宇記》：馬鳴溪在夔州府，俗稱龍馬溪，昔土人牧馬於溪上，産龍駒，四蹄利爪，朱鬉赭尾，高可七尺。州將聞，以貢行在所，載至溪口，擲鬣長鳴，躍於江。溪以名。〔合註〕此註本《潛確類書》。茅屋沽村釀。〔查註〕《水經注》：魚復戍左岸，有巴鄉村，村人善釀，故俗稱巴鄉清。村側有溪，溪中多靈壽木。玉虚悔不至，〔查註〕《晏公類要》：玉虚洞，周圍石壁，隱出異文，日居左而圓，月居右而缺，龍虎草木之狀，不可殫述。《太平寰宇記》：玉虚洞在興山縣南五十里，唐天寶五載，其洞忽開。《入蜀記》：玉虚洞，去江岸五里許，洞門小，纔袤丈。既入，則可容數百人，有石成幢，蓋旛旂、芝草、竹笋、仙人、龍虎、鳥獸之屬。實爲舟人誑。聞道石最奇，寤寐見怪狀。峽山富奇偉，得一知幾喪。苦恨不知名，歷歷但想像。【誥案】紀昀曰：「玉虛」以下四韻，得此一虛，實處皆活，且前路逐一鋪敍，難免掛漏，有此一補，方滿足無罅，凡不盡處皆到。今朝脱重險，〔馮註〕《易·坎卦》：習坎。朱註：習，重習也；坎，險陷也。象曰習坎，重險也。楚水渺平蕩。魚多客庖足，風順行意王。追思偶成篇，聊助舟人唱。

遊三游洞

〔查註〕白樂天《詩序》云：予自江州司馬，授忠州刺史，之郡，與知退會於夷陵。翼日，微之返棹，送予至下牢戍，聞石間泉聲，因舍棹，步入缺岸。水石相薄，磷磷鑿鑿，跳珠濺玉，驚動耳目，各賦古詩二十韻，書於石壁。以吾三人始游，故因名三游洞。洞在峽州上二十里北峯下兩崖相廞間。〔王註〕老泉詩云：洞中蒼石流成乳，山下寒溪冷欲冰。天寒二子苦求去，吾欲居之亦不能。子由詩云：昔年有遷客，攜手過嵌巖。去我歲三百，游人忽復三。

凍雨霏霏半成雪，〔合註〕梁劉孝綽《餞張惠紹應令》詩：凍雨晦初陽。游人屨凍〔八二〕蒼苔〔八三〕滑。不辭攜被巖底眠，洞口雲深夜無月。

遊洞之日〔八四〕，有亭吏乞詩，既爲留三絶句於洞之石壁，明日至峽州，吏又至，意若未足，乃復以此詩〔八五〕授之

〔王註子仁曰〕三絶句，老泉及東坡、子由各一也。〔查註〕《十道志》：三峽口，地曰峽州，楚蜀分畛。《輿地廣記》：魏武平荆州，分置臨江郡，蜀先主改爲宜都，後周改曰硤州。《九域志》：峽州夷陵郡，屬荆湖北路。唐初改硤爲峽。東界至江陵府二百六十五里，西界至歸州一百五里。

一徑繞山翠，〔馮註〕《世説》：羊元所居，山當户，峯巒奇秀，謂客曰，此翠屏宜晚對，爽人心目。〔合註〕此見《潛確類書》。縈紆去似〔六六〕蛇。〔馮註〕柳子厚《至小丘西小石潭記》文：斗折蛇行，明滅可見。忽驚溪水急，争看洞門呀。〔合註〕《説文》：呀，張口貌。《玉篇》：大空貌。班固《西都賦》：呀周池而成淵。滑磴攀秋蔓，飛橋踏古槎。〔合註〕劉禹錫《登司馬錯故城》詩：墉高秋蔓緑。江總《山庭春日》詩：古槎横近澗。三扉迎北吹，一穴向西斜。〔查註〕《入蜀記》：過下牢關，繫船，登三游洞，躡石磴二里，其險處不可著脚。洞大如三間屋，有一穴通人過，然陰黑可畏。繚山腹，傴僂自巖下至洞前，差可行。下臨溪潭，石壁二十餘丈。又一穴，後有壁可居，鍾乳歲久垂地，正當穴門。歎息烟雲老〔六七〕，〔合註〕枚叔《七發》：烟雲闇漠。追思歲月遐。唐人昔未到，古俗此爲家。洞煖無風雪，山深富鹿猳。相逢衣盡草，〔合註〕《後漢書·黨錮傳》：解草衣以升卿相。環坐髻應髽。〔馮註〕《禮記·檀弓》：魯婦人之髽而弔也，自敗於狐駘。始也，南宫縚之妻之姑之喪，夫子誨之髽。柳子厚詩：風移魯婦髽。竈突依巖黑，〔馮註〕《淮南子》：孔子無黔突，墨子無煖席，魯連子竈五突，分烟者衆矣。《吕氏春秋》：竈突決，上棟焚。樽罍就石窪。〔合註〕「樽罍」見《周禮》。顔真卿《石樽聯句》：李公登飲處，因石爲窪樽。洪荒無傳記，〔合註〕《漢書·劉歆傳》：信口説而背傳記。想像在羲媧。此事今安有，遺蹤我獨嗟。山翁〔六八〕勸留句，强爲寫槎牙。〔合註〕陸龜蒙詩：槎牙費痩詞。

寄題清溪寺

〔公自註〕在峽州，鬼谷子之故居。〔查註〕《太平寰宇記》：清溪在峽州遠安縣南六十五里，源出清遠山下，冬夏無增。《鬼谷先生傳》云：楚有清溪，下深千仞，其水靈異。郭璞《遊仙》詩：清溪千仞餘，中有一道士。借問是何人？云是鬼谷子。

口舌安足恃，〔馮註〕《漢·婁敬傳》：上怒，罵敬曰，齊虜以舌得官，乃今妄言沮吾軍。韓非死說難。〔馮註〕《史記》：韓非者，韓之諸公子也。作《孤憤》、《五蠹》、《内外儲》、《說林》、《說難》十餘萬言。然韓非知說之難，爲《說難》書甚具，終死於秦，不能自脫。自知不可用，鬼谷乃真姦。〔馮註〕《史記·蘇秦傳》：東事師於齊，而習之於鬼谷先生，又閉室不出，出其書徧觀之。《張儀傳》：始，嘗與蘇秦俱事鬼谷先生學術。尹知章《鬼谷子序》：蘇秦、張儀往事之，受《捭闔之術》十有二章，復受《轉丸》、《胠篋》三章。儀、秦知道未足，行，復往見。先生曰：「爲子陳言至道。」齋戒擇日而往見。先生乃正席而坐，嚴顏而言，告二子以全身之道。遺書今未亡，小數不足觀。〔王註續曰〕劉向《七畧》有《鬼谷子書》。〔查註〕柳宗元《辯鬼谷子》：漢時劉向、班固録書無《鬼谷子》，《鬼谷子》後出，學者宜其不道。〔合註〕《隋書·志》載《鬼谷子》三卷。秦、儀〔九〕固新學，〔查註〕程明道曰：秦、儀學於鬼谷，其術先揣摩，然後捭闔，捭闔既動，然後用鉤鉗。〔合註〕《文心雕龍》：新學之銳，則逐奇而失正。見利不知患。嗟時無桓、文，使彼二子顛。死敗無足怪，夫子固使然。君看巧更窮，〔馮註〕《文心雕龍》：轉丸騁其巧辭，飛鉗伏其精術。不若愚自安。遺宮若有神，頷首然吾言。〔合註〕《說文》：頷，低頭也。

留題〔九〇〕峽州甘泉寺

〔公自註〕姜詩故居。【誥案】姜詩以後漢爲正。〔查註〕歐陽修詩自註云：甘泉寺，在臨江一山上，與縣廨相對，寺有清泉一泓，俗傳爲姜詩泉，亦有姜詩祠。按，詩，廣漢人，疑泉不在此。《入蜀記》：峽州西山甘泉寺，竹橋石磴，甚有幽趣。法堂之右小徑數十步，至孝婦泉，謂姜詩妻龐氏也。泉上有祠，歐陽不以爲信，故其詩云，事跡難尋楚語譌。

輕舟横江來，弔古悲純孝。〔馮註〕《後漢・列女傳》：廣漢姜詩妻者，同郡龐盛之女也。詩事母至孝，妻奉順尤篤。母好飲江水，水去舍六七里，妻常泝流而汲。後值風，不時得還。母渴，詩責而遣之。妻乃寄止鄰舍，晝夜紡績，市珍羞，使鄰母以意自遺其姑。如是者久之。姑怪問鄰母，鄰母具對，姑感慚，呼還，恩養愈謹。姑嗜魚鱠，又不能獨食，夫婦嘗力作供鱠，呼鄰母共之。舍側忽有涌泉，味如江水，每旦輒出雙鯉魚，常以供二母之膳。〔合註〕《左傳・隱公元年》：君子曰，潁考叔，純孝也。逶迤尋遠跡，婉孌見遺貌。〔合註〕《易林》：逶迤高源。「婉孌」見《詩經》。清泉不可挹〔九一〕，涸盡空石窖〔九二〕。〔合註〕《月令》：穿竇窖。註：入地方曰窖。古人飄何之，惟有風竹鬧。行行歷村落，户户懸網罩。〔合註〕王建詩：窗窗户户院相當。李義山《異俗》詩：户盡縣秦網。《爾雅》：篧謂之罩。註：捕魚籠也。民風坦和平，開户夜無鈔。〔合註〕《説文》：鈔，叉取也。《後漢書・高句驪傳》：鮮卑濊貊，連年寇鈔。叢林富筍茹，平野絶虎豹。〔合註〕梁簡文帝銘：遼遼平野。嗟哉此樂鄉，〔合註〕馬援詩：嗟哉武溪兮多毒淫。毋乃姜子教。

夷陵縣歐陽永叔至喜堂〔九三〕

〔馮註〕《史記·白起傳》：白起攻楚，拔鄢、鄧五城。其明年攻楚，拔郢，燒夷陵，遂東至竟陵。楚王亡去，東走，徙陳，秦以郢爲南郡。〔查註〕《吳録》：昭烈帝立宜都於西陵，卽夷陵也。歐陽修《居士集·至喜堂記》畧云：景祐三年，修有罪來是邦，朱公至縣舍，於其廳事之東，以作斯堂，與賓客偕至而落之。按，峽州又有至喜亭，歐公亦有記，堂在縣署中，非至喜亭也。

夷陵雖小邑〔九四〕，自古控荆吳。形勢〔九五〕今無用，〔合註〕《南史·劉善明傳》：國之形勝。英雄久已無。誰知有文伯，〔合註〕唐梁肅《常州刺史獨孤及行狀》：天下謂之文伯。見《文苑英華》。遠謫自王都。〔馮註〕《宋·歐陽修傳》：入朝爲館閣校勘。范仲淹以言事貶，在廷多論救，司諫高若訥獨以爲當黜，修貽書責之，謂其不復知人間有羞恥事。若訥上其書，坐貶夷陵令。人去年年改，堂傾歲歲扶。追思猶咎吕，〔馮註〕史稱吕夷簡爲相，成郭后之釁，逐孔道輔、范仲淹於外，時論少之。歐陽之貶，由救仲淹也。〔查註〕韓魏公《歐陽墓志》：文正范公權京尹，直陳時政得失，大忤時宰意，斥守饒州，諫官不敢言，公貽書責之，坐貶夷陵令。感歎亦憐朱。〔公自註〕時朱太守爲公築此堂〔九六〕。〔查註〕《宋史》：景祐二年，朱慶基以郎中出守峽州。【誥案】紀昀曰：用同時人作對偶入律詩，長慶法也。舊種孤楠老，〔查註〕《歐陽集》有《至喜亭新開北軒手植楠木》詩云：爲憐碧砌宜佳樹，手劚蒼苔選緑叢。新霜一橘枯。〔合註〕歐陽修《夷陵縣至喜堂記》云：有橘、柚、茶、筍四時之味。又《戲答元珍》詩：殘雪壓枝猶有橘。又《夷陵書事》詩：緑叢紅橘最宜秋。清篇留峽洞，醉墨寫邦圖。〔公自註〕三游洞有詩。《夷陵圖經》〔九七〕後有公題處。

故老問行客〔九六〕，【詒案】行客，公自謂也。長官今白鬚。著書多念慮，許國減歡娛。〔合註〕《晉書·陸玩傳》：以身許國。寄語公知否，還須數倒壺。【詒案】自發嘉州至荆州，水路一千六百八十餘里，其經由郡縣古蹟先後次第，查註據《樂城集》、《吴船録》編次，其不當者，分别删正。

卷一校勘記

〔一〕集蠻氈　類本、七集、外集作「射蠻氈」。

〔二〕朝發　查註：「朝」一作「初」。

〔三〕清可憐　類本、七集、外集作「清更鮮」。

〔四〕是日　類甲、類丙無「是」字。類丙「日」作「曰」。

〔五〕居民　類本、外集作「民居」。

〔六〕夜飧　類本、七集、外集作「夜飡」。

〔七〕不自　類甲、類乙作「自不」。

〔八〕飛露　外集作「霏露」。

〔九〕殘缺　外集作「殘破」。

〔一〇〕古琴調有文王操　此七字，外集爲「夜闌」句下原註。

〔一一〕泊南井口　類丙、七集作「泊南牛口」。

〔一二〕過安樂山……二首 外集收其一「天師」一首，無其二；無「二首」二字。
〔一三〕王道矩 七集作「王道祖」。
〔一四〕開皇 原作「開寶」，據《輿地紀勝》卷一七五引《隋·志》改。
〔一五〕舟經 外集作「舟維」。
〔一六〕涪州得山胡次子由韻 查註「涪州」作「黔中」，合註謂誤。七集無「次子由韻」四字。
〔一七〕山胡善鳴出黔中 「山胡」二字據類本加。
〔一八〕朝鳴 類本作「朝吟」。
〔一九〕空山 外集作「空中」。
〔二〇〕搏紫清 七集作「摶紫清」。
〔二一〕厭世 外集作「厭色」。
〔二二〕苦辛 七集作「辛苦」。
〔二三〕獨存 原作「獨行」，據外集改。盧文弨校（以下簡稱盧校）：「存」字是，「行」字古韻不通用。
〔二四〕巧刻鏤 原作「若刻鏤」，據類本改。「巧」義長。
〔二五〕碑塔 類丙、七集無「碑」字。
〔二六〕千載 七集作「千歲」。
〔二七〕南賓郡 「郡」原作「縣」，據《舊唐書》卷三十九校改。
〔二八〕在忠州南數十里 類本無此自註。七集、外集有。

〔二九〕今子由之詩　類丙無「今」字。

〔三〇〕已死　類本作「死已」。

〔三一〕漢書司馬遷傳　原作「史記司馬遷傳」，誤，今校改。

〔三二〕可憐　類本、七集、外集作「可惜」。

〔三三〕南公　外集作「南宮」。

〔三四〕惟有　類丙作「猶有」。

〔三五〕八陣磧　類丙作「八陣圖」。

〔三六〕神兵　類甲、類乙作「神名」。

〔三七〕已心　類甲作「心已」。

〔三八〕每盛夏　七集無「每」字。

〔三九〕誰復　七集作「復誰」。

〔四〇〕嫌取　類乙、類丙作「取嫌」。

〔四一〕愧當時　原作「愧常時」，據類本改。盧校：「常」字當作「當」字。

〔四二〕荆邯　類丙、七集作「荆都」，合註謂「都」訛。

〔四三〕吴柱　類丙作「天柱」，疑誤。

〔四四〕幽賞　類本作「清賞」。

〔四五〕樵童　類本、七集作「樵僮」。

〔四六〕孟昶從此入覲　「覲」後原作「王衍亦蜀主」，從類本改爲「王註：孟昶、王衍皆蜀主」。
〔四七〕魚鼇　外集「鼇」字下原註：「魚黽、鼇叢。」
〔四八〕常冒險　外集作「嘗冒險」。
〔四九〕嘗諳　類甲、類乙作「無諳」。
〔五〇〕安可住　類本、七集作「安可駐」。
〔五一〕顥氣　類乙、類丙、外集作「浩氣」。
〔五二〕奔騰　類本、七集作「崩騰」。
〔五三〕兀不讓　外集作「亢不讓」。
〔五四〕笑我　類甲、類乙、七集作「笑吾」。
〔五五〕緑鳳尾　查註、合註：「緑」一作「緣」。
〔五六〕詰曲　外集作「誥典」。
〔五七〕紋如綺　外集作「文如綺」。
〔五八〕溟濛　七集作「洪濛」。　類本作「冥蒙」。
〔五九〕衰老　類本作「衰疾」。
〔六〇〕已如臂　盧校：「已」字作「應」字更穩。
〔六一〕絶糧　類乙、類丙作「絶粒」。
〔六二〕千仞山　類本作「千高山」。

〔六三〕類本原註橫去聲　「類本原註」四字原缺，今補。

〔六四〕蛇龍　查註作「龍蛇」。

〔六五〕雷雨　類甲、類乙作「雪雨」。

〔六六〕滄灣　類本、七集作「蒼灣」。

〔六七〕玉座　類本作「玉堂」，外集作「王座」。

〔六八〕弭節　類甲、類乙作「持節」。

〔六九〕道里　外集作「里道」。

〔七〇〕漢妃子　七集原校：「妃」，一作「家」。外集作「漢家子」。

〔七一〕暴鬣　類甲作「暴顋」，類丙作「暴腮」。「顋」、「腮」通。七集原校：「鬣」，一作「揌」；「揌」，疑爲「腮」之誤。

〔七二〕灘前叟　類本作「山前叟」。

〔七三〕終朝　類本、外集作「終日」。

〔七四〕獨何久　七集作「何其久」。

〔七五〕只應　外集作「應爲」。

〔七六〕四蹄濕　類本、外集作「四蹄脱」。

〔七七〕蝦蟇背　原作「蝦蟇培」。按，《歐陽文忠公文集》卷一附宋丁朝佐校記云：「《蝦蟆碚》詩，諸本皆作『碚』。朝佐考字書無此字。按，《東坡集·泱囚經歷》詩『忽憶尋蟆培』，其字從土。又，《南行集》，二蘇皆有《蝦蟆培》詩，《欒城》作『培』，東坡作『背』。今祕書正字項安世嘗自蜀來，云，土人寫作『背』字，音佩。」外集作「蝦蟆背」，今從。又按，此詩題下查註云：「《歐陽公集》自註云：『碚』，土人寫作『背』字。」據丁朝佐校記，歐陽集卷一《蝦蟆碚》題下註「土人寫作『背』字」云云，乃校者語。改此條查註「自註」二字爲「校者註」三字。又，《決囚經歷》詩，在《東坡集》卷一，本詩集卷三。又，項安世，南宋人，與陸游有交往。

〔七八〕似偃月　類本、七集作「如偃月」。

〔七九〕潔清　類甲、類丙作「清潔」。

〔八〇〕遇境　類本作「過境」。

〔八一〕南向　類甲、類乙、外集作「兩向」。

〔八二〕屨凍　類本、外集作「屨冷」。

〔八三〕蒼苔　類本作「蒼崖」。

〔八四〕遊洞之日　七集「遊」字上有「遊三游洞」四字。合註：外集此句前有「遊三游洞」四字，疑以前題誤併入此題也。按：七集在前，當非併入。

〔八五〕此詩　類本、七集、外集無「詩」字。

〔八六〕去似　類甲、類乙作「似去」。

〔八七〕烟雲老　七集作「烟雲去」。

〔八八〕山翁　外集作「田翁」。

〔八九〕秦儀　類甲、類丙作「儀秦」。
〔九〇〕留題　外集無「留」字。
〔九一〕不可挹　查註、合註：「挹」一作「掬」。盧校：「掬」字必「搊」字之誤。
〔九二〕空石窖　外集作「空山窖」。
〔九三〕至喜堂　外集作「至喜亭」。
〔九四〕夷陵雖小邑　類本作「西陵有小邑」。
〔九五〕形勢　七集作「形勝」。
〔九六〕時朱太守爲公築此堂　外集無「時」，「堂」作「室」。
〔九七〕夷陵圖經　「經」字據類甲、類丙補。
〔九八〕行客　外集作「行止」。

蘇軾詩集卷二

古今體詩三十八首

【誥案】起嘉祐五年庚子正月，自荆州陸行，二月至京師，合六年辛丑七月作。

息壤詩〔一〕并敍

《淮南子》曰：鯀湮洪水，盜帝之息壤，帝使祝融殺之於羽淵。今荆州南門外，有狀若屋宇，陷入地中，而猶見其脊者。〔合註〕《錦繡萬花谷》：江陵南門外甕門内東垣下，有小瓦堂室一所，高三尺許，此息壤也。禹鑄石造龍之宫室置穴中，以塞水脈。傍有石，記云，不可犯。畚鍤所及，輒復如故。又頗以致雷雨，〔合註〕《游宦紀聞》引《溟洪録》云：江陵南門有息壤，開元中，裴宙牧荆州，掘得石城，徑六尺八寸。是年霖雨不止，復埋之而水止。歲大旱，屢發有應。予感之，乃爲作詩。其辭曰：

帝息此壤，以藩幽臺。有神司之，隨取而培。帝勑下民，無敢或開。惟帝不言，以雷以雨。惟民知之，幸帝之怒〔二〕。帝茫不知，誰敢以告。〔查註〕「誰敢以告」，告字叶韻，似當作訴。存疑，再考。帝怒不常，下土是震。〔合註〕《集韻》：震，升人切。又，柳子厚《天對》：盜堙息壤，招帝震怒。使民前知，是役於民。無是墳者，誰取誰干。惟其的之，是以射之。

渚　宮

〔王註子仁曰〕子由同賦此詩云：楚塞多秋水，荆王有故宮。又云：湘東晉宗子，高氏楚元戎。鑿沼長千尺，開亭費萬工。

渚宮寂莫依古郢，〔查註〕《蜀鑑》：江陵有津鄉故城，在今江陵縣東，渚宮卽其地。按《左傳》：楚子西沿漢泝江，將入郢，王在渚宮下見之。《太平寰宇記》亦引此也。《渚宮舊事》：鬻熊爲周文王師，成王封其孫熊繹於楚。後六世，熊渠立，又數世，至文王，國始大，遂都郢，今江陵北郢城、紀城是也。楚地荒茫〔三〕非故基。〔合註〕沈約詩：九服荒茫。一王臺閣已鹵莽，〔公自註〕湘東王、高氏。〔查註〕《渚宮舊事》：湘東王繹於子城中穿構池山，長數百丈，上有通波閣，跨水爲之。南有芙蓉堂，東有禊飲堂，西有鄉射堂。堂置竹堋，可移動。東南有連理堂，堂北有映月亭、修竹堂、臨水齋。齋前高山，山有石洞，潛行苑中。山上有陽雲樓，北有臨風亭、明月樓，顏之推詩「屢陪明月宴」是也。竹林堂庭前有桂竹，其西有篠簜，冬月抽筍，味如桂而辛。下有花房，其間花草雖繁，竹林彌盛，故號竹林堂。《太平寰宇記》謂之湘東苑。高氏事無可考。〔合註〕《名勝志》：後梁高從誨鑿城西南，築亭，亦名渚宮。何況遠問縱橫時。〔王註續曰〕謂六國時楚也。楚王獵罷擊靈鼓，〔馮註〕《史記》司馬相如《子虛賦》：楚亦有平原廣澤游獵之地饒樂若是者乎？楚王之獵，何與寡人？又：擊靈鼓，起烽燧。猛士操舟〔四〕張水嬉。〔合註〕張協《七命》：乘鳧舟兮爲水嬉。釣魚不復數魚鼈，大鼎千石烹蛟螭。〔馮註〕《史記》司馬相如《上林賦》：撞千石之鐘，立萬石之鉅。當時郢人架宮殿，〔查註〕《渚宮舊事》：靈王作傾宮，三年未息，而爲章華之臺。翟人來朝，王誇之，與客登章華之臺，三休乃至。《太平寰宇記》：章華臺，在江陵東三十三里，臺形三角。《名勝志》云：楚離宫也，又謂之豫章臺。《水經注》：江水又東，得豫章口，是也。陳子昂詩：遥遥下巫峽，望望得章臺。意思絶妙〔五〕般與倕。〔馮註〕《墨子》：公輸盤爲楚造雲梯之械，成，將以攻宋。〔合註〕《戰國策》作「般」。又〔馮註〕《尚書·舜典》：帝曰：「疇若予工。」僉曰：「垂哉。」帝曰：「俞咨垂，汝共工。」韓退之詩：雕鐫妙工倕。飛樓百尺照湖水，〔合註〕《晉書·樂志》：百尺高樓與天連。上有燕趙千蛾眉。〔合註〕《文選·古詩》：趙燕多佳人。臨風揚揚意自得，〔馮註〕《史記·管晏列傳》：意氣揚揚，甚自得也。長使宋玉作楚辭。〔馮註〕宋玉《高唐賦》：昔者楚襄王與宋玉遊於雲夢之臺，望高唐之觀。王曰：「試爲寡人賦之。」《九辨序》：《九辨》者，楚大夫宋玉之所作也。宋玉，屈原弟子，閔惜其師忠而放逐，故作《九辨》以述其志。秦兵西來取鐘簴，〔合註〕《史記·秦始皇本紀》：秦每破諸侯，寫放其宫室，作之咸陽北阪上。所得諸侯美人鐘鼓，以充入之。《釋名》：所以懸鐘鼓者，横曰筍，從曰簴。故宫禾黍秋離離。〔馮註〕《史記·王翦傳》：李信攻平輿，蒙恬攻寢，大破荆軍。信又攻鄢郢，破之，於是引兵而西。又殺其將軍項燕，因乘勝略定荆地城邑。歲餘，虜荆王負芻，竟平荆地爲郡縣。《詩·王風·黍離》：彼黍離離，彼稷之苗。序：周大夫行役，過故宗廟宫室，盡爲禾黍，而作是詩。千年壯觀不可復，今之存者蓋已卑。池空野迥樓閣小，惟有深竹藏狐狸。〔馮註〕元稹《連昌宫詞》：連昌宫中滿宫竹。又，夜夜狐狸上牆屋。臺中絳帳誰復見，〔馮註〕《荆州記》：府城西南有馬融絳帳臺，與渚宫不遠。〔合註〕《名勝志》：江陵城西鼓角樓，即馬融教授弟子處。臺下野水〔六〕浮清漪。〔合註〕江總《三日侍宴宣猷堂曲水》詩：浮棗漾清漪。緑窗朱户春晝閉，〔合註〕唐崔顥詩：緑窗明月在。梁簡文帝詩：玲瓏朱户開。想見深屋彈朱絲。〔合註〕岑參詩：寒燈静深屋。腐儒亦解愛聲色，何用白首談孔、姬。〔馮註〕孔、姬謂孔子、周公。沙泉半涸草堂在，破窗無紙風颸颸。陳公踪迹最未遠，〔查註〕《宋史》：天禧中，陳堯咨以右正言知制誥，出守荆南。七瑞寥落今何之。〔馮註〕《南史》：梁元帝諱繹，字世誠，小字七瑞，武帝第七子也。十三年封湘東王。百年人事知幾變，直恐荒廢成空陂〔七〕。〔合註〕杜子美《南池》詩：不應空陂上。誰能爲我訪遺迹，草間〔八〕應有湘東碑。

荆州十首

〔王註子仁曰〕庚子正月，先生與子由侍老泉，自荆州遊大梁。〔翁方綱註〕第七首有「殘臘多風雪」句，蓋十首非一時所作。〔查註〕《元和郡縣志》：荆南節度，屬江南西道。《太平寰宇記》：荆州江陵郡，屬山南東道，楚郢都，秦爲南郡，即今州也。【誥案】紀昀曰：篇章字句，多含古法，此東坡刻意摹杜之作，意思純是《秦州雜詩》。

其一

游人出三峽，〔查註〕《太平寰宇記》：三峽者，西峽、巫峽、歸峽也。《峽程記》：三峽者，明月、廣溪、仙山也。按三峽之名有二，或以瞿塘、灩澦、巫山爲三峽，或云州境之明月峽、黄牛峽與西陵峽爲三峽。楚地盡平川。北客隨南賈，吴檣間蜀船〔九〕。江侵平野斷，風捲白沙旋。欲問興亡意，重城自古堅。〔馮註〕《古今注》：城者，盛也，所以盛受民物也。《左傳·哀公七年》：民保於城，城保於德。《藝文類聚》引《博物志》：禹始作城，强者攻，弱者守，敵者戰。《唐書》：大河以北無堅城。【誥案】紀昀曰：此首總起。

其二

南方舊戰國，慘澹意猶存。〔合註〕杜子美《送從弟亞赴安西判官》詩：慘澹苦士志。慷慨因劉表〔一〇〕，淒涼爲屈原。廢城猶帶井，〔馮註〕《易·井》：改邑不改井。古姓聚成村。〔馮註〕《韻註》：村，聚落也。〔查註〕《太平寰宇記》：武昌郡六姓，吴、伍、程、史、龍、郢；武陵郡三姓，卞、伍、龔。皆載山南東道荆州下。亦解觀形勝，昇平不敢論。【誥案】紀昀曰：結即高常侍「豈無安邊策，諸將已承恩」意。

其三

楚地闊無邊，〔查註〕《元和郡縣志》：春秋以來，楚國之都，謂之郢都，西接巴巫，東連雲夢，亦一都會之所。《史記》：鶉首，楚之分，自張十八度至軫十二度，楚之分野。〔合註〕鶉首，盧文弨以爲鶉尾之譌。蒼茫萬頃連。〔合註〕《前漢·刑法志》：提封萬井。《食貨志》：地方百里，提封九萬頃。耕牛未嘗汗，〔馮註〕高承《事物紀原》：漢武帝以趙過爲搜粟都尉，教民耕植，三犁共一牛，一人將之。投種去如捐。農事誰當勸，〔馮註〕《左傳·昭公十七年》：九扈爲九農正。註：以九扈爲九農之號，各隨其宜，以教民事。民愚亦可憐。平生事遊惰，〔查註〕《太平寰宇記》：荆之爲言强也，陽盛物堅，其氣急悍，故人多剽悍。唐至德之後，流傭爭食者甚衆，五方雜居，風俗大變。五月五日，競渡戲船，楚俗最尚，廢業耗民，莫甚於此。那得怨凶年。

其四

朱檻城東角，〔合註〕杜子美《西閣雨望》詩：滂沱朱檻濕。高王此望沙。〔馮註〕《五代史》：高從誨嗣爲荆南節度使，封渤海王，改封南平王。晉高祖立，遣學士陶穀爲生辰國信使。從誨宴穀望沙樓，大陳戰艦，謂穀曰：「吴蜀不賓久矣，願修武備習水戰，以待師期。」穀還，具道其語，晉祖大喜。〔查註〕《五代史·南平世家》：高季興於後梁開平二年爲荆南節度，末帝時封渤海王，後唐莊宗同光二年封南平王，子從誨，嗣封父爵。《荆州志》：城東南有望沙樓，後梁時高季興建，以望沙津，陳堯咨知荆州，更名仲宣樓。江山非一國，〔馮註〕《五代史》：南漢與閩、蜀皆稱帝，從誨所向稱臣，故公詩有「江山非一國」語。烽火畏三巴。〔查註〕常璩《華陽國志》：劉璋改永寧爲巴郡，以固陵爲巴東，徙龐羲爲巴西太守，是爲三巴。戰骨淪秋草〔二〕，〔馮註〕江淹《恨賦》：試望平原，蔓草縈骨，拱木斂魂。〔合註〕張籍《關山月》：年年戰骨多秋草。危樓倚斷霞。〔合註〕陰鏗詩：接路上危樓。百年豪傑盡，〔合註〕《續通鑑長編》：乾德元年，高繼沖奉表來歸。自先生作詩時，上泝至高季興封渤海王，蓋百三十餘年矣。擾擾見魚蝦。〔查註〕此詩因南平而致慨於五季也。季興初爲荆南節度，所領止江陵、歸、峽三城，地狹而兵弱，難與諸國争衡，父子祖孫與五代相終始，假其封號，竊據單州。是時楊、李擅吴，王氏保閩，劉氏鴟張於南粤，王、孟跳梁於蜀中，莫不帝制自爲，志圖兼并，獨高氏所向稱臣。中間不自揣量，間一搆兵，初敗於王宗壽，再敗於孔勍，及後唐伐蜀，請以本道兵自取夔、萬等州，終不敢出，畏蜀如虎之譏，其能解免乎。未幾而强弱大小，同歸澌滅，百年以來，戰骨已銷，孤城猶在，千秋形勝之區，惟「危樓倚斷霞」耳。一時豪傑自命者，細瑣么麽，無足比數。「魚蝦擾擾」一語，説得五代君臣及僭號諸國可憐、可憫、可鄙、可羞，又無論孱弱之高氏也。【誥案】紀昀曰：結卸羅江東《甘露寺》後半篇意。

其五

沙頭烟漠漠，〔查註〕元微之《江陵玩月》詩：閬咽沙頭市。《荆州志》：市在江陵縣東南十五里，謂之沙頭市。來往厭喧卑。〔馮註〕鮑明遠《舞鶴賦》：去帝鄉之岑寂，歸人寰之喧卑。野市分麞鬧，官船〔一三〕過渡遲。遊人多問卜，傖叟盡攢龜。〔馮註〕《史記》：三王不同龜，四夷各異卜，然各以決吉凶。褚少孫《補史記》：南方老人用龜支牀足。〔查註〕攢龜，譏楚人尚巫也。〔合註〕《晉書·左思傳》：陸機《與弟雲書》曰：此間有傖父，欲作《三都賦》。傖叟，卽傖父之意。日暮江天静，無人唱楚辭。【誥案】紀昀曰：譏古風之不存也。

其六

太守王夫子，〔查註〕先生全集有《上荆州王兵部書》，又有《與王刑部書》，二人皆爲荆州守，又同姓，其名字失考。山東老俊髦。壯年聞猛烈，〔合註〕《隋書·張煚傳》：雖云致仕，猶克壯年。白首見雄豪〔一三〕。〔合註〕《晉書·劉琨傳》：與范陽祖納，俱以雄豪著名。食雁君應厭，〔馮註〕《後漢·王符傳》：皇甫規解官歸安定，鄉人有以貨得雁門太守者，亦去職還家。書刺謁規。規卧不迎，旣入而問：「卿前在郡食雁美乎？」驅車我正勞。中書有安石，愼勿賦《離騷》。〔王註子仁曰〕指時相有如謝安，則王守不當如屈原放逐而作《離騷》也。〔馮註〕《晉·謝安傳》：字安石。爲尚書僕射，領吏部，加後將軍及中書令。《史記·屈原傳》：乃憂愁幽思而作《離騷》。離騷者，猶離憂也。【誥案】紀昀曰：綰結得好，夾此一首，章法生動，從杜公《游何氏山林》詩「萬里戎王子」一首得法。

其七

殘臘多風雪〔一四〕，荆人重歲時。〔馮註〕《荆楚歲時記》：歲暮，家家具肴蔌，留宿歲飯，至新年十二日，棄之街衢，以爲去故納新。〔合註〕此泛言楚人以時節爲重也。客心何草草，〔馮註〕《詩·小雅·巷伯》：驕人好好，勞人草草。里巷自嬉嬉。〔合註〕皮日休詩：幾日嬉嬉活。爆竹驚鄰鬼，驅儺聚小兒〔一五〕。〔王註子仁曰〕爆竹驅儺，皆殘歲事。〔馮註〕東方朔《神異經》：西方深山中，有人焉，名曰山臊。人嘗以竹著火中，爆烞而出，臊皆驚憚。案，鬼惡金姑聲，閩人謂破竹聲爲金姑聲也。〔查註〕《荆楚歲時記》：正月一日，鷄鳴而起，先於庭前爆竹，以辟山魈惡鬼。十二月八日，爲臘日，村人並擊細腰鼓，作金剛力士以逐疫。《周禮·夏官》：方相氏，掌蒙熊皮，黄金四目，玄衣朱裳，執戈揚盾，帥百隸而時儺，以索室驅疫。《吕氏春秋》註：歲前一日，擊鼓驅疫，謂之逐除。是也。故人應念我，相望各天涯。【誥案】紀昀曰：不脱自己，方不是泛陳風土。

其八

江水深成窟，潛魚大似犀。〔馮註〕《周頌》：猗與漆沮，潛有多魚。赤鱗如琥珀，〔馮註〕郭璞《江賦》：或鹿觡象鼻，或虎狀龍顔，鱗甲璀錯，焕爛錦斑。〔查註〕《本草》：青魚生江湖間，多以作鮓，所謂五侯鯖也。其頭中枕骨，蒸令氣通，曝乾，狀如琥珀，荆楚人煮拍作酒器，梳篦甚佳。〔合註〕《文選·别賦》：聳淵魚之赤鱗。老枕勝玻璃。〔查註〕《爾雅》：魚枕謂之丁。註云：枕在魚頭骨中，形似篆書丁字。〔合註〕劉禹錫《秋夜不寐寄樂天》詩：老枕知將雨。温庭筠《春江花月夜詞》：玻璃枕上聞天雞。上客舉雕俎，佳人摇翠篦。〔合註〕《玉篇》：篦，釵篦也。【誥案】紀昀曰：雙拘格。登庖更作器〔一六〕，何以免屠刲。

其九

北雁來南國，〔馮註〕韓退之詩：噭噭鳴雁鳴且飛，窮秋南去春北歸。依依似旅人。縱横遭折翼，〔合註〕漢息夫躬《絶命詞》：冤頸折翼，庸得往兮。感惻爲沾巾。〔馮註〕張衡《四愁》詩：側身北望涕霑巾。【誥案】紀昀曰：有意無意，映帶生情。平日誰能挹，【誥案】紀昀曰：接法好。高飛不可馴。〔馮註〕《九域志》：韓憑妻何氏美，宋康王欲之，何氏歌曰：「南山有鳥，北山張羅，鳥自高飛，羅當奈何。」故人持贈我，〔馮註〕陶弘景詩：不堪持贈君。三嗅若爲珍。〔查註〕荆俗食雁，合第六首「食雁君應厭」句觀之，可見。【誥案】紀昀曰：此首格意特高。

其十

柳門〔一七〕京國道，〔查註〕《楚辭》宋玉《招魂篇》：魂兮歸來，入修門些。王逸註：郢城門也。盛弘之《荆州記》：郢南門二門，一名龍門，一名修門。唐吴融《留獻荆南成相公》詩：行行柳門路，回首下離東。則荆州别有柳門〔一八〕。驅馬及春陽。野火燒枯草，東風動緑芒。〔馮註〕白樂天《春草》詩：野火燒不盡，春風吹又生。北行連許、鄧，〔查註〕《太平寰宇記》：許州許昌郡，屬河南道，西南至汝州一百八十里。鄧州南陽郡，屬山南東道，南至襄州一百八十里，北至汝州四百九十里。南去極衡湘〔一九〕。〔馮註〕范仲淹《岳陽樓記》：北通巫峽，南極瀟湘。〔查註〕《文獻通考》：荆湖南路衡州，秦屬長沙郡，吴以地置衡陽、湘東二郡。楚境横天下，懷王信弱王。〔馮註〕《史記·張耳陳餘傳》：趙王自上食，禮甚卑，高祖箕踞詈，貫高、趙午乃怒曰：「吾王孱王也。」註：孱，弱也。【諸案】紀昀曰：此首總收結句，寓自負之意，此猶少年初出意氣方盛之時也。黄州以後，無復此種議論矣。

荆門惠泉

〔查註〕《太平寰宇記》：荆門本漢舊縣，荆、襄州之要津。唐末，荆州高氏割據，建爲軍。北至襄州界一百七十里。葛立方《韻語陽秋》：荆門軍有惠泉。李德裕有詩題於泉上云：兹泉由太潔，終不蓄纖鱗。到底清何益，涵虚只自貧。至今碑版存焉。曹學佺曰：荆門州西有蒙、惠二泉，即州城隍所引以爲池者。蒙山又名象山，山下有泉二派，北曰蒙，南曰惠，蒙泉常寒，惠泉常温。

泉源從高來，〔馮註〕《説文》：泉，水原也。《易·蒙》：山下出泉。《爾雅》：泉，一見一否爲瀸。濫泉正出，正出，涌出也；沃泉縣出，縣出，下出也；氿泉穴出，穴出，仄出也。走下隨石脈。〔合註〕温庭筠《西嶺道士茶歌》：孔竇濺濺通石脈。紛紛白沫亂，〔合註〕劉孝標《東陽金華山棲志》：白波跳沫。隱隱蒼崖坼。〔合註〕司馬相如《上林賦》：沈沈隱隱。縈回〔三〇〕成曲沼，〔合註〕王勃《滕王閣序》：窮島嶼之縈回。清澈見肝膈。淙瀉爲長溪，〔合註〕孟東野《秋雨聯句》：淙瀉殊未終。奔駛〔三一〕蕩蛙蟈。〔合註〕《玉篇》：駛，疾也。初開不容椀，漸去已如帛。傳聞此山中，神物懶遭謫〔三二〕。不能致雷雨，〔馮註〕《僧史》：僧聞禪師，住邵武山中。一日，有老翁來謁，曰：「我龍也，以疲惰行雨，天罰當死，賴道力可脱。」乃化小蛇，延緣入袖。中夜風號霆擊，山岳爲摇，而師危坐不傾。達旦，蛇飛去。灩灩吐寒碧。〔合註〕何遜《望新月示同羈》詩：灩灩逐波輕。遂令山前人，千古灌稻麥。

次韻答〔二三〕荊門張都官維見和惠泉詩

〔合註〕《續通鑑長編》，熙寧十年正月，有前原州臨涇縣令張維除名送康州編管事。此事在後十八年，卽答詩之張維也。【誥案】張子野是年已七十矣。查註引《吳興志》，謂維卽子野之父，已删。

楚人少井飲，地氣常不洩。蓄之爲惠泉，坌若〔二四〕有所折。〔合註〕《廣韻》：坌，蒲悶切，聚也，並也。又《前漢書·溝洫志》：河水湓溢。師古註：湓，踊也，音普頓反。泉源本無情，豈問濁與澈。貪、愚彼二水，〔馮註〕《圖經》：貪泉，在廣州南海縣石門口，卽吳隱之所酌也。《舊經》云：登大庾嶺，則濁穢之氣分；飲石門泉，則清白之質變。《荊州記》：桂陽郡西南宿山水出，注大溪，號曰橫溪。水甚深，冬夏不乾，飲者輒冒於財賄，俗謂之貪泉。《南史》：苑柏年見宋明帝。帝言及廣州貪泉，因問曰：「卿州復有此否？」答曰：「梁州惟有文川武鄉，廉泉讓水。」曰：「卿宅在何處？」曰：「臣所居廉讓之間。」柳宗元《愚溪序》：灌水之陽有溪焉，東流入於瀟水。余以愚觸罪，謫瀟水上，愛是溪，故更之爲愚溪。註：愚溪在永州府城西。終古恥莫雪。只應所處然，遂使語異別〔二五〕。泉傍地平衍，〔合註〕《穆天子傳》：天子大朝於平衍之中。泉上山嵽嵲。〔合註〕張平子《西京賦》：託喬基於山岡，直嵽嵲以高居。《集韻》：嵲通作霓。君子慎所居〔二六〕，此義安可缺。古人貴言贈，〔馮註〕《史記·孔子世家》：適周見老子，辭去。老子送之，曰：「吾聞富貴者送人以財，仁人者送人以言，吾不能富貴，竊仁人之號，送子以言。」王勃《滕王閣序》：臨別贈言。敢用況高節。〔合註〕《史記·魯仲連傳》：好持高節。不爲冬霜乾，肯畏夏日烈。泠泠但不已〔二七〕，〔合註〕陸士衡《招隱》詩：山溜何泠泠。海遠要當徹。

浰陽早發

〔合註〕吴省欽曰：今鍾祥麗陽驛，居荆、襄孔道。《縣志》曰：利河，土人曰浰口，口距驛止六十里。以二蘇詩證之，始信麗陽之於宋爲浰陽，而志地者不之審也。〔查註〕《欒城集·浰陽早發》詩云：春氣入楚澤，原上草猶枯。北風吹栗林，梅蕊颯已無。我行亦何事，驅馬無疾徐。楚人信稀少，田畝任榛蕪。空有道路人，擾擾不留車。悲傷彼何懶，歎息此亦愚。我今何爲爾，豈亦愚者徒。行行楚山曉，霜露滿陂湖。

富貴本無定〔六〕，世人自榮枯。〔馮註〕《史記·蔡澤傳》：富貴吾所自有。班固《答賓戲》：朝爲榮華，夕爲顦顇。囂囂好名心，嗟我豈獨無。不能便退縮，但使進少徐。我行念西國，已分田園蕪。〔馮註〕陶潛《歸去來辭》：田園將蕪，胡不歸。南來竟何事，碌碌隨商車。〔馮註〕《漢·武帝紀》：元光六年冬，初算商車。李奇註曰：始稅商賈車船令出算。自進苟無補，乃是懶且愚。人生重意氣，出處夫豈徒。永懷江陽叟，〔王註子仁曰〕江陽，指眉州也。〔查註〕《水經注》：江水東南過犍爲，又東過江陽縣。《蜀鑑》：江陽，今瀘州。《名勝志》：晉曾置江陽郡於眉州。此爲得之。種藕春滿湖。【誥案】紀昀曰：途中感懷，適在浰陽，遂以浰陽命篇，不爲浰陽作也，故不及山川地理。

夜行觀星

天高夜氣嚴，列宿森就位〔二九〕。〔馮註〕董仲舒《春秋繁露》：天不剛，則列星亂其行。《晉書・天文志》：凡五星盈縮失位，其精降於地爲人。歲星降爲貴臣；熒惑降爲童兒，歌謠嬉戲；塡星降爲老人婦女；太白降爲壯夫，處於林麓；辰星爲婦人。吉凶之應，隨其象告。《後漢・明帝紀》：帝曰，郎官上應列宿。大星光相射，小星鬧若沸〔三〇〕。天人〔三一〕不相干，〔合註〕《漢書・董仲舒傳》：天人相與之際，甚可畏也。嗟彼本何事。世俗强指摘，〔合註〕《列子・黄帝篇》：無傷痛指擿。一一立名字。南箕與北斗，〔馮註〕《詩・小雅・大東》：維南有箕，不可以簸揚；維北有斗，不可以挹酒漿。乃是家人器。〔馮註〕《漢・儒林傳》：轅固曰，此家人言耳。天亦豈有之，無乃遂自謂。〔馮註〕劉勰《新論》：微子感牽牛星，顏子感中台星，張良感弧星，樊噲感狼星，老子感火星。《莊子・大宗師篇》：傅説乘東維，騎箕尾，而比於列星。《唐書》：李白之生，母夢長庚星，因以命之。〔合註〕《詩》言箕斗之類，人皆以形似而自謂之，非星象之本有此名也。迫觀知何如，遠想偶有似〔三二〕。茫茫不可曉，使我長歎喟。【誥案】紀昀曰：語特奇恣。

漢水

〔查註〕漢、沔二水，《水經》通稱漢。有二源：出鞏昌、秦州之嶓冢，至四川，由重慶江津縣入江，此西漢水也；出漢中府沔縣之嶓冢，至漢陽府入江者，東漢水也。《水經》所紀，沔與漢合者也。

捨棹忽踰月，沙塵困遠行。襄陽逢漢水，〔馮註〕《詩・小雅・苕之華》：滔滔江漢，南國之紀。〔查註〕《太平寰宇記》：山南東道襄州，本楚邑，澶溪帶其西，峴山亘其南，爲楚之北津。建安十三年，始置襄陽郡，以地在襄山之陽爲名。南至荆門軍三百二十五里，東北至唐州二百五十里。《輿地廣記》：屬京西南路，去江陵步道五百，勢同脣齒。偶似蜀江清。蜀江固浩蕩，中有蛟與鯨。漢水亦云廣，欲涉安敢輕。文王化南國，遊女儼如卿。〔王註〕見《詩·漢廣》。洲中浣紗子，〔馮註〕《舊經》：浣紗溪，在荆州府夷陵州西北，秋冬之月，水色淨麗，若浣紗然。〔合註〕見《潛確類書》及《名勝志》。環珮鏘鏘鳴〔三三〕。〔馮註〕《史記》：環珮玉聲璆然。古風隨世變，寒水空泠泠。過之〔三四〕不敢慢，佇立〔三五〕整冠纓。〔馮註〕《史記·滑稽傳》：冠纓索絶。《古詩》：李下不整冠。

襄陽古樂府〔三六〕三首

【誥案】紀昀曰：樂府音節失傳，不過摹其字句，不似，何取乎擬？相似，又何取乎擬？少陵純製新題，自是斬斷葛藤手。太白雖用古題，多是不敢明言而托之古，亦非以此體爲高。

野鷹來

〔王註〕《水經注》：沔水南有層臺，號曰景升臺，蓋劉表治襄陽之所築。表好鷹，嘗登此臺，歌《野鷹來曲》，其聲韻似孟達《上堵吟》矣。〔查註〕《襄陽記》：劉表墓，在城東。又：東二十里有呼鷹臺。

野鷹來，萬山下，〔馮註〕《圖經》：萬山在襄陽城西，相傳鄭交甫所見遊女，居此山之下。〔合註〕《潛確類書》引《襄陽記》同。荒山無食鷹苦飢，飛來爲爾繫綵絲。〔馮註〕《晉書·載記》：權翼諫秦王堅曰：「慕容垂爪牙名將，世豪東夏，冠軍之號，豈足以稱其心；且垂猶鷹也，飢則附人，飽便高颺，遇風塵之會，必有凌霄之志，惟宜急其羈絆。」北原有兔老且白，〔馮註〕《廣志》有雉鷹、有兔鷹。《瑞應圖》：王者恩加耆老，則白兔見。葛洪《抱朴子》：兔壽千歲，滿五百歲者，其毛色白。〔合註〕庾信碑：風秋北原。年年養子秋食菽。我欲擊之〔三七〕不可得，〔馮註〕《禮記》：立秋之日，鷹隼乃擊。〔合註〕《禮記》：孟秋之月，鷹乃祭鳥。山公誤以《白孔六帖》之文作《禮記》，而《六帖》又本於《漢書・孫寶傳》也。年深兔老鷹力弱。野鷹來，城東〔三八〕有臺高崔巍。臺中公子著皮袖，東望萬里心悠哉。心悠哉〔三九〕，鷹何在！嗟爾公子歸無勞，使鷹可呼亦凡曹，天陰月黑狐夜嗥。〔合註〕《說文》：嗥，咆也。

上堵吟

〔王註〕《水經注》：堵陽縣，堵水出焉，有白馬塞。孟達爲新城守，登之而歎曰：「劉封、申耽據金城千里而更失之乎？」爲《上堵吟》，音韻哀切，有惻人心。今水次尚歌之。堵水，蓋入沔者也。〔查註〕《水經注》：沔水又東過堵陽縣，堵水出焉。歷新城郡，故漢中之房陵縣，漢末爲郡，又分置上庸郡。其城三面際水。《九域志》：竹山縣有堵水。

臺上有客吟秋風，悲聲蕭散飄入空〔四〇〕。臺邊游女來竊聽，欲學聲同意不同。君悲竟何事，千里金城兩稚子。〔查註〕《元和郡縣志》引盛弘之《荊州記》云：孟達爲《上堵吟》，今人猶傳此聲，音韻憤激，其哀思之音乎。《蜀鑑》：昭烈遣孟達攻房陵，下之。遣劉封乘沔水，與達會攻上庸，太守申耽舉郡降。以耽爲上庸太守，耽弟儀爲西城太守，定漢中地。上庸、西城，皆今荊州地也。章武元年，孟達以上庸降魏，令房陵、上庸、西城三郡爲新城，以達領之。達後入城，登白馬塞，歎曰云云。〔合註〕《漢書·張良傳》：金城千里，天府之國。白馬爲塞鳳爲闕，〔馮註〕《襄陽記》：鳳林關，在峴山。《衡州金城山記》：武岡金城山，道書第六十八福地，石真人修煉於此，有白馬關。〔查註〕《元和郡縣志》：白馬塞山，在竹山縣西南三十五里。《荊州記》：孟達登白馬山，即此。按，竹山舊屬襄陽府之均州。山川無人空自閑〔四一〕。我悲亦何苦，江水冬更深，鯿魚冷難捕。〔王註子仁曰〕鯿魚，襄陽所出。孟浩然所謂「槎頭縮項鯿」。悠悠江上聽歌人，不知我意徒悲辛。【誥案】紀昀曰：此首有太白之意。

襄陽樂

〔查註〕《南史·劉道產傳》：道產初爲無錫令，後爲雍州刺史，領寧蠻校尉，加都督兼襄陽太守。善於臨職，在雍部政績尤著，蠻夷前後不受化者皆順服。百姓樂業，由此有《襄陽樂歌》，自道產始也。

使君未來襄陽愁，提戈入市裹氈裘。〔馮註〕《漢·司馬遷傳》：旃裘之君長咸震怖。〔合註〕梁元帝檄：提戈蒙險。自從氈裘南渡沔，襄陽無事多春遊。〔合註〕《宋書·劉道產傳》：自鎮漢南，境接凶寇，威懷兼舉。襄陽春遊樂何許，峴山之陽漢江浦。使君朱旆來翻翻，〔合註〕許渾詩：朱旆聯翩曉樹中。人道使君似羊、杜。〔王註子仁曰〕羊祜、杜預皆鎮襄陽，有德政。〔馮註〕《晉書》：羊祜，字叔子，泰山南城人。杜預，字元凱，京兆杜陵人。道邊逢人問洛陽，〔合註〕《漢書·地理志》：河南郡，高帝更名洛陽。中原苦戰春田荒。北人聞道襄陽樂，目送飛鴻〔四二〕應斷腸。〔馮註〕《晉書·顧愷之傳》：愷之每重嵇康四言詩，因爲之圖。恒云：「手揮五絃易，目送歸鴻難。」

峴山

〔馮註〕在襄陽府城南。〔查註〕《襄沔記》：紫蓋山、萬山、峴山，謂之三峴。宋時改紫蓋山爲中峴，以峴山爲峴首。

遠客來自南，游塵昏峴首。過關無百步，曠蕩吞楚藪。登高忽惆悵，千載意有偶。〔馮註〕《晉·羊祜傳》：祜樂山水，每風景佳，必造峴山。嘗慨然歎息，顧謂從事中郎鄒湛等曰：「自有宇宙，便有此山，由來賢達勝士，登此遠望，如我與卿者多矣，皆湮滅無聞，使人悲傷，如百歲後有知，魂魄猶應登此山也。」湛曰：「公德冠四海，道嗣前哲，令聞令望，必與此山俱傳。至若湛等，乃當如公言耳。」及祜卒，襄陽百姓於峴山祜平生游息之所，建碑立廟，歲時饗祭焉。望其碑者，莫不流涕。杜預因名爲墮淚碑。所憂誰復知，嗟我生苦後。【誥案】紀昀曰：「『登高』四句，寫出遠懷，自是有心人語。團團山上檜，〔查註〕《名勝志》：晉柏在峴山下，相傳羊叔子手植，有碑，題曰晉柏。〔合註〕韓退之《羅池廟碑》：桂樹團團兮，白石齒齒。歲歲閲榆柳。【誥案】紀昀曰：借喻便蘊藉。大才〔四三〕固已殊，安得同永久。可憐山前客，倏忽星過留〔四四〕。〔王註〕《詩·小雅·苕之華》：三星在罶。註云：如心星之光耀，見於魚笱之中，其去須臾，不可久也。賢愚未及分，來者當自剖。【誥案】紀昀曰：十字深警。

萬山

〔公自註〕時獨不游，問轍而作〔四五〕。〔查註〕《元和郡縣志》：萬山，一名漢皐山，在襄陽縣西十一里，與南陽郡鄧縣分界處。古諺云：襄陽無西。言其界促近。《太平寰宇記》：萬山北隔沔水。

西行度連山，北出臨漢水。漢水蹙成潭，〔查註〕孟浩然《萬山潭》詩自註云：即沈碑潭。旋轉山之趾。〔合註〕《易林》：行於山趾。禪房久已壞，古甃含清泚。〔合註〕《洛陽伽藍記》：禪房一所。陳陶《和西江李助副使》詩：蛟龍蟠古甃。下有仲宣欄，〔王註〕杜子美《一室》詩：應同王粲宅，留井峴山前。〔馮註〕《襄陽志》：萬山東有王粲井，即仲宣樓，在府城東，粲依劉表即此地，非荆州也。〔查註〕《襄陽耆舊傳》：王粲與繁欽並鄰同井，其墓及井現在。曾鞏《元豐類稾》：《魏侍中王粲石井欄記》，參謀太子舍人甄濟撰，上元二年，來瑱移井欄，置於襄州刺史官舍。歐陽修《集古録》：《井欄記》有二。貞元十七年者，于頔撰，胡證書；上元二年者，甄濟撰，彭朝議書。〔合註〕曾子固文，亦兩記並載。綆刻深容指。回頭望西北，隱隱龜背起。〔合註〕《説文》：埴似龜背。傳云古隆中，〔馮註〕《輿地志》：隆中山，在襄陽府城北，下即諸葛亮隱居，有三顧門。萬樹桑柘美。月炯〔四六〕轉山曲，山上見洲尾。緑水帶平沙，盤盤如抱珥。〔馮註〕《漢書・天文志》抱珥、虹蜺註：皆日傍氣也。凡氣在傍，直對爲珥，在傍如半環，向日爲抱。山川近且秀，不到懶成耻。問之安能詳，畫地費簪箠。〔馮註〕《後漢・馬援傳》：於帝前聚米爲山谷，指畫形勢，開示衆軍所從道徑往來，分析曲折，昭然可曉。《蜀志・許慈傳》：卓犖强識，祖宗制度之儀，喪紀五服之數，皆指掌畫地，舉手可采。〔合註〕《釋名》：簪，兟也，連冠於髮。又：枝也。《集韻》：箠，馬策也。

隆中

〔王註〕《漢晉春秋》：諸葛亮家於南陽之鄧縣，在襄陽城西二十里，號曰隆中。〔查註〕王韶《南雍州記》：隆中有諸葛故宅。《荆州記》：宅西有山臨水，孔明嘗登之，鼓琴，爲《梁父吟》，因名此山爲樂山。《太平寰宇記》：襄陽縣有諸葛宅。《蜀地記》云：三顧草廬，即此宅也。有井深四丈，迄今壘砌如初。《商芸小説》云：孔明躬耕南陽，乃襄陽之南陽墟，非今之南陽郡也。按，襄陽東二十里，有鄧城。習鑿齒《記》所云楚王城鄧之濁水，即斯地矣。蓋鄧之南鄙也，今爲鎮。裴松之謂在南陽鄧縣者，譌。〔合註〕《輿地碑目》：襄陽府載《諸葛武侯故宅碣》，晉李興撰；《蜀丞相諸葛公碑》，大中三年李景遜撰。今在隆中。

諸葛來西國，〔馮註〕《蜀志·諸葛亮傳》：字孔明，琅邪陽都人也。躬耕隴畝，好爲《梁父吟》。時先主屯新野，徐庶見先主，曰：「諸葛孔明者，卧龍也，將軍豈願見之乎？」先主曰：「君與俱來。」庶曰：「此人可就見，不可屈致也。」先主遂詣亮，凡三往乃見。千年愛未衰。今朝游故里，蜀客不勝悲。誰言襄陽野，生此萬乘師。〔馮註〕揚雄《解嘲》：孟軻雖連蹇，猶爲萬乘師。山中有遺貌，矯矯龍之姿。龍蟠山水秀，龍去淵潭移。空餘蜿蜒迹，使我寒涕垂。【誥案】紀昀曰：意亦猶人，寫來脱灑。

竹葉酒

楚人汲漢水，釀酒古宜城。〔馮註〕《輿地志》：宜城，楚鄢陵，漢宜城，梁率道。梁昭明太子《將進酒》篇：洛陽輕薄子，長安游俠兒。宜城溢渠椀，中山浮羽卮。〔查註〕《太平寰宇記》：宜城，襄陽屬縣，在府南九十五里。本楚之鄢都，天寶元年改宜城縣，故城在今縣南。其地出美酒。又俗號宜城美酒爲竹葉春。《名勝志》：宜城有金沙泉，在縣東一里。其泉造酒甘美，世稱宜城醖，又名竹葉春。春風吹酒熟，〔查註〕梁元帝詩：宜城醖酒今朝熟。猶似〔四七〕漢江清。

耆舊人何在〔四八〕，〔馮註〕襄陽有《耆舊傳》。丘墳應已平。〔馮註〕江淹《恨賦》：琴瑟滅兮丘隴平。惟餘竹葉在〔四九〕，〔馮註〕《酒譜》：蒼梧之地，釀酒，以竹葉雜於中，極清潔。張協《七命》：荆南烏程，豫北竹葉。《古詩》：竹葉清香好，何妨飲數杯。杜子美詩：三杯竹葉清。又，《九日》詩：竹葉於人既無分。張華《輕薄篇》：蒼梧竹葉清，宜城九醖醝。留此千古情。

鯿　魚

〔馮註〕《埤雅》：魴，一名魾，比今之青鯿也。《郊居賦》曰：赤鯉、青魴。細鱗縮項闊腹，魚之美者，蓋弱魚也。其廣方，其厚褊，故一曰魴魚，一曰鯿魚。魴，方也；鯿，褊也。《襄陽志》：漢江出鯿魚。　土人以槎斷水，鯿多依槎，因號槎頭鯿。　孟浩然詩：試垂竹竿釣，果得查頭鯿。

曉日照江水，遊魚似玉瓶。　誰言解縮項〔五〇〕，〔查註〕《襄陽耆舊傳》：峴山下，漢水中，出鯿魚，極肥美。宋張敬兒爲刺史，作六櫓船獻齊高帝，曰：「奉槎頭縮項鯿一千八百頭。」貪餌每遭烹。〔馮註〕《晉書·翟莊傳》：莊以弋釣爲事。及長，不復獵，曰：「獵自我，釣自物，未能頓盡，故先節其甚者。且夫貪餌吞鉤，豈我哉。」時人以爲名言。晚節亦不復釣。【誥案】紀昀曰：點綴警切。　杜老當年意，臨流憶孟生。〔王註〕杜子美《解悶》詩：復憶襄陽孟浩然，清詩句句盡堪傳。　只今耆舊無新語，漫釣槎頭縮頸鯿。〔查註〕孟浩然詩：鳥泊隨陽雁，魚藏縮項鯿。　吾今又悲子，輟筯涕縱橫。

食　雉

雄雉曳修尾，〔查註〕《埤雅》：雉之健者爲鷮，尾長六尺。《傳》曰：四足之美有麃，兩足之美有鷮。〔合註〕鍾會《孔雀賦》：裁修尾之翘翘。鷩飛向日斜。空中紛格鬬，〔馮註〕張華《禽經》：雉，介鳥也，善搏鬬。〔合註〕《易林》：畛雞無距，與鵲格鬬。綵羽落如花。喧呼勇不顧，投網誰復〔五一〕嗟。〔馮註〕《詩·王風·兔爰》：雉離于羅。百錢得一雙，新味時所佳〔五二〕。〔合註〕《後漢書·鄧皇后紀》：凡供薦新味。烹煎雜雞鶩，爪距漫槎牙。〔合註〕《左傳·襄公二十八年》：公膳日雙雞，饔人竊更之以鶩。《南史·褚澄傳》：羽翅爪距具足。誰知化爲蜃，〔馮註〕《月令》：孟冬，雉入大水爲蜃。〔合註〕鄭註：大水，淮也。《搜神記》：千歲之雉，入海爲蜃。海上落飛鴉。〔查註〕《埤雅》：蜃形如蛇而大，噓氣成樓臺，如在烟霧中，高鳥倦飛，就之以息，氣輒吸之而下，俗謂之蜃樓。

新渠詩〔五三〕并敍

庚子正月，予過唐州。〔查註〕《十道志》：唐州淮安郡，秦爲南陽郡。《元和郡縣志》：後魏太和中，於此置東荆州，恭帝時改淮州，開皇五年改顯州，貞觀元年改唐州。北至汝州葉縣一百八十里，東至許州二百七十里。按，《太平寰宇記》謂武德五年，分置唐州。太守趙侯，始復三陂、疏召渠，〔查註〕《東都事略》：趙尚寬，字濟之。知唐州，按視圖記，得召信臣故迹，發卒復三大陂、一大渠，溉田萬餘頃。又教民自爲支渠，轉相浸灌，四方之民雲集。尚寬復請以荒田計口授之，貸民官錢買耕牛。比三年，廢田盡爲膏腴。仁宗聞而嘉之，進秩，賜金，再留，民畫像祠之。章俊卿《山堂考索》：嘉祐五年，三司使包拯言：唐州治四縣，田之入草萊者十八九，知州趙尚寬，興復召信臣渠并境內之陂堰，下溉民田數萬頃。非獨流民自歸，又有淮湖之民至者萬餘户。請留再任。從之。按，公過唐州，正趙尚寬再任時也。〔合註〕《續通鑑長編》載：比部員外郎知唐州趙尚寬，嘉祐五年七月，詔留再任。尚寬，安仁子也。〔查註〕《水經注》：東荆州有馬仁陂、湖陽陂、唐子陂。《元和郡縣志》、《太平寰宇記》、《輿地廣記》諸書皆失載。《輿地記》：漢召信臣爲南陽守，興水利，露宿課耕，民呼爲召父。有召堰，在今唐縣界内。《荆州圖副》：湍水作堨，在鄧州城北七里，有六門堰，擁湍水而成，亦召信臣所作也。招懷遠人，散耕於唐。予方爲旅人，不得親執壺漿簞食，以與侯勸逆四方之來者，獨爲《新渠》詩五章，以告於道路，致侯之意。其詞曰：

新渠之水，其來舒舒。〔合註〕韓退之詩：淮之水舒舒。溢流於野，〔合註〕《東都事略》：溢來其野。至於通衢。〔合註〕《漢書·東方朔傳》：播之於四通之衢。渠成如神，民始不知。問誰爲之？邦君趙侯。〔合註〕《字典》引《史記·樂書》高祖過沛詩《三侯之章》。《索隱》曰：沛詩有三兮，故云三侯。又，《字典》云：兮、侯古韻通。《通雅》亦云：兮與侯通，侯又與唯通。然則先生與知字押，正同韻也。

新渠之田，在渠左右。渠來奕奕，如赴如湊。如雲斯積，如屋斯溜。嗟唐之人，始識秔稌。【誥案】以上二章，告唐民也。

新渠之民，自淮及潭。〔合註〕《元和郡縣志》：江南道有潭州。挈其婦姑，或走而顛。王命趙侯，宥我新民。無與王事，以訖七年。【誥案】趙尚寬當以至和元年甲辰知唐州，故詩云七年也。

侯謂新民，爾既來止。其歸爾邑，告爾鄰里。良田千萬，爾擇爾取。爾耕爾食，遂爲爾有。【誥案】以上二章，告流民也。

築室於唐，孔碩且堅。生爲唐民，飽粥與饘。〔合註〕《左傳·昭公七年註》：饘鬻，餬屬。《檀弓疏》：厚曰饘，希曰粥。死葬於唐，祭有雞豚〔五四〕。天子有命，我惟爾安。【誥案】此章總結。

許州西湖

〔馮註〕《寰宇記》：許州，周許國，魏許昌，北齊南鄭，後周許州。《一統志》：河南西湖，一在許州，一在鄢陵。《湖誌》：舊傳許、潁、陳、蔡接壤之間，皆有西湖，而汝陽爲最。孔武仲詩：亭下湖光凝不流，百尺樓臺蘸春綠。〔查註〕《九域志》：京西北路許州，宋升潁昌府。程大昌云：神宗初爲忠武軍節度使，封潁王，故元豐三年升爲府。葉夢得《石林詩話》：許昌西湖與子城，密相附云。是曲環作鎮時，取土築城，因以其地導潩水瀦之，廣百餘畝，中爲横隄。初但有其東之半，其西廣於東倍增而水不甚深。宋莒公爲守，因起黄河村夫浚治之，始與西相通。故其詩云：鑿開魚鳥忘情地，展盡江湖極目天。

西湖小雨晴，灩灩春渠長。〔合註〕梁劉孝綽《三日侍華光殿曲水宴》詩：帳殿臨春渠。來從古城角，夜半轉新響〔五五〕。使君欲春游，浚沼役千掌。紛紜〔五六〕具畚鍤，〔合註〕東晳《廣農議》：雲雨生於畚鍤。鬧若蟻運壤。〔合註〕《藝文類聚》引《管子》：隰朋曰，蟻壤寸而有水。夭桃弄春色，生意寒猶怏。〔合註〕《廣韻》：怏，悵也。《漢書·蕭望之傳》：塞其怏怏心。惟有落殘梅，標格若矜爽〔五七〕。〔合註〕杜子美《奉贈李八丈判官》詩：早年見標格。游人坌已集，〔合註〕司馬相如《哀二世賦》：坌入曾宫之嵯峨。《唐書·儒學傳》：坌集京師。挈榼三且兩。〔馮註〕劉伶《酒德頌》：止則操卮執觚，動則挈榼提壺，惟酒是務，焉知其餘。《説文》：榼，酒器也。醉客臥道傍，扶起尚偃仰。池臺信宏麗，〔合註〕鮑照《河清頌序》〔五八〕：宫宇宏麗。貴與民同賞。但恐城市歡，不知田野愴。潁川七不登，〔合註〕《漢書·文帝紀》：詔曰，歲一不登，民有飢色。註：登，成也。野氣長蒼莽。〔馮註〕《莊子·逍遥遊篇》：適莽蒼者三餐而返，腹猶果然。誰知萬里客，湖上獨長想。【誥案】紀昀曰：忽歸莊論，妙非迂詞，此從杜老《觀打魚》詩化來。

雙鳧觀

〔公自註〕在葉縣。〔查註〕《元和郡縣志》：汝州葉縣，《後漢書》謂之小長安。開元三年，於縣置仙州，以漢時王喬於此得仙也。

王喬古仙子，〔馮註〕《後漢·王喬傳》：顯宗世爲葉令。喬有神術，每月朔、望，常自縣詣京朝。帝怪其來數而不見車騎，密令太史伺望之。言其臨至，輒有雙鳧從東南飛來。於是候鳧至，舉羅張之，但得一雙舄焉。乃詔上方診視，則四年中所賜尚書官屬履也。又或云，此即古仙人王子喬也。時出觀人寰。【誥案】此句即用示變化之跡語，可見馮註刪去之謬。常爲漢郎吏，厭世去無還。雙鳧偶爲戲，聊以驚世頑。不然神仙迹，羅網安能攀。【誥案】紀昀曰：解説得好。紛紛塵埃中，銅印紆青綸。〔王註〕綸，姑頑反，綬也〔五九〕。〔合註〕《前漢·百官公卿表》：凡吏秩比六百石以上，皆銅印墨綬。《後漢書·仲長統傳》引《昌言·損益篇》：身無半通青綸之命。註引《説文》：綸，青絲綬也。又引鄭玄《禮記註》曰：綸，今有秩，嗇夫所佩也。《法言》：五兩之綸，半通之銅。安知無隱者，竊笑彼愚姦。〔合註〕《戰國策》：臣竊笑之。

潁大夫廟

〔公自註〕潁考叔也，廟在汝州潁橋〔六〇〕。〔馮註〕《一統志》：洧川縣有純孝伯廟，即潁考叔。〔查註〕《太平寰宇記》：潁大夫廟，在許州許昌縣，隋大業九年重建。汝州別有一廟，未詳。

人情難强回，天性可微感。世人争曲直，苦語費搖撼。大夫言何柔〔六一〕，暴主意自慘。【誥案】紀昀曰：純用諫五從諷之意，而語特明透。荒祠傍孤冢〔六二〕，古隧有殘坎。〔馮註〕《左傳・隱公元年》：鄭莊公寘姜氏於城潁，而誓之，曰：「不及黃泉，無相見也。」既而悔之。潁考叔爲潁谷封人，聞之，有獻於公，公賜之食，食舍肉。公問之，對曰：「小人有母，皆嘗小人之食矣，未嘗君之羹，請以遺之。」公曰：「爾有母遺，繄我獨無。」因語之故，且告之悔。對曰：「君何患焉，若闕地及泉，隧而相見，其誰曰不然？」公從之。遂爲母子如初。〔合註〕江總詩：缺碑橫古隧。千年惟茅焦，世亦貴其膽。不解此微言，〔合註〕微言，用「談言微中」意。脱衣徒勇敢。〔王註子仁曰〕秦始皇遷母后於雍，諫者輒殺於井幹闕下。茅焦乃解衣立井幹之上而諫曰：「秦方以天下爲事，而有遷母之名，恐諸侯由此倍秦。」秦始皇即駕輿，執轡虛左，親迎其母。〔馮註〕《史記》：秦王夷嫪毐三族，免相國吕不韋。齊人茅焦説秦皇。《説苑》：秦嫪毐之亂，始皇遷太后於雍，下令曰：「敢諫者死。」諫而死者二十七人。齊客茅焦，解衣立井幹之上而諫。始皇釋之，迎歸太后，母子如初。《法言》：茅焦雖辯，劘虎牙矣。〔合註〕《戰國策》：聶政，勇敢士也。

阮籍嘯臺

〔類本題下原註〕在尉氏東南城隅〔六三〕。〔馮註〕江微《陳留風俗傳》：阮嗣宗善嘯，聲與琴諧，陳留有阮公嘯臺。〔查註〕《太平寰宇記》：阮籍臺在尉氏縣東南二十步。籍每追名賢，攜酌長嘯，登此。

阮生古狂達，〔馮註〕《世説》：袁羊，古之遺狂。遁世默無言。猶餘胸中氣，長嘯獨軒軒。〔馮註〕《晉書》：阮籍，字嗣宗，陳留尉氏人。嗜酒，能嘯，善彈琴。文帝初，欲爲武帝求婚於籍，籍醉六十日，不得言而止。籍雖不拘禮教，然發言玄遠，口不臧否人物。嘗於蘇門山遇孫登，與商略終古及栖神導氣之術，登皆不應，籍因長嘯而退。至半嶺，聞有聲若鸞鳳之音，響乎巖谷，乃登嘯也。又：籍本有濟世志，屬魏晉之際，天下多故，名士少有全者，籍由是不與世事，遂酣飲爲常。〔合註〕《淮南子》：盧敖遊乎北海，見一士軒軒然，方迎風而舞。高情遺萬物，〔合註〕謝靈運詩：高情屬天雲。不與世俗論。登臨偶自寫，激越蕩乾坤。〔合註〕班固《西都賦》：聲激越，謍厲天。醒爲嘯所發，飲爲醉所昏。誰能與之較，亂世足自存。

大雪獨留尉氏，有客入驛，呼與飲，至醉，詰旦客南去，竟不知其誰〔六四〕

〔查註〕《水經注》：尉氏，鄭國之東鄙弊獄，官名也。鄭大夫尉氏之邑。《漢書·地理志》：應劭曰：尉氏，鄭之別獄也。《太平寰宇記》：晉時南阮所居。《九域志》：在開封南九十里。《左傳·襄公二十一年》：欒盈過於周，周西鄙掠之，辭於行人，曰：「天子陪臣盈，得罪於王之守臣，將逃罪，罪重於郊甸，無所伏竄，將歸死於尉氏。」王使司徒禁掠欒氏者。云云。註：尉氏，討姦之官。〔合註〕《漢書註》應劭曰：古獄官曰尉氏，鄭之別獄也。臣瓚曰：鄭大夫尉氏之邑，故遂以爲邑。師古曰：鄭大夫亦以掌獄之官，故爲族耳。蓋周、鄭必皆有尉氏之官，《漢書》之尉氏，則鄭之獄官地，《左傳》之尉氏，則周之獄官名也。

古驛無人雪滿庭，〔馮註〕《左傳・文公十六年》：楚子乘馹。《爾雅》：馹，遽傳也。《漢書註》：傳，若今之馹，古者以車，謂之傳車，其後又單置騎，謂之馹騎。有客冒雪來自北。〔馮註〕《晉・光逸傳》：送客冒雪，舉體凍濕。紛紛笠上已盈寸，〔馮註〕《詩・小雅・都人士》：彼都人士，臺笠緇撮。《毛傳》：臺，所以禦暑；笠，所以禦雨。箋云：臺，夫須也。以臺皮爲笠。陸璣《詩疏》：夫須，莎草也。下馬登堂面蒼黑。苦寒有酒不能飲，見之何必問相識。我酌徐徐不滿觥，看客倒盡不留瀝〔六五〕。【詰案】公後有「飲酒但飲濕」句，此似蜀中語也。千門晝閉〔六六〕行路絶，相與笑語不知夕。醉中不復問姓名，上馬忽去横短策。〔馮註〕《左傳・文公十三年》：繞朝贈之以策。註：馬撾也。〔合註〕《左傳・襄公十七年》：左師爲己短策。

朱亥墓

〔公自註〕俗謂屠兒原〔六七〕。〔查註〕《太平寰宇記》：朱亥墓，在封丘縣西三十里。《汴京遺蹟志》云：朱亥墓，在開封西南朱仙鎮。未知孰是？

昔日朱公子，雄豪不可追。今來遊故國，大冢屈稱兒。平日輕公相，千金棄若遺。梁人不好事，名姓〔六八〕寄當時。〔王註〕《史記》：侯生謂公子曰：「臣所過屠者朱亥，賢者，世莫能知，故隱屠間耳。」秦昭王已破趙長平軍，又進兵圍邯鄲，魏使晉鄙救趙，實持兩端。公子請朱亥，遂與俱。亥袖四十斤鐵椎，椎殺晉鄙，進兵救趙。〔馮註〕《史記・信陵君傳》：公子請朱亥，朱亥笑曰：「臣乃市井鼓刀屠者，而公子親數存之，所以不報謝者，以爲小禮無所用，今公子有急，此乃臣効命之秋也。」遂與公子俱至鄴，矯魏王令，代晉鄙。晉鄙合符，疑之，欲無聽，朱亥袖四十斤鐵椎，椎殺晉鄙。魯史盜齊豹，求名誰復知。愼無怨世俗，猶不遭仲尼。〔馮註〕《春秋・昭公二十年》：

秋，盜殺衛侯之兄縶。《穀梁傳》：盜，賤也，其曰兄，母兄也，目衛侯，衛侯累也。《春秋·昭公三十一年》：冬，黑肱以濫來奔。《左傳》：賤而書名，重地也。或求名而不得，或欲蓋而名彰。是以《春秋》書齊豹曰盜，三叛人名，以懲不義。〔查註〕按信陵既誘竊兵符，復使朱亥椎殺晉鄙，而奪其軍，所報者私恩，所負者大義，史遷不美晉鄙之死節，而多朱亥之豪俠，取予似乎失當。故公詩意謂以《春秋》之義責之，則必曰盜殺晉鄙矣，幸而不遭孔子，獲免盜名，然則世俗呼爲屠兒，猶未爲辱也。

次韻水官詩并引〔六九〕

淨因大覺璉師，〔查註〕釋普濟《五燈會元》：汴京目周毀寺，太祖建隆間，復興兩街，止是南山律部慈恩賢首抄疏義學而已。天台止觀達摩，禪宗未行也。皇祐中，內侍李允寧始施汴宅一區，剏興禪席，賜額十方淨因院。《僧寶傳》：仁宗皇祐中，初剏淨因院，止有道者住持。歐陽修、陳師孟奏請廬山居訥，訥稱目疾不起，聽舉自代，乃以懷璉應詔。《禪林寶訓》：明州育王寺懷璉禪師，字器之，漳州陳氏子。嗣泐潭懷澄，青原下十四世。宋仁宗皇祐二年，詔住京師十方淨因院，賜號大覺禪師。〔合註〕《五燈會元》：懷璉在青原下十世。此作十四世，再考。以閻立本畫水官〔查註〕未景元《唐朝名畫録》：立本位居宰相，與兄立德齊名。張彥遠《歷代名畫記》：立本，顯慶初爲工部尚書，總章元年，拜右相，封博陵縣公。有應務之才，兼工畫，號爲丹青神化。遺編禮公。〔查註〕《宋史·蘇洵傳》：嘉祐間，除秘省校書郎，會太常修纂禮書，乃以爲霸州文安主簿，與項城令姚闢同修，爲《太常因革禮》一百卷。〔合註〕《續通鑑長編》：嘉祐六年七月，蘇洵同編纂禮書。又：八年三月載禮院編纂蘇洵貽書韓琦，言山陵事。故先生詩引稱編禮公也。公既報之以詩，謂軾，汝亦作，軾頓首再拜次韻，仍録二詩爲一卷獻之〔七〇〕。〔七集附録〕老泉詩云：水官騎蒼龍，龍行欲上天。手攀時且住，浩若乘風船。不知幾何長，足尾猶在淵。下有二從臣，左右乘魚黿。矍鑠相顧視，風舉衣袂翩。女子侍君側，白頰垂雙鬟。手執雉尾扇，容如未開蓮。從者八九人，非鬼非戎蠻。出水未成列，先登揚旗旜。長刀擁旁牌，白羽注强弮。雖服甲與裳，狀貌猶鯨鱣。水獸不得從，仰面以手扳。空虚走雷霆，雨雹晦九川。風師黑虎囊，面目昏塵烟。翼從三神人，萬里朝天闕。我從大覺師，得此詭怪編。畫者古閻子，於今三百年。見者誰不愛，予者誠已難。在我猶在子，此理寧非禪。報之以好詞，何必畫在前〔七一〕。

高人豈學畫，用筆乃其天。譬如善游人，一一能操船。〔馮註〕《莊子·達生篇》：顏淵問仲尼曰：「吾嘗濟乎觴深之淵，津人操舟若神。吾問焉，曰：『操舟可學耶？』曰：『可。』善游者數能，若乃夫没人，則未嘗見舟而便操之也。」【詰案】紀昀曰：起四句透脱之至。閻子本縫掖，〔合註〕《禮記·儒行》：衣逢掖之衣。疇昔慕雲、淵。〔馮註〕江淹《别賦》：雖淵、雲之墨妙，嚴、樂之筆精。註：王襃，字子淵；揚雄，字子雲。〔查註〕《漢書》：終軍，字子雲；王襃，字子淵。二人合傳，故先生並稱之，非揚子雲也。丹青偶爲戲，〔馮註〕《唐書·閻立本傳》：太宗與侍臣泛舟春苑池，見異鳥容與波上，悦之。詔坐者賦詩，而召立本侔狀。閤外傳呼畫師閻立本。是時，已爲主爵郎中，俯伏池左，研吮丹粉，望坐者，羞悵流汗。歸戒其子曰：「吾少讀書，文辭不減儕輩，今獨以畫見名，與厮役等，若曹慎毋習。」然性所好，雖被訾屈，亦不能罷也。既輔政，但以應務俗材，無宰相器。時姜恪以戰功擢左相，故時人有「左相宣威沙漠，右相馳譽丹青」之嘲。染指初〔七二〕嘗黿。〔馮註〕《左傳·宣公四年》：楚人獻黿於鄭靈公。子公之食指動，以示子家曰：「必嘗異味。」及宰夫解黿，食大夫，召子公而弗與也。子公怒，染指於鼎，嘗之而出。愛之不自已，筆勢如風翻。傳聞貞觀中，左衽解椎髻。〔合註〕《唐書·南蠻驃傳》：東謝蠻，俗椎髻，韜以絳，垂於後。南夷羞白雉〔七三〕，佛國貢青蓮。詔令擬王會，〔馮註〕《譚賓録》：貞觀三年，東蠻謝元深入朝。中書侍郎顏師古奏言：「昔周武王治致太平，遠國歸款，乃集其事爲《王會篇》，可圖寫貽後，以彰服遠之德。」從之。乃命尚書閻立本畫之。《唐畫斷》：閻立德，創《職貢圖》，異方人物詭怪之狀。弟立本，畫國王粉本。昔南北兩朝名手，不是過也。〔查註〕洪景盧云：《汲冢周書》七十篇，所載事物多過實。《王會篇》，皆大會諸侯及四夷事，所記四夷國名，頗古奧，獸畜亦奇崛。唐太宗時，遠方諸國，來朝貢者甚衆，服裝詭異。顏師古請圖以示後，作《王會圖》，蓋取諸此。別殿寫戎蠻。〔合註〕顏延年《曲水詩序》：別殿周徹。熊冠金絡額，豹袖擁旛旜。〔合註〕《舊唐書·東謝蠻傳》：貞觀三年，元深入朝，冠烏熊皮冠，以金銀絡額，身披毛帔。豹袖見《詩經》。《釋名》：旛，幡也。《周禮》：通帛爲旜。傳入應門内〔七四〕，俯伏脱劍卷。〔合註〕《史記·蘇秦傳》：俯伏侍取食。《前漢·司馬遷傳註》李奇曰：卷，弩弓也。天姿儼龍鳳，〔馮註〕《唐書·太宗本紀》：龍鳳之姿，天日之表。雜沓朝鵬鱣。神功與絶迹，〔合註〕任昉《到大司馬記室牋》：神功無紀。司馬相如《封禪文》：殊尤絶迹。後世兩莫扳。〔合註〕「扳」，與「攀」同。自從李氏亡，羣盜竊山川。長安三日火，〔合註〕《漢書·地理志》：長安縣，高帝五年置。至寶隨飛烟。尚有脱身者，〔合註〕《漢書·高帝紀》：脱身去。漂流東出關〔七五〕。〔合註〕庾信《和張侍中述懷》詩：漂流從木梗。三官〔七六〕豈容獨，〔合註〕《黄庭内景經》：傳得可授告三官。註：三官，天、地、水也。得此今已偏〔七七〕。吁嗟至神物〔七八〕，會合當有年。〔合註〕此用延平劍意也。京城諸權貴，欲取百計難。贈以玉如意，〔馮註〕《胡琮別傳》：吴時，秣陵掘地，有得白玉如意，大帝以問琮。琮對曰：秦始皇以金陵有天子氣，處處輒埋寶物，以當王氣，此殆是乎。見《太平御覽》。豈能動高禪。惟應〔七九〕一篇詩，皎若畫在前。〔合註〕以上諸詩，宋刊施註本不載，七集本惟《息壤》詩、《新渠》詩在前集，餘皆在續集，補施註本皆在續補遺卷中。

卷二校勘記

〔一〕息壤詩　集甲「詩」下有「一首」二字。
〔二〕幸帝之怒　「怒」原作「恕」，據集甲改。刪去查註「『幸帝之恕』，『恕』字似當作『怒』」十字。
〔三〕荒茫　查註作「蒼茫」。
〔四〕操舟　類甲、類乙作「操船」。
〔五〕絶妙　類本、外集作「妙絶」。
〔六〕野水　類本作「野鴨」。七集原校：「水」，一作「鴨」。
〔七〕成空陂　外集作「如空陂」。
〔八〕草間　類本、七集作「草中」。
〔九〕問蜀船　類丙、外集作「問蜀船」。
〔一〇〕因劉表　外集作「因劉季」。合註謂「季」訛。
〔一一〕淪秋草　外集作「埋秋草」。
〔一二〕官船　類本、外集作「官帆」，七集作「宮帆」。
〔一三〕見雄豪　類本、外集作「更雄豪」。
〔一四〕多風雪　類甲、類乙作「方風雪」。
〔一五〕聚小兒　七集作「逐小兒」。
〔一六〕更作器　查註、合註謂「更」一作「兼」。
〔一七〕柳門　查註、合註謂「柳」一作「脩」。

〔一八〕查註：……荆州别有柳門　「門」下原有「他無可考」四字。沈欽韓《蘇詩查註補正》卷一謂：「荆州府治城門六，小北門舊名維城，大北門舊名柳城，蓋即此柳門。以其北出，故云『京國道』。」今删去「他無可考」四字。

〔一九〕衡湘　外集作「瀟湘」。

〔二〇〕縈回　類本作「灣回」，外集作「彎回」。「灣」、「彎」，通。

〔二一〕奔駛　類甲、類乙作「奔快」，類丙作「奔駃」，外集作「奔决」。

〔二二〕懶遭謫　類本作「頗遭謫」。七集原校：「懶」，一作「頻」。

〔二三〕次韻答　類甲、類丙無「答」字。

〔二四〕岔若　類本作「溢若」。

〔二五〕語異别　類本、外集作「語異月」。

〔二六〕慎所居　類本作「謹所居」。

〔二七〕不已　類本作「不足」。

〔二八〕無定　七集作「先定」。

〔二九〕森就位　外集作「森然位」。

〔三〇〕若沸　類本作「如沸」。

〔三一〕天人　合註謂「人」一作「文」。

〔三二〕有似　七集作「有以」。

〔三三〕鏘鏘鳴　外集作「鏘以鳴」。

〔三四〕過之　外集作「遇之」。

〔三五〕佇立　合註謂「佇」一作「停」。

〔三六〕古樂府　七集、外集無「古」字。

〔三七〕擊之　七集作「繫之」。

〔三八〕城東　合註謂「東」一作「中」。

〔三九〕心悠哉　七集無第二句「心悠哉」。

〔四〇〕飄入空　七集作「飄入宫」。

〔四一〕空自閑　類本、七集、外集作「空且閑」。

〔四二〕飛鴻　類本作「征鴻」。

〔四三〕大才　類本作「天才」。

〔四四〕倏忽星過罶　「罶」原作「霤」。句下王註云：「《詩》：『三星在罶。』註云：如心星之光耀，見於魚笱之中，其去須臾，不可久也。」王註中之「罶」，原亦作「霤」。按，「霤」誤。四部叢刊初編影宋巾箱本《詩經》即作「三星在罶」。王註中之「註云」，即《詩》之鄭箋原文。罶乃魚笱，《詩·小雅·魚麗》有「魚麗于罶」之句。作「罶」，義合。本詩爲有韻，「罶」屬有韻，作「罶」，韻合。又，「霤」，《說文》：屋水流也。屬宥韻。義、韻均與本詩不合。今改「霤」爲「罶」。

〔四五〕時獨不遊問轍而作　七集無此註。

〔四六〕月炯　外集作「月出」。
〔四七〕猶似　類丙作「尤似」。
〔四八〕人何在　類本、外集作「何人在」。
〔四九〕竹葉在　類本、外集作「竹葉麴」。查註作「竹葉酒」。
〔五〇〕縮項　類本作「縮頸」。
〔五一〕誰復　類本、七集作「復誰」。
〔五二〕時所佳　類甲、類乙作「時在佳」。
〔五三〕新渠詩　集甲「詩」字後有「一首」二字。
〔五四〕雞豚　集甲作「雉豚」。
〔五五〕轉新響　類本、外集作「傳新響」。
〔五六〕紛紜　類本作「紛紛」。
〔五七〕若矜爽　類本作「苦矜爽」。
〔五八〕鮑照河清頌序　原作「鮑昭清河頌序」，今校改。
〔五九〕姑頑反綬也　類甲、類丙謂爲自註。
〔六〇〕潁考叔也廟在汝州潁橋　七集無此條自註。外集題下原註：汝州。
〔六一〕言何柔　類丙、類丁「言」下原校：一作「語」。類甲、類乙作「言可柔」。
〔六二〕傍孤冢　類本、七集作「旁孤冢」。按：傍讀仄聲，作傍，切。

〔六三〕類本題下原註在尉氏東南城隅　「類本題下原註」，原作「王註」，今從類本。七集、外集亦爲題下原註，無「東南城隅」四字。此題下原註，當爲自註。

〔六四〕有客入驛云云十九字　類本、七集無。外集有。

〔六五〕不留澀　類本作「不流濕」，七集、外集作「不留濕」。

〔六六〕晝閉　類本、外集作「盡閉」。

〔六七〕俗謂屠兒原　七集無此自註，外集亦無。類本「屠兒原」作「屠兒墓」，盧校同。

〔六八〕名姓　類本、七集、外集作「名字」。

〔六九〕并引　七集無此二字。

〔七〇〕浄因大覺璉師……謂軾……軾……獻之　外集以此引爲題，題云：「京師浄因院大覺璉禪師，以閻立本畫《水官》遺編禮公，公既報之詩，謂軾，汝亦作，軾頓首再拜次韻。」七集「軾」作「某」，「獻之」作「以獻」。

〔七一〕七集附録老泉詩云云　「七集附録」原作「王註」。類本未收「次韻水官詩」，無此附録。此所云之「王註」，合註乃指清康熙間朱從延刊《蘇東坡詩集註》，即合註所稱之「新王本」，不足爲據。現存各蘇詩刊本，首收《次韻水官詩》附録老泉詩者爲七集本，自當從。老泉詩，用明成化原刊本校過，異文如下：七集「衣袂翩」作「衣袂翻」，「强眷」作「强拳」，「雨雷」作「雨雹」。又，宋孫紹遠所輯《聲畫集》（該書爲題畫詩專輯）卷一收有老泉詩、東坡詩。先列老泉詩；以此詩之引爲題。兹附志於此。

〔七二〕初嘗黿　外集作「聊嘗黿」。

〔七三〕羞白雉　外集作「修白雉」。

〔七四〕傳入應門内　外集作「傳呼入應門」。

〔七五〕東出關　原作「出東關」。《永樂大典》卷八百二十一引袁文《甕牖閑評》（中華書局影印本第七册）：蘇東坡《和編禮公水官》詩云：長安三月火，至寶隨飛烟。尚有脱身者，漂流東出關。夫「東出關」三字，出《前漢・終軍傳》。東坡用古人句語押韻，精切如此。而舊本乃作「出東關」。且長安之地，初無東關，可見舊本之誤也。今從袁説。

〔七六〕三官　外集作「二官」。

〔七七〕今已偏　原作「今已編」，外集作「固已偏」。盧校：此却當作「偏」。今改「編」爲「偏」。

〔七八〕至神物　外集作「至誠物」。

〔七九〕惟應　七集作「信應」。

蘇軾詩集卷三

古今體詩四十八首

【誥案】起嘉祐六年辛丑十一月，赴大理寺評事簽書鳳翔府節度判官廳公事任，至七年壬寅三月後作。《宋史·職官志》：大理寺評事，正八品；諸州簽判，從八品。

辛丑十一月十九日，既與子由別於鄭州西門〔一〕之外，馬上賦詩一篇寄之

〔王註次公曰〕先生除簽書鳳翔判官時，老泉被命修禮書，留京師。先生既當赴官，子由送至鄭州，而還侍老泉之側也。〔查註〕《元和郡縣志》：春秋鄭國，晉置滎陽郡，開皇三年改鄭州，貞觀七年自武牢移於今理。東至汴州一百四十里。《九域志》：屬京西北路奉寧軍節度。

不飲胡爲醉兀兀，〔王註〕白樂天《對酒》詩：所以劉阮輩，終年醉兀兀。齊己詩：愛陶長官醉兀兀。又，樂天詩：不飲長如醉，加飧亦似飢。【誥案】紀昀曰：起得飄忽。此心已逐歸鞍發。〔合註〕張説詩：醉舞拂歸鞍。歸人猶自念庭闈，〔王註次公曰〕歸人指子由。束皙《南陔》補亡詩：眷戀庭闈。今我何以慰寂寞。登高回首坡壠隔，但見〔二〕烏帽出復没。〔王註〕杜子美《相從歌》：烏帽塵拂青螺粟。〔查註〕《許彦周詩話》：《詩》云：「燕燕于

飛，差池其羽。之子于歸，遠送于野。瞻望弗及，泣涕如雨。」此真可泣鬼神矣。東坡《送子由》詩：登高回首坡壠隔，但見烏帽出復没。遠紹其意。〔合註〕《隋書·禮儀志》：帽，古野人之服也。宋、齊之間，天子宴私著白高帽，士庶以烏。又曰：隱居道素之士，被召入謁見者，著黑介幘。【誥案】紀昀曰：妙寫難狀之景。苦寒念爾衣裘薄，獨騎瘦馬踏殘月。〔王註〕白樂天詩：如何爲不念，馬瘦衣裳單。路人行歌居人樂，〔王註〕古語云：相視如路人。《列子·天瑞篇》：拾穗行歌。又《漢·朱買臣傳》：行歌負薪。又《詩·鄭風·叔于田》：巷無居人。童僕〔三〕怪我苦悽惻。〔王註〕《文選》陸機《歎逝賦》：步寒林而悽惻。〔合註〕陸機詩：感物情悽惻。亦知人生要有別，但恐歲月去飄忽。〔王註〕晉陸機《歎逝賦》：時飄忽而不載。又，宋劉鑠《七夕》詩：飛光已飄忽。又，梁劉勰《文心雕龍·序志篇》有曰：歲月飄忽，性靈不居。寒燈相對記疇昔，〔王註〕《禮記·檀弓》：疇昔之夜。又，左太冲《詠史》詩：疇昔覽穰苴。夜雨何時聽蕭瑟。【誥案】紀昀曰：收筆處又繞一波，高手總不使直筆。君知此意不可忘，慎勿苦愛高官職。〔公自註〕嘗有夜雨對牀〔四〕之言，故云爾。〔王註〕韋蘇州《與元常全真二生》詩：寧知風雨夜，復此對牀眠。〔次公曰〕子由與先生在懷遠驛，嘗讀韋詩，至此句，惻然感之，乃相約早退，共爲閒居之樂，正在京師同侍老泉時近事，故今詩及之。其後，子由與先生彭城相會，作二小詩，其一曰：逍遥堂後千尋木，長送中宵風雨聲。悞喜對牀尋舊約，不知漂泊在彭城。至先生《在東府雨中作示子由》詩，有曰：對牀空悠悠，夜雨今蕭瑟。蓋皆感歎追舊之言也。

和子由澠池懷舊

〔王註〕《前漢·地理志》：弘農郡澠池縣。註：景帝中二年，初城，徙萬家爲縣。〔查註〕《太平寰宇記》：澠池，即秦、趙所會之地。城與澠池水源，南北相對。《説文》：黽似蛙而腹大，池内産此，因名。〔合註〕《説文》：黽，鼃黽也。從蛇，象形，頭與蛇頭同。臣鉉等曰：象其腹也。〔查註〕《輿地廣記》：澠池有古東西俱利二城，元魏置澠池郡，今爲縣。《元和郡縣志》：廣陽山，亦名澠池山，在縣東北。自澠池東至河南府，一百五十里。《欒城集·懷澠池寄子瞻兄》詩云：相攜話别鄭原上，共道長途怕雪泥。歸騎還尋大梁陌，行人已度古崤西。曾爲縣吏民知否，舊宿僧房壁共題。遥想獨游佳味少，無言騅馬但鳴嘶。自註云：轍曾爲此縣簿，未赴而中第。

人生到處知何似？應似飛鴻踏雪泥。〔王註〕歐陽永叔詩：瘦馬尋春踏雪泥。泥上偶然留指爪，鴻飛**那復計東西。**【誥案】公後與王彭遇，始聞釋氏之説，本案已立專條，非比往時註家指東畫西皆可傅會也。查註引《傳燈録》義懷語，謂此四句本諸義懷，誣罔已極。凡此類詩，皆性靈所發，實以禪語，則詩爲糟粕，句非語録，況公是時并未聞語録乎。《敬業堂集》清通幽秀之句不乏，今槩以禪語實之，如初白有知，能不奮然怒罵以頭搶地下乎。合註不知删駁，反謂義懷語出《五燈會元》，不出《傳燈録》，可謂以五十步笑百步矣。今皆删。老僧已死成新塔，壞壁無由見**舊題。**〔查註〕子由詩註云：昔與子瞻應舉，過宿縣中寺舍，題老僧奉閑之壁。往日崎嶇還記否，〔王註〕杜子美《行次昭陵》詩：賢路不崎嶇。路長人困蹇驢嘶。〔公自註〕往歲，馬死〔五〕於二陵，騎驢至澠池。〔王註〕賈誼《弔屈原賦》：騰駕罷牛，驂蹇驢兮。杜子美《偪仄行》詩：東家蹇驢許借我，泥滑不敢騎朝天。【誥案】紀昀曰：前四句單行入律，唐人舊格，而意境恣逸，則東坡之本色。

次韻劉京兆〔六〕石林亭之作，石本唐苑中物，散流民間，劉購得之

〔王註〕次公曰：京兆府即長安也。劉京兆，乃劉敞，字原父。〔查註〕《東都事略》：劉敞，袁州臨江

人。進士甲科。在長安得古器數十，愛其款識文字奇古，因以考知三代制度與先儒所説不同者。歐陽修《六一題跋》：嘉祐六年，原父以翰林學士出爲永興軍路安撫使，其治在長安。原父博學好古，多藏古器奇物，能讀古文銘識，而長安秦、漢故都，時時發掘所得，原父悉購而藏之。蔡絛《鐵圍山叢談》：劉原父出守長安，長安多古簋敦鏡甗尊彝之屬，因自著一書，號《先秦古器記》。《太平寰宇記》：關西道京兆郡，漢乾祐初改永興軍，其京兆府仍舊，宋因之。東至西京八百五十里，西至鳳翔三百十里。《輿地碑目》：石林亭，在麟游縣治東。宋劉敞有詩，蘇軾和，石刻尚存。〔合註〕王昶《金石粹編》載先生《次韻》詩石刻，前列將仕郎守大理寺評事簽書鳳翔府節度判官廳公事蘇軾，後列此詩。〔查註〕《麟游縣志》載劉敞《石林亭》詩云：朝廷人忘返，山林往不還。念無高世資，聊處可否間。築基倣崔巍，鞭石輕險艱。羣玉相磊落，萬峯正孱顔。種樹亦蒼蒼，激流復潺潺。澗浯欻在眼，崑閬若可攀。自我攖世網，爾來鬓毛斑。丘壑誠若喪，簿書常自環。及爾滅聞見，曠若遠塵寰。豈願同避世，庶幾善閉關。子牟固懷魏，謝傅悲徂山。兹焉可娱老，詎厭終歲閒。

都城日荒廢，〔王註〕《左傳·隱公元年》：都城過百雉，國之害也。〔查註〕《文獻通考》：京兆府乃周之舊都，凡周、秦、漢、晉、西魏、後周、隋至唐，並爲帝都。往事不可還。惟餘古苑〔七〕石，漂散尚人間。公來始購蓄，不憚道里艱。忽從〔八〕塵埃中，來對冰雪顔。瘦骨拔凜凜，〔王註〕《河圖括地象》：地以石爲骨。蒼根漱潺潺。唐人惟奇章，好石古莫攀。盡令屬牛氏，刻鑿紛斑斑〔九〕。〔王註師曰〕奇章公，牛僧孺也。白樂天《太湖石記》云：今丞相奇章公嗜石，於此物獨不謙讓。東第南墅，列而置之，以甲乙丙丁品之，各刻於石陰，曰，牛氏石，甲之上，丙之中，乙之下。嗟此本何常，聚散實循環。〔王註〕白樂天《記》又云：噫，是石也，百千載後，散在天壤之内，轉徙隱見，誰復知之。【誥案】自此以下四折，皆文情所必有，非用樂天語也。人失亦人得，要不出區寰。〔王註〕《家語》：楚共王出遊，亡其烏號之弓，左右請求之。王曰：「止也，楚王失弓，楚人得之，又何求之。」孔子聞之曰：「惜乎其不大也，不曰人遺弓人得之而已，何必楚也。」〔合註〕錢起詩：未必謝區寰。君看劉李末，不能保河關〔一〇〕。〔王註次公曰〕劉指漢，李指唐也。顔延年《秋胡》詩：離居殊千載，一别阻河關。況此百株石，鴻毛於泰山。〔王註〕司馬遷《報任安書》：死有重於泰山，或輕於鴻毛。但當對石飲，萬事付等閑。〔合註〕張謂詩：眼前一樽又長滿，心中萬事如等閑。【誥案】紀昀曰：意境開拓，理趣亦極圓澈。

鳳翔八觀并敍

〔查註〕《元和郡縣志》：鳳翔，項羽封章邯爲雍王，即此地。漢爲右扶風，唐武德元年爲岐州，至德元載改鳳翔郡，乾元元年改府。東至東京一千一百七十里。《九域志》：屬秦鳳路。【誥案】自此詩起以下，皆鳳翔作。

《鳳翔八觀》詩，記可觀者八也。昔司馬子長登會稽，探禹穴，不遠千里；而李太白亦以七澤之觀至荆州。二子蓋悲世悼俗，自傷不見古人，而欲一觀其遺迹，故其勤如此。鳳翔當秦、蜀之交，〔查註〕《九域志》：鳳翔府地里，自界首，東至京兆府一百七十里，西至隴州一百十四里，南至鳳州七十五里，北至涇州九十里，東南至洋州四百五里，西南至鳳州一百三十里，東北至邠州六十七里，西北至渭州八十里。士大夫之所朝夕往來此八觀者，又皆跬步可至，而好事者有不能徧觀焉，故作詩以告欲觀而不知者。

石鼓歌

〔邵註〕歐陽修《集古録》云：石鼓久在岐陽，初不見稱於世，至唐始盛稱之。而韋應物以爲周文王之鼓，至宣王時刻爾。韓退之直以爲宣王之鼓。今在鳳翔縣孔子廟。鼓有十，先時散棄於野，鄭餘慶始置於廟，而亡其一。皇祐四年，向傳師求於民間，得之，十鼓乃足。其文可見者，四百六十有五，磨滅不可識者過半，然其可疑者三四。退之好古不妄者，予姑取以爲信耳。【誥案】宋犖本，邵長蘅、馮景分註。〔查註〕《困學紀聞》：石鼓在天興縣南，乃雍縣也。《太平寰宇記》：石形如鼓，其數有十，蓋紀周宣王遊獵之事，其文卽史籒之迹。唐貞觀中，蘇勗紀其事，云：虞、褚、歐陽，共稱古妙，雖歲久譌缺，然尚有可觀。《名勝志》：鳳翔縣南，有石鼓鎭。石鼓初散陳倉野中，韓文公爲博士，請於祭酒，欲輿致太學，不從。後，鄭餘慶始遷於鳳翔孔子廟，元季移燕京國子監。按《石鼓文》，歐陽《集古録》始設三疑，然前此已多紛紛之説。王厚之《石鼓文考正》云：周王之獵碣也，鄭樵以爲秦鼓，馬定國以宇文泰曾蒐岐陽，指爲後周物。董逌曰：《傳》云，成有岐陽之蒐。杜預謂還歸自奄，乃大蒐於岐陽。叔向曰：昔成王盟諸侯於岐陽，楚爲荆蠻，置茅蕝。宣王蒐岐陽，世遂無聞哉。方成、康與穆賦頌鐘鼎之銘，皆番吾之迹，則此爲番吾可知。程大昌《雍録》亦以爲成王鼓。自韓、蘇詩以爲宣王，後人無敢有異議者。其實按諸《左傳》及《杜註》，言成王而不及宣王，其爲成王鼓無疑。【誥案】《詩・車攻章序》云：《車攻》，宣王復古也。宣王能内修政事，外攘夷狄，復文、武之竟土，修車馬，備器械，復會諸侯於東都，因田獵而選車徒焉。此韓、蘇之所本，至當不易者也。其後《集傳》竊取復古之説而抹殺之，增出「周公相成王，營洛邑，爲東都以朝諸侯，周室既衰，久廢其禮」等句，亦無成王「田獵車徒」之語。蓋復古之文自「宣王」句起至「復會東都」句止已畢。其下「因田獵而選車徒焉」句，乃宣王自有之事。曰「因」、曰「焉」，書法甚明。《集傳》亦看清此文下手，故於成王不加出田獵車徒之事。《左傳》引《詩》最備，而《車攻》不載，信兩事矣。韓所見在是。公好用《傳》而此獨不道，亦以《傳》虚《序》實故也。查註非是。

冬十二月歲辛丑，我初從政見魯叟。〔王註次公曰〕魯叟指言孔子。李白《贈裴十七》詩云：魯叟悲匏瓜。石鼓，周宣王時物，在孔子廟。〔合註〕陶淵明《飲酒》詩：汲汲魯中叟。【誥案】公《渡海》詩云：空餘魯叟乘桴意。舊聞石鼓今見之，文字鬱律蛟蛇走。〔王註〕張衡《西京賦》：隱轔鬱律。揚雄《甘泉賦》：雷鬱律於巖窔。【誥案】紀昀曰：精悍之氣，殆駕昌黎而上之。細觀初以指畫肚，〔王註績曰〕虞世南學書，常於被下，以指畫肚。〔合註〕見張懷瓘《書斷》。王紹宗云：聞虞眠布被中，恒手畫肚。〔查註〕陳思《書苑菁華》：鍾繇初師劉德昇，後傳蔡邕筆法。臨終，謂其子會曰：「吾精思十餘年，行坐未嘗忘，若寢息則畫其被，皆爲之穿。」周越《法書苑》云：虞七被中以指畫肚。欲讀嗟如箝在口。〔王註次公曰〕箝在口，以言讀之難也。韓退之《苦寒》詩：濁醪沸入喉，口角如銜箝。歐陽永叔詩：有口欲説嗟如箝。韓公好古生已遲，〔王註〕韓退之《石鼓歌》云：嗟予好古生苦晚，對此涕淚雙滂沱。我今況又百年後。强尋偏傍推點畫，〔合註〕《景德修廣韻敕》：偏傍由是差譌。王右軍《題筆陣圖》：後但得其點畫爾。時得一二遺八九。〔合註〕干令升《晉紀·總論》：機事之失，十恒八九。我車既攻馬亦同，其魚維鱮貫之柳。〔公自註〕其詞云：我車既攻，我馬既同。又云：其魚維何，維鱮維鯉。何以貫之？維楊與柳。惟此六句可讀，餘多〔二〕不可通。〔王註次公曰〕韓愈《石鼓歌》云：辭嚴義密讀難曉，字體不類隸與科。〔堯卿曰〕永叔云：石鼓有十，其一無文，其九有文，可見者四百一十七字，可識者二百七十二字。古器縱横猶識鼎，衆星錯落僅名斗。〔王註次公曰〕以言衆字不可識，而獨識六句，若古器中之鼎，衆星中之斗耳。模糊半已隱瘢胝，〔合註〕杜子美《送蔡希魯都尉》詩：駝背錦模糊。《説文》：腄，瘢胝也。詰曲猶能辨跟肘。〔王註次公曰〕言字中之漫滅缺損者，如瘡痏之瘢痕，手間之胼胝，與夫形體不全，但餘足跟臂肘者耳。〔合註〕《説文》：跟，足踵也；肘，臂節也。娟娟缺月隱雲霧，濯濯嘉禾秀稂莠。〔王註次公曰〕又以言字之見存者，如雲霧中之缺月，稂莠間之嘉禾也。〔合註〕《尚書》：周公作《嘉禾》〔三〕。漂流百戰偶然存，獨立千載誰與友。上追軒、頡相唯諾，下揖冰、斯同鷇㝅。〔王註次公曰〕鷇，音丘候切，鳥子生哺者。㝅，音乃候切，乳也。〔合註〕《爾雅·釋鳥》：生哺鷇。註云：鳥子須母食之。《説文》：鷇，鳥子生哺者，口豆切。㝅，徐鍇曰：楚人謂乳曰㝅。《玉篇》：㝅，奴豆切。〔王註續曰〕軒，軒轅也；頡，蒼頡也；斯，李斯也；冰，李陽冰也。頡爲黄帝史，因觀鳥迹，始作書契，古文是也。【誥案】自起至此，爲第一段，敍所見之石鼓，乃撫摩其傍之詞也。憶昔周宣歌《鴻雁》，〔邵註〕《小雅·鴻雁詩序》曰：美宣王也。鄭箋：承厲王衰亂之敝而起，興復先王之道，以安集衆民也。【誥案】紀昀曰：歌《鴻雁》與石鼓無涉，只圖與蝌蚪作對，未免湊泊。所論非是。此句特出周宣，乃提筆也。使他人爲之，必要將當時勞來還定無不得所之意承明，此則得過便過，其捷如風。公此類大篇，大率用單行法，讀者惟當以氣勝求之。如或截出一句，求其一二字疵累，此非知詩者也。李太白不怕疵累，而杜子美最忌疵累，此天工人巧，勢不能合一者。朱彝尊七古以杜法行李筆，前人未嘗無此志，而始終不能者，正以逐句撮出似杜，而一串讀下，不似李也。公詩未嘗無李、杜，而妙在下筆不必定似李、杜。故自敍云：未嘗有作文之意，而所作爲多。當以是參之。當時籀史變蝌蚪。〔王註續曰〕周宣王時，史籀著《大篆》十五篇，與古稍異，謂之籀書。秦相李斯取籀文，或頗省改，謂之小篆，焚先典而古文絶矣。漢魯共王壞孔子宅，得《尚書》、《春秋》、《論語》、《孝經》，時以不復知古文，故謂之科斗書。而斯號爲二篆。諸山刻石荆玉璽文及銅人銘，皆斯所書，謂之玉箸體。唐李陽冰獨得斯用筆意，論者謂冰愈於斯也。〔查註〕虞世南《書旨述》：史籀循科斗之書，采蒼頡古文，別署新意，號曰籀文。《宣和書譜》：史籀書，今之所存者石鼓，以籀之所創，故曰籀書，以其爲太史氏而得名。又曰史書。許氏《説文解字序》云：秦兼天下，李斯作《蒼頡篇》，趙高作《爰歷篇》，胡毋敬作《博學篇》，皆取史籀大篆省改，所謂小篆者也。厭亂人方思聖賢，中興天爲生耆耉。〔王註次公曰〕厭亂，則夷王、厲王之亂，中興則宣王也。生耆耉則指史籀及方、召、申、甫、尹吉甫之屬。〔合註〕《詩・蒸民序》：周室中興焉。東征徐虜闞虓虎，〔王註〕《詩・大雅・常武》：省此徐土。又云：進厥虎臣，闞如虓虎。北伏〔三〕犬戎隨指嗾。〔王註次公曰〕案《國語》：穆王將征犬戎，祭公謀父諫，不聽，遂征之。而《詩》載宣王北伐，則曰「北伐玁狁」而已。嗾，蘇后切，使犬之聲也。《左傳・宣公二年》：晉侯飲趙盾酒，伏甲將攻之，公嗾夫獒焉。〔邵註〕《左傳註》：嗾，素口反。《説文》：使犬也。〔合註〕《史記・蕭何傳》：高帝曰：「夫獵追殺獸兔者，狗也；而發蹤指示獸處者，人也。」象胥雜沓貢狼鹿，〔王註〕《周禮・秋官》：象胥掌蠻夷閩貉戎狄之國使，掌傳王之言而諭説焉。《國語》：周穆王征犬戎，得四白狼、四白鹿以歸。方、召聯翩賜圭卣。〔王註次公曰〕方叔、召虎也。案《詩・嵩高》曰：王遣申伯，錫爾介圭。《江漢》曰：王命召虎，釐爾圭瓚，秬鬯一卣。方叔雖不見錫圭卣明文，而可以召虎推之矣。遂因鼓鼙思將帥，〔王註〕《禮記》曰：聽鼓鼙之聲，則思將帥之臣。豈爲考擊煩矇瞍。〔王註〕《詩・唐風・山有樞》：子有鐘鼓，弗鼓弗考。又曰：矇瞍奏公。何人作頌比《嵩高》？

〔王註〕《詩傳》：《嵩高》，尹吉甫美宣王也。《詩》云：吉甫作誦，其詩孔碩。故云作頌比《嵩高》也。萬古斯文齊岣嶁。勳勞至大不矜伐，文、武未遠猶忠厚。〔合註〕《詩·行葦序》：周家忠厚。欲尋年歲無甲乙，豈有名字記誰某。〔王註〕宣王之詩，作者仍叔、尹吉甫。《石鼓》無名氏。【誥案】此二句收到見鼓，作一頓，自「憶昔周宣歌鴻雁」句至此，爲第二段，敍鼓之出於周宣也。自從周衰更七國，竟使秦人有九有。〔王註次公曰〕七國，秦、楚、韓、趙、燕、魏、齊也。其後秦并六國，遂有天下。《書·咸有一德》曰：以有九有之師。埽除詩書誦法律，〔合註〕《史記·李斯傳》：更爲法律。投棄俎豆陳鞭杻。當年何人佐祖龍，〔王註績曰〕《史記·秦始皇本紀》：始皇三十六年，秋，使者從關東夜過華陰平舒道，有人持璧遮使者曰：「爲吾遺滈池君，今年祖龍死。」使者問其故，忽不見。使者奉璧具以聞。始皇默然良久，曰：「山鬼固不過知一歲事也。」退，言曰：「祖龍者，人之先也。」使御府視璧，乃二十八年行渡江所沈璧也。上蔡公子牽黄狗。〔王註次公曰〕上蔡公子，李斯也。《史記·李斯傳》：斯出獄，與其中子俱執，顧謂其中子曰：「吾欲與若復牽黄犬，俱出上蔡東門逐狡兔，豈可得乎？」登山刻石頌功烈，〔王註次公曰〕秦二十八年，始皇東行郡縣，上鄒嶧山，刻石頌秦德，其詞總三十六句，以三句爲韻。又，南登琅邪，作琅邪臺，刻石頌秦德，其詞總七十二句，二句爲韻。二十九年登之罘，刻石，其詞總三十六句，復以三句爲韻。具見《史記》。後者無繼前無偶。皆云皇帝巡四國，烹滅强暴救黔首。〔王註〕《之罘之詞》曰：皇帝東游，巡登之罘。又曰：烹滅强暴，振救黔首。見《史記·秦始皇本紀》。《六經》既已委灰塵，〔合註〕埽除灰塵，皆言焚書。「六經」字，見《史記》。此鼓亦當遭擊剖〔四〕。〔王註〕《莊子·人間世篇》：掊擊於世俗。〔邵註〕《莊子·逍遥遊篇》：吾爲其無用而掊之。註：擊而碎之也。傳聞九鼎淪泗上，欲使萬夫沉水取。〔王註〕《史記·始皇本紀》：始皇還，過彭城，齋戒禱祠，欲出周鼎於泗水，使千人没水求之，弗得。暴君縱欲窮人力，神物義不污秦垢。是時石鼓何處避，無乃天工〔一五〕令鬼守。〔王註〕韓退之《石鼓歌》：雨淋日炙野水燎，鬼物守護煩撝訶。【誥案】自「自從周衰更七國」句，至此爲第三段，叙鼓之至今猶存也。興亡百變物自閑，富貴一朝名不朽。細思物理坐歎息，人生安得如汝壽？〔王註次公曰〕此詩人因物起興，以結一篇之成也。自周宣即位，歲在甲戌，至大宋英宗踐祚之初，歲在癸卯，時已幾二千年矣。更秦、漢、魏、晉、隋、唐之代，其物宛然而存，豈不謂之壽乎。【誥案】雖四句煞尾，而興亡分結中二段。「物閑」收起一段，只七字了當，故其餘意無窮。詩完而氣猶未盡，此其才局天成，不可以力争也。起叙見鼓，極力鋪排，仍不犯實。忽用「上追」、「下揖」二句一束，乃開拓周、秦二段之根，其必用周、秦分段者，不但鼓之盛衰得失可興可感，本意以秦之暴虐形周之忠厚，秦固有詩書之毁，而文字石刻獨盛於秦，明取此巧，以周、秦串作，一反一正之間，處處皆《石鼓文》地位矣。「歌鴻雁」句開拓中興全段，緊接史籀，其法至密。此係大篇，斷無逐句皆石鼓之理，且此句借點歌字，順手又開發作歌，並非閑筆，故通篇歌字不再見也。

詛楚文

〔公自註〕碑獲於開元寺土下，今在太守便廳。秦穆公葬於雍橐泉祈年觀下，今墓在開元寺之東南數十步，則寺豈祈年之故基耶？淮南王遷於蜀，至雍，道病卒，則雍非長安，此乃古雍也。【誥案】王註所引《亞駝神文》與合註所引《大沈久湫文》，句字有無互異不同。合註以董逌《廣川書跋》、姚寬《西溪叢話》本，分註逐字之下。又《亞駝神文》，頭上落「又」字，「其覗」二字下，連落二十四字，此《久湫文》所有也。檢對董、姚本，字多古文，皆音識其下。如王本《亞駝神文》「怠」字，廣川本作忞，音府。又云：巫咸本作戚，籀文億字，《叢語》本作意。類若此者，不可勝計。大約王本所引已多略古文而取釋文矣。今以廣川本獨不闕，乃悉取其字，以補王註、合註本之闕，而未補者都爲一通，庶幾可誦，俾約略見其全而已。如尚古者以爲未當，則《津逮》諸書，皆可問津，本案於此集所言者，大不沾沾於金石之學也。其文曰：又秦嗣王敢用吉玉宣璧，使其祝宗邵鼛布墾告於丕顯大神亞駝，以底楚王熊相之多罪。昔我先君穆王及楚成王，是勠力同心，兩邦若壹，絆以婚姻，袗以齊盟，曰，萬葉子孫，毋相爲不利，親仰丕顯大神亞駝而質焉。今楚王熊相，庸回無道，淫佚湛亂，宣侈競縱，變渝盟制。內之則虣虐不辜，刑殺孕婦，幽刺親戚，拘圉其叔父，寘諸冥室櫝棺之中。外之則冒改久闕，不畏皇天上帝，及丕顯大神亞駝之光烈威神，而兼倍十八世之盟詛。率諸侯之兵，以臨加我，欲剗伐我社稷，伐滅我百姓，求蔑我皇天上帝及丕顯大神亞駝之郊祠圭玉犧牲，逑取我邊城新郢，及於長郢，我不敢曰可。今又悉興其衆，張矜意怒，飾甲底兵，奮士盛師，以逼我邊境，將欲覆其兕迹。惟是秦邦之羸衆敝賦輻輪棧輿，禮使介老將之以自救也。亦應受皇天上帝及丕顯大神亞駝之威靈德，賜克剗楚師，復略我邊城，敢數楚王熊相之倍盟犯詛，著諸石章，以盟大神之威神〔一六〕。〔查註〕《六一題跋》：秦祀《巫咸神》文，今流俗謂之《詛楚文》，首述秦穆公與楚成王事，遂及楚王熊相之罪。按，《史記·楚世家》：自成王以後，王名有熊良夫、熊適、熊槐、熊元，而無熊相。據《文》言「倍十八世之詛盟」，今以《世家》考之，自成王十八世爲頃襄王，而頃襄王名橫，不名熊，疑相傳寫爲橫也。〔合註〕《詛楚文》石碣有三：得自渭水者，《告大沈久湫文》；祈年觀下者，《告巫咸文》；洛水所出者，《告亞駝文》。《西溪叢語》云：岐陽《告巫咸》，朝那《告大沈》，要册《告亞駝》。岐陽之石，在鳳翔府署；朝那之石，在南京蔡挺家；亞駝之石，在洛陽劉忱家。以《史記·世家》考之，秦十八世，當惠文王，與楚懷王同時，此詛正爲懷王也。《廣川書跋》云：得《大沈文》於郊，得《巫咸文》於渭，最後得《亞駝文》於洛，其詞盡同，惟用質於神，則隨其號以異者是也。《大沈》在安定朝那大沈河沔江，《巫咸》在安邑巫咸河，《亞駝》爲滹池，周爲漚夷水，在靈丘。楚本以熊爲號，又以其傳自熊霜，又謂熊相自成王十八世爲莊襄，其頃襄時，楚猶盛，宜秦人之畏也。然則此爲秦惠文時詛楚頃襄矣。【誥案】前明時粵中發劉龑康陵，其墓碑所載年月官位，多與史不合。近代事且不能考，況秦、楚之際乎。公此詩極得作此題之法，凡同異之迹，不足較也。

峥嵘開元寺，仿佛祈年觀。〔王註〕《秦始皇本紀註》：祈年宮在雍。〔查註〕《雍録》引《水經注》：雍縣中牢井，秦惠公之故居，所謂祈年宮也。孝公又謂之橐泉宮。《太平寰宇記》：祈年宮在天興縣。《漢書·地理志》：扶風雍縣橐泉宮，秦孝公起；祈年宮，惠公起。又有祈年觀，註詳後《秦穆公墓》詩下。舊築掃成空，古碑埋不爛。〔王註堯卿曰〕杜子美《登歷下古城新亭》詩：迹藉臺觀舊。言其久也。蓋自秦至本朝嘉祐千餘年，舊日版築掃地盡矣。甯戚之歌曰：南山粲，白石爛。詛書雖可讀，字法嗟久換。詞云秦嗣王，敢使祝用瓚。先君穆公世，與楚約相捍。質之於巫咸，〔王註〕《莊子·應帝王篇》：鄭有神巫曰季咸，知人之死生、存亡、禍福、壽夭，期以歲月旬日，若神。萬葉期不叛。〔合註〕顏延年《曲水詩序》：固萬葉而爲量。今其後嗣王，乃敢搆多難。刳胎殺無罪，親族遭圉絆。計其所稱訴，何啻桀、紂亂。〔王註次公曰〕「秦嗣王」至此，皆《詛楚文》中語。吾聞古秦俗，面詐背不汗。豈惟公子卬，〔王註〕《史記·商鞅傳》：孝公使衛鞅將而伐魏，魏使公子卬將而擊之。軍既相距，鞅遺魏將公子卬書，曰：「吾始與公子驩，今俱爲兩國將，不忍相攻，可與公子面相見，盟，樂飲而罷兵，以安秦、魏。」魏公子卬以爲然。會盟已，飲，而衞鞅伏甲士而襲虜公子卬，因攻其軍，盡破之，以歸秦。社鬼亦遭謾。【誥案】紀昀曰：秦之無道，何須謾駡，借一小事作點綴，筆墨翛然。遼哉千載後，〔王註堯卿曰〕《新論》：雍門周謂孟嘗君曰：「千秋萬歲之後，高臺已傾，曲池已平。」發我一笑粲。〔王註〕郭璞《遊仙》詩：靈妃顧我笑，粲然啓玉齒。〔邵註〕《穀梁傳·昭公四年》：軍人粲然皆笑。

王維吴道子畫

〔王註〕唐朱景元《畫斷》以道子爲神品，上上；摩詰爲妙品，上上。《名畫記》：王維，字摩詰，太原人。年十九，進士擢第，以詞學知名 官至尚書右丞，工畫。〔查註〕《名勝志》：王右丞畫竹，兩叢交柯，亂葉飛動若舞。在開元寺東塔。吴道子畫，詳見《記所見開元寺畫》詩註。

何處訪吴畫？普門與開元。〔王註次公曰〕普門、開元，二寺名。〔查註〕《鳳翔府志》：開元寺在城北街，唐開元元年建。內有《詛楚文》及吴道子畫佛、王維畫竹。〔合註〕今寺門懸開元寺三字，八角匾額，正殿一間，形亦八角，俗因呼爲八角寺。後殿三間，明隆慶中里人楊照等修。殿宇既非舊制，兩畫自早亡矣。開元有東塔，摩詰留手痕。吾觀畫品中，莫如二子尊。道子實雄放，浩如海波翻。〔合註〕韓退之詩：助叫波翻海。當其下手風雨快，〔王註〕杜子美《寄李十二白》詩：筆落驚風雨。筆所未到氣已吞。亭亭雙林間，〔王註〕佛書：佛説法於雙林樹下。〔堯卿曰〕釋迦在世救化四十九年，天龍人鬼，並來聽法，後於拘尸那城娑羅雙林間，二月十五日入大涅槃。涅槃者，譯言滅度，又謂之常樂。我淨弟子迦葉追共撰集其教，爲十二部。〔合註〕《傳燈録》：釋迦牟尼佛欲入涅槃，往娑羅雙樹下，泊然宴寂。【詰案】吴畫乃如來滅度。彩暈扶桑暾。〔王註次公曰〕扶桑，日所出之處。暾，日光也。〔堯卿曰〕《山海經》云：大荒之中，湯谷上，有扶桑，日始出之地也。朝日始出，謂之暾。故謝靈運詩云：晚見朝日暾。杜子美《貽華陽柳少府》詩亦曰：絶壁上朝暾。言此者説佛之圓相耳。中有至人談寂滅，〔合註〕《維摩經》：妙意菩薩曰：「若知意性，於法不貪，不恚不癡，是名寂滅。」悟者悲涕迷者手自捫。蠻君鬼伯千萬萬，〔合註〕《古蒿里曲》：鬼伯一何相催促。見《樂府詩集》。相排競進頭如黿。〔合註〕《晏子春秋》：古冶子得黿頭，鶴躍而出。【詰案】紀昀曰：宛如見畫。摩詰本詩老，〔王註〕王維詩：宿世謬詞客，前身應畫師。佩芷襲芳蓀。〔王註〕謝靈運《入彭蠡湖口》詩：浥露馥芳蓀。又杜子美《别李義》詩：小襦繡芳蓀。今觀此壁畫，亦若其詩清且敦。祇園弟子盡鶴骨，〔王註次公曰〕祇園亦佛之所舍。佛書云：佛説於祇樹園也。〔合註〕《金剛經》：佛在舍衛國祇樹給孤獨園。齊己詩：瘦應成鶴骨。心如死灰不復温。〔王註〕《莊子·齊物論篇》：形固可使如槁木，心固可使如死灰乎？門前兩叢竹，雪節貫霜根。交柯亂葉動無數，〔合註〕《水經注》：交柯雲蔚。李洞《題趙處士林亭》詩：亂葉落寒墟。一一皆可尋其源。【詰案】紀昀曰：七字妙契微芒，凡古人文字皆如是觀。詰謂本集獨不傳畫法，以上四句，即公之畫法也。吴生雖妙絶，猶以畫工論。〔王註〕魏文帝《與吴質書》曰：公幹五言之善者，妙絶時人。杜子美《冬日洛城北謁玄元皇帝廟》詩：畫手看前輩，吴生遠擅場。森羅移地軸，妙絶動宮牆。〔查註〕《唐朝名畫録》：太宗幸玄武池，見灘鶒戲，召閻立本圖之。左右誤云宣畫工，立本大恥之，遂絶筆，戒子弟不令學畫。【詰案】此句非薄道玄也。吴、王之學，實自此分支。其後荆、關、董、巨皆宗王不宗吴也。曉嵐眼下苛深，乃輕易放過此句，殊屬疏忽。摩詰得之於象外，〔合註〕《三國·魏志·荀彧傳註》：象外之意。有如仙翮謝籠樊。〔王註〕《列仙傳》：王次仲變篆爲隸，始皇召之不至，將殺之。次仲化爲大鳥，振翼而起，以三大翮墮與使者。始皇因名爲落翮仙。【誥案】紀昀曰：雙收側注，寓整齊於變化之中。吾觀二子皆神俊，〔合註〕江淹《傷愛子賦》：生而神俊。又於維也斂衽無間言。〔王註〕潘安仁《秋興賦》：且斂衽以歸來。王儉《褚淵碑》：人無間言。《張顛傳》：後輩言筆札者，歐、虞、褚、薛，或有異論，至張顛曾無間言。【誥案】紀昀曰：奇氣縱橫，而句句渾成深穩。道玄、摩詰，畫品未易低昂，作詩若不如此，則節節板對，不見變化之妙耳。誥謂道玄雖畫聖，與文人氣息不通，摩詰非畫聖，與文人氣息通。此中極有區別。自宋、元以來，爲士大夫畫者，瓣香摩詰則有之，而傳道玄衣鉢者，則絶無其人也。公畫竹實始於摩詰。今讀此詩，知其不但詠之、論之，并已摹之、繪之矣。非久，與文同遇於岐下，自此畫日益進，而發源則此詩也。曉嵐未嘗於畫道翻過觔斗，故其説隔膜，而失作者之意。此詩乃畫家一本清帳，使以文人之擅長繪事者，如米黻、吴鎮、黄公望、董其昌、王時敏之流讀之，即無不瞭然胸中矣。

維摩像，唐楊惠之塑，在天柱寺

〔邵註〕《五代名畫補遺》：楊惠之與吴道子同師張僧繇筆迹，號爲畫友，工藝並著，而道子聲光獨顯。遂焚棄筆硯，發憤專思，塑作能奪僧繇，畫相與道子爭衡。〔查註〕《名勝志》：《維摩詰像》，在鳳翔縣天柱寺，爲《揭摩室示疾者》。《鳳翔志》：天柱寺，在鳳翔縣東北。唐李洞《宿鳳翔天柱寺》詩：天柱暮相逢，吟思天柱峰。

昔者子輿病且死，【誥案】紀昀曰：直寫自老。他人如此便單弱，此由筆力不同。其友子祀往問之。跰蹮鑒井自歎息，造物將安以〔一七〕我爲。〔王註〕《莊子·大宗師篇》：子輿有病，子祀往問之。曰：「偉哉，夫造物者，將以予爲此拘拘也。」曲僂發背，上有五管，頤隱於齊，肩高於頂，句贅指天，陰陽之氣有沴，其心閒而無事，跰蹮而鑑於井。

曰：「嗟乎，夫造物者，又將以予爲此拘拘也。」〔邵註〕《莊子》註：跰𨇤，病而不能行貌。今觀古塑維摩像，病骨磊嵬如枯龜。〔合註〕《論衡》：枯龜之骨。乃知至人外生死，此身變化〔一八〕浮雲隨。〔王註〕《維摩經》云：是身如浮雲，須臾變滅。世人豈不碩且好，〔王註〕《詩·陳風·澤陂》：碩大且卷。身雖未病心已疲。此叟神完中有恃，〔合註〕韓退之詩：神完骨蹻脚不掉。談笑可却千熊羆。〔王註〕《文選》左太沖詩：談笑却秦軍。當其在時或問法，俯首無言心自知。〔王註〕《維摩經》：文殊師利問維摩詰：「仁者當説何等是菩薩入不二法門？」時維摩詰默然無言。文殊師利歎曰：「善哉，善哉，乃至無有文字語言，是真入不二法門。」至今遺像兀不語，與昔未死無增虧。田翁里婦〔一九〕那肯顧，〔王註〕《詩·魏風·碩鼠》：莫我肯顧。【詰案】紀昀曰：又作一襯，總不使直筆。時有野鼠銜其髭。〔王註堯卿曰〕晉謝靈運髭美，臨刑，因施作南海祇洹寺維摩詰像髭。寺人保惜，畧不污損。子由嘗和此詩云：長嗟靈運不知道，强翦美髭插兩顴。彼人視身如枯木，割去右臂非所患。何況塑畫已身外，豈必奪爾庸自全。【詰案】凡似此隨手找截填補之句，奇情異想，如有證據者然。在本集不可勝計，此其當行家風也。見之使人每自失，〔王註〕《莊子·應帝王篇》：神巫見壺子，自失而走。誰能與詰〔二〇〕無言師。【詰案】紀昀曰：純用一掀一落之法，故單行而不直不板。

東湖

〔查註〕《鳳翔志》：東湖在縣東門外鳳泉，自北繞城南流。《名勝志》：東湖在鳳翔城治東，雍、渭二水所溢。今城，介於東北二湖間。〔合註〕東湖周里許，容四十畝，北臨通衢，有東湖攬勝坊額。向有二亭。今宛在亭尚存，前臨湖，後爲東坡祠，亦皆後人重修者。君子亭舊址雖在，亭已傾頽矣。【誥案】東湖，即古飲鳳池，鳳翔府得名之來歷也。

吾家蜀江上，江水清如藍〔三一〕。〔王註〕李太白《魯郡堯祠送竇明府薄華還西京》詩：山光水色青於藍。白樂天詩：春來江水緑如藍。李商隱《望喜驛别嘉陵江》詩：千里嘉陵江水色，含烟帶月碧如藍。〔邵註〕《詩·小雅·采緑》：終朝采藍。鄭箋：藍，染草也。爾來走塵土，意思殊不堪。況當岐山下，風物尤可慚。有山禿如赭，〔王註〕韓退之《南山》詩：或赤若禿鬝。〔堯卿曰〕赭，謂無草木也。《史記·秦始皇本紀》：秦始皇至湘山祠，逢大風，幾不得渡。上問博士曰：「湘君何神？」對曰：「聞之，堯女，舜之妻，而葬此。」始皇大怒，使刑徒三千人皆伐湘山樹，赭其山。有水濁如泔。〔合註〕《廣韻》：泔，米汁也。不謂郡城東，數步見湖潭。入門便清奥，怳如夢西南。泉源從高來，隨波〔三二〕走涵涵。〔合註〕韓退之《王公碑銘》：涵涵而停。東去觸重阜，〔合註〕《文選》趙景真《與嵇茂齊書》：慷慨重阜之巔。盡爲湖所貪〔三三〕。〔王註次公曰〕秦少游《龍井泉記》：言西湖之美，則曰岸湖之山，多爲所誘，而不克以爲泉；言淛江之壯，則曰岸江之山，多爲所脅，而不暇以爲泉。先生嘗愛其「所誘」、「所脅」之句，自今覩之，蓋自先生「湖所貪」之勢來矣。但見蒼石螭，開口吐清甘。借汝腹中過，胡爲目眈眈。〔王註〕《易·頤》：虎視眈眈。【誥案】合註引何焯曰：似指太守陳公弼。誤甚。新荷弄晚涼，輕棹極幽探。飄飄忘遠近，偃息遺珮篸。深有龜與魚〔三四〕，淺有螺與蚶。〔王註〕韓退之《溪堂》詩：淺有蒲蓮，深有葭葦。《物類相感志》：蚶溪水，其味如蜜，東方朔得以獻武帝。〔合註〕《集韻》：蚶，螺之小者。曝晴復戲雨，戢戢多於蠶。浮沉無停餌，倏忽遽滿籃。〔合註〕《廣雅》：籃，一名筐。絲緡雖强致，〔王註〕《詩·召南·何彼穠矣》：其釣維何，維絲伊緡。瑣細安足戩。〔合註〕《廣韻》：戩，勝也，克也。聞昔周道興，翠鳳棲孤嵐。〔王註〕《寰宇記》：岐山亦名天柱山。《河圖括地象》云：周之興也，鸑鷟鳴於山上，亦謂爲鳳凰堆。〔合註〕李斯《諫逐客書》：建翠鳳之旗。飛鳴飲此水，照影弄毿毿。〔公自註〕此古飲鳳池也。〔王註〕皮日休詩：毿毿被其體。至今多梧桐，合抱如彭聃。〔王註〕《莊子·秋水篇》：鵷雛非梧桐不止。彩羽無復見，〔王註〕《東觀漢記》：鳳凰毛羽五彩。上有鶉搏鵮。【誥案】自「聞昔周道興」句至此一節，乃完題之正面，且公已自註明矣。曉嵐誤以爲忽起一波，是并忘此詩爲鳳翔題也。凡諸詩誤論，有詳於案中者，不再及，其無足輕重者，則畧之，并記於此。嗟予生雖晚，好古意所妉〔二五〕。圖書已漫漶，〔合註〕《文選》張平子《歸田賦》：詠周、孔之圖書。《前漢·揚雄傳》：爲其泰曼漶而不可知。註：曼漶，不分別貌。猶復訪僑郯。〔王註厚曰〕僑，鄭子産也。辨實沈臺駘之祟。晉侯曰：「博物君子也。」見《左傳·昭公元年》。郯子者，言少昊氏以鳥名官。仲尼曰：「天子失官，學在四夷，猶信。」見《左傳·昭公十七年》。《卷阿》詩可繼，此意久已含。〔王註〕《詩》：鳳凰鳴矣，于彼高岡。梧桐生矣，于彼朝陽。扶風古三輔，〔王註次公曰〕漢太初元年，更渭南郡爲京兆尹，即今之長安；更河上郡爲左馮翊，即今之同州；更主爵都尉爲右扶風，即今之鳳翔府：謂之三輔也。〔師曰〕《前漢·趙廣漢傳》：左馮翊、右扶風，皆治長安中，犯法者從迹喜過京兆界。廣漢歎曰：「亂吾治者，常二輔也。」〔邵註〕《三輔黄圖》：京兆在故城南尚冠里，馮翊在故城內太上皇廟西南，扶風在夕陰街北。三輔者，謂主爵中尉及左右內史。漢武帝改曰京兆尹、左馮翊、右扶風，共治長安城中，是爲三輔。後漢光武之後，扶風出治槐里，馮翊出治高陵。政事豈汝諳。聊爲湖上飲，一縱醉後談〔二六〕。門前遠行客，劫劫無留驂。〔合註〕盧仝詩：日車劫劫西向没。問胡不回首，毋乃趁朝參。〔王註〕杜子美《重過何氏》詩：頗怪朝參懶。予今正疎懶，官長幸見函。【誥案】此二句指太守宋選之厚遇也。後有《和子由除日》詩之「兄今雖小官，幸忝佐方伯」句可證。義門、曉嵐强拉作與陳公弼不合之詩，而以此二句爲牢騷之反說，不止毫釐千里之差也。不辭日游再，行恐歲滿三。〔合註〕《宋史·選舉志》：守官及三年，例得磨勘。暮歸還倒載〔二七〕，〔王註〕《晉書·山簡傳》：日夕倒載歸，酩酊無所知。鐘鼓已韽韽。〔集甲原註〕音諳〔二八〕。〔王註〕《官韻註》：鐘鼓，微也。《周禮·春官》：典同掌六律六同之和，以辨天地四方陰陽之聲。凡聲有十二，而其一曰微聲韽。是已。【誥案】鳳翔通流汧水甚濁，獨此湖則清，此作詩之本意，並無寓憤之詞也。頭上加入「蜀江清」一層，以形城内汧水之濁，引入城外東湖，層次已多，即又敍東湖是飲鳳池一段。曉嵐之誤，已詳案中，而義門亦以爲指陳公弼，皆由不知宋選爲守厚遇一層，而「官長幸見函」句落空，遂多謬說。「泉源從高來」句起至「目眈眈」止八句，皆敍湖之來源，下之「但見蒼石螭」四句，即指上四句内之「重阜」其形類螭，而水源如從螭口出也。王集註不詳此山，而義門失看此層，又落去上截，遂疑「目眈眈」爲指陳公弼發狠之狀。今出落此詩。〔案〕總案「歷觀岐陽石鼓」條下云：此詩以蜀江之清，折入東湖，喜其不同岐水之濁，因而縱棹，并及湖中物產，故有「入門便清奥，怳如夢西南」之語，是爲前一大段。而紀氏點論云：「純寓牢騷。」中間「聞昔周道興，翠鳳依孤嵐」一段，公自註其下云，此古鳳池也。據註，完他題面甚明。而紀氏點論云：「忽起一波，寓不得志之感，得此乃不一瀉無餘。」查註雖誤，然未嘗至是也。後云：「予今正疏懶，官長幸見函。不辭日游再，行恐歲滿三。」猶言我爲幕屬，所幸上官見函，不必休沐而出，如不及時爲樂，則成資且去，將不可至。蓋其意仍歸結至湖。宋選顧遇之厚，與詩意合。查註謂陳公弼相遇之薄，與詩意顯背。紀氏胸存成見，故多謬誤，考此詩確爲壬寅夏後作，如入癸卯，即無「幸見函」之語矣。今以并入八觀總題，因提編於前。

眞興寺閣

〔查註〕《鳳翔志》：真興寺閣，宋節度使王彥超建，在城中，高十餘丈。

山川與城郭，漠漠同一形。〔王註堯卿曰〕此詩用古人意，而不取其字。杜子美《登慈恩寺塔》詩：秦山忽破碎，涇渭不可求。俯視但一氣，焉能辨皇州。市人與鴉鵲，浩浩同一聲。〔王註〕杜子美《早行》詩：孤舟似昨日，聞見同一聲。【誥案】紀昀曰：奇恣縱横，不可控制，他手卽有此摹寫，亦必有數句裝頭。其説是矣，但謂與《懷賢閣》詩「南望斜閣口」四句同一起法，則謬。此四句爲一節，彼八句爲一節也。且此四句有魄無魂，所謂王中令者，不足稱道，故詩意但言塵市中一傑閣而已。若《懷賢》起四句，則展開斜谷之路，下四句乃孔明從此路出師。此則有不敷般演之患，彼則有約繁就簡之難，二詩各有斟酌，未可輕議也。此閣幾何高，何人之所營？側身送落日，〔合註〕《楚辭·九章·惜誦》：願側身而無所。引手攀飛星。〔王註〕楊文公詩：危樓高百尺，手可摘星辰。不敢高聲語，恐驚天上人。〔合註〕《事實類苑》載：楊文公數歲吟詩云云。《儀禮註》：引手曰厭。當年王中令，〔王註續曰〕名彥超，周末國初爲鳳翔節度使。〔查註〕《宋史》：王彥超，臨清人。歷後唐、晉、漢，至周祖革命，遷節度。顯德中，累功加侍中，歷永興軍節度，移鳳翔府，初加中書令，代還。太宗朝封邠國公，致仕。斫木南山赬。〔王註希仲曰〕赬，赤色，猶赭山也。寫真留閣下，鐵面眼有稜。〔王註〕《晉書·桓温傳》：劉惔嘗稱之曰，温眼如紫石稜。身强〔三九〕八九尺，〔王註〕杜子美《洗兵馬》詩：張公一生江海客，身長九尺鬚眉蒼。與閣兩崢嶸。古人雖暴恣，作事今世驚。登者尚呀喘，作者何以勝。曷不觀此閣？其人勇且英。〔王註〕李太白詩：張子勇且英。【誥案】通幅一派蠢氣，是此題本旨，俗諺所謂扣頭作帽子也。

李氏園

〔公自註〕李茂貞園也，今爲王氏所有。〔王註次公曰〕李茂貞，本姓宋，名文通。唐僖宗光啓三年六月，鳳翔節度使李昌符反，犯大安門，不克，奔於隴州。七月，茂貞攻拔之，斬昌符。十月，以茂貞爲鳳翔節度使，賜姓名，帝親製字曰正臣。昭宗景福元年七月反，遂犯京師。以爲中書令，進封岐王。至後唐莊宗同光二年，以鳳翔府節度使秦王卒。【誥案】合註謂王註進封秦王句，乃岐字誤刊，否則，末句不當云以秦王卒。所論是，今已改正。其邵、查二註並删。

朝遊北城東，回首見修竹。〔王註〕楚辭《七諫》：嬋娟之修竹。下有朱門家，〔合註〕《晉書·麴允傳》：南開朱門，北望青樓。破牆園古屋。舉鞭叩其户，幽響答空谷。入門所見夥，十步九移目。〔合註〕李太白《遊溧陽北湖亭望瓦屋山懷古贈同旅》詩：十步九太行。異花兼四方，〔王註〕杜子美《陪鄭廣文遊何將軍山林》詩：異花開絶域。野鳥喧百族。【誥案】紀昀曰：竟以敍記體行之，樸老無敵，而波瀾又極壯闊，不是印板文字。其西引溪水，活活轉牆曲。〔王註〕《詩》：北流活活。東注入深林，〔王註〕《詩·大雅·文王有聲》：豐水東注。韓退之詩：我不如水東注。林深窗户緑。水光兼竹淨〔三〇〕，〔王註〕杜子美《野望》詩：遠水兼天淨。時有獨立鵠。林中百尺松，歲久蒼鱗蹙。〔合註〕賈島《題劉華書齋》詩：青松樹有鱗。豈惟此地少，意恐關中獨。小橋過南浦〔三一〕，〔王註〕江淹《别賦》：送君南浦。夾道多喬木。隱如城百雉，〔王註〕《左傳》「百雉」註：方丈曰堵，三堵曰雉。《後漢書·吴漢傳》：隱若一敵國矣。挺若舟千斛。〔王註〕《太白陰經》曰：船闊狹長短，皆以米爲率，一人重米二石。陰陰日光淡，黯黯秋氣蓄。〔合註〕陳琳詩：黯黯天路陰。盡東爲方池，野雁雜家鶩。紅梨驚合抱，映島孤雲馥。〔王註〕韓退之詩：欲知花島處，水上見紅雲。春光水溶漾，〔合註〕杜牧之《漢江》詩：溶溶漾漾白鷗飛。雪陣風翻撲。其北臨長溪，波聲卷平陸。北山卧可見，蒼翠間磽秃。【誥案】紀昀曰：以東西南北作界畫，便不是一屋散踐。此法本之漢人都邑諸賦。我時來周覽，問「此誰所築？」云「昔李將軍，負險乘衰叔。〔合註〕衰世見《易經》，叔世見《左傳》。抽錢算間口，〔王註縝曰〕《漢書·惠帝紀》應劭注：漢律，人出一算，算百二十錢。《文獻通考》引《漢儀注》：民年七歲至十五，出口錢。《唐德宗紀》：稅屋間架。〔邵註〕《漢書·貢禹傳》：禹以爲古民無賦。算口錢，起武帝，民産子三歲，則出口錢。故民重困，至於生子輒殺。宜令兒七歲去齒乃出口錢，年二十乃算。但未榷羹粥。〔合註〕《漢書·武帝紀》：初榷酒酤。註：榷者，步渡橋。禁閉其事，總利入官，而下無由以得，有若渡水之榷焉。當時奪民田，失業安敢哭。〔王註次公曰〕按章衡《編年通載》：茂貞卒於鳳翔。而歐陽所立《傳》則云：茂貞嘗以地狹賦薄，下令榷油，禁城門無内松薪，以其可爲炬也。有優者誚之，曰：「臣請并禁月明。」茂貞笑而不怒。今先生云「抽錢算間口」，又云「當時奪民田」，豈有所據而言邪。〔查註〕江鄰幾《雜志》謂：茂貞幽昭宗於紅泥院，自據使宅，民獻善田，令簿出租以佃之，稱秦王户。後子孫以券收田。有二孫，府西上腴各百餘頃，不十年，蕩費盡，與先生詩脗合。意其奪田開園，乃唐末事。誰家美園囿〔三〕，籍没不容贖。〔合註〕《三國·魏志·王修傳》：太祖籍没審配等家，財物貨以萬數。此亭破千家，〔王註〕賈島詩：破却千家作一池，不栽桃李種薔薇。鬱鬱城之麓。〔王註次公曰〕按歐陽公所立《傳》尾，言茂貞之子從曮有田千頃，竹千畝，在鳳翔，懼侵民利，未嘗省理，鳳翔人愛之。則北園有水竹者，必其地矣。將軍竟何事，蟣蝨生刀韣。〔王註〕《漢·嚴安傳》：介冑生蟣蝨，民無所告愬。〔邵註〕《廣韻》：韣，弓衣。何嘗載美酒，〔王註〕《漢書·揚雄傳·贊》：家貧嗜酒，時有好事者，載酒肴從遊學。來此駐車轂。空使後世人，聞名頸猶縮。」〔公自註〕俗猶呼皇后園，蓋茂貞謂其妻也。〔查註〕《五代史》：唐亡，諸侯之强者，皆相次稱帝。獨茂貞不能，但稱岐王，開府置官屬，以妻爲皇后，鳴梢羽扇，視朝出入，擬天子而已。〔合註〕韓退之《送窮文》：竦肩縮頸。我今官正閑，屢至因休沐。〔王註〕《史記》：石建爲郎中令，每五日洗沐歸謁親。《漢書》：楊惲休謁洗沐，皆以法令從事。《張安世傳》：休沐未嘗出。人生營居止，竟爲何人卜。

何當辦一身，永與清景逐。〔王註〕杜子美《渼陂西南臺》詩：從此具扁舟，彌年逐清景。【誥案】紀昀曰：不惟掃倒茂貞，乃并園字一齊掃倒，一篇累墜文字，忽然結入虛空，真爲超忽之筆。

秦穆公墓

〔王註〕《三輔黄圖》：橐泉宫。《皇覽》曰：秦穆公冢，在橐泉宫祈年觀下。〔查註〕羅璧《識遺》云：穆公葬橐泉祈年觀。《雍録》：劉向言，穆公葬無丘壟處矣。惠公、孝公，並是繼世之君，子孫無由起宫於祖宗之墳陵。惟《三輔黄圖》謂祈年宫，穆公所造。〔合註〕秦穆公墓碑五字，爲明嘉靖五年巡按御史郭登庸題，陝西按察司僉事任維賢立，今猶春秋奉祀。墓地十二畝三分有奇，圍以土牆，外地八畝，給墓户耕之。〔查註〕《欒城集·秦穆公墓》詩云：泉上秦伯墳，下埋三良士。三良百夫特，豈爲無益死。當年不幸見迫脅，詩人尚記臨穴惴。豈如田横海中客，中原皆漢無報所。秦國吞西周，康公穆公子，盡力事康公，穆公爲不負。豈必殺身從之遊，夫子乃以侯嬴所爲疑三子。王澤既未竭，君子不爲詭。三良殉秦穆，要自不得已。

橐泉在城東，〔查註〕《鳳翔志》：橐泉在城内東南隅，秦穆公建宫於上。墓在城中〔三〕無百步。乃知昔未有此城，秦人以泉識公墓。昔公生不誅孟明，〔王註〕《左傳·文公元年》：殽之役，晉人既歸秦師，秦大夫及左右皆言於秦伯曰：「是敗也，孟明之罪也，必殺之。」秦伯曰：「是孤之罪也，孤實貪以禍夫子，夫子何罪。」復使爲政。豈有死之日而忍用其良。〔王註〕《左傳·文公六年》：秦伯任好卒。以子車氏之三子奄息、仲行、鍼虎爲殉，皆秦之良也，國人哀之，爲之賦《黄鳥》。君子曰：秦穆之不爲盟主也，宜哉。死而棄民。先王違世，猶詒之法，而況奪之善人乎。

《詩》曰：人之云亡，邦國殄瘁。無善人之謂。若之何奪之。君子是以知秦之不復東征也。〔合註〕何焯曰：《詩・黃鳥》鄭箋云：從死，自殺以從死。此公詩所本也。疏家謂穆公命從己死，此臣自殺從之，則頗非鄭之本意。故公詩復舉不誅孟明，以證明其不然。〔查註〕《括地志》：三良冢，在雍縣南一里故城內。乃知三子徇公意〔二四〕，亦如齊之二子從田橫。〔王註〕《前漢書》：高帝詔田橫來，橫乃與其客二人乘傳詣雒陽，至尸鄉厩置，自剄。高帝曰：「嗟乎，有以起布衣，兄弟三人更王，豈非賢哉。」爲之流涕，而拜其二客爲都尉，以王者禮葬橫。既葬，二客穿其冢旁，皆自剄從之。〔合註〕《唐韻》：橫，又音胡光切。又，《集韻》：姑黃切。古人感一飯，尚能殺其身。〔王註〕《後漢・李固傳》：切感古人一飯之報。註云：靈輒也。按《左傳・宣公二年》：晉侯飲趙盾酒，伏甲將攻之。初，宣子田於首山，舍於翳桑，見靈輒餓，問其病，曰：「不食三日矣。」食之。既而與爲公介，倒戟以禦公徒，而免之。問何故，對曰：「翳桑之餓人也。」問其名居，不告而退，遂自亡也。《史記・范雎傳》：一飯之德必償。今人不復見此等，乃以所見疑古人。〔王註次公曰〕詩意蓋不欲罪秦穆公之遺命，而以三子自感恩以死。故謂穆公不殺孟明，則知其不忍强三子，謂田橫之客甘心於從死，則知三良亦必有所爲。〔合註〕《漢書・匡衡傳註》：秦穆公與羣臣飲酒，酒酣。公曰：「生共此樂，死共此哀。」奄息、仲行、鍼虎許諾。公薨，皆從死。先生詩意疑翻用也。古人不可望，今人益可傷。【誥案】曉嵐論此詩之誤，已詳案中。〔案〕總案云：《秦穆公墓》詩，以不誅孟明作骨，全翻《詩經》後詠三良詩以晏子作骨，併翻前作。其意以行文自寓其樂，故不爲雷同之詞。公詩既翻《詩經》，而子由和作必本《詩經》，此一定之理也。乃紀氏點論云：純寓與上官不合之感，所謂借他人酒杯，澆自己壘塊。又論子由和詩云：力翻東坡之案。乃與作意全隔。

次韻子由除日見寄〔三五〕

【誥案】此詩施編不載，查註從邵本編本年之末，合註已駁之，今移編於此。

薄宦〔三六〕驅我西，〔馮註〕陶淵明《乞食》詩：飢來驅我去。〔查註〕《史記·鄭當時傳》：年少官薄，然其同遊知交，皆其大父行，天下有名之士也。〔合註〕任昉《爲范尚書讓吏部封侯第一表》：薄宦東朝。遠別不容惜。方愁後會遠，未暇憂歲夕。〔王註援曰〕《後漢書》：有歲夕。强歡雖有酒〔三七〕，〔合註〕《新論》：强歡者，雖笑不樂。冷酌不成席。秦烹惟羊羹，隴饌有熊腊。〔馮註〕《淮南子》：熊當心有白脂如玉，味甚美，俗呼熊白。《國語》：單襄公曰，高位實疾僨，厚味實腊毒。《周禮·天官》：腊人掌乾肉。又，脯腊註，腊，小物全乾者。念爲兒童歲，屈指已成昔。〔合註〕白樂天詩：請君屈十指，爲我數交親。往事今何追，忽若箭已釋。感時嗟事變，所得不償失。府卒來驅儺，〔王註〕《月令》：季冬之月，命有司大儺旁磔。註云：此月有厲鬼，將隨强陰出害人，旁磔於四方之門。磔，攘也。〔馮註〕《後漢·禮儀志》：季冬，先臘一日大儺，謂之逐疫。選中黄門子弟年十歲以上，十二以下，百二十人爲侲子。皆赤幘皂製執大鼗，以逐惡鬼於禁中。矍鑠驚遠客。愁來豈有魔，〔合註〕《楞嚴經》：常憂愁魔入其心腑。煩汝爲攘磔。〔查註〕《月令》：季春，命國儺九門磔攘，以畢春氣。鄭氏註云：磔牲以攘於四方之神，所以畢止其災也。寒梅與凍杏，嫩蕚初似麥。〔合註〕前詩云關中無梅，今云嫩蕚似麥，亦言其難長也。攀條爲惆悵，〔合註〕《文選·古詩》：攀條折其榮。玉蕊何時折。〔合註〕晉庾闡《遊仙》詩：朝嗽雲英、玉蕊。不憂春豔晚，行見棄夏覈。〔查註〕《周禮·地官》：其植物宜覈物。鄭氏註：通作核，謂李、梅之屬。《前漢·陳平傳》：亦食糠覈耳。又與紇同。人生行樂耳，〔王註〕《漢·楊惲傳》：人生行樂耳，須富貴何時。安用聲名籍〔三八〕。〔王註〕《漢書·陸賈傳》：名聲籍甚。胡爲獨多感，不見〔三九〕膏自炙。〔馮註〕《漢·兩龔傳》：龔勝不飲食，死。有父老來弔，哭甚哀，既而曰：「嗟乎，薰以香自燒，膏以明自銷，龔生竟夭天年，非吾徒也。」遂趨而出，莫知其誰。詩來苦相寬，子意遠可射〔四〇〕。依依見其面，疑子在咫尺。兄今雖小官，幸忝佐方伯。〔合註〕《禮記·王制》：千里之外設方伯，州有伯。鄭註：殷之州長曰伯。【誥案】時宋選顧遇甚厚，故云「幸忝佐方伯」也。北池近所鑿，中有汧水碧。〔查註〕《爾雅》：水決之澤爲汧。《水經注》：渭水過陳倉縣西，汧水入焉。水出汧縣之蒲谷鄉弦中谷，有二源，一出縣西山，謂之小隴山，其一發源南山西側，俗以此山爲吴山，古之汧山也。自水會上下，咸謂之龍魚川。臨池飲美酒，尚可消永日。〔馮註〕《詩·唐風》：且以喜樂，且以永日。但恐詩力弱，〔合註〕鄭谷《寄題方干處士》詩：暮年詩力在。闞健未免馘，〔馮註〕《魯頌》：在泮獻馘。《禮記·王制》：釋奠於學，以訊馘告。《莊子·列禦寇篇》：槁項黄馘。一作聝。《字林》：截耳則作耳旁，獻首則作首旁。詩成十日到，誰謂千里隔。〔馮註〕謝莊《月賦》：隔千里兮共明月。一月〔四一〕寄一篇，憂愁何足擲。

新葺小園二首

【誥案】葺園事，詳後《次韻子由岐下詩敘》。此二詩，外集謂鳳翔作。查註從邵本收入續採詩中，今補編入集。

其一

短竹蕭蕭倚北牆，斬茅披棘見幽芳。〔合註〕韓退之《燕喜亭記》：斬茅而嘉樹列。《後漢書·馮異傳》：帝曰，爲吾披荆棘。張九齡詩：欲贈幽芳歇。使君尚許分池緑〔四二〕，【誥案】使君謂宋選也。《次韻子由岐下詩敘》云：各爲一小池，皆引汧水。蓋此水引於府廨也。鄰舍何妨借樹涼。【誥案】鄰舍，乃東鄰也。借樹，謂鄰多白楊也。詳後《軒窗》詩註。亦有杏花充窈窕，更煩鶯舌奏鏗鏘。身閑酒美誰來勸，坐看花光照水光。

其二

三年輒去豈無鄉，種樹穿池亦漫忙。【誥案】前詩有「北池近所鑿，中有汧水碧」句，即此池水也。所植各樹，並見後詩。暫賞不須心汲汲，再來惟恐鬢蒼蒼。應成庾信吟枯柳〔四〕，〔合註〕庾信《枯樹賦》：昔年楊柳，依依漢南。誰記山公醉夕陽。去後莫憂人剪伐，西鄰幸許庇甘棠。【誥案】簽判廨宇，在府之東，故以宋選爲西鄰也。如府帥已是陳公弼，即無幸庇之詞矣。

壬寅二月，有詔令郡吏分往屬縣減決囚禁。自十三日受命出府，至寶雞、虢、郿、盩厔四縣。既畢事，因朝謁太平宮，而宿於南溪溪堂，遂並南山而西，至樓觀、大秦寺、延生觀、仙遊潭。十九日乃歸。作詩五百言，以記凡所經歷者寄子由

〔王註次公曰〕鳳翔有十縣，曰天興、曰岐山、曰扶風、曰盩厔、曰郿、曰寶雞、曰虢、曰麟遊、曰普潤、曰好時。故有詔減決囚禁，則令郡吏分往屬縣，而先生所得則寶雞、虢、郿、盩厔四縣也。〔十朋曰〕按《年譜》：嘉祐七年壬寅，先生年二十七，在鳳翔任。〔查註〕《九域志》：秦鳳路鳳翔

府領縣十，寶雞、虢、郿、盩厔，其四也。《太平寰宇記》：寶雞在府西南九十里，虢縣在府南四十里，郿縣在府東南一百里，盩厔在府東南二百里。按，寶雞、郿二縣，今屬鳳翔府。虢縣地，今并入岐山縣。盩厔縣，今屬西安府。〔合註〕《宋史・仁宗本紀》：嘉祐七年二月，命官録被水諸州繫囚。【誥案】紀昀曰：大段似香山《東南行》，而五百字一氣相生，不見窘束，不及紛雜，筆力殊不可及。

遠人罹水旱，王命釋俘囚。〔合註〕韓退之詩：且待獻俘囚。分縣傳明詔，〔王註〕《前漢書》：發德音，下明詔。尋山〔四〕得勝遊。〔王註〕温飛卿《過華清宮》詩：承平事勝遊。韓退之詩：江山多勝遊。【誥案】紀昀曰：二句領起一篇。蕭條初出郭，〔王註〕杜子美《奉贈韋左丞丈》詩：此意竟蕭條。又，《卜居》詩：初知出郭少塵事。曠蕩實消憂。〔王註〕《漢書》：曠蕩之恩。《文選》陳孔璋《爲曹洪與魏文帝書》：叙王師曠蕩之德。陶淵明《歸去來辭》：樂琴書以消憂。薄暮來孤鎮，登臨憶武侯。〔王註續曰〕鎮，即武城鎮也。在寶雞東。相傳孔明常圍郝昭於陳倉，築此城以拒魏兵。〔査註〕《九域志》：武城鎮屬寶雞縣。《蜀鑑》引《寰宇記》：陳倉有上下二城，上城秦文公築，下城是郝昭築。峥嶸依絶壁，〔王註〕《文選・吴都賦》：南北峥嶸。《上林賦》：刻削峥嶸。又謝靈運詩：晨策尋絶壁。〔邵註〕《楚辭・遠游》：下峥嶸而無地兮，上寥廓而無天。註：峥嶸，深遠貌。【誥案】《説文》：山峻貌。《西都賦註》：高峻貌。峥，通崝。蒼茫瞰奔流。〔査註〕陳鵠《耆舊續聞》：李嘉祐詩：門臨蒼茫經年閉，身逐嫖姚幾日歸。又張祜詩：洛水暮天横蒼茫，邙山落日路崔嵬。東坡詩：峥嶸依絶壁，蒼茫瞰奔流。蒼茫二字，皆作仄聲。〔翁方綱註〕元李治《敬齋古今黈》：《莊子》「適莽蒼者三飡而反」，莽蒼並仄聲，東坡用蒼茫，蓋本此。〔盧文弨云〕曾見抄本蒼茫下註：揚子雲《羽獵賦》「鴻濛沆茫」，顔師古註：茫，音莽。又一處引白樂天《春雪》詩：寒消春蒼茫。皆讀上聲。半夜人呼急，横空火氣浮。天遥殊不辨，風急已難收。曉入陳倉縣，〔王註次公曰〕陳倉，《前漢·地理志》係之右扶風，則鳳翔府矣。地志載《三秦記》云：陳倉以山得名，山有石鷄，與山鷄不別。趙高燒山，山鷄飛去，而石鷄不去，晨鳴山頭，聞三十里，蓋玉鷄也。自唐至德二載，更名寶鷄。〔陳師道曰〕《漢書·郊祀志》：秦文公獲若石云，於陳倉北阪城祠之。其神來常以夜，光輝若流星，從東方來，集於祠城，若雄鷄，其聲殷殷云，野鷄夜鳴。以一牢祠之，名曰陳寶。〔查註〕《水經注》：渭水又東過陳倉縣，西有陳倉山，山上有寶鷄祠。猶餘賣酒樓。〔查註〕《名勝志》：陳倉城内酒樓，自唐至宋，城邑累更兵燹，獨此樓尚存。烟煤已狼藉，〔王註〕《史記·滑稽傳》：杯盤狼藉。吏卒尚呀咻。〔公自註〕十三日宿武城〔四〕鎮，即俗所謂石鼻寨也。云：孔明所築。是夜二鼓，寶雞火作，相去三十里，而見於武城。雞嶺雲霞古，龍宮殿宇幽。〔公自註〕縣有雞爪峰、龍宮寺。〔王註陳師道曰〕雞爪峰，在寶雞之東。南山連大散，〔王註厚曰〕縣南乃大散關，秦蜀通塗。〔查註〕《五經要義》云：終南，長安南山也。《長安志》：終南山，在長安縣南七十里。《雍録》：終南，横亘關中南面。西起秦隴，東徹藍田，凡雍、岐、郿、鄠、長安、萬年，相去且八百里，連綿持踞其南者，皆此一山也。又：大散關，在漢中府西南。《太平寰宇記》：在寶雞縣西南五十二里，通褒谷大道。宋《中興四朝志》：大散關隸興泉縣，爲秦蜀往來要道，兩山斗絶，出可以攻，入可以守，實表裏之形勝也。歸路走吾州。〔王註次公曰〕指言蜀中也。韓退之《赴江陵》詩：胡爲首歸路。走，音奏。《漢書》：文帝指新豐謂慎夫人曰：此走邯鄲道也。欲往安能遂，將還爲少留。〔王註次公曰〕《易·大壯》：不能退，不能遂。《楚辭》：曾何足以少留。已上蓋述在寶雞事也。回趨西虢道，〔王註績曰〕西虢，虢叔所封，平王東遷，虢徙上陽，故謂之西虢。〔查註〕《水經注》：雍縣，秦德公所居。《漢書·地理志》以爲西虢縣。《文獻通考》：西虢在今鳳翔縣。《太平御覽》引《帝王世紀》曰：虢有三焉，周興，封虢仲於西虢，此其地也。却渡小河洲。聞道磻溪石，猶存渭水頭。〔查註〕《水經注》：渭水之右，磻溪水注之，水出南山兹谷，注於溪中，有泉，謂之兹泉，即

《吕氏春秋》所云「太公釣兹泉」也。今人謂之凡谷。林障秀阻，人迹罕交。東西隅有石室。水次平石釣處，即太公垂釣之所，兩膝遺跡猶存，是有磻溪之稱。《太平寰宇記》：虢縣有磻溪，其水清冷神異，北流十二里，注於渭。**蒼崖雖有迹，大鈞本無鈎。**〔公自註〕十四日，自寶雞行至虢。聞太公磻溪石在縣東南十八里，猶有投竿跪餌兩膝所著之處。〔王註師曰〕太公以直鈎釣。盧仝詩：人鈎曲，我鈎直，嗟哉我鈎反無食。〔堯卿曰〕《楚辭》：以直針而爲鈎兮，又何魚之能得。蓋古人所釣，其意不在魚耳。若任公之釣，其幾是乎。〔合註〕《莊子·外物篇》：任公子爲大鈎。**東去過郿塢，孤城象漢劉。**〔公自註〕十五日至郿縣，縣有董卓城，其城〔四六〕象長安，俗謂之小長安。〔邵註〕《後漢·董卓傳》：築塢於郿，高厚七丈，號曰萬歲塢。〔查註〕《水經注》引《漢獻帝傳》曰：董卓發卒築郿塢，高與長安城等。《太平寰宇記》：董卓塢，在郿縣東北十五里，卓封郿侯，據北阜，築塢以寫長安城形。**誰言董公健，**〔王註〕《後漢·袁紹傳》：卓議廢立。紹勃然曰：「天下健者，豈惟董公。」**竟復伍孚仇。**〔王註〕《後漢·董卓傳》：越騎校尉汝南伍孚憤卓兇毒，懷佩刀刺之，不中。左右執殺孚，孚大言曰：「恨不得磔裂奸賊於都市。」**白刃俄生肘，**〔王註〕《後漢·董卓傳》：王允與吕布謀誅卓，李肅以戟刺之，衷甲不入。卓大呼：「布何在？」布曰：「有詔討賊臣。」持矛刺卓，斬之。〔次公曰〕生肘字，諸葛亮論法正所謂「生變於肘腋之下」，言布嘗與卓結爲父子而卒殺卓也。〔黄魯直曰〕《潘子真詩話·補遺》曰：杜甫《草堂》詩：當知肘腋事，自及梟獍徒。肘腋，是趙滅智伯事。**黄金謾似丘。**〔王註〕《後漢·董卓傳》：塢中珍藏有金二三萬斤，銀八九萬斤，錦綺奇玩，積如丘山。**平生聞太白，**〔王註績曰〕太白山在武功縣。諺云：武功太白，去天三百。言其高也。乃往郿縣之道。〔謝無逸曰〕唐柳宗元《太白山祠堂碑》云：雍州西南界於梁，其山曰太白。〔洪駒父曰〕《三十六洞天記》：第十一，太白山洞，周廻五百里。〔查註〕《水經注》引《地理志》曰：太一山，古文以爲終南，杜預以爲中南也。亦曰太白。冬夏積雪，望之皓然。**一見駐行騶。**〔合註〕元微之詩：步步駐行騶。**鼓角誰能試，風雷果致不。巖崖已奇**

絶，冰雪更琱鎪。〔王註〕左太沖《魏都賦》：木無彫鎪。春旱憂無麥，山靈喜有湫。蛟龍懶方睡，瓶罐小容偷。〔公自註〕是日晚〔四七〕，自郿起至清秋鎮〔四八〕宿。道過太白山，相傳云：軍行鳴鼓角過山下，輒致雷雨〔四九〕。山上有湫，甚靈，以今歲旱，方議取之。〔王註次公曰〕偷字韻，蓋方言取龍水謂之偷湫也。〔洪龜父曰〕《莊子·列禦寇篇》：河上有家貧持葦蕭而食者，其子得千金之珠。其父曰：「珠在驪龍頷下，子能得珠者，必遭其睡也。」〔饒德操曰〕《北夢瑣言》：江南沿江多蘆荻，冬月縱火焚之，多燒起睡龍。〔查註〕《九域志》：郿縣有清秋、横渠、虢川、斜谷四鎮。二曲林泉勝，〔王註次公曰〕《西京賦》：右極盩厔，并卷酆鄠。李善註云：盩厔，山名。《寰宇記》、《長安志》皆云山曲曰盩，水曲曰厔。故今詩言二曲也。三川氣象侔。〔王註縯曰〕古謂伊、洛、河爲三川。唐以劍南東西及山南西道爲三川。〔堯卿曰〕韓退之詩：氣象難比侔。近山麰麥早，臨水竹篁脩。〔公自註〕十六日至盩厔，以近山地美，氣候殊早。縣有官竹園，十數里不絶。先帝膺符命，〔公自註〕十七日，寒食。自盩厔東南行二十餘里，朝謁太平宫二聖御容。此宫乃太宗皇帝時，有神降於道士張守真，以告受命之符所爲立也。神封翊聖將軍，有殿。〔王註徐師川曰〕《翊聖保德真君傳》云：乾德中，太宗皇帝在晉邸，頗聞靈應，遣近侍致醮。太祖皇帝設醮於建隆觀，真君降言曰：「吾乃高天大聖玉帝輔臣，降衛宋朝社稷，來定遐長基業。」凡百餘言。〔查註〕《隆平集》：神號黑殺將軍，守真每齋戒祈請，必至，聲如嬰兒，獨守真能曉。開寶元年，太祖不豫，驛召守真問焉。曰：「上天宫闕成，玉鎖開矣，晉王有人心。」言訖，不復降。太平興國六年，封神爲翊聖將軍。行宫畫冕旒。〔王註〕《禮記·玉藻》：天子之冕藻，十有二旒。〔合註〕杜子美《冬日洛城北謁玄元皇帝廟》詩：冕旒俱秀發。侍臣簪武弁，女樂抱箜篌。〔王註次公曰〕箜篌之制，二十三弦。李賀《李憑箜篌引》云：二十三絲動紫皇。〔堯卿曰〕《釋名》曰：箜篌，師延所作靡靡之樂，蓋空國之侯，淫聲也。《史記》：今上祠太一后土，始用樂舞，作空侯。《漢書》：禱祠太一后土。作坎侯。應劭曰：用樂人侯調，作坎坎之樂，言其坎坎應節奏也，侯以姓冠章耳。〔陳師道曰〕許亨周云：笠篌，狀如張箕，探手摘絃出聲。〔潘郊老曰〕盧仝詩：捲却羅袖彈笠篌。秘殿開金鎖，〔合註〕《文選・魯靈光殿賦》：乃立靈光之秘殿。杜牧之《宮詞》：銀鑰却收金鎖合。神人控玉虬。〔王註〕司馬相如《子虛賦》：乘鏤象，六玉虬。黑衣橫巨劍，被髮凜雙眸。〔王註劉燾曰〕翊聖像，皆被髮跣足，伏劍擾龍，相承舊矣。邂逅逢佳士，〔王註〕《詩・鄭風》：邂逅相遇。杜子美《丹青引》詩：必逢佳士亦寫真。相將弄彩舟。投篙披綠荇，濯足亂清溝。〔王註〕韓退之詩：清溝引污渠。晚宿南溪上，森如水國秋。遶湖栽翠密，〔合註〕王勃《游廟山賦》：芸塲翠密。終夜響颼飀。〔公自註〕是日，與監宮張杲之泛舟南溪，遂留宿於溪堂。〔王註堯卿曰〕南溪之上，繞湖松竹，翠密成林。《廣雅》曰：小風曰颼，涼風曰飀。孟郊詩云：颼飀卧江汰。又云：不枯亦颼飀。並韓退之《聯句》。冒曉窮幽邃，操戈畏炳彪。〔公自註〕十八日，循終南而西，縣尉以甲卒見送。或云，近官竹園，往往有虎。〔王註〕《揚子》：聖人虎別，其文炳也。《說文》：彪，虎文也。尹生猶有宅，〔王註十朋曰〕本篇公自註：崇聖觀謂樓觀，乃尹喜舊宅也。老氏舊停輈。〔王註厚曰〕尹喜爲函谷關令尹，候氣，知真人西游，當過此。老子乘青牛薄板車出。關喜曰：「子將隱矣，爲我著書。」乃授《道德經》。〔合註〕沈約詩：西鍪已停輈。問道遺蹤在，〔合註〕《高士傳》：齧缺問道乎被衣。登仙〔五〇〕往事悠。御風〔五一〕歸汗漫，〔王註〕《淮南子》曰：有若士者，謂盧敖曰：「子處矣，吾與汗漫期於九垓之上。」閲世似蜉蝣〔五二〕。〔王註〕劉禹錫詩：閲世甚東流。郭璞《遊仙》詩：借問蜉蝣輩，寧知龜鶴年。白樂天詩：長生無得者，舉世如蜉蝣。〔邵註〕《詩・曹風》：蜉蝣之羽。《毛傳》：渠畧也，朝生夕死。羽客知人意，瑤琴繫馬鞦。〔王註〕李太白《山中與幽人對酌》詩：明朝有意抱琴來。〔合註〕王褒詩：羽客屢相逢。江淹《雜擬》詩：瑤琴詎能開。不辭山寺遠，來作鹿鳴呦。帝子傳聞李，〔王註次公曰〕帝子即先生本註唐玉真公主也。《九歌》：

帝子降兮北渚。言堯女也。〔堯卿曰〕《新唐書·諸帝公主傳》：睿宗之女，字持盈。始封崇昌縣主，俄進號上清玄都大洞三景師。天寶三年，上言曰：「妾高宗之孫，睿宗之女，陛下之女弟，於天下不爲賤，何必名係主號，資湯沐，然後爲貴，請入數百家之産，延十年之命。」帝許之，與金仙宮主皆爲道士。巖堂髣像緱。〔王註〕《女仙列傳》載：西王母姓緱，其所居，有玄碧之堂。〔師川曰〕周靈王太子晉，乘白鶴於緱氏山頭，舉手謝時人而去。其地卽今河南緱氏縣、會稽緱嶺也。〔合註〕《文選·海賦》仿像其色。輕風幃幔卷，落日髻鬟愁。〔王註次公曰〕此以狀玉真遺迹之景，而追傷之也。入谷驚蒙密，〔集甲原註〕谷，音浴〔五三〕。登坡費挽摟。〔王註次公曰〕《文選》范蔚宗詩：遵渚攀蒙密。挽、摟一義，摟亦挽也。〔合註〕《説文》：摟，曳聚也，又牽也。亂峰攙似槊〔五四〕，〔王註〕唐王建《温門山》詩云：曉入温門山，羣峰亂如戟。一水澹如油〔五五〕。〔王註〕白樂天詩：噴時千點雨，澄處一泓油。中使何年到，金龍自古投。〔王註次公曰〕此言朝廷遣内官投金龍於潭，以祈禱者也。自唐以來，謂之中使。杜子美《橋陵詩三十韵》：中使日夜繼。〔韓子蒼曰〕《東齋記事》：道家有金龍、玉簡。學士院撰文，具一歲中齋醮，投於名山洞府。金龍以銅制，玉簡以階石制。〔查註〕周昭禮《清波雜志》：天下名山洞府，朝廷每歲投龍簡。天聖中，下道録院，定歲投龍簡二十處。千重横翠石，百丈見游鯈。〔王註次公曰〕鯈者，浮陽之魚，音紬。《莊子·秋水篇》：與惠子游於濠上，鯈魚出游，故謂之游鯈。〔堯卿曰〕沈約詩：百丈見游鱗。最愛泉鳴洞，初嘗雪入喉。滿瓶雖可致，洗耳歎無由。〔公自註〕是日游崇聖觀，俗所謂樓觀也。乃尹喜舊宅。山脚有授經臺，尚在。遂與張杲之同至大秦寺早食而别。有太平宫〔五六〕道士趙宗有，抱琴見送，至寺，作《鹿鳴》之引，乃去。又西至延生觀。觀後上小山，有唐玉真公主修道之遺迹。下山而西行十數里，南入黑水谷，谷中有潭名僊游潭。潭上有寺三，倚峻峰，面清溪，樹林深翠，怪石不可勝數。潭水，以繩縋石數百尺不得其底，以瓦礫投之，翔揚徐下，食頃乃不見。其清澈如此。遂宿於中興寺。寺中有玉女洞，洞中有飛泉，甚甘，明日以泉二瓶〔五七〕

歸至郿。又明日，乃至府。忽憶尋蟆培，方冬脱鹿裘。〔公自註〕昔與子由游蝦蟇培時方冬〔五八〕，洞中温温如二三月。〔王註〕《後漢·虞延傳》：晏嬰輔齊，鹿裘不完。註：晏子布衣鹿裘以朝。公曰：「夫子之家若此之貧也，奚衣之惡也。」山川良甚似，水石亦堪儔。惟有泉傍飲，無人自獻酬。【誥案】紀昀曰：一路雜述風土，如何挽到子由，如此趁勢打合，借作總收，真乃心靈手敏。

太白山下早行，至横渠鎮，書崇壽院壁

〔王註十朋曰〕太白山，見前詩註。〔查註〕《一統志》：崇壽院，在郿縣東五十里横渠鎮南。《欒城集·次韻子瞻太白山下早行題崇壽院》詩云：山下晨光晚，林梢露滴昇。峰頭斜見月，野寺早明燈。樹暗猶藏鵲，堂開已饌僧。據鞍應夢我，聯騎昔嘗曾。

馬上續殘夢，〔翁方綱註〕李雁湖《王荆公詩註》引東坡詩，作「馬上兀殘夢」。汪師韓云：此句直用劉駕詩。《藝苑卮言》嘗舉之。不知朝日昇。亂山横翠幛〔五九〕，【誥案】紀昀曰：查初白謂「亂山」句從「殘夢」生出。落月澹孤燈〔六〇〕。奔走煩郵吏，〔合註〕方干詩：泊岸旂幡郵吏拜。安閑愧老僧。再遊應眷眷，聊亦記吾曾。【誥案】前詩純以氣勝，如水流曲折，任其所之，自成蹊徑。題云五百字，而不云五十韻者，蓋其意不欲爲長律所囿，且有意留爲分詠地也。自此以後七篇，皆禱雨再游之作，妙在一分一合，面貌皆别，而不覺其複，此以重游别出手眼故也。今指出之，餘詳案中。〔案〕總案「自太白山下」條云：是時張横渠與其弟天祺，並已從仕於外，惜公時往來於郿者三年，而彼此不遇，不知有關學也。逮周燾出公門下，始爲作《濂溪》詩。如與二張相接，必有契合過於他人者，且於洛中亦有氣類之通矣。

留題延生觀後山上小堂

〔王註次公曰〕先生前詩本註云：西至延生觀，觀後上小山，有唐玉真公主修道之遺跡。此則云小堂者，玉真之堂也。按，唐景雲元年，睿宗第八女西城公主，第九女昌隆公主，並出家爲女冠。二年，西城改封金仙，昌隆改封玉真。雖長安輔興坊西南有玉真女冠觀，而今云有修道之跡，宜乎後人爲之立堂矣。〔堯卿曰〕本朝端拱元年十月十八日，奉勅賜此名額。

溪山愈好意無厭，上到巉巉第幾尖。深谷野禽毛羽怪，上方仙子鬢眉纖。〔王註次公曰〕上方仙子，指言唐玉真公主也。〔楊曰〕杜子美《山寺》詩：上方重閣晚。【誥案】紀昀曰：取其生造。不慚弄玉騎丹鳳，〔王註〕《列仙傳》：蕭史善吹簫，秦穆公以女弄玉妻之，遂教弄玉吹簫作鳳鳴。一旦，弄玉乘鳳，蕭史乘龍，昇天而去。應逐嫦娥駕老蟾。〔王註〕《淮南子》：羿請不死之藥於西王母，姮娥竊之奔月。姮娥，羿妻也。服藥得仙，奔入月中爲月精。〔次公曰〕韓退之作《毛穎傳》，戲言兔竊嫦娥騎蟾蜍，而此云嫦娥駕老蟾，蓋挨傍造詩，以對騎鳳實事也。澗草巖花自無主，〔王註堯卿曰〕唐崇徽公主詩：行路至今空歎息，巖花澗草自春秋。晚來蝴蝶入疎簾。

留題仙遊潭中興寺，寺東有玉女洞，洞南有馬融讀書石室，過潭而南，山石益奇，潭上有橋，畏其險，不敢渡

〔王註〕《終南圖經》：讀書臺，在縣城西一百步。〔查註〕《太平寰宇記》：寶雞縣有玉女祠，秦穆公

女弄玉鳳臺之地也。玉女洞當以此名。《麟游縣志》：玉女潭在縣南二十里魚塘峽内，其水自永安宫前流入此潭，從半山飛下，聲振巖谷。舊志謂有仙浴此。《元和郡縣志》：馬融讀書臺，在盩厔縣東北二十七里。

清潭百尺皎無泥，山木陰陰谷鳥啼。〔王註〕杜子美《信行遠修水筒》詩：山木陰陰落日曛，竹竿褭褭細泉分。蜀客曾遊明月峽，〔王註續曰〕明月峽，在古巴郡枳縣，今在忠、涪二州之境。峽首南峰石壁，有員孔，形如滿月。〔次公曰〕蜀客則先生自謂，其與子由舟行趨京師時所經由也。〔查註〕《太平寰宇記》：明月峽，在利州綿谷縣界。又云：渝州巴縣東。《華陽國志》：巴郡江州縣，有明月峽，即此。秦人今在武陵溪。〔邵註〕用桃源漁人事。獨攀書室窺巖竇，〔王註次公曰〕按《後漢書》：馬融，扶風人。宜有石室於此。寺東有玉女洞，洞南有馬融讀書石室，京兆摯恂以儒術教授，隱於南山之陰，馬融時從其游學。還訪仙姝款石閨。〔王註次公曰〕仙姝，指言玉女也。〔堯卿曰〕吴人謂美女爲姝。《詩・邶風・静女》曰：静女其姝。故仙女謂之仙姝。石閨，乃玉女洞門。猶有愛山心未至，不將雙脚踏飛梯。〔合註〕庾信詩：飛梯聊度澤。【誥案】結二句畏險不渡，乃完題中所有也。查註引治平元年與章惇同游事，以爲末句註脚，非是。已删。

樓觀

〔公自註〕秦始皇立老子廟於觀南，晉惠始修此廟〔六二〕。〔查註〕《元和郡縣志》：樓觀，在盩厔縣東三十七里，本周康王大夫尹喜宅也。相承至秦、漢，皆有道士居之。晉惠帝時，重置。其地舊爲尹先生樓。《錦繡萬花谷》引《樓觀記》云：周穆王尚神仙，因尹真人草樓之觀，遂召幽逸之人，置爲道士。《雲笈七籤》：樓觀，在京兆府盩厔縣神獸鄉聞仙里。《華陽録記》云：始皇好神仙，於尹先生樓南，立老君廟。晉元康中，重更修葺，蒔木萬株，連亘七里，給供灑掃户三百。

門前古碣卧斜陽，〔查註〕《雲笈七籤》：尹喜遇老君，得道，穆王爲建祠修觀。故《樓觀碑》云：昔周康王大夫關令尹所立也。〔合註〕《文選》班固《封燕然山銘》：封神丘兮建隆嵑。李善註引《説文》云：碣，立石也。碣與嵑同。閲世如流事可傷。〔查註〕陸機《歎逝賦》：川閲水而成川，水滔滔而日度；世閲人而成世，人冉冉而行暮。長有幽人〔六三〕悲晉惠，强修遺廟學秦皇。丹砂久窖井水赤，〔王註〕《抱朴子》：臨沅縣有廖氏，家世世壽考，後徙去，子孫轉夭折。他人居其故宅，復如舊。後累世壽考。疑其井水殊赤，乃試掘井左右，得古人埋丹砂數十斛，丹汁因泉漸入井，是以飲其水而得壽。白朮誰燒廚竈香？〔王註次公曰〕《本草·朮》條下註：陶隱居引《仙經》云，朮能除惡氣，弭災沴。〔合註〕王昶《金石粹編》載戴璇《玄元靈應頌碑》，中云：後遇皇唐，易樓觀爲宗聖，藥井尚渫，仙朮仍存。又云：其始迓也，焚芝朮，避葷羶。故先生此聯云然，非泛語也。聞道神仙亦相過，只疑田叟是庚桑。〔王註〕《莊子·庚桑楚篇》：老聃之役，有庚桑楚者，偏得老聃之道，以北居畏壘之山。

郿塢

〔王註〕《前漢·地理志》：左扶風縣二十一，其八曰郿。註：郿，音媚。〔查註〕《後漢·董卓傳註》云：今按，塢舊基高一丈，周迴一里一百步。

衣中甲厚行何懼，塢裏金多退足憑。〔查註〕《後漢·董卓傳》：築塢於郿，積穀爲三十年儲。自云：「事成，雄據天下；不成，守此足以畢老。」畢竟英雄誰得似，臍脂自照不須燈。〔王註〕《後漢·董卓傳》：尸卓於市。天時始熱，卓素充肥，脂流於地，守尸吏然火置卓臍中，光明達曙，如是者積日。

磻溪石

【誥案】磻溪距虢縣十八里。公前以奉王命減決，未嘗往游，見前詩中。以是知自横渠鎮以下分詠各詩，皆重到作也。

墨突不暇黔，孔席未嘗煖。〔王註次公曰〕《淮南子·修務訓篇》曰：孔子無黔突，墨子無煖席。而班固《答賓戲》曰：孔席不煖，墨突不黔。二書異文。杜子美《發同谷縣》詩：賢有不黔突，聖有不煖席。則主用《答賓戲》語，今先生又因之。安知渭上叟，跪石留雙骬。〔王註次公曰〕渭上叟，太公也。〔合註〕《爾雅註》：骬，脚脛也。一朝嬰世故，辛苦平多難。〔王註次公曰〕言太公起從文王，而輔武王伐紂也。亦欲就安眠〔六三〕，旅人譏客懶。〔王註〕《史記·齊世家》：武王已平商而王天下，封師尚父於齊營丘東。就國，道宿行遲，逆旅之人曰：「吾聞時難得而易失，客寢甚安，殆非就國者也。」太公聞之，夜衣而行，黎明至國。【誥案】紀昀曰：借寫仕宦之勢，渾然無迹。

石鼻城

〔王註厚曰〕石鼻在汧水之北，南去陳倉三十里。

平時戰國今無在，〔王註次公曰〕石鼻寨，先生前註，即武城鎮也。戰國，指言蜀與魏也。〔查註〕《水經注》：魏明帝遣太原郝昭營陳倉城，成，諸葛亮圍之，不下。今溮水對亮城，是與昭相禦處也。陌上征夫自不閑。北客初來試新險，蜀人從此送殘山。〔王註次公曰〕自北來而入蜀者，至此漸入山，故曰試新險。自蜀來而趨京洛者，至此已出山，故曰送殘山。〔項曰〕唐《獨孤及集》有《招北客文》。〔若拙曰〕杜子美《陪鄭廣文遊何將軍山林》詩：殘山碣石開。【誥案】此聯畫出川陝山疆水界，妙在關合蜀事。紀昀曰：三四天然清切。獨穿暗月朦朧裏，愁渡奔河蒼茫間。〔王註次公曰〕先生前篇云：蒼茫瞰奔流。蓋於此地見渭河故也。漸入西南風景變，〔王註次公曰〕自此地前往寶雞，爲入西南矣。道邊修竹水潺潺。

次韻子由岐下詩〔六四〕并引

【誥案】紀昀曰：五絶分章，模山範水，如畫家之有尺幅小景，其格倡自輞川。爾後輾轉相摹，漸成窠臼，流連光景，作似盡不盡之詞、似解不解之語，千人可共一詩，一詩可題千處，桃花作飯，轉歸塵劫。此非創始者過，而依草附木者過也。此二十一首，要自我行我法，固知豪傑之士，必不依托門户以炫俗也。又案：此二十一詩，施編不載，查註從邵本補編。

子既至岐下逾月，於其廨宇之北隙地爲亭。亭前爲横池，長三丈。池上爲短橋，屬之堂。分堂之北廈爲軒窗曲檻，俯瞰池上。出堂而南，爲過廊，以屬之廳。廊之兩傍，各爲一小池。三池皆引汧水〔六五〕，種蓮養魚於其中。池邊有桃、李、杏、梨、棗、櫻桃、石榴、樗、槐、松、檜、柳三十餘株。又以斗酒易牡丹一叢於亭之北。子由以詩見寄，次韻和答，凡二十一首。

北亭

誰人築短牆，【詁案】公後以隋仁壽宫中石，植喜雨亭北，子由有詩，卽其處也。橫絶擁吾堂〔六六〕。不作新亭檻，幽花爲誰香。〔公自註〕舊堂北有牆，予始去之爲亭。【詁案】北亭卽喜雨亭，而斯時猶未有名。

橫池

明月入我池，皎皎鋪紵縞。何日變成緇？〔合註〕《論衡》：白紗入緇，不染自黑。《太玄》吾懶草。〔王註〕《文選》：揚雄方草《太玄》，或嘲玄之尚白，而雄解之，號曰《解嘲》。〔馮註〕揚雄《解嘲》：吾默默獨守吾太玄。

短橋

誰能鋪白簟，永日卧朱橋。〔合註〕盧綸詩：朱橋夜掩津。樹影欄邊轉，波光版底摇。〔馮註〕杜牧之《阿房宫賦》：長橋卧波。

軒窗

東鄰多白楊，【詁案】以《新葺小園》詩合此詩敍考之，簽判廨宇，在府治之東。據《淩虚臺記》，臺建於林木之間，而詩有「西鄰」、「甘棠」之句，此府治也。又，詩有「鄰舍何妨借樹涼」句，此東鄰之白楊也，但東鄰無考耳。夜作雨聲急。窗下獨無眠，秋蟲見燈入。

曲檻

【誥案】題雖曲檻，兼詠浮萍，邵、查、合三註皆作「青紅亂明鑑」，上有「朱欄」句，此「青紅」之「紅」字，又是何物？今更正。其有題作「曲欄」者，亦非。

流水照朱欄，浮萍〔六七〕亂明鑑。誰見檻上人，無言觀物泛。【誥案】此指浮萍，上改「青紅」，則句無着。

雙池

汧流入城郭，【誥案】公爲此池由府治而通，故詩有「使君尚許分池緑」句。《説文》：汧水出扶風汧縣，西北入渭。《水經注》：出汧縣蒲谷鄉弦中谷，卽此水也。又，公詩有「北池近所鑿，中有汧水碧」句，可證。諸刻本以此句作泝流，顯誤，自應以外集本汧流爲是。亹亹渡千家。〔合註〕《禮記·禮器》：天時雨澤，君子達亹亹焉。不見〔六八〕雙池水，長漂十里花。

荷葉

田田抗朝陽，〔合註〕《古樂府》：江南可採蓮，蓮葉何田田。節節卧春水。〔合註〕《續博物志》：藕生應月，閏月益一節。顧況詩：藕泥封藕節。晉《俳歌》云：節節爲雙。平鋪亂萍葉，屢動報魚子〔六九〕。〔合註〕謝朓詩：魚戲新荷動。丘遲詩：荇亂新魚戲。

魚

湖上移魚子，初生不畏人。【誥案】此種極細微處，他人不留意，公必搜索出之，着落到地，自成妙文。自從識鈎餌，欲見更無因。【誥案】紀昀曰：《列子》狎鷗事化出。

牡丹

花好長患稀，花多信佳否。未有四十枝，枝枝大如斗。〔公自註〕牡丹花〔七〇〕有四十餘枝。〔合註〕《古樂府·焦仲卿妻詩》：枝枝相覆蓋。

桃花

争開〔七一〕不待葉，密綴欲無條。【誥案】十字自是桃花，與梅花有别。傍沼人窺鑑，驚魚水濺橋。〔合註〕暗用「人面桃花」及「三月桃花水」意。

李

不及梨英軟，應慚梅萼紅。【誥案】此二句，與前《桃花》詩，同一手法。西園有千葉，淡佇〔七二〕更纖穠。〔公自註〕城西有千葉李，若荼蘼〔七三〕。

杏

開花送餘寒，結子及新火。〔合註〕《周禮註》：夏取棗杏之火。關中幸無梅，〔公自註〕關中地不生梅。〔查

註〕宋《中興四朝志》：潘岳以爲秦在隴、函二關之間，是爲關中，然鳳州之散關、隴西之隴關、商州之武關、原州之蕭關、藍田之嶢關，其名皆先秦而出，則凡地在四關之内，皆當繫關以爲名也。汝强充鼎和。【誥案】紀昀曰：寄托兀傲。

梨

霜降紅梨熟，〔查註〕杜子美《冬日洛城謁玄元皇帝廟》詩：紅梨迥得霜。柔柯已不勝。未嘗蠲夏渴，長見助春冰。【誥案】梨性冷利，陶弘景謂之快果，此猶助春冰之意也。

棗

居人幾番老，棗樹未成槎。汝長才堪軸，〔合註〕白樂天《杏園中棗樹》詩：君求悅目艷，不敢爭桃李。君若作大車，輪軸材須此。吾歸已及瓜。〔公自註〕棗樹至難長。〔王註〕《左傳・莊公八年》：齊侯使連稱、管至父戍葵丘，瓜時而往，曰：「及瓜而代。」

櫻桃

獨遶櫻桃樹，酒醒喉肺乾。莫除枝上露，從向口中漙。【誥案】公《橄欖》詩：待得餘甘回齒頰，已輸崖蜜十分甜。或言崖蜜卽櫻桃也，而辯者以爲非是。

石榴

風流意不盡，獨自送殘芳。色作裙腰染，〔合註〕梁元帝詩：芙蓉爲帶石榴裙。名隨酒盞狂。〔公自註〕酒名有石榴〔七四〕。〔合註〕梁簡文帝詩：蠡杯石榴酒。

樗

自昔爲神樹，〔合註〕《魏志·邴原傳註》：原嘗行，得遺錢以繫樹枝。而繫錢者愈多，謂之神樹。原乃辨之，里中遂斂其錢，以爲社供。空聞蜩鵙鳴。〔合註〕《詩箋》：蜩，螗也；鵙，伯勞也。社公煩見輟，〔合註〕《後漢書·費長房傳》：鞭笞百鬼及驅使社公。爲爾致羊羹。〔公自註〕樗，舊爲土地廟所蔽，余始遷廟牆北。〔合註〕《戰國策》：中山君饗都士大夫羊羹不徧。

槐

采擷殊未厭，〔馮註〕《抱朴子》：槐子，服之補腦，令人髮不白而長生。忽然已成陰。〔馮註〕左太冲《魏都賦》：槐以蔭塗。蟬鳴看不見，鵲立赴還深。〔公自註〕上有野鵲三四。

檜〔七五〕

强致南山樹，來經渭水灘。【誥案】此二句，謂檜自終南移至，非使檜事實也。各本以此詩爲松，查註以爲檜，究應以後詩詠松爲當。合觀二作，則查説爲可信矣。生成未有意，鵶鵲莫相干。【誥案】柏葉松身爲檜。公《石經院》詩：夭矯庭中檜，枯枝鵲踏消。與此詩意正同。

松〔七六〕

依依古松子〔七七〕，鬱鬱綠毛身。〔合註〕《太平御覽》引《列仙傳》：偓佺好食松實，體生毛。每長須成節，〔合註〕《格物總論》曰：松樹磥柯多節。又袁宏《松》詩云：森森千丈松，磊砢非一節。明年漸庇人。

柳

今年手自栽，問我何年去？他年我復來，搖落傷人意〔七八〕。〔馮註〕《世說》：桓温北征，經金城，見前爲琅邪時種柳，皆已十圍。慨然歎曰：「物猶如此，人何以堪？」攀枝執條，泫然流涕。

眞興寺閣禱雨

【誥案】公從宋選禱雨作也。查註、合註均指張琥，誤甚。已刪。又，此詩施編不載，查註從邵本補編下卷癸卯，亦誤。今改編於此。〔案〕總案云：詩有「太守親從千騎禱，神翁遠借一杯清」句，明言宋選禱雨，而往取湫水也。本集既有代宋選《乞封太白山神狀》及《太白山神記》可考，應編詩七年三月。

太守親從千騎禱，〔馮註〕《隋書·禮儀志》：秋分以後，不雩，但禱而已。干寶《搜神記》：諒輔以五官掾，出禱山川，曰：「太守內省責己，自曝中庭，使輔謝罪，爲民祈福。若至日中無雨〔七九〕，請以身塞無狀。」乃積薪柴自環，將自焚焉。至禺中時，雷雨大作，一郡霑潤。神翁遠借一杯清。【誥案】神翁，太白山神也。時方往取湫水，故云遠借一杯也。

雲陰黯黯將噓遍，雨意昏昏欲醞成。已覺微風吹袂冷，不堪殘日傍山明。【詰案】以上二聯，謂湫水將至，雨未下而天色慘變也。並詳案中。今年秋熟君知否，應向江南飽食粳。〔馮註〕《釋名》：秔，粳米也，稻不黏者。

攓雲篇 并引

〔查註〕《莊子·至樂篇》：攓蓬而指之。註：音搴。揚子《方言》：攓，取也，南楚曰攓，音蹇。【詰案】此詩乃公與宋選迎湫水時作。施編不載，查註從邵本補編，列入八年癸卯，誤甚。今改編。

余自城中還道中，【詰案】公初與百姓數千人，待於郊外，因禱真興寺閣，入城。至是，禱畢，又復出城，故云「自城中還道中」也。雲氣自山中來，如羣馬奔突，以手掇，開籠收其中。歸家，雲盈籠，開而放之，作《攓雲篇》〔一〇〕。

物役會有時，星言從高駕〔一一〕。〔馮註〕《詩·鄘風·定之方中》：星言夙駕，稅于桑田。〔合註〕王僧達詩：君子聳高駕。道逢南山雲，〔馮註〕《禮記·孔子閒居》：天降時雨，山川出雲。《釋名》：雲猶云，云，衆盛意也。欻吸如電過。〔合註〕謝朓《高松賦》：卷風飆之欻吸。竟誰使令之，衮衮從空下。龍移相排拶，〔馮註〕拶，子達切。韓退之《雪》詩：崩騰相排拶，龍鳳交橫飛。注：排拶，密拶也。鳳舞〔一二〕或頹亞。散爲東郊霧，〔馮註〕《後漢書》：河南張楷，字公超。能作五里霧。時關西人裴優，亦能作三里霧。凍作枯樹稼。〔馮註〕《韻註》：木稼一曰木介，亦曰樹稼。《春秋·成公十六年》：雨木冰。即此。師古注曰：氣著樹木，結爲冰也。或飛入吾車，偪仄礙肘胯〔八三〕。〔馮註〕杜子美詩有《偪仄行》。搏取〔八四〕置笥中，提攜返茅舍。〔合註〕《蜀志·秦宓傳》：卧在茅舍。開緘乃放之〔八五〕，〔合註〕謝惠連詩：幽緘待君開。掣去仍變化〔八六〕。〔馮註〕《謝氏詩源》：更嬴之妻，能作鎖雲囊。佩之，陟高山，有雲處不必開囊，而自然有雲氣入其中。歸家啓視，皆有雲氣，白如綿，自囊而出。雲兮汝歸山，無使〔八七〕達官怕。〔馮註〕唐諺語：木若稼，達官怕。〔合註〕見《舊唐書·讓皇帝憲傳》。又，《穀梁傳註》：木介，甲冑兵之象〔八八〕。

讀《開元天寶〔八九〕遺事》三首

【誥案】唐王仁裕撰《開元天寶遺事》，而查註以爲漢人。合註從誤。此三詩施編不載，查註從邵本補編。

其一

姚、宋亡來事事生〔九〇〕，〔馮註〕姚、宋，姚崇、宋璟也。元微之《連昌宮詞》：開元之末姚、宋死，朝廷漸漸由妃子。一官銖重萬人輕。朔方老將風流在，不取西蕃石堡城。〔查註〕《舊唐書·王忠嗣傳》：玄宗方事石堡城，詔問攻取之畧。忠嗣奏云：石堡險固，若頓兵堅城之下，恐所得不如所失。玄宗不快。會董延光獻策，請下石堡城，詔忠嗣分兵應接之，忠嗣僶俛而從。及延光過期不克，訴忠嗣緩師，故無功，因徵入朝，以哥舒翰代之。其後翰大舉兵，拔之，死者大半，竟如忠嗣之言。《吐蕃傳》：吐蕃陷石堡城。天寶初，令皇甫惟明、王忠嗣爲隴右節度，不能克。七載，哥舒翰攻而拔之，改石堡城爲神武軍。

其　二

潭裏舟船〔九二〕百倍多，〔查註〕《舊唐書·韋堅傳》：天寶元年，擢陝郡太守，水陸轉運使。擁渭水作興城堰。於長樂坡下、滻水之上架苑牆，東面有望春樓，樓下穿廣運潭，以通舟楫，二年而成。廣陵銅器越溪羅。〔馮註〕《通鑑》：天寶二年三月，上幸望春樓觀新潭。韋堅以新船數百艘，扁榜郡名，各陳郡中珍貨於船背。陝尉崔成甫，著錦半臂，缺胯綠衫以裼之，紅袙首，居前船，唱《得寶歌》，使美婦百人盛飾而和之，連檣數里。堅跪進諸郡輕貨，仍上百牙盤食。上置宴，竟日而罷，觀者山集。四月，加堅左散騎常侍，名其潭曰廣運。〔查註〕《舊唐書·韋堅傳》：作小斛底船三二百隻，置於潭側，皆署牌表之。若廣陵郡船，卽堆積廣陵所出錦、鏡、銅器、海味，會稽郡船，卽銅器、羅、吳綾、絳紗。凡數十郡。三郎官爵如泥土，〔查註〕《嬾真子録》：嘗記開元中有劉朝霞獻俳文於明皇，云：遮莫你古來五帝，怎如我今代三郎。按，明皇兄弟六人，其一早亡，寧王、薛王，兄也，申王、岐王，弟也，故稱三郎。〔合註〕見《開天傳信記》。争唱《弘農得寶歌》。〔查註〕《舊唐書·韋堅傳》：先是人間戲唱歌詞曰：得体紇那也，紇囊得体耶？潭裏舟船鬧，揚州銅器多。三郎當殿坐，看唱《得体歌》。至開元二十九年，田同秀上言：見玄元皇帝，云，有寶符在陝州桃林縣尹喜宅。發中使求得之，改桃林縣爲靈寶。及潭成，縣尉崔成甫，翻出此詞，使婦人唱之，言：得寶弘農野，弘農得寶耶。云云。鄭棨《開天傳信記》：上於弘農得寶符，白石篆文，成乘字。識者云：乘者，四十八年，得寶之年。遂改天寶也。又案，得体「体」字，《舊唐書》註云，都董切。此体字之本音也。

其　三

琵琶絃急衮梁州〔九三〕，〔查註〕《開天傳信記》：西涼州新製曲曰《涼州》。鄭處晦《明皇雜録》：上歸自蜀，乘月登樓，命歌《涼州》，即貴妃所製。程大昌《演繁露》：樂府所傳大曲，惟《涼州》最先出。《會要》曰：自晉播遷內地，古樂遂分散不存，苻堅滅涼，始得漢魏清商之樂，及宋武定關中，收之入於江南。隋平陳，獲之，文帝曰：此華夏正聲也。乃置清商署。煬帝乃立清樂、西涼等九部，後遂譌爲梁州。洪邁《容齋隨筆》：涼州，今轉爲梁州。《樂府詩集》：涼州歌，序亦稱梁州曲。《分門古今類事》：唐天寶中，樂府皆以邊地爲名，如《涼州》、《甘州》是也。《蔡寬夫詩話》：教坊大曲，猶是唐本，而弦索守之尤嚴。故言涼州者謂之護索，取其音節雄繁也。唐起樂皆以絲聲，而竹聲次之。**羯鼓聲高舞臂韝。破費八姨三百萬，大唐天子要纏頭。**〔馮註〕《太真外傳》：八姨爲秦國夫人，上《羯鼓曲》，罷。上戲曰：「阿瞞樂籍，今日幸得供養夫人，請一纏頭。」秦國曰：「豈有大唐天子阿姨無錢用耶。」遂出三百萬爲一局焉。〔查註〕《御覽》云：舊俗，賞歌舞人，以錦綵置之頭上，謂之纏頭。

卷三校勘記

〔一〕鄭州西門　沈欽韓《蘇詩查註補正》引《東京夢華録》等書，謂汴京西城有新鄭門，俗呼鄭門，以其通往鄭州。沈謂查「以鄭州榮陽郡解之，非是」。按，集註目録「鄭州西門」即作「鄭門」。

〔二〕但見　集甲、集註、類本作「惟見」。

〔三〕童僕　集甲作「僮僕」。

〔四〕嘗有夜雨對牀　類丙「嘗有」作「常有」。「夜雨對牀」，原作「夜牀對雨」，今從集甲、類丙。

〔五〕往歲馬死　類丙作「往日死馬」。

〔六〕次韻劉京兆　集甲韻後有「和」字。

〔七〕古苑　集甲、集註、類本作「故苑」。王昶《金石萃編》卷一三五劉敞、蘇軾詩石刻，亦作「故苑」。

〔八〕忽從　劉敞、蘇軾詩石刻作「盡從」。集甲作「盡從」。
〔九〕斑斑　集甲、集註、類本作「班班」。
〔一〇〕保河關　劉敞、蘇軾詩石刻作「愛河關」。
〔一一〕餘多　集註、類本無「多」字。
〔一二〕周公作嘉禾　「禾」後原有「稂莠」二字，乃涉註文而誤衍，今删。
〔一三〕北伏　類本作「北伐」。
〔一四〕遭擊剖　集註、類本作「隨擊掊」。「剖」原作「掊」，今從集甲。
〔一五〕天工　集甲作「天公」。
〔一六〕又秦嗣王云云　用明抄《廣川書跋》校過。
〔一七〕將安以　集註、類本作「將奚以」。
〔一八〕變化　集註、類乙作「變作」，類甲作「變如」。
〔一九〕里婦　集甲、集註、類本作「俚婦」。
〔二〇〕與詰　集甲作「與結」。
〔二一〕清如藍　集甲、集註、類本作「緑如藍」。
〔二二〕隨波　集甲作「隨坡」。
〔二三〕湖所貪　何焯校（以下簡稱何校）：「貪」疑作「噴」。
〔二四〕龜與魚　集註、類甲、類丙作「魚與龜」，類乙作「龍與龜」。

〔二五〕意所妩　集註、類甲、類乙作「意所耽」。

〔二六〕醉後談　集註、類本作「醉復談」。

〔二七〕還倒載　集註、類本作「仍倒載」。

〔二八〕集甲原註音譜　「集甲原註」四字原缺，今補。

〔二九〕身强　類丁作「身長」。

〔三〇〕兼竹淨　集註、類甲、類乙作「兼竹静」。

〔三一〕南浦　集甲、集註作「南圃」。

〔三二〕園囿　集甲、集註、類本作「園圃」。何校同。

〔三三〕城中　集註、類甲、類乙作「城西」。

〔三四〕徇公意　「徇」原作「殉」。今從集甲。

〔三五〕除日見寄　外集「除」字前有「辛丑」二字。

〔三六〕薄宦　類本、七集作「薄官」。

〔三七〕雖有酒　外集作「須有酒」。

〔三八〕聲名籍　外集作「聲籍籍」。

〔三九〕不見　外集作「石火」。

〔四〇〕子意遠可射　類本「子」作「予」，外集「可」作「相」。

〔四一〕一月　外集作「一日」。

〔四二〕分池緑　外集作「分池淥」。

〔四三〕枯柳　合註謂「柳」一作「樹」。

〔四四〕尋山　集甲、集註、類本作「循山」。

〔四五〕武城　類本作「武成」。

〔四六〕董卓城其城　原無「其城」二字，據集甲補。

〔四七〕是日晚　類乙作「是日曉」。

〔四八〕清秋鎮　類乙、類丙作「清湫鎮」。

〔四九〕雷雨　集註作「雷吼」。

〔五〇〕登仙　集註、類本作「登山」。

〔五一〕御風　集甲作「馭風」。

〔五二〕似蜉蝣　類乙作「以蜉蝣」。

〔五三〕集甲原註谷音浴　「集甲原註」四字，原作「王註」，今校改。

〔五四〕攙似槊　集甲、類丙作「巉似槊」。

〔五五〕澮如油　集甲、類丙作「淡如油」。

〔五六〕太平宫　原作「太平觀」，據集甲、集註、類本改。卷四有《如終南太平宫溪堂讀書》詩。

〔五七〕二瓶　集註、類本作「一瓶」。

〔五八〕時方冬　「時」字據集甲、集註、類本加。

〔五九〕翠幃　集甲作「翠障」。
〔六〇〕澹孤燈　集甲、類丙作「淡孤燈」。
〔六一〕立老子廟於觀南晉惠始修此廟　集甲、集註、類本「立」前有「始」字，「此廟」作「此觀」。
〔六二〕幽人　集甲、集註作「遊人」。何校同。
〔六三〕就安眠　類乙作「從安眠」。
〔六四〕次韻子由岐下詩　類本題作：「和子由岐下二十一韻。」七集無總題，缺《北亭》、《横池》二韻。外集題作：「次韻子由賦予岐下廨宇池亭，」缺《魚》一韻。
〔六五〕三池皆引汧水　原無「三池」二字，據類丙補。
〔六六〕擁吾堂　外集作「壅吾堂」。
〔六七〕浮萍　七集作「青紅」。
〔六八〕不見　外集作「不謂」。
〔六九〕報魚子　外集作「見魚子」。
〔七〇〕牡丹花　外集作「此花」。
〔七一〕争開　外集作「争多」。
〔七二〕淡佇　外集作「淡綴」。
〔七三〕若荼蘼　類本作「如荼蘼」。
〔七四〕有石榴　類丙、外集作「有榴花」。

〔七五〕檜　類本作「松」。

〔七六〕松　類本作「檜」。

〔七七〕古松子　類本、外集作「古仙子」。

〔七八〕傷人意　類本、外集作「傷人思」。

〔七九〕若至日中無雨　原爲「日無效今」四字，難通，今據清刊本《搜神記》校改。

〔八〇〕余自城中云云　七集以此引爲題。外集「山中」無「中」字，「掇開」作「撥開」。

〔八一〕從高駕　外集作「促高駕」。

〔八二〕鳳舞　外集作「風舞」。

〔八三〕礙肘胯　七集作「入肘胯」。

〔八四〕摶取　外集作「摶收」。

〔八五〕乃放之　七集作「仍放之」。

〔八六〕仍變化　外集作「任變化」。

〔八七〕無使　外集作「勿使」。

〔八八〕木介甲胄兵之象　「木」前，原有「五行傳曰」四字。查《穀梁傳》原註，無此四字。《漢書·五行志》所引《五行傳》，亦無「木介」云云；其《五行傳説》中之文字，亦與「木介」云云有異。删去「五行傳曰」四字。

〔八九〕開元天寶　類本無「天寶」二字。

〔九〇〕事事生　類本、外集作「事事新」，七集作「事事與」。

〔九一〕舟船　此處，類丙、外集作「春船」，類乙作「船車」，類丁作「車船」。

〔九二〕袞梁州　類甲、類乙作「輥梁州」。

蘇軾詩集卷四

古今體詩四十六首

【誥案】起嘉祐七年壬寅，在大理寺評事簽書鳳翔府節度判官廳公事任，八年癸卯，以覃恩遷大理寺寺丞，至十二月作。《宋史·職官志》：大理寺寺丞，正八品。

壬寅重九，不預會，獨遊普門寺僧閣，有懷子由〔一〕

〔查註〕石刻題云：壬寅重九，以不與府會，故獨遊至此，有懷舍弟子由。《鳳翔府志》：普門寺，在東門外，唐建，金大定六年重修。【誥案】此詩施編不載，查註從邵本補編。

花開酒美盍言歸〔二〕，來看南山冷翠微。憶弟淚如雲不散，〔馮註〕杜子美《恨別》詩：憶弟看雲白日眠。望鄉心與雁南飛。明年縱健人應老，〔馮註〕杜子美《九日崔氏藍田莊》詩：明年此會知誰健。昨日追歡意正違〔三〕。〔合註〕韓退之詩：追歡罄縹缾。不問〔四〕秋風强吹帽，〔馮註〕杜子美《九日崔氏藍田莊》詩：羞將短髮還吹帽。《晉書》：孟嘉爲桓温參軍。九日，温宴龍山，僚佐畢集，有風至，吹嘉帽墮落，嘉不之覺。温使左右勿言，欲觀其擧止。秦人〔五〕不笑楚人譏。【誥案】後倅杭，亦有《重九不預府會》詩。查註指此詩爲不堪者，以陳公弼事誣之也。

太白詞〔六〕并敘

〔查註〕《舊唐書》：天寶八年，太白山人李渾上言，太白山金星洞，有玉版石紀聖皇福壽之符。命中丞王珙往求，獲之。因御勤政樓大赦，封太白山神爲神應公。柳宗元《祠堂碑序》：雍州西南，界於梁，其山曰太白，其地恒寒，其人以爲神，故歲水旱則禱之。本集《乞封太白山神狀》：伏見當府太白山，雄鎮一方，載在祀典。自去歲九月不雨，徂冬及春，探之父老，咸謂此山舊有湫水，試加禱請，必獲響應。既至之日，油雲蔚興，化爲大雨，鬼神雖幽，報答甚著。〔合註〕山在郿縣。此文，先生代太守宋選作也。本朝乾隆三十九年，勅封昭靈普潤太白山之神，因山頂有三池，禱雨取水，屢著靈應也。【誥案】此詞施編不載，王註、七集本有之，查註從全集補編。

岐下頻年大旱，禱於太白山輒應，故作《迎送神辭》一篇五章。【誥案】此五章，從《有駜》化出，曉嵐謂訪漢《郊祀》諸歌之作。

其一

雷闐闐，〔合註〕《楚辭·九歌》：雷填填兮雨冥冥。宋玉《九辨》：屬雷師之闐闐。山晝晦。風振野，神將駕。載雲罕，〔合註〕漢司馬相如《上林賦》：載雲罕。從玉虬。旱既甚，蹶往救，〔合註〕救字，讀平聲。道阻修兮。

其二

旌旂翻，疑有無。日慘變，神在塗。飛赤篆，訴閶闔。走陰符〔七〕，行羽檄，萬靈集兮。〔合註〕陰符，見《戰國策》。《漢書・高帝紀》：吾以羽檄徵天下兵。《史記・封禪書》：皇帝接萬靈明廷。

其三

風爲幄，雲爲蓋。滿堂爛，〔合註〕《楚辭・九歌》：滿堂兮美人。又：爛昭昭兮未央。神既至。紛醉飽，錫以雨。百川溢，施溝渠，〔合註〕《字典》引《正韻》：渠，又白許切，音巨。先生此詞，亦作上聲讀也。歌且舞兮。

其四

騎裔裔，〔合註〕宋玉《神女賦》：步裔裔兮曜殿堂。車斑斑〔八〕。鼓簫悲，神欲還。轟振凱，〔合註〕《左傳・僖公二十八年》：振旅愷以入於晉。隱林谷。執妖厲，歸獻馘，千里肅兮。

其五

神之來，悵何晚。山重複，路幽遠。〔合註〕顔延年詩：河山信重複。《莊子・山木篇》：彼其道幽遠而無人。神之去，飄莫追。德未報，民之思，永萬祀兮。〔合註〕《參同契》：絫土立壇宇，朝暮敬祭祀，鬼物見形象，夢寐感慨之。祀字作平聲讀。《字典》云：叶詳茲切。先生此詞，亦押平聲也。

九月二十日微雪，懷子由弟二首〔九〕

其一

岐陽九月天微雪，〔王註次公曰〕岐陽，卽鳳翔府也。〔查註〕《元和郡縣志》：岐陽縣，漢杜陽地，唐貞觀七年割扶風、岐山二縣置，以在岐山之南也。《文獻通考》：秦内史地，漢爲右扶風，後魏置岐山，西魏改爲岐陽郡，唐鳳翔府。已作蕭條歲暮心。短日送寒砧杵急，〔王註〕韓退之詩：陰風攪短日。〔合註〕《樂府·子夜歌》：萬結砧杵勞。冷官無事屋廬深。〔王註〕杜子美《醉時歌》：廣文先生官獨冷。【誥案】詩用冷官，不必定廣文也。師註引治平元年公兼府學教授事，誤。已刪。紀昀曰：屋廬深三字傳神。愁腸別後能消酒，白髮秋來已上簪。〔王註〕杜子美詩：白髮不勝簪。近買貂裘堪出塞，〔王註次公曰〕貂裘，蘇季子之裘也。見《史記》。忽思乘傳問西琛。〔王註〕《詩·魯頌·泮水》：憬彼淮夷，來獻其琛。

其二

江上同舟詩滿篋，〔王註次公曰〕言昔與子由趨京師，泛舟而往也。詩滿篋，則今所傳《南行集》是已。【誥案】趙次公生當宋時，而云今所傳《南行集》，是當日《南行集》別有傳本，卽不入正集之證。誥以删詩斷自辛丑立案，雖本施註，實參用此條。如專主施編，則此案不可立也。但原書具在，而王本有載有不載，或以之入註，皆不可解也。鄭西分馬涕垂膺。〔王註次公曰〕此則前所謂別於鄭州西門之外也。未成報國慚書劍，〔王註次公曰〕昔鄭生攻書、學劍兩不成。豈不懷歸畏友朋。〔王註〕《詩·小雅·出車》：豈不懷歸，畏此簡書。又，《左傳·莊公二十二年》：《詩》云，豈不懷歸，畏此友朋。註：逸詩也。官舍度秋驚歲晚，寺樓見雪與誰登。遥知讀《易》東窗下，〔王註次公曰〕先生與子由之於《易》，蓋家學也。〔查註〕蘇籀《雙溪集》載子由言：先君晚歲讀《易》，玩其爻象，以觀其辭，皆迎刃而解。又云：作《易傳》，未完，命二子述其志。初，二公少年，皆爲《易説》，既而東坡成書，公乃送所解與坡，今《蒙卦》獨是公解。籀，子由之孫也。車馬敲門定不膺。【誥案】膺有平、去二音。《説文》：以言對也。《類篇》：答言也。《韻會》：通作應。李密《陳情表》：内無應門五尺之童。

與李彭年同送崔岐歸二曲，馬上口占

〔查註〕二曲：韋曲、杜曲也。【誥案】李庠，字彭年。時監太平宫。又，《烏臺詩案》有李庠者，别一人，時彭年已故矣。

霜乾木落愛秦川，興發身輕逐鳥翩。貪看暮山忘遠近，强陪歸客〔一〇〕更留連〔一一〕。貂裘犯雪觀形勝，〔合註〕「貂裘」，見《微雪懷子由》詩。【誥案】此即貂裘出塞之意，使查註已編此詩入集，曉嵐必又謂與上官不合之詞矣。駿馬隨鷹搏野鮮〔一二〕。爲問南溪李夫子，壯心應未逐流年。【誥案】公後《與監承事書》云：舊與李庠彭年一詩，彭年讀之，蓋淚下也。斯人有才而病廢，故多慷慨。所指彭年淚下，即「爲問」一聯也。

病中聞子由得告不赴商州三首

〔王註次公曰〕子由除商州推官，而知制誥王介甫猶不肯撰辭，告未即下，故先生自去年十一月，先赴鳳翔，至今年秋，子由方告下，而以傍無侍子，乃奏乞養親三年，此所以得告而不赴也。〔查註〕《十道志》：商州上洛郡，禹貢梁州之域，周豫州境，漢武置上洛縣於此。《輿地廣記》：商州，商契始封於此，秦內史地，西魏置洛州，後周改商州。《九域志》屬永興路。古商國，秦商君之邑，張儀許以商於之地六百里賂楚，即此。【誥案】是時，子由爲宰執兩制譽錯之甚。自其年少釋褐，又舉直言，一鼓足氣，至是消磨盡矣。公既憐之痛之，又欲解之勉之。讀此三詩，真乃可歌可泣，非深知其故不可得其情也。曉嵐多以較館後進試帖法繩此集，而其中茫如，又惡足以語此哉。

其一

病中聞汝免來商，旅雁何時更著行。〔王註次公曰〕商州，雖屬山南西道，而在鳳翔之東南。子由若赴商州，可以至鳳翔，今既不然，是爲羈旅之雁，不着行矣。遠別不知官爵好，思歸苦覺歲年長。著書多暇真良計，〔合註〕《魏志·曹仁傳》：非良計也。從宦無功漫去鄉。〔合註〕沈休文詩：從宦非宦侶。惟有王城最堪隱，〔王註次公曰〕王城堪隱，言子由尚在京師也。萬人如海一身藏。【誥案】凡從無賴中尋出好處，必要完出證據，於虛中占實步，此其天性生成，落筆處所在皆是也。

其二

近從章子聞渠說，〔公自註〕章子惇也。〔查註〕《宋史》：章惇，字子厚，浦城人。舉進士甲科，初調商洛令。曾慥《高齋漫録》：子瞻任鳳翔節度判官，章子厚爲商令，二人相得甚歡。苦道商人望汝來。説客有靈慚直道。〔王註縯曰〕説客，指言張儀。《戰國策》：張儀説楚絶齊，願獻商於之地六百里，楚果絶齊求地。儀曰：「止聞六里，未聞六百里。」〔次公曰〕直道以言子由之正直，當爲儀之所慚也。逋翁久没厭凡才。〔王註援曰〕逋翁，四皓也。避秦，隱於商山。〔任曰〕白樂天詩：漢容黄綺爲逋客。〔次公曰〕李商隱《商於》詩云：割地張儀詐，謀身綺季長。亦言此也。夷音僅可通名姓，〔王註堯卿曰〕商山之人，語如夷人。瘿俗無由辨頸顋。〔王註任曰〕商人多瘿。〔邵註〕歐陽公《汝瘿》詩：無由辨肩頸。《答策》不堪宜落此，〔查註〕《欒城集·策》畧云：今疲民咨嗟，不安其生，而宫中無益之用，不爲限極，所欲則給，不問無有。司會不敢争，大臣不敢諫。陛下外有北狄、西戎，而又内自爲一阱，以耗其所遺餘，恐以此獲謗，而民心不歸也。《潁濱遺老傳》：王介甫意其右宰相專攻人主，比之谷永。宰相韓魏公哂曰：「此人《策》語，謂宰相不足用，欲得婁師德、郝處俊而用之，尚以谷永疑之乎。」上書求免亦何哉。〔王註次公曰〕按《潁濱遺老傳》云：轍年二十三，舉直言，仁宗親策之於廷，因所問，極言得失。《策》入，自謂必見黜。然考官司馬君實第以三等。范景仁難之，蔡君謨曰：「吾愧之而不敢怨。」惟胡武平以爲不遜，力請黜之。上不許，曰：「以直言召人，而以直棄之，天下謂我何。」宰相不得已，置之下第，除商州推官。

其　三

辭官不出意誰知，敢向清時怨位卑。〔合註〕李陵《答蘇武書》：策名清時。萬事悠悠付杯酒，流年冉冉入霜髭〔一三〕。〔合註〕王筠《東南射山》詩：握髓駐流年。【誥案】凡此等句，皆説得傷筋動骨，但看去不覺耳。策曾忤世〔一四〕人嫌汝，《易》可忘憂家有師。〔王註師曰〕老蘇有《易傳》。此外知心更誰是，〔王註〕韓退之

《別知賦》云：惟知心而難得。〔堯卿曰〕禪月師貫休詩：此心能有幾人知。夢魂相覓苦參差。〔王註〕《韓非子》：六國時，張敏與高惠二人爲友。每相思不能得見，敏便於夢中往尋，但行至半道，卽迷不知路，遂回。劉禹錫詩：夢尋歸路多參差。

病中，大雪數日，未嘗起觀，虢令趙薦以詩相屬，戲用其韻答之

〔查註〕《元和郡縣志》：虢縣在鳳翔府北三十里，古虢國，周文王弟虢叔所封。趙薦，字賓卿，臨邛人。皇祐三年鄭獬榜登第。〔合註〕考後《七月二十四日……》詩，王註堯卿云：薦字賓興。皇祐三年鄭獬榜及第，臨邛人。

經旬臥齋閣，終日親劑和〔一五〕。〔合註〕《漢書·藝文志》：醫經者，調百藥齊和之所宜。註：齊，才詣反；和，乎臥反。不知雪已深，但覺寒無那〔一六〕。飄蕭窗紙鳴〔一七〕，〔王註〕杜子美《義鶻》詩：飄蕭覺素髮。堆壓簷板墮。〔公自註〕關中皆以板爲簷。風飆助凝冽，〔合註〕陳子昂詩：豈不厭凝冽。幃幔困掀簸〔一八〕。惟思近醇醲，〔王註〕《文選》左思《魏都賦》：著馴風之醇醲。註云：以酒之醲喻政厚。未敢窺璨瑳。〔王註次公曰〕璨瑳，以玉比雪之明也。何時反炎赫，〔王註〕韓退之《謝鄭羣贈簟》詩云：却願天日恆炎曦。又先生《蘄簟》詩云：皇天何時反炎燠。〔合註〕李太白詩：炎赫五月中。却欲躬臼磨。〔王註次公曰〕《後漢書·馮衍傳》：「馮衍妻悍忌，不得畜媵妾，兒女常自操井臼。」以言勞則體中生熱也。誰云〔一九〕坐無氈，〔王註〕杜子美《贈鄭虔》詩：才名三十年，坐客寒無氈。尚有裘充貨。〔王註〕《西京雜記》：司馬相如初與卓文君還成都，居貧愁懣，以所著鷫鷞裘就市人楊昌貰酒，

與文君爲歡。西鄰歌吹發，促席寒威挫。崩騰踏成逕，繚繞飛入座。人歡瓦先融，〔王註〕韓退之詩：坐暖銷那怪。又，唐章孝標《雪》詩：朱門到曉難盈尺，盡是三軍喜氣銷。又，歐陽永叔詩：喜氣銷殘雪。飲雋瓶屢卧。〔王註〕《左傳·昭公十二年》：晉侯以齊侯宴投壺。伯瑕曰：「壺何爲焉，其以中雋也？」註：言投壺中不足爲雋異。歐陽永叔詩：不覺長瓶卧牆曲。〔合註〕《能改齋漫録》又引註云：張籍詩，酒盡卧空瓶。【誥案】紀昀曰：自「西隣」句下至此，忽生一波，便筆有起伏，不至直瀉。此於無頓挫處作頓挫，不必真有其事也。嗟予獨愁寂，〔合註〕杜子美《歸雁》詩：愁寂故山薇。空室自困坷。〔合註〕《説文》：坷，坎坷也。欲爲後日賞，恐被遊塵涴。〔王註〕韓退之詩：勿使塵泥涴。寒更報新霽，皎月〔三〇〕懸半破。〔王註〕韓退之詩：新月憐半破。有客獨苦吟，清夜默自課。詩人例窮蹇，秀句出寒餓。〔查註〕按杜子美《哭李尚書之芳》云：詩家秀句傳。何當暴雪霜，庶以躡郊、賀。〔王註續曰〕孟郊、李賀也。【誥案】紀昀曰：語自峭拔。

歲晚相與饋問，爲饋歲；酒食相邀，呼爲別歲；至除夜，達旦不眠，爲守歲。蜀之風俗如是。余官於岐下，歲暮思歸而不可得，故爲此三詩以寄子由〔三〕

〔合註〕先生此數語，本於周處《風土記》。《欒城集·守歲》詩有「於菟絶繩去」句。自註：是歲壬寅。【誥案】紀昀曰：三首俱謹嚴有法。

饋歲

農功各已收，〔王註〕《左傳·襄公十七年》：妨於農收。歲事得相佐。〔王註〕《詩·商頌·殷武》：歲事來辟。

《左傳·襄公十四年》：以相輔佐。爲歡恐無及〔三〕，假物不論貨。山川隨出産，貧富稱小大。〔王註〕大，唐佐反。杜子美《天狗賦》云：不愛力以許人兮，能絶甘以爲大。實盤巨鯉横，發籠雙兔卧。〔集甲原註〕籠，去聲〔三〕。富人事華靡，綵繡光翻座。貧者愧不能，〔王註〕王符《潛夫論·浮侈篇》：富者競欲相過，貧者恥不逮及。微摯出春磨。〔王註次公曰〕微摯，微尠之操摯也。在《官韻註》。「摯」訓握持，蓋《周禮·秋官》「各以其貴寳爲摯」是已。〔查註〕摯與贄同，《曲禮》作「摯」。官居故人少，里巷佳節過。亦欲舉鄉風，〔查註〕梁何遜《入東經諸暨下浙江作》詩：鄉鄉自風俗，處處皆城市。獨唱無人和。【誥案】紀昀曰：查初白謂歸思自在言外。

別歲

【誥案】紀昀曰：此首氣息特古。

故人適千里，臨別尚遲遲。〔王註〕《莊子·逍遥游篇》：適千里者三月聚糧。人行猶可復，歲行那可追。問歲安所之，遠在天一涯。〔王註〕《文選·古詩》：各在天一涯。已逐東流水，赴海歸無時。〔王註〕白居易詩：去復去兮，如長河東流赴海無回波。《古樂府》：百川東到海，何時復西歸。李太白《將進酒》詩：黄河之水天上來，東流到海不復回。又：東流不作西歸水。東鄰酒初熟，西舍彘亦肥。〔合註〕李白《江夏行》：東家西舍同時發。且爲一日歡，〔王註〕《列子·楊朱篇》：舜、禹、周、孔，彼四聖者，生無一日之歡，死有萬世之名。謝靈運詩：且盡一日娱。韓退之詩：無念百年，聊樂一日。慰此窮年悲。〔王註〕《淮南子》：木葉落，長年悲。〔合註〕《莊子·寓言篇》：所以窮年。勿嗟舊歲別，行與新歲辭。去去勿回顧，〔合註〕《文選》曹植《雜詩》：去去莫復道。還君老與衰。

守歲

【誥案】全幅矯健，此爲三詩之冠。

欲知垂盡歲，有似赴壑蛇。〔查註〕李商隱《樊南甲集》：赴壑而一去無返。修鱗半已没，去意誰能遮。況欲繫其尾，〔王註〕《晉書·賈后傳》：后曰：「繫狗當繫頸，今反繫其尾。」雖勤知奈何。兒童强不睡，相守夜讙譁〔二四〕。晨鷄且勿唱，更鼓畏添撾。〔合註〕《後漢書·禰衡傳註》：撾及撾，並擊鼓杖也。坐久燈燼落，〔合註〕鄭谷《寄膳部李郎中》詩：靜燈微落盡。起看北斗斜。【誥案】紀昀曰：十字真景。明年豈無年，心事恐蹉跎。努力盡今夕，少年猶可誇。〔王註子仁曰〕白樂天詩：猶有誇張少年處，笑呼張丈喚殷兄。

和子由踏青

〔王註次公曰〕子由《踏青詩敍》云：眉之東門十數里，有山曰蟇頤，山上有亭樹松竹，山下臨大江。每正月人日，士女相與遊嬉飲酒於其上，謂之踏青也。〔合註〕子由詩、敍，《欒城集》皆不載。〔查註〕陸放翁詩云：只怪今朝空巷出，使君人日宴蟇頤。眉之故事也。李綽《歲時記》：上巳日，都人於曲江禊飲，踏青草，曰踏青。劉禹錫《竹枝詞》：昭君坊中多女伴，永安宫外踏青來。則踏青之俗，所在皆然，不獨眉州也。【誥案】自此首起以下，嘉祐八年癸卯作。

東風〔二五〕陌上驚微塵，遊人初樂歲華新。【誥案】《欒城集》題作《記歲首鄉俗二首》，故詩從歲首起，此意并該後篇也。人閑正好路傍飲，麥短未怕遊車輪。城中居人厭城郭，喧鬨曉出空四鄰。歌鼓驚山草木動，簞瓢散野烏鳶馴。何人聚衆稱道人，〔合註〕《智度論》：得道者名曰道人。遮道賣符色怒嗔〔二六〕。宜蠶使汝繭如甕，〔王註堯卿曰〕《太平廣記》：園客者，濟陰人。嘗種五色香草，積數十年，服食其實。忽有五色蛾集香草上，客收而薦之以布，生華蠶焉。至蠶出時，有一女，自來助客養蠶，亦以香草飼之，得繭百二十頭。繭大如甕，每一繭繰六七日乃盡，繰訖俱去。宜畜使汝羊如麢。〔王註次公曰〕《爾雅》：麢，大羊。杜預《奏事》曰：臣前在南，聞魏興北山有野牛、野羊，牛之大者二千斤，羊之大者數百斤，試令四求，今者各得一枚。豈《爾雅》所謂麢者乎？麢與麢皆從鹿，挨傍押韻。路人未必信此語，强爲買服禳新春。道人得錢徑沽酒，醉倒自謂吾符神。〔王註十朋曰〕按趙抃《成都古今記》：三月三日，太守出北門，宴學射山。蓋張伯子以是日上升，即此地也。男覡女巫會於此，寫符篆以鬻人，云，宜田蠶，辟災疫。佩者戴者，信以爲然。【誥案】詩和《歲首鄉俗》，故有「歲華新」、「禳新春」二句，如賣符事，不必定三月三日也。凡註家引此類，不加按語，找截乾淨，皆非是。曉嵐謂首尾兩截，渺不相屬，不喻其故，即又不知看到何處去矣。

和子由蠶市

【誥案】《欒城集》原題《記歲首鄉俗寄子瞻二首》，一曰《踏青》，二曰《蠶市》。其蠶市，亦正月人日事也。王註引子由詩敍「眉之二月望日鬻蠶器」，與原題歲首不合。考《欒城集》亦無此敍。今刪去，餘詳卷二十二《點燈會客》詩註中。

蜀人衣食常苦艱，蜀人遊樂不知還。千人耕種萬人食，〔王註師民瞻曰〕後漢王符《潛夫論·浮侈篇》

云：一夫耕，百人食之；一婦桑，百人衣之。一以奉百，孰能供之？〔合註〕《前漢·賈誼傳》：一人耕之，十人聚而食之，欲天下亡飢，不可得也。一年辛苦一春閑。閑時尚以蠶爲市，共忘辛苦逐欣歡。去年霜降斫秋荻，今年箔積如連山。〔查註〕《詩·豳風·七月》：八月萑葦。註：曲簿，即箔也。破瓢爲輪土爲釜，争買不啻〔二七〕金與紈。〔王註次公曰〕狄箔，乃薦蠶之具；瓢輪、土釜，乃繅絲之物。争買三者，以急於用，所以甚於金紈也。憶昔與子皆童丱，〔王註次公曰〕丱音慣，束髮之貌。《詩·齊風·甫田》：總角丱兮。年年廢書走市觀。〔王註〕《史記》：太史公曰：讀樂毅之《報燕王書》，未嘗不廢書而泣也。市人争誇鬬巧智〔二八〕，野人喑啞遭欺謾。〔王註〕韓退之詩：厥罪在欺謾。〔合註〕欺謾字，屢見《漢書》。詩來使我感舊事，不悲去國悲流年。〔王註〕杜子美《久客》詩：去國悲王粲。【誥案】「悲流年」句結到歲首，與前篇起句相合。當如《欒城集》於前列總題云：和子由記歲首鄉俗二首。則此意自見。

客位假寐

〔公自註〕因謁鳳翔府守陳公弼〔二九〕。【誥案】此詩僅係解嘲之作，蓋同僚有愠色者，故以是爲戲耳。查註、合註務坐實以陳慥不共履戴之讎，於詩有益乎，於註有益乎？

謁入不得去，兀坐如枯株。〔合註〕王僧孺書：布葉枯株。豈惟主忘客，今我亦忘吾。〔王註〕《莊子·齊物論篇》：今者吾喪我。〔合註〕《莊子·田子方篇》：雖忘乎故吾。同僚不解事，〔合註〕杜子美《彭衙行》：小兒强解事。愠色見髯鬚。【誥案】時王彭監府諸軍，於公弼未嘗降色辭，所稱同僚，當即其人也。雖無性命憂，且復忍須與。〔王註〕《晉書·郗超傳》：遷中書侍郎。謝安與王文度共詣超，日旰未得前，文度便欲去，安曰：「不能爲性命忍俄頃邪？」

和劉長安題薛周逸老亭，周善飲酒〔三〇〕，未七十而致仕

【誥案】《禮記·曲禮上》：大夫七十而致事。其詩言早退者，雖五六十，皆得以未七十論。〔王註次公曰〕劉長安，劉敞原父也。薛周善飲酒，子由詩亦專稱其能飲。〔合註〕劉貢父《彭城集》有《薛顏神道碑》云：河東萬全人。孫三人，次曰周。公葬京兆府萬年縣，子孫因家於京兆。周爲駕部員外郎，夷曠恬謐，遂以中歲謝事不仕，與詩中早退正合也。又，石刻：國子博士監上清太平宮薛周至和二年十月二十九日《留題樓觀》詩，元祐元年三月廿一日姪紹彭書。

近聞薛公子，早退驚常流。〔合註〕任昉《桓宣城碑》：擢奇取異，不軌常流。買園招野鶴，鑿井動潛虬。〔王註〕《晉書》：如野鶴之在雞羣。左思《蜀都賦》：下高鵠，出潛虬。自言酒中趣，〔王註〕《晉書》：孟嘉好酣飲，愈多不亂。桓温問嘉：「酒有何好而卿嗜之？」嘉曰：「公未得酒中趣耳。」一斗勝涼州。〔王註〕《續漢書》載《燉煌張氏家傳》曰：扶風孟陀，以葡萄酒一斗遺張讓，即得涼州刺史。翻然拂衣去，親愛挽不留。〔王註〕《晉書·鄧攸傳》：吳人歌之曰：「鄧侯挽不留，謝令推不去。」隱居亦何樂，素志庶可求〔三一〕。所亡嗟無幾，所得不啻酬。青春爲君好，白日爲君悠。〔王註〕盧仝詩：天上白日悠悠懸。歐陽修詩：青春固非老者事，白日自爲閑人長。山鳥奏琴筑，野花弄閑幽。雖辭功與名，其樂實素侯。〔王註〕《史記·貨殖傳》：太史公曰：今有無秩祿之奉，

爵邑之入，而樂與之比者，命曰素封。又：千金之家，比一都之君，巨萬者乃與王者同樂，豈所謂素封者耶？至今清夜夢，尚驚冠壓頭。誰能載美酒，往以大白浮。〔王註〕《説苑》：魏文侯與大夫飲，使公乘不仁爲觴政，曰：「飲不釂者，浮以大白。」文侯不盡，不仁舉白浮君。之子雖不識，因公可與游。

中隱堂詩并敍

【誥案】紀昀曰：此亦摹杜子美《何氏山林》諸作，句句謹嚴，不失風格。

岐山宰王君紳，其祖故蜀人也。避亂來長安，而遂家焉。其居第園圃，有名長安城中，號中隱堂者是也。予之長安，王君以書戒其子弟邀予遊，且乞詩甚勤，因爲作此五篇。〔王註李彭曰〕《前漢·地理志》：京兆尹縣十二，其一曰長安。註：高帝五年置，惠帝元年初城，六年成。〔查註〕賈耽《縣道記》：長安縣故城，今謂之苑城，蓋古鄉聚名，在渭水南。漢於其地築未央宫，謂大城曰長安城。《元和郡縣志》：岐山縣本雍縣地。《太平寰宇記》：太王徙於岐山，卽此。西至鳳翔府五十里。宋屬鳳翔。〔合註〕《文與可集·太子中舍王君墓誌》：君諱紳，字公儀。上世，唐末因官居閬中，後復以官居長安，三代矣。君累遷知岐山縣，有大第，乃唐官寺遺址。老株巨石，氣勢甚古，亭觀臺樹，號一城之甲。名公巨卿，才人豪士，過雍未嘗不登覽。君生五子。《誌》作於治平二年。先生作詩時，紳尚官岐山，故敍云然也。

其一

去蜀初逃難，遊秦遂不歸。園荒喬木老，堂在昔人非。【誥案】《欒城集·次韻中隱堂》詩，有「唐朝卿相宅，此外更應無，試問歸登物，林間翠石孤」句。又自註：或云此卽歸登宅。但公意借以言王君之祖。查註謂昔人指歸登，則首聯不可通矣。鑿石清泉激，開門野鶴飛。〔王註〕杜子美《陪鄭廣文遊何將軍山林》詩：野鶴清晨飛。退居吾久念，長恐此心違。〔王註次公曰〕此篇以言王君之祖自蜀而來長安也。杜子美詩：翻用寸心違。

其二

徑轉如修蟒，坡垂似伏鼇。樹從何代有，人與此堂高。【誥案】有杜神韻，非尋常襲杜面目者比。好古嗟生晚，〔王註〕韓退之《石鼓》詩：嗟予好古生苦晚。偷閑厭久勞。〔合註〕《詩·豳風·東山》：我徂東山。箋：既久勞矣。王孫早歸隱，塵土污君袍。〔王註次公曰〕此篇以招王公之歸也。劉安《招隱士》云：王孫遊兮不歸。〔堯卿曰〕《晉書》：王導嘗遇西風起，舉扇自蔽，曰：「元規塵污人。」韓退之詩：勿使塵土污。白樂天詩：青袍塵土涴。

其三

二月驚梅晚，幽香此地無。〔王註堯卿曰〕長安梅花最少，而開又晚。韓退之詩：二月初驚見草芽。蓋氣候稍晚，故凡開者皆晚，不獨梅耳。杜子美《寒雨朝行視園樹》詩：丹橘黃柑此地無。依依慰遠客，皎皎似吳姝。〔合註〕陳後主詩：淇上待吳姝。【誥案】紀昀曰：對法生動。不恨故園隔，空嗟芳歲徂。〔合註〕鮑照詩：節徙芳歲殘。春深桃杏亂，笑汝益羇孤。〔王註次公曰〕此篇專詠梅花也。落句「汝」者，梅花也。杜子美《泱明花》詩：涼風蕭蕭吹汝急。〔堯卿曰〕此地絶少，而又開晚，正當桃杏亂時，則梅之羇孤可知矣。《北史》：顏延之見其子峻起宅，謂曰：「善爲之，毋令後人笑汝拙也。」謝希逸《月賦》云：羈孤遞進。

其　四

翠石如鸜鵒，〔合註〕皮日休《石板》詩：翠石數百步。何年別海堧。〔王註次公曰〕此篇專詠石也。杜子美《陪鄭廣文遊何將軍山林》詩：萬里戎王子，何年別月支。堧，而宣切。《韻註》云：江河邊地也。貢隨〔三〕南使遠，載壓渭舟偏。【誥案】紀昀曰：分明是「萬里戎王子」一首。已伴喬松老，那知故國遷。〔王註次公曰〕意者，此石乃漢唐故苑中物，所以云耳。金人解辭漢，汝獨不潸然？〔王註縯曰〕李賀有《金銅仙人辭漢歌》。其序云：宮官既坼盤，仙人臨載，乃潸然泣下，蓋漢武鑄金銅仙人，捧盤承露，魏明八年取歸洛也。

其　五

都城更幾姓，〔王註次公曰〕班固《西都賦》：三成帝畿。註曰：周、秦、漢也。周之姓姬；秦之姓嬴；前漢都之，姓劉；前秦據之，姓苻；後秦又據之，姓姚；唐都之，姓李。是爲更幾姓矣。到處有殘碑。【誥案】此二句故作開筆，實乃挽到王氏得園也。次公牋更幾姓，固佳，然專讀此註，則詩法爲所誤。其下次公又云：此詩專賦碑。乃知次公本不了了，今刪。古隧埋蝌蚪，崩崖露伏龜。〔王註汪革曰〕夏英公竦《古文四聲韻序》曰：科斗書，古文也。所謂蒼頡本體，形多，頭麤尾細，腹壯團員，似水蟲之蝌蚪也。〔次公曰〕伏龜所以載碑也。〔堯卿曰〕《隋書》：三品以上立碑，螭首龜趺。安排壯亭榭，〔合註〕《莊子·大宗師篇》：安排而去化，乃入於寥天一。收拾費金貲。【誥案】此二句歸結中隱堂，已在首聯安根，詩乃雙管並下，非專詠碑也。故其下以韓公作總收，謂韓如至此，則可悲可詠者尚多，蓋以韓自況也。曉嵐謂安排收拾，皆指石刻，於法尚須總束一首。此乃作者手法太高，未能稍卑以就後人繩墨，且其作意收拾無餘，亦無貂可續也。岣嶁何須到，韓公浪自悲。〔王註〕韓退之詩：岣嶁山尖神禹碑。字青石赤形摹奇，科斗拳身薤葉披。鸞飄鳳泊拏虎螭，事嚴迹秘鬼莫窺。道人獨上偶見之，我來咨嗟涕漣洏。千搜萬索何處有，森森緑樹猿猱悲。〔查註〕《湘水記》：衡山南有岣嶁峰，禹登此，得金簡玉牒治水之書。其山，上承翼宿，鈐得鉤物，故名岣；下據離宮，攝統火師，故名嶁。《名勝志》：岣嶁峰，在衡州城北五十二里。又，徐靈期曰：《禹治水碑》，皆蝌蚪文字，昔樵者見之，自後無有見者。

題寶雞縣斯飛閣

〔馮註〕《詩·小雅·斯干》：如翬斯飛。〔查註〕《寶鷄縣志》：斯飛閣，在縣治西南。【誥案】此詩施編不載，查註從邵本補編卷三壬寅，誤。今改編，餘詳後註及總案中。〔案〕總案云：〔嘉祐八年〕三月過寶雞斯飛閣有懷宋選之去，作詩。原註云：詩有「誰使愛官輕去國，此身無計老漁樵」句，此因陳公弼之來，而感宋選之去。又云：此詩爲春日所作。

西南歸路遠蕭條，倚檻魂飛不可招。〔合註〕陸龜蒙詩：久雨倚檻冷。宋玉《招魂》：乃下招曰，魂兮來歸。野闊牛羊同雁鶩，〔合註〕《文選·廣絶交論註》：魯連子曰：君雁鶩有餘粟。天長草樹接雲霄。〔合註〕阮籍詩：寄顔雲霄間。昏昏水氣浮山麓，泛泛春風弄麥苗。誰使愛官〔三三〕輕去國，此身無計老漁樵。〔合註〕何遜詩：予念返漁樵。【誥案】此詩懷宋選之去也，至以「此身無計」爲言，其慨之也至矣。詩乃春日所作，而公云從陳公弼二年，其爲八年春日所作，審矣。

重遊終南，子由以詩見寄，次韻〔三四〕

【誥案】此詩施編不載，查註從邵本補編卷五甲辰，誤。今改編。

去年新柳報春回，今日殘花覆緑苔。溪上有堂還獨宿，〔王註〕溪堂在南溪上。誰人無事肯重來。古琴彈罷風吹座，山閣醒時月照杯。〔王註子仁曰〕令趙宗有彈鳴鹿與張杲之宿南溪堂，皆去年詩中事也。懶不作詩君錯料，舊逋應許過時陪〔三〕。〔王註〕子由所寄詩云：定邀道士彈鳴鹿，誰與溪堂共酒杯。應有新詩還寄我，與君和取當游陪。【誥案】甲辰春游終南，有詩十一首，惟癸卯無詩。

和子由寒食

〔查註〕《後漢·周舉傳》：太原一郡，舊俗以介子推焚骸，有龍忌之禁。至其亡月，咸言神靈不樂舉火，由是士民每冬中輒一月寒食，莫敢煙爨。舉既到州，乃作弔書置子推廟，言盛冬去火，殘損民命，非賢者之意，以宣示愚民，使還温食。於是衆惑稍解。然則漢以前寒食，乃在冬中，不在二三月間也。《汝南先賢傳》：太原舊俗，以介子推焚骸一日寒食，亦不言在春。惟《鄴中記》云：并州冬至後一百五日，爲介子推斷火冷食三日，作乾粥。後世以清明前一日爲寒食節，本此。【誥案】古書不嫌瑣碎穢褻，最肯拉雜登載者，莫若丘明，而丘明僅有介子推隱死之文，是其事不足考也。查註已詳，其合註之介子綏一說，删。〔查註〕《欒城集·寒食前一日寄子瞻》詩云：寒食明朝一百五，誰家冉冉尚廚烟。桃花開盡葉初緑，燕子飛來體自便。愛客漸能陪痛飲，讀書無思懶開編。秦川雪盡南山出，思共肩輿看麥田。

寒食今年二月晦，樹林深翠已生煙。〔合註〕王昌齡詩：江明深翠引諸峰。遶城駿馬誰能借，到處名園意盡便。〔合註〕《世説》：顧辟疆有名園。但掛酒壺那計盞，偶題詩句不須編。忽聞啼鵙驚羇旅，〔王註次公曰〕《詩·豳風·七月》：七月鳴鵙。李善註《思玄賦》「鶗鴂鳴而不芳」，引《臨海異物志》：鶗鴂，一名杜鵑，至三月鳴，晝夜不止。又引伏虔云：鶗鴂，一名鵙。詳先生詩意，應爲催耕之鳥鳴，故人治廢田。然三月當鳴，於二月晦聞之，旅況之驚可知也。〔堯卿曰〕鄭康成云：鵙，伯勞也，伯勞鳴卽寒食後。江上何人治廢田。

記所見開元寺吳道子畫佛滅度，以答子由題畫文殊、普賢

【誥案】原題至「答子由」止，王、施本皆然，與詩意不合。今以《欒城集》原題補。紀昀曰：題不了了，當云「子由以畫文殊、普賢詩見寄，因記所見開元寺吳道子畫佛滅度以答之」；不然，末二句不知爲何語。若如紀説，則此題拖沓之甚。且此詩應從子由入手，當別作一篇矣。今以其原題補者，乃相詩補題之法，且不當別爲生造也。〔王註〕《名畫記》：吳道玄，陽翟人，工畫，初名道子。玄宗召入禁中，改名道玄。下筆有神。〔查註〕邵博《聞見後録》：鳳翔開元寺，大殿九間。後壁，吳道玄畫。自佛始生修行説法至滅度，山林宮室，人物禽獸，數千萬種。如佛滅度，比丘衆躃踴哭泣，皆若不自勝者，雖飛鳥走獸，亦作號頓之狀，獨菩薩淡然在傍，如平時，略無哀戚之容。豈以其能盡生死之致者歟？其識，開元三十年云。曹學佺謂吳畫在普門寺，第勿深考耳。《釋迦氏譜》：世尊入初禪二三四禪，至非非想定，入滅盡定。從定起已入涅槃。於是大地震動，幽冥大明，諸比丘等悲慟殞絶。阿耶律告止諸天滿空，比丘等悲號搔擾，恐有怪責，既聞此喻，互相裁抑。

西方真人誰所見？〔查註〕《列子·仲尼篇》：西方之人，有聖者焉。李知幾云：意其説佛也。衣被七寶從雙狻。〔邵註〕《穆天子傳》：狻猊日走五百里。郭璞註：獅子也，一名虓，獸中之王也。〔查註〕七寶有二種：一者七種珍寶，二者七種王寶。七種珍寶者，《無量壽經》云：金、銀、琉璃、玻瓈、珊瑚、瑪瑙、硨磲七種。王寶者，《華嚴經》註：一金輪寶，二象寶，三紺馬寶，四神珠寶，五主藏臣寶，六玉女寶，七兵主臣寶。當時修道頗辛苦，柳生兩肘〔三六〕烏巢肩。〔王註厚曰〕《傳燈録》：佛於雪山入定，有野鵲於佛頂置窠，時去時來。〔合註〕《莊子·至樂篇》：支離叔與滑介叔觀於寘伯之丘，崑崙之虚，黄帝之所休。俄而柳生其左肘。王維《能禪師碑銘》：蓮花承足，楊枝生肘。初如濛濛隱山玉，漸如濯濯出水蓮。道成一旦就空滅，〔邵註〕《大智度論》曰：佛在陰菴羅雙樹間，入般涅槃，卧北首，大地震動，諸三學人，僉然不樂，郁伊交涕，諸無學人，但念諸法，一切無常。奔會四海悲人天。〔合註〕劉孝綽詩：辨論悦人天。翔禽哀響動林谷，獸鬼躑躅淚迸泉。〔王註〕杜子美《杜鵑》詩：淚下如迸泉。龐眉深目彼誰子，繞牀〔三七〕彈指性自圓。〔王註次公曰〕自「當時修道」至此，以鋪陳佛滅度時事也。隱如寒月墮清晝，空有孤光留故躔。〔王註次公曰〕月墮清晝，以譬佛之滅度，光流故躔，以譬佛之雖寂滅而猶在。蓋月之晝隱非亡故也。日月之所行曰躔。春遊古寺拂塵壁，遺像久此霾香煙。畫師不復寫名姓〔三八〕，皆云道子口所傳。縱横固已蔑孫、鄧，〔王註縯曰〕孫知微、鄧隱也。〔蔣元肅曰〕《圖畫見聞志》：孫知微，字太古，通義彭山人。凡畫聖像，必先齋戒疏瀹，方始援毫。〔合註〕《圖畫見聞志》：鄧隱，梓州人。工畫佛像鬼神。有如巨鰐吞小鮮。〔王註洪炎曰〕鄧名隱。《物類相感志》：南海有鰐魚，其狀若鼉，有四足，見人影則飛躍齧人，長六七尺，有齒如劍。《老子》：治大國，若烹小鮮。來詩所誇孰與此，〔合註〕「孰與此」用《易經》。【誥案】來詩所誇，指子由《題畫文殊普賢》詩也。安得攜掛其旁觀。〔王註〕子由詩：吾兄子瞻苦好異，敗繒破紙收明鮮。自從西行止得此，試與記録一代觀。

妒佳月

【誥案】此詩施編不載，查註從邵本補編。

狂雲妒佳月，怒飛千里黑。〔馮註〕《莊子·逍遥遊篇》：怒而飛，其翼若垂天之雲。鮑照詩：三五二八時，千里與君同。佳月了不嗔〔三九〕，曾何污潔白。爰有謫仙人，舉酒爲三客。〔查註〕李太白《月下獨酌》詩：舉杯邀明月，對影成三人。今夕偶不見，汍瀾念風伯。〔馮註〕《韓非子》：黄帝合鬼神於泰山，風伯進掃。《雲笈七籤》：風伯姓方名道彰。《吕氏春秋》：風師曰飛廉。〔合註〕馮衍《顯志賦》：淚汍瀾而雨集。見《後漢書·馮衍傳》。毋煩風伯來，彼也易滅没。〔合註〕《列子·説符篇》：若滅若没。支頤少待之，〔馮註〕《莊子·漁父篇》：漁父左手據膝，右手持頤以聽。〔合註〕王摩詰詩：如意方支頤。寒空淨無迹。〔馮註〕《世説》：司馬太傅齋中夜坐，於時，天月明淨，都無纖翳。太傅歎以爲佳。謝景重在坐，答曰：「意謂乃不如微雲點綴。」太傅因戲謝曰：「卿居心不淨，乃復强欲滓穢太清耶。」粲粲黄金盤，〔馮註〕杜子美詩：月落如金盤。獨照一天碧。玉繩慘無輝，〔馮註〕《禮斗威儀》：玉衡北兩星爲玉繩。謝朓《暫使下都》詩：金波麗鳷鵲，玉繩低建章。見《文選》。玉露洗秋色。〔馮註〕《五經通義》：和氣精液凝爲露。杜子美《秋興》詩：玉露凋傷楓樹林。李太白《古風》詩：秋露如白玉，團團下庭緑。浩瀚玻璃琖〔四〇〕，〔合註〕《淮南子·俶真訓篇》：浩浩瀚瀚。和光入胸臆。〔合註〕《列子·湯問篇》：正度乎胸臆之中。使我能永延，〔合註〕馬融《廣成頌》：歷萬載而永延。約君爲莫逆。〔馮註〕《莊子·大宗師篇》：四人相視而笑，莫逆於心，遂相與爲友。

次韻子由以詩見報編禮公，借雷琴，記舊曲〔四一〕

〔查註〕《欒城集》題云：大人久廢彈琴，比借人雷琴，以記舊曲，十得三四，率爾拜呈。

琴上遺聲久不彈，琴中古義〔四二〕本長存。苦心欲記常迷舊，信指如歸自著痕〔四三〕。應有仙人依樹聽，〔合註〕《太平御覽》引《東陽記》曰：王質入山伐木，見童子彈琴，質因留趺斧柯而聽之。俄頃，起所坐，斧柯爛盡。空教瘦鶴舞風騫。〔馮註〕《韓非子》：衛靈公之晉，平公觴之。靈公起，召師涓援琴撫之。師曠曰：「此清商也，不如清徵。」師曠援琴而鼓，一奏之，有玄鶴二八，道南方來，再奏之而列，三奏之延頸而鳴，舒翼而舞，音中宮商。誰知千里溪堂夜，時引驚猿撼竹軒〔四四〕。〔公自註〕過終南日，令道士趙宗有彈琴溪堂。

七月二十四日，以久不雨，出禱磻溪。是日宿虢縣。二十五日晚，自虢縣渡渭，宿於僧舍曾閣。閣故曾氏所建也。夜久不寐，見壁間〔四五〕有前縣令趙薦留名，有懷其人

〔合註〕本集有《禱雨磻溪文》。磻溪神，即太公也。【誥案】曉嵐不讀全集，故有疏於律法之譏。

龕燈明滅欲三更，〔合註〕溫庭筠詩：龕燈落葉寺。攲枕無人夢自驚。〔王註〕《煙花録》載陳後主詩云：午醉醒來晚，無人夢自驚。〔合註〕元微之詩：誰憐獨攲枕，斜月透窗明。深谷留風〔四六〕終夜響，亂山銜月半牀明。

【誥案】寫景入神，皆隨手觸發而毫不費力，獨此集爲擅場。故魯直每謂是不食烟火人語也。故人漸遠無消息，古寺空來看姓名。欲向磻溪問姜叟，僕夫屢報斗杓〔四七〕傾。〔合註〕《史記·天官書》：攝提者，直斗杓所指。又註：斗，第五至第七爲杓。【誥案】末二句，道盡當官行役之況。蓋祭禱必在黎明，又必以五更前往，故夜久而不能寐也。不寐則起而閑行，始見題壁作詩，既而猶未五更，因以屢問僕夫，而山中并無更漏可聽，故惟以斗杓爲驗也。

二十六日五更起行，至磻溪，天未明〔四八〕

〔王註任居實曰〕嘉祐八年，在鳳翔作。

夜入磻溪如入峽，照山炬火落驚猿。〔合註〕《後漢書·任光傳》：各持炬火。山頭孤月耿猶在，石上寒波曉更喧。至人舊隱白雲合，〔王註次公曰〕至人舊隱，以言太公。神物已化遺踪蜿。安得夢隨霹靂駕，〔王註〕《酉陽雜俎》：李鄘在北都介休縣。百姓送解牒，夜止晉祠宇下。夜半，有人叩門云：「介休王暫借霹靂車至介休收麥。」良久，數人共持一物，如幢，上綴旂旛，凡十八葉，有光如電，以授之。次日，介休大雷雨，損麥千餘頃。馬上傾倒天瓢翻？〔王註次公曰〕李靖爲客，嘗夜投宿一巨宅，有老婦延之。中夜，叩户甚迅，婦變色，曰：「天符至矣。」實告靖，曰：「老婦，龍也。二子俱出，今天命行雨，欲煩一行。」即以一竿使跨之，以一瓢與之，曰：「跨此。所至，以楊枝灑瓢水，則雨也。」詩意主禱雨，故用此。又，韓退之詩：畢瓢酌天漿。〔師民瞻曰〕李衛公微時，路迷，宿龍宫。龍宫夫人夜半請行雨命。請雨器。乃一小瓶子，繫於鞍前，戒曰：「馬躩地嘶鳴，即以瓶中水一滴滴馬鬃上，慎勿多也。」

是日自磻溪，將往〔四九〕陽平，憩於麻田青峰寺之下院翠麓亭

〔查註〕《九域志》：虢縣有陽平鎮。《蜀鑑》：褒谷西北有古陽平關，其地在梁州褒城縣西北。《岐山縣志》：翠麓亭，在縣東南一百八十里青峰禪寺之下。

不到峰前寺，空來渭上村。此亭聊可喜，修逕豈辭捫。谷映朱欄秀，山含古木尊。【誥案】此「尊」字押得瓌瑋剔透，惟久於山行者知之，若僅以厚重論，則失之淺矣。路窮驚石斷，林缺見河奔。馬困嘶青草，僧留薦晚飧〔五〇〕。我來秋日午，旱久石牀温。安得雲如蓋，〔王註〕隋孔範《賦白雲抱幽石》詩云：白雲浮遠蓋，飄飄遶石飛。董思恭《詠雲》詩：帝鄉白雲起，飛蓋上天衢。〔師民瞻曰〕《三水小牘》，唐皇甫牧撰。云：安定郡有峴陽峰，峰上有池，若雨，則雲起池中，若車蓋然。故里諺曰：峴山張蓋雨霶霈。能令雨瀉盆。〔王註〕杜子美《白帝》詩：白帝城頭雲若屯，白帝城下雨翻盆。共看山下稻，涼葉晚翻翻。【誥案】紀昀曰：一氣相生，化盡堆排之跡。

二十七日，自陽平至斜谷，宿於南山中蟠龍寺〔五一〕

〔查註〕《鳳翔府志》：蟠龍寺，在郿縣西南三十里。《元和郡縣志》：郿縣亦曰斜城，城南當斜谷，因爲斜口。《蜀鑑》：斜口谷中，褒水所流，穴山架木以行。《長安志》：褒斜谷長一百七十里，南口曰褒，北口曰斜。

横槎晚渡碧澗口，〔王註〕謝靈運詩：銅陵映碧澗。〔查註〕韋應物詩：楡柳飄枯葉，風雨倒横槎。騎馬夜入南山谷。〔集甲原註〕谷，音浴〔五二〕。谷中暗水響瀧瀧，〔合註〕《説文》：瀧，雨瀧瀧貌。嶺上疎星明煜煜。〔合

註〕梁簡文帝《朝日》詩：熠熠上層峰。寺藏巖底千萬仞，路轉山腰三百曲。風生飢虎嘯空林，月黑驚麏竄修竹。入門突兀見深殿，〔王註〕杜子美《宿贊上人房》詩：夜深殿突兀，風動金琅璫。照佛青熒有殘燭。愧無酒食待遊人，【誥案】此句述寺僧致詞。旋斫杉松煮溪蔌。【誥案】此句敍寺僧供客。板閣獨眠驚旅枕，〔查註〕《太平寰宇記》：斜谷有橋閣二千九百八十九間，板閣二千九百九十二間。木魚曉動隨僧粥。【誥案】以上自日暮寫至黎明，與《夜投竹林寺》詩，同一章法。起觀萬瓦鬱參差，〔合註〕虞世南詩：萬瓦宵光曙。劉孝綽詩：城寺鬱參差。目亂千巖散紅緑。【誥案】千巖緑是南山，紅是蟠龍寺，目亂散，是曉色也。深黑到寺，都無所見，至是一切皆見，而時方早起，故目爲之炫也。觀前半著「入門突兀」二句，截清夜境，知其必欲寫至此矣。自首句「晚渡」起至此，爲一大段，記夜宿事已畢，此是敍傳體。其後「門前」四句作結，是論斷體。章法井然，讀者不得牽混。門前商賈負椒荈〔三〕，山後咫尺連巴蜀。〔查註〕《蜀鑑》：常璩謂蜀以褒斜爲前門，則南鄭者，蜀之扞蔽也。南鄭本古褒國，自褒谷至鳳州界，一百三十里，始通斜谷。斜口在郿縣谷中，今地名石門。何時歸耕江上田，一夜心逐南飛鵠？【誥案】此句仍挽到夜作結，落筆有千鈞之力，但公似此者多矣，其筆鋒便捷之甚，故收縱並不難也。

是日至下馬磧，憩於北山僧舍。有閣曰懷賢，南直斜谷，西臨五丈原，諸葛孔明所從出師也

〔查註〕石刻云：題合龍懷賢閣。《九域志》：鳳翔岐山縣，在府東四十里，有驛店、馬磧二鎮。《長安志》：石橋山，在岐山縣南三十里，渭水所逕，其側有五丈原，諸葛屯兵處。又十里即南山。

《元和郡縣志》：五丈原在郿縣西南二十五里。《太平寰宇記》引《魏氏春秋》云：青龍二年，諸葛亮出斜谷，郭淮策其必登積石原，遂先據之。亮至，果不得上，因屯渭南。司馬懿謂諸將曰：「亮若出武功，依山東轉，是其勇也。若西屯五丈原，諸君無事矣。」亮果屯此原。《水經注》引武侯《與步騭書》曰：僕前軍在五丈原，原在武功西十餘里，馬冢在武功東十餘里，有高勢，攻之不便，是以留耳。【詰案】公詩法神變，不可測識，詰讀老而後知難。如懷賢閣，是作此詩本旨，而詩中不露懷賢閣，讀者須看清此題，方許讀詩。否則，未有不似次公之註，曉嵐之評，而欲窺其堂奥，難矣。

南望斜谷口，【詰案】「南望」與下之「西觀」，不是輳用閑字，乃預爲着落所從出之根。三山如犬牙。〔邵註〕《漢書・文帝紀》：高帝王子弟地，犬牙相制。註：犬牙，言地形如犬之牙，交相入也。【詰案】紀昀曰：起勢鬱律。西觀〔五四〕五丈原，鬱屈〔五五〕如長蛇。〔王註次公曰〕《長安志》引《水經注》曰：斜水北歷斜谷，過五丈原東，亦謂之武功水。又曰：武功蓋在渭水南，郿縣地是。今先生禱雨於虢縣之磻溪，故所經由，望見郿縣之五丈原。〔李彭曰〕唐李筌曰：營壘之法，據山憑岡，如蟠龍走蛇。【詰案】起四句，拓開山川形勝，皆漢、賊之舊，獨其事闃寂久耳，忽地成圖，風雲爲之變色。有懷〔五六〕諸葛公，萬騎出漢巴。〔王註〕《蜀志》：建興十二年，亮悉大衆由斜谷出，以流馬運，據武功五丈原，與司馬懿對，於渭南分兵屯田，爲久住之基。【詰案】諸葛亮《出師表》曰：先帝慮漢、賊不兩立，王業不偏安，故託臣以討賊也。吏士寂如水，蕭蕭聞馬檛。〔王註〕《詩・小雅・車攻》：馬鳴蕭蕭。〔邵註〕《毛傳》言：不讙譁也。公詩用此意。《韻註》：馬檛，鞭也。【詰案】前四句，畫就自斜谷出五丈原之路，後四句，孔明從此路擁騎出也。以上八句一節。後四句當加在前四句上看，前乃軀壳，後乃魂魄，猶之雙層燈影，又若套版書册。此種作法，惟公有之。公恐後人不喻其意，故其題有「諸葛孔明所從出師」也。句如詩序然，自下註脚。無如自王百家以來，並皆活圇讀過，而紀曉嵐且以前四句起法，方諸《真興寺閣》，則大可笑矣。「聞馬檛」句，即「銜枚疾走，不聞號令」景狀，但公自從老杜「中天懸明月」奪胎寫得，全是孔明神氣。司馬懿畢生考語，則曰，拒諸葛亮經制之師。而其以賊吞賊，實由於此。須知他招架此五言四句，不是易容之事。**公才與曹丕，豈止十倍加。**〔王註〕《蜀志·諸葛亮傳》：先主病篤，召亮，謂曰：「君才十倍曹丕，必能安國家，定大事。」【誥案】此二句，乃孔明到五丈原地位。如一直敍下，墮入詠史窠臼，便歇手不得。故就昭烈語作提筆，即下斷語，了當孔明身分。**顧瞻三輔間，勢若風捲沙。**〔王註〕李太白詩：颯颯風捲沙。【誥案】此因出師四句，氣勢太盛，收束不住，故爲此跌蕩語也。雖字面將氣勢儘量送足，而其運筆之巧，已暗中歇下矣。孔明志在復舊都，以忠職分，而始終不能到，詩特搶到「三輔」，可見上句將五丈原隱藏不露，乃有意躐過之也。**一朝〔五七〕長星墜，**〔王註〕《諸葛亮傳註》載《晉陽秋》曰：有星赤而芒角，自東北西南流，投於亮營，俄而亮卒。〔查註〕《蜀志》：建興十二年八月，亮卒於軍，時年五十四。《名勝志》：五丈原西有落星村。**竟使蜀婦髽。**〔王註〕《左傳·襄公四年》：臧紇敗於狐駘，國人逆喪者皆髽。〔次公曰〕詩言緣亮之死，將遂敗亡，而蜀士卒之妻，服其夫之喪而髽。【誥案】《禮·檀弓》亦載髽弔事。但長星墜乃孔明卒，非蜀兵皆死也。王註以載出處則可，若謂蜀亡婦髽，則誕甚矣。當孔明之卒，蜀人皆爲制服，而私祭於野，蠻夷掛孝不除，至於成俗。故公特借婦髽以道其事，非比以狐駘之敗也。然前敍皆其忠武而德未見，蜀爲制服，德斯見矣。有德則賢，本意欲爲賢字安根，却不肯別起頭腦，故借長星墜之勢出婦髽，而以竟使二字敲實之也。**山僧豈知此，**【誥案】上句坐實賢字，此句翻落懷賢，「知」即懷也，「此」即賢也。「豈知此」者，謂山僧老於懷賢閣而不知，而已則知而懷之也。下句「一室」借點「閣」字。曉嵐謂山僧二句，勒轉無痕，乃全不了了者也。**一室老煙霞。**〔王註〕秦系《山中奉寄錢起員外》詩：逸妻相共老煙霞。【誥案】「公才與曹丕」至此八句，爲第二節也。第一節乃敍事體，第二節乃論事體。第一節皆孔明實跡，故敍；第二節入公之意，故論。往事逐雲散〔五八〕，故山依渭斜。〔王註次公曰〕《長安志》引《水經》曰：渭水經行武功縣北。則渭在此矣。【誥案】此二句，清出古戰場及找足五丈原地位，故云「故山依渭」也。其前半有意躐過，即此可證。如不解明，即當輳手閑句讀過矣。客來空弔古，〔王註張栻曰〕唐李華有《弔古戰場文》。清淚落悲笳。〔王註〕杜子美詩：客淚墮悲笳。〔合註〕魏文帝《與吴質書》：清風夜起，悲笳微吹。

和子由聞子瞻將如終南太平宮溪堂讀書

〔王註萬申之曰〕《翊聖保德真君傳》：太宗皇帝遣起居舍人王龜從就終南山下築宮。真君忽降言，曰：「此地乃修建上帝宮闕之地，不可易也。」於是乃定。凡三年宮成，題曰上清太平宮。〔查註〕《揮塵録》：祖宗神御像，設在鳳翔者，曰上清太平宮。【誥案】讀書，謂讀太平宮之道藏也。詳後詩。

役名則已勤，徇身〔五九〕則已媮。我誠愚且拙，身名兩無謀。始者學書判，〔王註師民瞻曰〕唐有書判、拔萃科。近亦知問囚。但知今當爲，敢問向所由。【誥案】以上四句，是陳公弼任内簽判語，斷不是宋子才任内簽判語。士方其未得，惟以不得憂。既得又憂失，【誥案】此句當與後《得館職謝執政啓》「一參賓幕，輒蹈危機，已甞名掛於深文，不自意全於今日」四句參看。蓋是時陳公弼實有舉劾之事，非泛言憂得憂失也，當論之者。此心浩難收。譬如倦行客，中路逢清流。【誥案】此二句，真乃吉祥文字，看他要放下，就便放下，故不可以憒詞論也。塵埃雖未脱，暫憩得一漱。〔合註〕《集韻》：漱，先侯切。【誥案】至此直以憂得失爲戲事，可謂以清流身而得度者矣。曉嵐謂忽插此喻。皆毫無根蒂之譚。我欲走南澗，春禽始嚶呦。鞅掌久不決，爾來已徂秋〔六〇〕。橋山日月迫，府縣煩差抽。〔王註次公曰〕《史記》：黃帝崩，葬橋山。在今寧州真寧縣。是歲嘉祐八年，仁宗皇帝三月上仙，十月葬永昭陵。方秋時，府縣應副山陵事所需也。王事誰敢愬，民勞吏宜羞。中間罹旱暵，欲學喚雨鳩。〔合註〕《續博物志》：暮，鳩鳴卽小雨。陸璣《詩疏》：鵓鳩，陰，則屏逐其匹；晴，則呼之。語曰，天將雨，鳩逐婦。【誥案】此二句謂應副山陵之時，又以禱雨至磻溪也。千夫挽一木，十步八九休。渭水涸無泥，菑堰旋插修。〔王註〕《前漢·溝洫志》：武帝歌曰，隤林竹兮揵石菑。揵，音其偃切。如淳曰：樹竹塞水決之口，稍稍布插。按，樹之，水稍弱，布令密，謂之揵。師古曰：石菑者，謂臿石立之，然後以土就填塞也。對之食不飽，〔王註〕《詩·秦風·權輿》：今也每食不飽。【誥案】以上敍挽木，乃公專職，故云對之食不飽也。餘事更遑求。近日秋雨足，公餘試新篘。〔邵註〕《廣韻》：篘，酒篘。劬勞幸已過，朽鈍不任鎪。秋風欲吹帽〔六一〕，西阜可縱游。聊爲一日樂，慰此百日愁〔六二〕。【誥案】紀昀曰：一氣湧出，而曲折深至，無一直率之筆。

將往終南和子由見寄

人生百年寄鬢鬚，富貴何啻葭中莩。〔王註〕《漢書·景十三王傳》：非有葭莩之親。註云：莩，葭裏之白皮者，喻輕薄也。惟將翰墨留染濡，〔合註〕李義山《韓碑》詩：濡染大筆何淋漓。絶勝醉倒蛾眉扶。〔王註〕《詩·衛風·碩人》：螓首蛾眉。我今廢學如寒竽，〔合註〕《禮記·學記》：燕辟廢其學。久不吹之澁欲無。〔邵註〕《韓非子》：齊宣王使人吹竽，必三百人。南國處士請吹竽，宣王說之。廩食以數百人。湣王立，好一一聽之，處士逃。

歲云暮矣嗟幾餘，〔王註〕歲聿云暮。《詩·小雅·小明》全語。欲往南溪侶禽魚〔六三〕。秋風吹雨涼生膚，夜長耿耿添漏壺。窮年弄筆衫袖烏，〔王註〕趙壹《非草書歌》：十日一筆，月數丸墨，領袖如皁，脣齒皆黑。古人有之我願如。終朝危坐學僧趺，〔王註子仁曰〕《南史·劉穆之傳》：終日斂膝危坐。閉門不出閑履鳧。下視官爵如泥淤，〔王註〕白樂天詩：人間榮與利，擺落如泥塗。嗟我何爲久踟躕。歲月豈肯與汝居〔六四〕，僕夫起餐〔六五〕秣吾駒。〔王註〕韓退之《送李愿歸盤谷序》云：膏吾車兮秣吾馬。又，《天星》詩：僕夫起餐車載脂。

讀道藏

〔王註堯卿曰〕終南縣有上清太平宮，宮有道藏，先朝所賜書也。

嗟余亦何幸，偶此琳宮居。宮中復何有？戢戢千函書。〔王註〕韓退之《贈崔立之》詩：戢戢已多如束筍。盛以丹錦囊，〔王註師民瞻曰〕《漢武內傳》：帝見西王母巾器中，有一卷小黃書，盛以紫錦之囊。帝問此何書？曰：「此《五岳真形圖》也，其文祕禁。」即令女宋靈賓更取一圖以與帝。靈賓探懷中得一卷，盛以雲錦之囊，因以付帝。冒以青霞裾。〔王註萬先之曰〕《乾䐣子》：何讓之遊光武陵，見一翁眉鬢皓然，南望吟，讓之欲執，翁躍入丘中，讓之從焉。翁復本形。見一狐跳出几案，上有一帖紙，辭曰：「何以蔽髁，霞袂雲裀。」王喬掌關籥，蚩尤守其廬。〔王註次公曰〕蚩尤，神名。〔堯卿曰〕道藏中多畫蚩尤守禦之狀。〔合註〕《西京賦註》引《山海經》曰：蚩尤作兵，伐黃帝。《史記》曰：黃帝與蚩尤戰於涿鹿之野。乘閑竊掀攪，〔合註〕《前漢書·趙充國傳》：得乘閑之勢。陸龜蒙詩：慣曾掀攪大筆多。涉獵豈暇徐。〔王註〕《前漢書》：賈山涉獵書記，不能爲醇儒。至人悟一言，道集由中虛。〔查註〕《莊子·人間世篇》：惟道集虛。虛者，心齋也。心閑反自照，皎皎如芙蕖。〔王註次公曰〕道家存想法，當想心如未開蓮花。千歲厭世去，此言乃籧篨〔六六〕。〔邵註〕《韻註》：籧篨，敝竹器也。〔查註〕籧篨，《詩疏》：竹席也。〔合註〕《說文》：籧篨，粗竹席也。〔查註〕《晉書》：皇甫謐自爲葬送之制，氣絶之後，以籧篨裹尸，不用棺槨。人皆忽其身，治之用土苴。〔王註〕《莊子·讓王篇》：道之真以治其身，其土苴以治天下。何暇及天下，幽憂吾未除。〔王註〕《莊子·讓王篇》：堯以天下讓子州支父。子州支父曰：「我適有幽憂之病，方且治之，未暇治天下也。」

南溪有會景亭，處衆亭之間，無所見，甚不稱其名。予欲遷之少西，臨斷岸，西向可以遠望，而力未暇，特爲製名曰招隱。仍爲詩以告來者，庶幾遷之

飛檐臨古道，高榜勸遊人。未卽令公隱，聊須濯路塵。茅茨分聚落，煙火傍城闉。〔合註〕鮑照詩：驅駕越城闉。林缺湖光漏，窗明野意新。居民惟白帽〔六七〕，〔王註次公曰〕白帽，隱者之服。杜子美《別董頲》詩云：嘗念著白帽，采薇青雲端。〔師民瞻曰〕《南史·和帝紀》：百姓皆著下屋白紗帽而反裙覆頂。過客漫朱輪。〔王註〕《漢·楊惲傳》云：乘朱輪者十人。山好留歸屐，〔王註〕《南史·謝靈運傳》：常著木屐，上山則去其前齒，下山去其後齒。風迴落醉巾。他年誰改築，舊製不須因。再到吾雖老，猶堪作坐賓。

扶風天和寺

〔查註〕《扶風縣志》：天和寺，在城南。《鳳翔志》：此詩石刻，在扶風縣南山馬援祠中。先生自題其後云：癸卯九月十六日，挈家來遊。眉山蘇軾題。遺涕，石刻作遺響。今改正。又宋人陳雄題云：天和寺在扶風縣之南山，東坡蘇公留詩於廳壁，迄今二十年矣。予承乏斯邑，因暇日與絳臺田愿子立、洛陽趙卬勝翁同觀，愛其真墨之妙，慮久而漫滅，乃召方渠閻圭公儀就模於石。時元豐癸亥六月二十三日。終南陳雄武仲題。〔合註〕《宣室志》：扶風縣西有天和寺，在高岡之上。張塤云：碑在飛鳳山。坡詩橫刻碑側，豎刻看經女子題名。當是先有碑，而刻坡詩者借用其石耳。【誥案】此詩施編不載，查註從邵本補編。

遠望若可愛，朱欄碧瓦溝。〔查註〕陳奕禧《益州于役記》：扶風南山，取公詩首句，有遠愛亭。今此詩石刻尚存。聊爲一駐足，且慰百回頭。【誥案】此二句乃道其登陟不易，非見道之言也。水落見山石，塵高昏市樓。臨風莫長嘯，遺響〔六八〕浩難收。

十二月十四日，夜，微雪，明日早，往南溪小酌，至晚

南溪得雪真無價，走馬來看〔六九〕及未消。〔王註〕韓退之詩：大明宮中給事歸，走馬來看立不正。獨自〔七〇〕披榛尋履迹，〔王註次公曰〕晉趙景真《與嵇茂齊書》曰：涉澤求蹊，披榛覓路。履迹，蓋用東郭先生雪中履迹也。最

先犯曉過朱橋。誰憐屋破眠無處，〔王註〕杜子美有《茅屋爲秋風所破歌》：牀頭屋漏無乾處，雨脚如麻未斷絶。安得廣厦千萬間，大庇天下寒士俱歡顔，風雨不動安如山。嗚呼，何時眼前突兀見此屋，吾廬獨破受凍死亦足。坐覺村飢語不囂。〔王註〕杜牧之詩：澤闊鳥來遲，村飢人語早。惟有暮鴉知客意，驚飛千片落寒條。

九月中曾題二小詩於南溪竹上，既而忘之，昨日再遊，見而錄之

其一

湖上蕭蕭疎雨過，山頭靄靄暮雲橫。〔王註〕韓退之詩：靄靄春空雲。陂塘水落荷將盡，城市人歸虎欲行。

其二

誰謂江湖居，而爲虎豹宅？【誥案】公前由終南而西，縣尉以甲卒相送，則南溪一路，信有虎矣。焚山豈不能，愛此千竿碧。

南溪之南竹林中，新構一茅堂，予以其所處最爲深邃，故名之曰〔七二〕避世堂

〔查註〕《名勝志》：避世堂在盩厔縣東南二十五里。

猶恨溪堂淺，更穿修竹林。高人不畏虎，避世已無心。〔王註〕《晉書·郭文傳》：郭文少愛山水，游名山，歷華陰之崖。入餘杭大辟山中窮谷無人之地，倚木於樹，苫覆其上而居焉，亦無壁障。時猛獸爲暴，入屋害人，而文獨宿十餘年，卒無患害。杜子美《貽阮隱居》詩：更議居遠村，避喧甘猛虎。隱几頽如病，忘言兀似瘖。〔王註〕《莊子·齊物論篇》：南郭子綦隱几而坐，嗒焉似喪其耦。又，《田子方篇》：仲尼見温伯雪子而不言。茅茨追上古，〔王註〕陸龜蒙《笠澤叢書·苔賦》云：茅茨上古，机格南朝。《史記》：李斯曰，堯茅茨不剪。冠蓋謝當今。曉夢猿呼覺，秋懷鳥伴吟。【詁案】紀昀曰：二句似九僧一派。暫來聊解帶，〔合註〕沈休文詩：解帶臨清風。屢去欲攜衾。湖上行人絶，堦前暮靄〔七二〕深。應逢緑毛叟，扣户夜抽簪。〔王註〕皮日休詩：劉根昔成道，兹塢四百年。毵毵被其體，號爲緑毛仙。〔次公曰〕唐大中年，有禪師居南岳，忽見一物，緑毛厚體，人行而前。師曰：「爾何時至此？」其物曰：「爾知晉、宋乎，爾知姚泓乎？我前泓也。」見《太平廣記》。

溪堂留題

【詁案】溪堂在終南山之南溪，壬寅二月，公與張杲之泛舟南溪，留宿於溪堂。

三徑縈回草樹蒙，忽驚初日上千峰。平湖種稻如西蜀，高閣連雲〔七三〕似渚宫。【詁案】公前詠《渚宫》詩云：渚宫寂寞依古郢，楚地荒蕪非故基。二王臺閣已鹵莽，何況遠問縱横時。自註云：湘東王高氏。殘雪照山光耿耿，輕冰籠水暗溶溶。【詁案】此聯寫初日結搆入細。溪邊野鶴衝人起，飛入南山第幾重。

卷四校勘記

〔一〕壬寅重九不預會獨遊普門寺僧閣有懷子由　北京圖書館有此詩搨本，詩尾有「趙郡蘇軾子瞻」字。此搨本，卽查註所云之石刻。「子由」，外集作「舍弟」。（又：王昶《金石萃編》卷一三五收有此詩。）

〔二〕盍言歸　石刻、外集作「曷不醉」。盧校：諸字皆以石刻爲是（包括下二條）。七集作「盍不歸」。今仍從底本。

〔三〕意正違　石刻、外集作「意已違」。

〔四〕不問　石刻、外集作「不向」。

〔五〕秦人　外集作「北人」。

〔六〕太白詞　集甲「詞」後有「五首」二字。

〔七〕走陰符　集甲作「走陰傳」。

〔八〕車斑斑　集甲作「車班班」。

〔九〕九月二十日云云　類丙題下原註：時嘉祐壬寅。

〔一〇〕歸客　查註作「羽客」。外集作「歸客」。

〔一一〕留連　外集作「留連」，今從。本詩爲七律詩，末句有「流年」字，作「留連」是。原作「流連」。

〔一二〕搏野鮮　查註、合註作「搏野鮮」。外集作「搏野鮮」，今從。

〔一三〕霜髭　集甲、集註作「雙髭」。

〔一四〕忤世　集註、類本作「悮世」。

〔一五〕親劑和　集甲原註：和，去聲。
〔一六〕無那　集甲、集註、類本作「無奈」。
〔一七〕窗紙嗚　集註、類本作「窗紙明」。
〔一八〕掀簸　集甲、集註、類本作「軒簸」。
〔一九〕誰云　集註、類本作「誰言」。
〔二〇〕皎月　集註、類乙、類丁作「皎日」。疑誤。
〔二一〕以寄子由　集甲作「寄子由弟」。
〔二二〕無及　集甲、集註作「無見」。
〔二三〕集甲原註籠去聲　原無「集甲原註」四字，今補。
〔二四〕讙譁　集註作「諠譁」。
〔二五〕東風　集甲、類本作「春風」。
〔二六〕色怒嗔　集甲作「色怒瞋」。
〔二七〕不啻　集甲作「不翅」。《説文通訓定聲》：「翅」，假借爲「啻」。後不重出。
〔二八〕巧智　集註、類本作「智巧」。
〔二九〕因謁鳳翔府守陳公弼　集甲、類甲、類丁、七集無此註。類丙有。
〔三〇〕善飲酒　集甲「善」前有「最」字。類丙無「酒」字。
〔三一〕庶可求　集註、類甲、類乙作「亦可求」。

〔三三〕貢隨　集註、類本作「莫隨」。

〔三三〕愛官　外集作「愛山」。

〔三四〕重遊終南子由以詩見寄次韻　外集題作「次韻子由聞予重遊終南」。

〔三五〕過時陪　外集「陪」下原註：「定邀道士彈鳴鹿，誰與溪堂共酒杯」：「彈鳴鹿」，「飲溪堂」，皆前遊終南時事。

〔三六〕柳生兩肘　各本作「柏生兩肘」，據類丙改。合註引《莊子·至樂篇》「俄而柳生其左肘」，是。删去合註「至柏生肘事俟再考」八字。又：卷三十六《吴子野將出家贈以扇山枕屏》詩，有「宴坐柳生肘」句。

〔三七〕繞牀　集註、類本作「繞林」。

〔三八〕名姓　原作「姓名」，據集甲、集註、類本改。「姓」，仄聲落脚，合。

〔三九〕了不嗔　類甲作「曾不嗔」。

〔四〇〕浩瀚玻璃琖　類本、外集「浩瀚」作「浩歌」，外集「玻璃琖」作「玻璃杯」。

〔四一〕次韻子由以詩見報編禮公借雷琴記舊曲　原作「次韻子由彈琴」，據外集改。盧校：「趙瞰江云：此編禮公彈琴，非子由也，俱用元題爲得。」删去合註「外集題云」一條共二十字。

〔四二〕古義　類本、七集作「古意」。

〔四三〕自著痕　七集作「自看痕」。

〔四四〕撼竹軒　類丙作「憾竹軒」。

〔四五〕是日宿虢縣二十五日晚自虢縣……見壁間　集註無「是日」二字。類本無「是日」、「晚」、「間」字，「虢縣」均作「虢」。集甲無「間」字。

〔四六〕留風　何校：「流風」。

〔四七〕斗杓　集甲作「斗標」。《正字通》：「杓」，音標，與「標」通。

〔四八〕天未明　集甲無「天」字。

〔四九〕將往　集註、類本無「將」字。

〔五〇〕晚飡　集甲作「晚餐」。

〔五一〕蟠龍寺　集甲作「磻龍寺」。

〔五二〕集甲原註谷音浴　此七字原無。今據集甲增補。

〔五三〕椒荈　集註、類甲作「椒菽」。

〔五四〕西觀　查註：石刻作「西臨」。

〔五五〕鬱屈　合註：「屈」一作「曲」。

〔五六〕有懷　查註：石刻作「緬懷」。

〔五七〕一朝　查註：石刻作「奈何」。

〔五八〕逐雲散　集註、類甲作「逐烟散」。

〔五九〕徇身　原作「殉身」，今從集甲、集註、類本。

〔六〇〕已徂秋　集註、類甲、類乙作「又徂秋」。

〔六一〕欲吹帽　原作「迫吹帽」，今從集甲、集註、類本。
〔六二〕百日愁　原作「百年愁」。集甲、集註、類本作「百日愁」。按此詩「橋山日月迫」、「中間罹旱暵」、「對之食不飽，餘事更遑求」云云，作「日」是。
〔六三〕侶禽魚　類丁作「旅禽魚」。
〔六四〕與汝居　集甲、集註作「爲汝居」。
〔六五〕起餐　集註作「起粲」。
〔六六〕籧篨　集甲作「蘧蒢」。
〔六七〕惟白帽　集甲、集註、類乙作「誰白帽」，何校同。
〔六八〕遺響　七集作「遺涕」。
〔六九〕來看　盧校：「來觀」。
〔七〇〕獨自　原作「得自」。今從集甲、集註、類本。
〔七一〕名之曰　集甲、集註、類甲、類丙無「曰」字，類乙有「曰」字，無「之」字。
〔七二〕暮靄　原作「暮雪」。今從集註、類甲、類乙。
〔七三〕連雲　外集作「連空」。

蘇軾詩集卷五

古今體詩四十八首

【誥案】起英宗治平元年甲辰正月，在大理寺寺丞簽書鳳翔府節度判官廳公事任。是年，磨勘轉殿中丞，十二月罷任，至華陰度歲。二年乙巳正月，還朝，判登聞鼓院，二月，直史館，至八月作。《宋史》：殿中省，監、少監、丞各一人，監掌并奉天子玉食、醫藥、服御、幄帟、輿輦、舍次之政。凡值六局，曰尚食、尚藥、尚醖、尚衣、尚舍、尚輦。丞正八品。

次韻〔一〕子由種菜久旱不生

【誥案】此詩施編及邵本皆不載，查註從別本補編。

新春堦下筍芽生，廚裏霜虀倒舊罌。【誥案】子由詩云：園中汲水亂瓶罌。指南園也。時繞麥田求野薺，强爲僧舍煮山羹。園無雨潤何須歎，身與時違合退耕。【誥案】子由詩云：强有人功趨節令，悵無甘雨困耘耕。故此聯答之也。欲看年華自有處，〔合註〕庾信《杖賦》：年華未暮。鬢間秋色兩三莖。〔王註〕子由詩云：家居閒暇厭長日，欲看年華上菜莖。

自清平鎮遊樓觀、五郡、大秦、延生、仙遊，往返四日，得十一詩，寄子由〔二〕同作

〔查註〕按《欒城集》題云：和子瞻三游南山九首。自《樓觀》至《玉女洞》止。此外又有《調水符》、《姚氏山亭》二首，合成十一首之數。〔合註〕《宋史》載：盩厔縣清平鎮，大觀元年升爲軍，復置終南縣。李攸《宋朝事實》亦載大觀二年復以清平鎮置終南縣。當是元年置軍，二年置縣，即此詩之清平鎮。與郿縣之清秋鎮，自是兩地也。

樓觀

鳥噪猿呼晝閉門，寂寥誰識古皇尊。【誥案】紀昀曰：起得有力有神，肅肅穆穆，彷彿見之。青牛久已辭轅軛，白鶴時來訪子孫。〔王註〕《搜神後記》：丁令威化鶴歸遼東，集華表柱，言曰：「有鳥有鳥丁令威，去家千年今來歸，城郭如故人民非，何不學仙冢纍纍。」山近朔風吹積雪，〔王註〕《古樂府》：朔風吹積雪。天寒落日淡孤村。道人應怪遊人衆，汲盡堦前井水渾。〔王註〕杜子美《示從孫濟》詩：淘米少汲水，汲多井水渾。【誥案】紀昀曰：反托出起處之意，措語沈着。

五郡

〔查註〕《名勝志》：盩厔縣有五郡城，舊說有兄弟五人並居此，後爲道觀，唐明皇豎碑。

古觀正依林麓斷，居民來就水泉甘。亂溪赴渭争趨北，飛鳥迎山不復南。〔合註〕似用雁北向之意。【誥案】此乃習於山川形勢之言，前《石鼻城》詩「北客初來試新險，蜀人從此送殘山」，已講明矣。曉嵐疑此句拙者，正以其識力淺薄，不能貫串諸詩故也。合註非是。羽客衣冠朝上象，野人香火祝春蠶。【誥案】必襯托此句，意乃沈着。汝師豈解言符命，山鬼何知托老聃。〔公自註〕觀有明皇碑，言夢老子告以〔三〕享國長久之意。〔王註〕《楚辭》有《山鬼》之章。

授經臺

〔公自註〕乃南山一峰耳，非復有築處。〔查註〕《名勝志》：授經臺，在鳳翔城南，崇聖觀在其側。尹喜既見老子，授五千言，退而居此。

劍舞有神通草聖，〔王註〕《國史補》：張旭善草書，自言吾見公主擔夫争道，而得筆法之意，後見公孫氏舞劍器而得其神。《晉・衞恒傳》：草書張伯英轉精甚巧，韋仲將謂之草聖。杜子美《飲中八仙歌》詩：張旭三杯草聖傳。海山無事化琴工。〔王註援曰〕《樂府解題》言《水仙操》曰：伯牙學琴於成連先生，三年不成。成連云：「吾師方子春，今在東海中，能移人情。」乃與伯牙俱往，至蓬萊山，留宿伯牙，曰：「子居習之，吾將迎師。」刺船而去，旬日不返。伯牙延望無人，但聞海水澒洞崩坼之聲，山林窅冥，羣鳥悲號，愴然歎曰：「先生將移我情。」乃援琴而歌，曲終，成連刺船迎之而還。伯牙遂爲天下妙矣。此臺一覽秦川小，〔王註〕杜子美《望嶽》詩：會當臨絶頂，一覽衆山小。〔查註〕《地理志》：陸川，陝之平川盡處，過此而東，則雍之秦川也。不待傳經意已空。〔王註〕《列仙傳》：尹喜既見老子，授之五千言。喜退而書之，名曰《道德經》。此授經之實證也。詩意以登此臺之高曠，如觀劍舞而通草聖之神，在海山而得彈琴之妙，豈有文字相傳哉。故曰，不待傳經意已空。

大秦寺

〔查註〕《法苑珠林》：終南山有大秦嶺、竹林寺。

晃蕩平川盡，坡陀翠麓横。〔邵註〕漢司馬相如《哀二世》：登陂陁之長坂兮。註：陂陁，不平之貌。忽逢孤塔迥，獨向亂山明。【誥案】紀昀曰：格力遒緊。信足幽尋遠，〔王註〕韓退之詩：幽尋事隨去，孰能量近遠。李太白《尋高鳳石門山中元丹丘》詩：幽尋無前期，乘興不覺遠。臨風却立驚。〔合註〕《史記·藺相如傳》：却立倚柱。原田浩如海，〔查註〕鄭康成《詩箋》：周原，在岐山之南。《史記》徐廣《音義》：岐山，在扶風，其南有周原。《名勝志》：周原在岐山縣東四十里，東西横亘，肥美寬平，即《詩·大雅·緜》「周原膴膴」者也。地在岐山陽，故《左傳》曰，成有岐陽之蒐。〔合註〕《左傳·僖公二十八年》：原田每每。滾滾〔四〕盡東傾。〔王註〕杜子美《登高》詩：不盡長江滾滾來。【誥案】紀昀曰：收得闊遠。

仙遊潭

〔公自註〕潭上有寺二。一在潭北〔五〕，循黑水而上，爲東路，至南寺。渡黑水西里餘，從馬北上，爲西路，至北寺。東路險，不可騎馬，而西路隔潭，潭水深不可測，上以一木爲橋，不敢過。故南寺有塔，望之可愛而終不能到〔六〕。〔翁方綱註〕鄠縣草堂寺石刻云：惇自長安至終南，謁蘇君軾，因與蘇遊樓觀、五郡、延生、大秦、仙遊。甲辰正月二十三日，京兆章惇題。【誥案】原題《仙遊潭五首》，又分列潭、南寺、北寺、馬融石室、玉女洞五題，蓋以仙遊潭五首一行爲總題也。考諸本與

《欒城集》題皆同，今以前列十一首總題已該此五首之數，不應重出，特删去「五首」二字及「潭」字一行，符體例也。

翠壁下無路，〔合註〕江總賦：聳翠壁以臨危。何年雷雨穿。光摇巖上寺，深到影中天。【誥案】紀昀曰：五字極平而極幻。我欲然犀看，〔王註〕《晉書》：温嶠旋武昌，至牛渚磯，水深不可測。世云其下多怪物，嶠遂然犀角而照之。須臾見水族覆火，奇形怪狀，或乘馬車著赤衣者。嶠其夜夢人謂己曰：「與君幽明道别，何意相照也？」意甚惡之。嶠先有齒疾，至是拔之，因中風。至鎮，未旬而卒。龍應抱寶眠。〔王註〕裴硎《傳奇》載：周邯有奴，善入水，名曰水精。相州八角井，夜常有光如虹，邯命水精入井，良久，出曰：「有一黄龍，極大，抱數顆明珠熟寐。」【誥案】紀昀曰，接法挺拔。誰能〔七〕孤石上，危坐試僧禪。【誥案】紀昀曰：言禪定則臨深不懼。

南　寺

東去愁攀石，西來怯渡橋。碧潭如見試，白塔苦相招。野饋慚微薄，〔查註〕《詩·七月音義》：饁，野饋也。村沽慰寂寥。【誥案】章惇同至仙游，詳玩此詩，乃是日留章惇飯，故有此慰藉之詞。殆後匯編十一首，以題與諸題不符，復删去題字，未及註明耳，觀慚字、慰字，必非無因發也。路窮斤斧絶，松桂得干霄。〔王註〕《北山移文》：干青雲而直上。

北　寺

唐初傳有此，亂後不留碑。畏虎關門早，無村得米遲。〔王註〕杜子美《題忠州龍興寺所居院壁》詩：小市常争米，孤城早閉門。山泉自入甕，野桂不勝炊。〔王註〕《戰國策》：蘇秦對楚王曰：「楚國之食貴於玉，薪貴於桂，謁者難得見如鬼，王難得見如天帝。今令臣食玉炊桂，因鬼見帝。」信美那能久，〔王註〕王粲《登樓賦》：雖信美而非吾土兮，曾何足以少留。應先學忍飢。

馬融石室〔八〕

未應將軍聘，初從季直游。絳紗生不識，〔王註〕《後漢·馬融傳》：摯恂隱於南山，融從其游學，博通經籍。大將軍鄧騭聞融名，召爲舍人，不應命。嘗坐高堂施絳紗帳，前授生徒，後列女樂。〔邵註〕《三輔決録》註：摯恂，字季直。〔查註〕《後漢·馬融傳》：永初二年，鄧騭召，不應命。既飢困，乃悔而歎息，往應召。《鳳翔志》：馬融，扶風人。今縣東南二十里，有絳帳村。蒼石尚能留。豈害依梁冀，【誥案】紀昀曰：第五句放活一筆，以鬆爲緊，以逼下句。何須困〔九〕李侯。〔王註〕《後漢·吴祐傳》：梁冀誣李固，馬融在坐，爲冀章草。祐謂融曰：「李公之罪，成於卿手，李公即誅，卿何面目見天下之人乎？」吾詩慎勿刻，猿鶴爲君羞。〔王註〕《北山移文》：蕙帳空兮夜鶴怨，山人去兮曉猿驚。〔查註〕《後漢·馬融傳》：融爲梁冀草奏李固，以此爲正直所羞。【誥案】二句清出「豈害」、「何須」四字，必當如是完結。曉嵐謂結句太直太露者，非也。

玉女洞

洞裏吹簫子，終年守獨幽。石泉爲曉鏡，〔合註〕潘岳《懷舊賦》：俯鏡泉流。山月當簾鉤。〔王註〕杜子美《月》詩：塵匣元開鏡，風簾自上鉤。歲晚杉楓盡，人歸霧雨愁。送迎應鄙陋，誰繼楚臣謳。〔王註續曰〕沅湘間，其俗信鬼，作歌舞以樂諸神。屈原放逐，見其辭鄙陋，遂爲作《九歌》之曲。〔合註〕沈亞之《屈原外傳》：原棲玉笥山，作《九歌》，至《山鬼篇》成，四山忽啾啾若啼嘯，聲聞十里外，草木莫不萎死。

愛玉女洞中水，既致兩瓶，恐後復取而爲使者見紿，因破竹爲契，使寺僧藏其一，以爲往來之信，戲謂之調水符

〔王註趙若拙曰〕先生留題仙遊潭中興寺，自註云：中興寺有玉女洞，洞中有飛泉焉，甚甘。【誥案】此條在《壬寅減決囚禁》詩公自註内摘出。若拙但云留題自註，並未誤也。合註駁之云，前詩無此自註，即《仙遊潭》詩亦無此自註，皆自誤也。

欺謾久成俗，關市有契繻。〔王註次公曰〕《漢書註》曰：繻，帛邊也，舊關出入皆以傳，傳還，因裂繻頭，合以爲符信，終軍棄繻是已。誰知南山下，取水亦置符。古人辨淄澠，〔王註續曰〕《列子·説符篇》：孔子曰：「淄、澠之合，易牙嘗而知之。」〔師民瞻曰〕易牙，齊桓公大夫。淄、澠二水爲食，牙能知二水之味，桓公不信，試之果驗也。皎若鶴與鳧。〔王註〕《莊子·駢拇篇》：鳧脛雖短，續之則憂；鶴脛雖長，斷之則悲。吾今既謝此，但視符有無。常恐汲水人，智出符之餘。多防竟無及，棄置爲長吁。

自仙遊回至黑水，見居民姚氏山亭，高絶可愛，復憩其上

〔查註〕黑水，谷名，見《壬寅二月詩》公自註中。

山鴉曉辭谷，似報遊人起。出門猶屢顧，慘若去吾里。道途險且迂，繼此復能幾。溪邊有

危構，歸駕聊復柅。〔邵註〕《易》：繫於金柅。註：柅，止輪木。愛此山中人，縹緲如仙子。〔王註〕杜子美《敬贈鄭諫議》詩：築居仙縹緲。又，杜牧詩：神仙高縹緲。平生慕獨往，〔王註〕《淮南子．莊子要畧》曰：江海之士，山谷之人，輕天子細萬物而獨往。杜子美詩：野人時獨往。官爵同一屣。胡爲此溪邊，〔王註〕韓退之《瀧吏》詩：胡爲此水邊，神色久憔慌。眷眷若有俟。國恩久未報，念此慚且泚。〔王註〕韓退之《瀧吏》詩：叩頭謝吏言，始慚今更羞。歷官二十餘，國恩竟未酬。臨風浩悲吒〔一〇〕，〔合註〕郭璞詩：撫心獨悲吒。萬世同一軌。【誥案】紀昀曰：後半幅，語自沈著。何年謝簪紱，〔合註〕陸機《周處碑》：簪紱揚名。丹砂留迅晷。

二月十六日，與張、李二君遊南溪，醉後，相與解衣濯足，因詠韓公《山石》之篇，慨然知其所以樂而忘其在數百年之外也。次其韻

〔查註〕按，朱子《韓文考異》於《山石》詩下引此題云：見《坡集》。【誥案】張君即監承事張杲之，李君即李彭年也。

終南太白橫翠微，【誥案】起句似李太白。自我不見心南飛。行穿古縣並山麓，野水清滑溪魚肥。【誥案】紀昀曰：老健非東坡不辦。須臾渡溪踏亂石，山光漸近行人稀。窮探愈好去愈銳，意未滿足枵如飢。忽聞奔泉響巨碓，隱隱百步摇窗扉。【誥案】此句言溪堂也。公與張杲之泛舟南溪，嘗留宿於此，亦有《溪堂》詩。跳波濺沫不可嚮，散爲白霧紛霏霏。【誥案】以上敍南溪事。醉中相與棄拘束，顧

勸二子解帶圍。褰裳試入插兩足，飛浪激起衝人衣。【詰案】此四句入解衣濯足。君看麋鹿隱豐草，豈羨玉勒黃金鞿。人生何以易此樂，天下誰肯從我歸。

大老寺〔三〕竹間閣子

〔查註〕《鳳翔志》：竹閣在城東北五里，唐光啓中李茂貞建，後爲大老寺。【詰案】此詩施編不載，查註從外集補編。

殘花帶葉暗，新筍出林香。但見竹陰緑，不知汧水黃。〔查註〕《鳳翔志》：汧水在縣西二十里，由汧陽縣西又南流入寶雞。樹高傾隴鳥，池浚落河魴。〔馮註〕《詩·小雅·小弁》：莫高匪山，莫浚匪泉。又《陳風·衡門》：豈其食魚，必河之魴。栽種良辛苦，孤僧瘦欲尫。〔馮註〕《禮記·檀弓》：吾欲暴尫而奚若。註：瘠病之人也。

周公廟，廟在岐山西北七八里，廟後百許步，有泉依山，湧冽異常，國史所謂「潤德泉世亂則竭」者也

〔王註李堯祖曰〕自華以西名山七，其四曰岐山。徐廣云：即今之岐山縣。其山兩岐，俗呼爲箭括嶺。〔林子敬曰〕《湘山野録》云：雍熙二年，鳳翔奏：岐山縣周公廟有泉湧出。相傳時平則流，時亂則竭。至大中年復流，賜號潤德泉，後又涸。今其泉復湧，澄甘瑩潔。太宗嘉之。〔查註〕

《名勝志》：鳳山之麓，有周公廟，廟前有筀竹園，園內有泉，引泉入池，日不溢池。《岐山縣志》：唐鳳翔節度使崔珙奏：岐山縣棲鳳鄉周公廟，舊有泉水，枯竭多年，去冬忽因大風，其泉五處，一時湧出，各深一尺。詢諸故老，咸稱此泉出，必時泰歲豐者，請宣示史官，以光典册。詔答曰：朕以虛庸，敢膺元貺，披圖見瑞，省表增慚。今賜名潤德泉。

吾今那復夢周公，尚喜秋來過故宮。翠鳳舊依山硉兀，〔王註〕郭璞《江賦》：巨石硉兀以前却。韓退之《雪後》詩：氣象硉兀未可攀。〔查註〕《竹書紀年》：周文王元年，有鳳集於岐山。清泉長與世窮通。【誥案】「窮通」二字，押得精細，非此二字，則一三聯皆貫不得。至今游客傷離黍，故國諸生詠雨濛。【誥案】此聯用《毛詩·詩序》閔宗周及東征事，曲折而切當。牛酒不來烏鳥散，白楊無數暮號風。〔王註〕《文選·古詩》：白楊多悲風，蕭蕭愁殺人。

和子由記園中草木十一首

【誥案】南園在京師宜秋門內，公在京所置業也。時子由奉宮師居其中，已詳卷二總案。據《欒城集》賦園中所有十首，自註云：時在京師。其詩，一萱草、二竹、三種蘆、四病榴、五葡萄、六叢篲、七果蠃、八牽牛、九柏、十葵。每章十二句。公和作以詠夢中「蟋蟀悲秋菊」詩一首，系於十首之後，故凡集本作十一首。查註以第十首撤出，別作《記夢》之詩，而以第十一首詠蟋蟀頂替第十首之數，合註既從誤，曉嵐點論亦爲所紿。今仍作十一首。餘分詳本案及詩註中。〔案〕總案卷二「公於宜秋門內得南園」條下引本集《與楊濟甫書》：都下春色已盛，所居廳前有小花園，課童種茶，亦少有佳趣。傍宜秋門，皆高槐古柳，一似山居，頗便野性也。又云：公後在鳳翔，子由賦園中草木十詩以寄云：「南園地性惡」，是此園名南園也。又云：「吾兄客關中，果蠃施吾宇」，是顯爲公之園也。公答詩云：「煌煌帝王都，閉門觀物變」，是園在京師也。又云：「吾歸與汝處，慎勿嗟歲晚」，是亦公之園而將罷歸也。總案卷五「和子由所記園中草木共得十一詩」條下云：《欒城集》賦園中所有，十詩分詠。公和十詩畢，復以但記說秋菊句，限於篇幅，未及蟋蟀悲之之意，故從此句紬而繹之，作《蟋蟀悲秋菊》一篇。又以此詩之根在前作，而詩亦一色，不當別列一題，故并爲十一詩也。子由又作「兄從南山來，夢我南山下」一詩，以復和公之第十詩，更作「蟋蟀感秋氣，夜吟抱菊根」一詩以和公之第十一詩。而原作分詠草、木，不可列入，直以二詩別列一題云：和子瞻記夢二首。此公之和園中草木所以多一詩，而子由則原作十詩之外，又有《記夢》二詩之原委也。紀曉嵐評其頂補第十首之詠《蟋蟀悲秋菊》一詩云：「收得感慨，於文爲結到題外，於意爲結到題中，雖就菊說，已隱隱收盡前九首。」此詩乃蛩菊交互之作，紀氏但知有菊，是不知蛩卽蟋蟀也，又欲以此詩收盡前九首，不知何以墮入雲霧中。然如《中隱堂》之第五首云：「都城更幾姓，到處有殘碑，岣嶁何須到，韓公浪自悲。」此真乃雖就碑說，已隱隱收盡前四首者，何不亦以文結題外、意結題中論之，而謂其疏於律耶！又接評其掣出之第十詩改題爲《記夢》者云：「蟋蟀悲秋菊，儘有妙義可衍，不應草草如是。」然則《蟋蟀悲秋菊》詩，甫經點論，卽已茫如，又何以始終不見也。今仍删《記夢》之題目，還十一詩之舊觀，并分註各詩下而總論於案。又，詩爲秋中作。施註原編正月十九日清平鎮十一首前，查註仍之，編入治平元年甲辰之首，合註踵承其誤。今改編於後云。

其一

煌煌帝王都，〔王註〕《古樂府》有《煌煌京洛篇》。赫赫走羣彥。嗟汝獨何爲，閉門觀物變。微物豈足觀，汝獨觀不倦。牽牛與葵蓼，〔王註〕《本草》：牽牛生花，如鼓子花而稍大，作碧色，結實，內作小房，實黑，類蕎麥。陶隱居云：此藥始出，田野人牽牛易藥，故以名之。〔查註〕《本草》：牽牛，三月生苗作藤，蔓繞籬牆，高二三丈。《炮炙論》謂之草金鈴，《酉陽雜俎》謂之盆甑草，近人隱其名爲黑丑，以丑屬牛也。《爾雅》：菺戎葵。郭璞註：今蜀葵也。歐陽詹詩：芭蕉一葉妖，戎葵一花妍。〔王註〕陶隱居曰：蓼有三種，一紫蓼，一香蓼，一青蓼。〔合註〕《本草》：蓼有七種，六蓼花皆紅白，惟木蓼花黃白。采摘入詩卷。吾聞東山傅，置酒攜燕婉〔三〕。富貴未能忘，聲色聊自遣。〔王註〕《晉書·謝安傳》：謝安棲遲東山，雖放情丘壑，然每遊賞必以妓女從。安石妻，劉惔妹也。見家門富貴，而安獨静退，乃謂曰：「丈夫不如此也。」安掩鼻曰：「恐不免耳。」後贈太傅。【誥案】紀昀曰：又作一層襯托，非惟氣機頓挫，亦覺烘染生姿。汝今又不然，時節看瓜蔓。〔合註〕闞駰《九州志》：五月瓜蔓水。懷寶自足珍，藝蘭那計畹。〔王註〕屈原《離騷》：既滋蘭之九畹兮，又樹蕙之百畮。王逸註：十二畝曰畹。《説文》：三十畝曰畹。吾歸於汝處，〔王註〕《詩·豳風·九罭》：公歸無所，于汝信處。【誥案】公是年冬，成資將解還。慎勿嗟歲晚。【誥案】此首總起，從京師入手，所用牽牛、葵、蓼、瓜、蘭，皆隨手點染，非荅園中所有也。熟讀後四篇，當自知之。公每自賞其詩文而深歎世之識真者少，茲屢復查註、紀説及合註之續刻，而竊有概於斯言也，因分疏於後云。

其二

荒園無數畝，草木動成林。春陽一以敷〔一三〕，妍醜各自矜。蒲萄雖滿架，〔合註〕《漢書·西域傳》：漢使采蒲陶、目宿種歸。《博物志》：張騫使西域，還得蒲桃。困倒〔一四〕不能任。〔合註〕韓退之書：倒廩傾困。【誥案】《欒城集·蒲萄》詩云：蒲桃不禁冬，屈盤似無氣。春來乘盛陽，覆架青綾被。可憐病石榴，〔查註〕《博物志》：張騫使西域，得塗林安石國榴以歸，故名安石榴。花如破紅襟。〔合註〕丁仙芝《餘杭》詩：曉幕紅襟燕。【誥案】《欒城集·病石榴》詩云：堂後病石榴，及時亦開花。身病花不齊，火候漸已差。葵花雖粲粲，蒂淺不勝簪。【誥案】《欒城集·葵》詩云：葵花開已闌，結子壓枝重。憶初始放花，岌岌旌節聳。叢蓼晚可喜，輕紅隨秋深。〔合註〕《爾雅》：翼蓼，有紫、赤、青等種。李義山詩：將泥紅蓼岸。【誥案】原作無蓼詩，此因首作有「牽牛與葵蓼，采摘入詩卷」句，故又以之作襯，自變其法也。物生感時節，此理等廢興。【誥案】必總此二句，方收束得住。飄零不自由，盛亦非汝能。【誥案】此詩答蒲萄、榴、葵三首也。從園中入手，中間蒲萄、榴、葵蓼各二句，三實一虛，不落板實，此又一章法也。

其三

種柏待其成，柏成人已老〔一五〕。【誥案】《欒城集·柏》詩云：南園地性惡，雙柏不得長。柏生嗟幾年，失意自悽愴。不如種叢篲，春種秋可倒。〔王註次公曰〕篲，帚竹也。《莊子》所謂操拔篲者是已。方言曰倒篲。〔查註〕《爾雅》：葥王篲。郭璞註：王帚也，似藜，其樹可以爲掃篲，江東呼之曰落帚。【誥案】《欒城集·篲》詩云：隣翁笑我拙，教我種叢草。經霜斫爲篲，不讓秋竹好。陰陽不擇物，美惡隨意造。〔合註〕庾信《蕩子賦》：細草橫階隨意生。柏生何苦艱，似亦費天巧。〔王註次公曰〕韓退之詩：柏生兩石間，萬歲終不大。天工巧有幾，肯盡爲汝耗。君看藜與藿，〔王註〕《前漢・蓋寬饒傳》：山有猛獸，藜藿爲之不采。生意常草草。【誥案】此詩答柏、篁二首也。從柏入手，篁次之，法似並起而句則單行，其後柏則明點，篁則暗結，兼雙收側注之意，此又一章法也。紀昀曰：純乎正面說理，而不入腐廓，以仍是詩人意境，非道學意境也。理喻之米，詩則釀之而爲酒，道學之文，則炊之而爲飯。

其四

萱草雖微花，〔王註次公曰〕《本草》：萱草，一名鹿葱。嵇康《養生論》：萱草忘憂。【誥案】《詩・衞風》：焉得諼草。註：諼，忘也，諼草合歡，食之令人忘憂者。孤秀能自拔。〔合註〕梁昭明太子啓：儼然孤秀。亭亭亂葉中，一一勞心〔一六〕插。【誥案】《欒城集・萱》詩云：萱草朝始開，呀然黃鵠觜。仰吸日出光，口中爛如綺。美女生山谷，不解歌與舞。君看野草花，可以解憂悴。牽牛獨何畏，詰曲自芽蘖。走尋荊與榛，如有夙昔約。【誥案】《欒城集・牽牛》詩云：牽牛非佳花，走蔓入荒榛。開花荒榛上，不見細蔓身。南齋讀書處，亂翠曉如潑。偏工貯秋雨，歲歲壞籬落。【誥案】此詩答萱草、牽牛二首也。萱草四句，牽牛四句，結四句，此又一章法也。趙次公謂此詩以萱草比君子，以牽牛比小人，此因「孤秀自拔」、「走尋荊榛」等四句而傅會作一解也。曉嵐主查註，以「首首寓感慨不露怒張」爲論，故亦同趙說。今考之，但就原唱致意，且此時尚無小人，卽陳公弼亦非小人，公未嘗以小人待之也。其說誣，應駁正。

其五

蘆筍初似竹，〔查註〕《爾雅》：葭蘆，菼薍，其萌虇。註云：今江東呼蘆筍爲虇。虇，音拳。【誥案】《欒城集・蘆》詩云：蘆生井欄上，蕭騷大如竹。稍開葉如蒲。方春節抱甲，漸老根生鬢。不愛當夏綠，愛此及秋枯。【誥案】《欒城集・蘆》詩云：莖青甲未解，枯葉已可束。黃葉倒風雨，白花搖江湖。江湖不可到，移植苦勤劬。【誥案】《欒城集・蘆》詩云：移來種堂下，何爾短局促。强移性不遂，灌水惱童僕。安得雙野鴨，飛來成畫圖〔一七〕。〔合註〕《宣和畫譜》：崔白、唐希雅俱有《蘆鴨圖》，當本唐人畫格，故先生詩云然。【誥案】此詩專答種蘆一首，又一章法也。紀昀曰：結句展開，却仍是兜轉。

其六

行樂借芳辰〔一八〕，〔王註〕《前漢書》：楊惲曰，人生行樂耳，須富貴何時。謝靈運序：良辰美景，賞心樂事，四者難并。〔合註〕梁元帝《纂要》：辰曰芳辰。秋風常苦早。誰知念離別，喜見秋瓜老。【誥案】《詩・豳風・七月》：七月食瓜。此秋瓜也。果蓏卽栝樓，亦名天瓜。詩意似欲答果蓏，其下忽從秋瓜追問，而意緒橫生，詩爲一變，遂不復終果蓏之意矣。秋瓜感霜霰，莖葉颯已槁。宦遊歸無時，【誥案】此句從秋瓜生出，自此作法全變矣。身若馬繫皁。悲鳴念千里，耿耿志空抱。〔王註〕顏延年《赭白馬賦》：飛黃服皁。魏武帝樂府：老驥伏櫪，志在千里。烈士暮年，壯心不已。多憂竟何爲，使汝玄髮縞。【誥案】前二三四五共四首，皆答園中草木也。此詩忽觸瓜期之感，因入「馬繫」數句以終之。自此奮迅而下，置原作於不問，遂遺果蓏、竹二首，不復答和矣。前五首，公似檢對原作，變換章法，皆構思而出，其成之也緩。自此以下六首，皆任意揮灑，頃刻立就者也。紀昀曰：此首忽跳出題外，取興在卽離之間。曉嵐知其跳出題外讀此詩，尚不爲失眼，但究未理清逐詩線索，故其後所論作法皆誤，冰炭之不相入矣。今選其近是者各條存之。

其七

官舍有叢竹，結根問囚廳。下爲人所徑，土密不容釘。〔合註〕《晉書·陶侃傳》：以所貯竹頭作釘裝船。詩意則言竹萌也。殷勤戒吏卒，插棘護中庭。遶砌忽墳裂，〔王註〕墳，房吻切。〔邵註〕《左傳·僖公四年》：公祭之地，地墳。註：高起也。走鞭瘦竛竮。〔王註〕《談助》：竹根曰鞭。〔合註〕《玉篇》：伶俜，行不正也。我常攜枕簟，來此蔭寒青。日暮不能去，卧聽窗風泠。【誥案】此詩自詠官舍叢竹，以至近而來寓目者言之。

其八

芎藭生蜀道，〔王註次公曰〕按《本草》，芎藭雖生武功川谷，而陶隱居註云，蜀中亦有而細。〔查註〕《大觀本草》：芎藭，一名山鞠藭，出蜀中者，名川芎。白芷來江南。〔王註次公曰〕《本草》：白芷生河東川谷下澤，如掌。〔查註〕《本草》：芷，一名葯。許氏《説文》：楚謂之蘺，晉謂之虈，齊謂之茝，生於下澤，故有澤芬之名。漂流到關輔，〔王註饒德操曰〕關輔，關中三輔也。猶不失芳甘。濯濯翠莖滿，愔愔清露涵。〔合註〕傅咸《燭賦》：嘉湛露之愔愔。及其未花實，可以資筐籃。〔王註次公曰〕芎葉名蘼蕪，可以爲菜，芷葉名蒿麻，可作浴湯，此所謂資筐籃者也。秋節忽已老，苦寒非所堪。劚根取其實，對此微物慚。【誥案】此詩自詠芎藭、白芷，以至遠而來寓目者言之。

其九

自我來關輔，南山得再遊。【詰案】謂前遊終南二曲諸勝也。山中亦何有，草木媚深幽。菖蒲人不識，生此亂石溝。〔王註次公曰〕《寰宇記》：咸平中，姚成甫常採菖蒲，澗側遇一丈夫，謂甫曰：「此菖蒲，安期生所餌，可以忘老。」倏忽不見。山高霜雪〔一九〕苦，苗葉不得抽。下有千歲根，蹙縮如蟠虬。長爲鬼神守，〔王註師民瞻曰〕《神仙傳》：茅君丹砂，二千歲乃結成，上帝常使鬼神毒蛇守焉。〔德權曰〕《物類相感志》：菖蒲若紅蒲，芳氣酷烈，世言有花無人見，見者必大富貴。趙隱之母傅氏，曾於山澗中，見花大如車輪，傍有神人守護，誡之勿洩。年至九十四。德薄安敢偷。〔查註〕《法華經》：薄德之人，不種善根。《抱朴子·仙藥篇》：凡庸道士，心不專精，行穢德薄，亦終不能得也。【詰案】此詩因游南山，而詠人不可見之菖蒲，覩其終以鬼神德薄之詞，知後幅必將化入夢境矣。

其十

我歸自南山，山翠猶在目。〔合註〕庾肩吾詩：山翠下添流。心隨白雲去，夢繞山之麓。汝從何方來，笑齒粲如玉。【詰案】九首南山游與十首之南山歸，特有意自爲開闔，并入子由作結，豈可折散別編。探懷出新詩，秀語奪山緑。覺來已茫昧，但記說秋菊。〔公自註〕八月十一日〔二〇〕夜，宿府學，方和此詩。夢與弟游南山，出詩數十首〔二一〕，夢中甚愛之。及覺，但記〔二二〕一句云：蟋蟀悲秋菊。【詰案】時陳公弼命公兼府學教授，故夜宿學中也，說見王註，而載於壬寅九月詩下，與本集《陳公弼傳》「從公二年」不合，因删去，附記於此。有如採樵人〔二三〕，入洞聽琴筑。歸來寫遺聲，〔合註〕繁欽《與魏文帝牋》：遺聲抑揚。猶勝人間曲。【詰案】此詩因南山歸，而記夢說之「秋菊」、「採樵」四句，乃和子由十首之總結，故云「歸來寫遺聲，猶勝人間曲」也。至是，十詩已畢，復以夢說秋菊之意，未能暢達，又作《蟋蟀悲秋菊》一首次其後，故并爲十一首也。子由既得公詩，復和第十、第十一兩首，其詩別列題，曰，《和子瞻記夢二首》。據《欒城集・和子瞻記夢》第一首云：兄從南山來，夢我南山下。探懷出詩卷，卷卷盈君把。詩詞古人似，弟則吾弟也。相與千里隔，安得千里馬。攜手上南山，不知今乃夜。晨雞隔牆唱，欹枕窗月亞。百語記一詞，秋菊悲蛩吒。此語飽、謝流，平日我不暇。我本無此詩，嗟此誰所借。

其十一

野菊生秋澗，芳心空自知。〔王註〕吕温《山櫻》詩：幽處竟誰見，芳心空自知。無人驚歲晚，惟有暗蛩悲。〔合註〕《爾雅》：蟋蟀，蛬。註：今促織也。【誥案】合註既引此條，何以不識此詩也。曉嵐六年五閱，而謂「蟋蟀悲秋菊」句儘有妙義可衍，不應艸艸如是。又謂此詩雖就菊説，已隱隱收盡前九首，始終不悟蛩即蟋蟀，而獨指爲詠菊，何也？花開澗水上，花落澗水湄。菊衰蛩亦蟄，與汝歲相期。楚客方多感，秋風詠江蘺。〔王註〕李商隱詩：莫學漢臣栽苜蓿，還同楚客詠江蘺。〔邵註〕《楚辭・離騷》：扈江離與辟芷兮。註：香草生於江中，故曰江離也。離、蘺，通。落英不滿掬，〔王註〕《楚辭》：夕餐秋菊之落英。何以慰朝飢。【誥案】此詩詠蟋蟀悲秋菊，從第十首之「但記説秋菊」句，紬而繹之也。據《欒城集・和子瞻記夢》第二首《蟋蟀悲秋菊》詩云：蟋蟀感秋氣，夜吟抱菊根。霜降菊叢折，寸根安可存。耿耿荒苗下，唧唧空自論。不敢學蝴蝶，菊盡兩翅翻。蟲凍不絶口，菊死不絶芬。志士豈棄友，烈女無兩婚。查註以第十首《我歸自南山》摘出，別爲《記夢》詩，特載子由《和記夢》第一首《兄從南山來》，以作改題記夢之證。又以子由多《蟋蟀悲秋菊》詩一首，即乾沒不載，以符各十一首之數。今分列子由二詩於本詩後，俾讀者究其全云。

次韻和子由聞予善射〔二四〕

【詁案】此詩施編不載，查註從外集編上卷，誤，今改編。

中朝鸞鷺〔三五〕自振振，〔合註〕《詩・魯頌》：振振鷺。豈信邊隅事執鼖。【詁案】《爾雅・釋樂》：大鼓謂之鼖。註：鼓長八尺。《周禮・地官》：鼓人，以鼖鼓鼓軍事。古用賁，《詩・大雅》：賁鼓維鏞。共怪書生能破的，〔合註〕《晉書・王濟傳》：一發破的。也如〔三六〕驍將解論文。穿楊自笑非猿臂，〔合註〕穿楊用《戰國策》養由基事。又，《前漢・李廣傳》：爲人長爰臂，其善射亦天性。註：如猿臂通肩也。射隼長思〔三七〕逐馬軍。〔查註〕《易・繫辭下》：公用射隼於高墉之上。杜子美詩：洗盞開嘗對馬軍。觀汝長身最堪學，定如髯羽便超羣。〔合註〕《三國・蜀志・關羽傳》：諸葛亮答羽書曰：「孟起一世之傑，黥、彭之徒，當與益德並驅爭先，猶未若髯之絶倫逸羣也。」羽美須髯，故亮謂之髯。馬超，字孟起。張飛，字益德。

次韻〔三八〕子由論書

〔查註〕《韻語陽秋》：東坡《與子由論書》詩，其子叔黨跋公書云：吾先君子豈以書自名哉，特以其至大至剛之氣，發於胸中，而應之以手，不見其刻畫嫵媚之態，而章甫端冕，若有不可犯之色。少年喜二王，晚乃喜顏平原，故時有二家風氣，俗子不知，妄謂學徐浩，陋矣。觀此，則知初未嘗規規於翰墨積習也。《欒城集・子瞻寄示岐陽十五碑》詩云：堂上岐陽碑，吾兄所與我。吾兄自善書，所取無不可。歐陽弱而立，商隱瘦且橢。小篆妙詰曲，波字美婀娜。譚藩居顏前，何類學顏頗。魏華自磨淬，峻秀不包裹。九成列賢俊，磊落雜幺麽。英公與褒鄂，戈戟聞自荷。何年學操筆，終歲惟箭笴。書成亦可愛，藝業嗟獨夥。余雖謬學文，書字每慵惰。車前駕騏驥，車後繫贏跛。逾年學舉足，漸亦行駛騃。古人有遺蹟，筭短不及鎖。願從兄發之，洗硯處兄左。【誥案】查註採編唱和詩，輒曰原作、和作，删去原有題目。視其詩，若馬嵬、昭君、梅花、白燕，一題可類編數十首者，然此豈知詩者所爲。唱和各詩，其中往往時地不同，人事已改，必非一題可該兩人之作，亦有各道己意，但借韻爲詩者。往往屢讀不喻其故，必檢閲出處而後恍然，或無其書，惟有付之不求甚解而已，初未嘗享其成也。合註間亦補之，然彼欲自見，皆離詩別載，不肯爲查註補列詩前，殊不便於讀者。今以必應補者，皆爲查註補載，如子由此詩，查註題曰原作，復又註明《欒城集》原題，凡似此者，删去原作、和作字樣，載入原題。其有原作、和作爲題，詩意已明，及不載逐人原題，未暇詳考他集者，則仍其舊云。

吾雖不善書，曉書莫如我。苟能通其意，常謂不學可。〔王註堯卿曰〕學書者，須得書外之意，如《晉書》陶侃用法，恒得法外意也。魯直常謂，東坡心通，得於翰墨之外。〔合註〕何焯曰：張懷瓘云：古之名手，但能其事，不能言其意。今僕雖不能其事，而輒言其意。公用以發端。貌妍容有矉，〔邵註〕《莊子·天運篇》：西施病心而矉其里。璧美何妨橢。〔王註次公曰〕橢，音吐火切。《爾雅》：蟦，小而橢。註：即小貝，橢謂狹而長。端莊雜流麗，剛健含婀娜。好之每自譏，不獨〔二九〕子亦頗。書成輒棄去，謬被旁人裹。體勢〔三〇〕本闊落，結束入細麽。〔邵註〕班彪《王命論》：么麽不及數子。註：細小曰麽。子詩亦見推，語重未敢荷。【誥案】下入學射，却特意抹倒，以足上意。爾來又學射，力薄愁官笴。〔公自註〕官箭十二把，吾能十一把〔三一〕箭耳。〔合註〕《考工記》：妢胡之笴。多好竟無成，不精安用夥。〔王註〕《前漢書·陳涉傳》：客曰：「夥，涉之爲王沈沈者。」註：楚人謂多爲夥。〔合註〕《後漢書·馬融傳》：鄭君博而不精。何當盡屏去，萬事付懶惰。吾聞古書法，守駿莫如跛。〔查註〕《長公外紀》：趙子固云：徐會稽之濁，在跛偃；李北海之濁，在攲斜。世俗筆苦驕，衆中强嵬騀。〔王註子仁曰〕子由「左」字一聯上有「鎖」字一韻，此乃闕焉。〔堯卿曰〕嵬騀，不安帖貌。《説文》謂馬摇頭曰騀。鍾、張忽已遠，〔王註縯曰〕鍾繇、張芝也。〔查註〕孫過庭《書譜》：子敬之不及逸少，猶逸少之不及鍾、張。此語與時左。〔合註〕韓退之書：身勤而事左，非計之得也。《韻會》：不適事宜曰左計。

次韻和子由欲得〔三〕驪山澄泥硯

〔馮註〕《硯譜》：虢州澄泥硯，唐人品硯，以爲第一。米芾云：絳縣人善製澄泥硯，以細絹二重，淘泥澄之，取極細者，燔爲硯。有色緑如春波者，細滑著墨不費筆，但微滲耳。〔合註〕《欒城集》詩末句：報君湘竹筆身斑。今先生押「班」字，與原唱不同。【誥案】公元祐還朝詩，如「綴兩班」、「尚斕班」、「踏舊班」、「亦如班」、「筍籜斑」、「昨夜班」，皆隨便押，當日並不論也。

舉世争稱鄴瓦堅，〔王註子仁曰〕魏於鄴都建銅雀臺，後世以其瓦作硯，爲世所貴重。〔查註〕胡仔《苕溪漁隱叢話》：銅雀臺瓦硯，以古物而見貴於世。瓦頗有青色，其内平瑩，厚有及寸許者，多印工人姓氏，皆八分隸書也。一枚不換百金頒。豈知好事王夫子，【誥案】王頤，字正父。時爲武功縣。公後與頤詩云：我昔識子自武功。自採臨潼繡嶺〔三〕山。〔查註〕《輿地廣記》：陝西永興軍路，京兆府臨潼縣。驪山在南，故驪戎國。漢新豐，唐慶山，宋祥符八年改臨潼。《雍録》：臨潼縣，秦驪邑也。《山海經》：驪山左右皆峻嶺，雲霞繡錯，因有繡嶺之名。〔合註〕《太平寰宇記》：硯石福地。《遁甲開山圖》曰：驪山之西，川中有阜，曰風涼原，西川水出硯山之研盤谷是也。經火尚含泉脈暖，〔合註〕鮑照詩：金澗測泉脈。此則言臨潼之温泉也。弔秦應有淚痕〔三四〕潸。〔王註〕《史記》：葬始皇酈山。封題寄去吾無用，近日從戎擬學班。〔王註〕《後漢・班超傳》：常爲官傭書，輟業，投筆歎曰：「大丈夫無他志畧，猶當效傅介子、張騫立功異域，以取封侯，安能久事筆研間乎。」〔合註〕張正見詩：善馬出從戎。【誥案】時夏人大舉入寇，聲搖三輔，朝廷方遣王素視師平涼，因有此句。

竹䶉

〔查註〕《埤雅》：栗鼠若竹䶉之類。蓋鼠食竹，故曰竹䶉。《燕山録》云：煮羊以䶉，即此也。

野人獻竹䶉，腰腹大如盎。〔王註次公曰〕竹䶉，食竹根之鼠也。韓退之詩：腰腹空大何能爲。自言道旁得，采不費罝網。鴟夷讓圓滑，〔王註縯曰〕：揚雄《酒箴》：鴟夷滑稽，腹如大壺。〔合註〕《漢・陳遵傳註》：顔師古曰：滑稽圜轉，縱捨無窮之狀。混沌慚瘦爽。〔王註〕《神異經》曰：崑崙西有獸焉，其狀如犬，長毛，四足似熊，名爲混沌。兩牙雖有餘，四足僅能仿。逢人自驚蹶，〔合註〕陸龜蒙詩：忽愁自驚蹶。悶若兒脱襁。〔合註〕《易林》：脱於襁褓。念此微陋〔三五〕質，刀几安足枉。就擒太倉卒，〔合註〕《宋書・武帝紀》：係頸就擒。《漢書・王嘉傳》：臨事倉卒。羞愧不能饗。南山有孤熊，擇獸行舐掌。〔王註〕韓退之詩：擇肉於熊羆，肯視兔與狸。〔合註〕庾信詩：熊飢自舐掌。《埤雅》：熊，冬蟄不能食，飢則自舐其掌，故其美在掌。

渼陂魚

〔公自註〕陂在鄂縣。〔王註次公曰〕此杜子美詩有《渼陂行》者也。以其陂中魚美，故得名。〔查註〕《元和郡縣志》：渼陂，在鄂縣西五里，周圍十四里。《長安志》：出終南諸谷，合胡公泉爲陂。《十道志》地有五味陂，産魚，甚美，因名之。唐寶曆間，勅渼波令尚食使牧管，不得採捕。《欒城集·次韻渼陂魚》詩云：渼陂霜落魚可掩，枯芡破盤蒲折劍。巨斧敲冰已暗知，長叉刺浪那容閃。鯨孫蛟子誰復惜，朱鬣金鱗漫如染。邂逅相遭已失津，偶然一掉猶思塹。嗟君游宦久羊炙，有似遠行安野店。得魚未熟口流涎，豈有哀矜自欺僭。人生飽足百事已，美味那令一朝欠。少年勿笑貪匕筯，老病行看費鍼砭。羊生懸骨空自飢，伯夷食菜有不贍，清名驚世不益身，何異飲醯徒酷釅。

霜筠細破爲雙掩，〔查註〕掩，揜同。《曲禮》：大夫不揜羣。石經作掩，蓋襲取之義。今用爲魚具之名。〔合註〕《字典》：掩，又於贍切。先生詩雖是首句，亦押去聲，但《字典》去聲之掩，作「繰絲以手振出緒也」解，非魚具之義，再考。中有長魚如卧劍。〔王註〕孟浩然詩：游魚擁劍來。〔合註〕《西溪叢話》引何遜詩云：躍魚如擁劍。紫荇穿腮氣慘悽，紅鱗照座光磨閃。〔合註〕白樂天詩：膾縷落紅鱗。《廣韻》：閃，舒贍切。【誥案】紀昀曰：十四字居然杜意。攜來雖遠鬣尚動，烹不待熟指先染。〔合註〕《甕牖閒評》：東坡詩，染在去聲押，然《左傳》載染指事，染字，音如琰反，豈錯落耶？考《廣韻》，去聲亦收，無二義，則去聲押亦可。坐客相看爲解顏，香秔飽送如填塹。〔王註〕韓退之詩：匙抄爛飯隱送之。曹植《與吴季重書》：食若填巨壑。杜子美《雨》詩：半濕擣香秔。韓退之詩：淅玉炊香粳。早歲嘗爲荆渚客，〔王註次公曰〕先生應制科時，同子由侍父舟行適楚，是爲荆楚客。黄魚屢食沙頭店。〔王註子仁曰〕杜子美《戲作俳諧體遣悶》詩：頓頓食黄魚。沙頭鎮，屬荆南府。濱江易採不復珍，盈尺輒棄無乃僭。【誥案】紀昀曰：「早歲」四句，勢須一拓。自從西征復何有，欲致南烹嗟久欠。〔王註〕韓退之《南食》

詩：我來禦魑魅，自宜味南烹。游儵瑣細空自腥，亂骨縱橫動遭砭。故人遠饋何以報，客俎久空驚忽贍。東道無辭信使頻，〔合註〕《文選·諭巴蜀檄》：故遣信使。西鄰幸有庖虀釅，〔合註〕《說文》：釅作醶，酢漿也。《廣韻》：酒醋味厚。【誥案】紀昀曰：窄韻巧押，神鋒駿利，東坡本色。

淩虛臺

〔王註師民瞻曰〕在鳳翔廨後園。〔堯卿曰〕乃陳希亮知鳳翔時建也。〔饒德操曰〕先生集載《淩虛臺記》云：四方之山，莫高於終南，而太守之居，未嘗知有山焉，此淩虛之所爲築也。《欒城集·次韻淩虛臺》詩云：棄我謂我遠，求我謂我還。我一爾則二，視此臺上山。山高上干天，獨不照我顏。無乃我自蔽，誰謂山則慳。遠望不見趾，近視不得鬟。山實未始變，任子自擇删。北風吹南崖，山上秋葉斑。道遠又寒苦，皴裂辭難攀。晴空卷朝雲，照夜霜月彎。强爾登此臺，免爾趨闠闤。

才高多感激，道直無往還。不如此臺上，舉酒邀青山。〔合註〕何遜詩：躊躇慚舉酒。青山雖云遠，似亦識公顏。【誥案】謂陳公弼也。據此詩，兩意釋然久矣。崩騰赴幽賞，披豁露天慳。〔合註〕《晉書·陸玩傳》，披豁聖懷。落日銜翠壁，暮雲點煙鬟。〔王註〕李太白《烏棲曲》詩：青山猶銜半邊日。韓退之詩：擢玉紆煙鬟。浩歌清興發，放意末禮删。〔合註〕《列子·楊朱篇》：不逐世故，放意所好。是時歲云暮，微雪灑袍斑。吏退迹如掃，〔王註〕杜子美《贈李白》詩：山林迹如掃。賓來勇躋攀。臺前飛雁過，臺上雕弓彎。

聯翩向空墜，一笑驚塵寰。〔王註次公曰〕此乃韓退之《雉帶箭》詩云：衝人決起百餘尺，紅翎白鏃隨傾斜。將軍仰笑軍吏賀，五色離披馬前墮。取其意變其句者也。〔合註〕陸機《文賦》：浮藻聯翩，若翰鳥纓繳而墜層雲之峻。

和子由苦寒見寄

人生不滿百，〔王註〕《文選·古詩》：生年不滿百，常懷千歲憂。一別費三年。〔查註〕先生於嘉祐辛丑十一月赴鳳翔任。又三年，爲英宗治平元年甲辰。三年吾有幾，【誥案】紀昀曰：真至語。棄擲理無還。長恐別離中，催我鬢與顏。念昔喜著書，別來不成篇。細思平時樂，乃爲憂所緣。吾從天下士，〔王註〕《史記·魯仲連傳》：新垣衍起，再拜，謝曰：「始以先生爲庸人，吾乃今日知先生爲天下之士也。」莫如與子歡。羨子久不出，讀書蝨生氈。丈夫重出處，不退要當前。【誥案】紀昀曰：語意嶄然。西羌解仇隙，〔王註〕《前漢·趙充國傳》：元康三年，先零與諸羌種豪二百餘人解仇交質盟詛。註：每有仇讎往來相報，今解仇交質者，自相親結，欲入漢爲寇也。〔合註〕《漢書·宣帝紀》：遣趙充國、許延壽擊西羌。《後漢書·質帝紀》：罸枉仇隙。猛士憂塞壖。〔邵註〕《漢書·中屠嘉傳》：太上皇廟堧垣。註：宮外垣餘地也。堧，壖同。按，塞壖，塞垣也。廟謨〔三六〕雖不戰，〔王註〕杜子美《白水縣崔少府十九翁高齋》詩：廟謀蓄長策。〔合註〕《後漢·光武紀·贊》：明明廟謨。虜意久欺天。〔王註〕「欺天」引《論語》。【誥案】是年，夏人大舉犯邊，寇靜邊砦，圍童家堡，聲搖三輔。詔以王素三知渭州，及素至，夏人即日解去。素積粟練兵，屬羌奉土地來獻，悉增弓箭手行陣之法，三輔復安。以上四句，蓋指此也。山西良家子，〔王註〕《前漢·趙充國傳》：以六郡良家子善騎射。又《贊》云：山西出將。錦緣貂裘鮮。千金買戰馬，百寶粧刀鐶。〔王註〕杜子美《後出塞》詩：千金裝馬鞭，百金裝刀頭。何時逐汝去，與虜試周旋。〔王註〕《左傳・僖公二十三年》：重耳曰：「左執鞭弭，右屬櫜鞬，以與君周旋。」〔任居實曰〕《晉書》：謝玄謂苻融曰：「諸君稍却，今將士周旋，僕與君緩轡而觀，不亦樂乎。」

司竹監燒葦園，因召都巡檢柴貽勗左藏，以其徒會獵園下

〔查註〕《漢書註》：芒竹，在盩厔縣南界，芒水之曲而多竹林也。《水經注》：芒水又北徑盩厔縣之竹圃。《漢書・翟義傳》：王莽下詔曰〔三七〕：「翟義作亂於東，霍鴻負倚芒竹。」即此也。《元和郡縣志》：司竹園，周圍百里，置監丞，掌之。《唐六典》：司竹監掌植養園竹之事，副監爲之貳。凡宮掖及百官所須簾籠筐篚之屬，命工人擇其材幹以供之。按，《漢書》有司竹長丞，後魏有司竹都尉，後周有司竹監及丞，唐因之。在京兆、鄠、盩厔、懷州、河内界中。宋時惟鄠、盩厔一監，在鳳翔。《宋史・職官志》：諸縣巡檢司，有沿邊溪洞都巡檢或蕃漢都巡檢，掌訓治甲兵，巡邏州邑，擒捕盜賊。孫彥同《職官分紀》：嘉祐三年詔，諸路每一州軍，巡檢有至三五員者，又兩三州至八九州有都同巡檢，軍馬勢分，罕能獲賊，其一州軍止留巡檢一員，數州留都同巡檢一員，其邊海河汴江湖險僻之地，舊有巡檢處皆留之。《咸淳臨安志》：左藏掌受四方財賦之入，以待邦國之經費。其原蓋起於周，職內、職歲、外府，皆其職也。漢更隸大農少府，至晉始置左右藏，分建東西庫。國初，左藏止一庫，置使領焉，率居以清望官。今惟才是用，四選通得入轄。

官園刈葦留枯槎〔三八〕，深冬放火如紅霞。枯槎燒盡有根在，春雨一洗皆萌芽。【誥案】起四句燒

葦，乃官司年例也。黄狐老兔最狡捷，賣侮百獸常矜誇。年年此厄竟不悟，但愛蒙密争來家。〔王註〕韓退之《宴喜亭記》：猿狖所家，魚龍所宫。【詁案】此四句入狐兔，先作悼歎之文，爲之絶倒。風迴焰卷毛尾熱，欲出已被蒼鷹遮。野人來言此最樂，徒手曉出〔三九〕歸滿車。【詁案】此四句點獵字，前分三層，如溪流曲折，而至是爲首一段。紀昀曰：引入不驟。巡邊將軍在近邑，呼來颯颯從矛叉。〔合註〕屈原《九歌》：風颯颯兮木蕭蕭。戍兵久閑可小試，〔王註〕《史記・孫武傳》：吴王闔閭曰：「可以小試勒兵乎？」戰鼓雖凍猶堪撾。雄心欲搏南澗虎，陣勢頗學常山蛇。〔王註〕《孫子》言：兵如常山之蛇，擊其首則尾應，擊其尾則首應，擊其中則首尾俱應。杜牧之詩：常山蛇陣勢縱横。霜乾火烈聲爆野〔四〇〕，飛走無路號且呀。迎人截來砉逢箭〔四一〕，〔合註〕《莊子・養生主篇》：庖丁解牛，砉然嚮然。註：砉，呼鵙反。司馬云：皮骨相離聲。避犬〔四二〕逸去窮投罝。【詁案】會獵正面，只此十四字了當，可見其通篇魄力之大。擊鮮走馬殊未厭，〔王註〕《漢・陸賈傳》：謂其子曰：「數擊鮮，毋久溷汝爲也。」註：鮮爲新殺之肉。但恐落日催棲鴉。弊旗仆鼓坐數獲，〔王註〕《周禮・夏官》：大司馬，羣吏弊旗。註：弊，仆也。鞍掛雉兔肩分麚。〔合註〕《爾雅》：鹿，牡麚，牝麀，其子麛。主人置酒聚狂客，紛紛醉語晚更譁。燎毛燔肉不暇割，飲啖直欲追羲媧。〔王註〕《禮記・禮運》：昔者先王未有火化，食鳥獸之食，茹毛飲血。〔合註〕《漢書・霍光傳》：與從官飲啗。【詁案】自「巡邊」句起，至此燒葦會獵皆畢，是爲中一大段。青丘雲夢古所咤，〔王註〕司馬相如《子虚賦》：子虚過，咤烏有先生，言對齊王，曰：「楚有七澤，嘗見其一，名曰雲夢，方九百里。」又，烏有先生曰：「秋田乎青丘，彷徨乎海外，吞若雲夢者八九於其胸中，曾不蔕芥。」與此何啻百倍加。苦遭諫疏説夷羿，〔王註〕《左傳・襄公四年》：魏絳曰：「於虞人之箴曰，在帝夷羿，冒於原獸。」於是晉侯好田，故魏絳及之。〔合註〕《前漢·司馬相如傳》：嘗從上至長楊獵，因上疏諫。又被詞客〔四三〕嘲淫奢。〔王註次公曰〕賦客指言司馬相如、揚子雲也。相如《子虛賦》云：烏有先生曰：「足下不稱楚王之德厚，而盛推雲夢以爲高，奢言淫樂而顯侈靡，竊爲足下不取也。」《揚雄傳》：上將大誇胡人以多禽獸，雄從至射熊館，還，上《長楊賦》以諷諫。豈如閑官走山邑，放曠不與趨朝衙。〔合註〕《晉書·桓石秀傳》：性放曠。農工已畢歲云暮，車騎雖少賓殊嘉〔四四〕。酒酣上馬去不告，獵獵霜風吹帽斜。〔王註〕《北史》：獨孤信嘗因獵，日暮馳馬入城，其帽微側。詰旦吏民有戴帽者，咸慕信而側帽焉。《文選》鮑明遠《還都》詩：鱗鱗夕雲起，獵獵曉風遒。【誥案】自「青丘」句起至終，爲結一段，以餘波作收煞也。紀昀曰：一路如駿馬之下坡，須如此排宕盤旋，方收得住。

亡伯提刑郎中挽詩二首，甲辰十二月八日鳳翔官舍書〔四五〕

〔查註〕本集《蘇廷評行狀》云：生三子，次曰渙，以進士得官，終於都官郎中利州路提點刑獄。【誥案】《欒城集·伯父墓表》，已詳載各案中。

其一

才賢世有幾，廊廟忍輕遺。公在不早用，人今方見思〔四六〕。【誥案】本集《蘇廷評行狀》云：渙以進士得官，所至有美稱，及去，人常思之，或以比漢循吏。《欒城集·伯父墓表》云：子産有言：政如農功，日夜思之，行無越思，如農之有畔。公爲政近之。故其所至必有功，其去必見思。故山松鬱鬱，舊史〔四七〕印纍纍。惟有同鄉〔四八〕老，【誥案】同鄉老，謂蔡子華、王淮奇、惟簡諸人。聞名尚涕洟。

其二

揮手東門〔四九〕別，朱顏鬢未霜。【誥案】嘉祐六年辛丑之秋，公與中都公別於京師，時年六十一，次年，以暴疾卒於官。至今如夢寐，未信有存亡。後事書千紙，【誥案】《墓表》云：爲詩得千餘篇，題其編曰南麾退翁。雜文書啓章奏若干卷；記平生所涖歲月爵土一卷，曰《蘇氏懷章記》。新墳天一方。【誥案】《墓表》：治平二年二月戊申，葬於眉山永壽鄉高遷里。公爲詩，正不欺等營葬時也。誰能悲楚相，抵掌悟君王。【誥案】此用優孟事，據此，則不欺、不疑，時猶未仕，且患貧也。

和子由木山引水二首

【誥案】此卽宮師所有木山三峰也，時在京師南園。宮師詩云「堂前三小山，本是山中楂」者是矣。餘詳卷二總案及本卷案《木假山記》。〔案〕總案卷二「公於宜秋門内得南園」條云：子由《木山引水》詩：幽泉二句云云，是以木山置盆池中也。公答詩蜀山二句云云，是此山爲宮師攜來物也。又以宮師都中所作《答二任》詩之「庭前三小山」、「當前鑿方池」諸句證之，是宮師居此而自以木山三峰引水庭前也。〔查註〕《欒城集·木山引水》詩云：引水穿牆接竹梢，谷藏峰底大容瓢。將流旋滴廬山瀑，已盡還來海上潮。亂點落池驚睡覺，半山含潤沃心焦。瓦盆一斛何勝滿，溢去猶能浸菊苗。其二云：簷下枯槎拂荻梢，山川迤邐費公瓢。幽泉細細流巖鼻，盆水瀰瀰漲海潮。但愛堅如湖上石，誰憐收自竈中焦。蒼崖寒溜須佳蔭，尚少冬青石齒苗。

其一

蜀江久不見滄浪，江上枯槎遠可將。去國尚能三犢載，〔合註〕歐陽修《菱溪石》詩：愛之遠徙向幽谷，曳以三犢載兩輪。汲泉何愛一夫忙。崎嶇好事人應笑，冷淡爲歡意自長。遥想納涼清夜永，窗前微月照汪汪。〔合註〕班固《典引》：汪汪乎。

其二

千年古木卧無梢，浪捲沙翻去似瓢。幾度過秋生蘚暈，至今流潤應江潮。〔王註堯卿曰〕江有潮來，枯木相潤，若相應也。泫然疑有蛟龍吐，斷處人言霹靂焦。〔王註〕唐柳宗元《霹靂琴贊序》：始枯桐生石上，説者言，蛟龍伏其竅。一夕，暴震，火之，焚至旦乃已。其餘硿然倒卧道上，超道人取以爲三琴。材大古來無適用，〔王註〕杜子美《古柏行》詩：志士幽人莫怨嗟，古來材大難爲用。〔合註〕《晉書·職官志》：或隨時適用。又，何焯曰：句取「慮爲大樽」意。不須鬱鬱慕山苗。〔王註〕左太沖《詠史》詩：鬱鬱澗底松，離離山上苗。以彼徑寸莖，蔭此百尺條。

寄題興州晁太守新開古東池〔五〇〕

〔查註〕《太平寰宇記》：山南西道興州，白馬氐之東境，漢分置武都郡，晉永嘉末，楊茂搜據武都，後魏改東益州，廢帝改興州。《九域志》：利州路興州順政郡，在興元府成、階、鳳三州之間。今漢中府興安州是也。晁太守，名仲約。《司馬温公集》有《寄題興州晁都官仲約東沼，沼上有唐鄭都官詩刻石》。又，文與可《丹淵集》：余過興州，太守晁侯延之於東池晴碧亭，具道其所以爲此池亭之意，使予賦詩。按，鄭谷《興州東池》詩云：南連乳郡流，闊碧浸晴樓。徹底千峰影，無風一片秋。垂楊拂蓮葉，返照媚漁舟。鑑貌還惆悵，難遮兩鬢羞。司馬君實詩云：名郎遊勝地，心跡繼風流。昔爲題詩著，今因好事修。四山相照映，五馬屢淹留。相見波光净，依然一片秋。子由詩云：山繞興州萬疊青，池開近郭百泉并。昔年種柳人何在，累歲開花藕自生。波暖跳魚聞樂喜，人求野鴨望船鳴。西還過此須終日，爲問使君行未行。文與可詩云：鄭谷題詩處，荒涼不復知。使君來問日，景物欲歸時。

百畝清池〔三〕傍郭斜，居人行樂路人誇。自言官長如靈運，能使江山似永嘉。〔王註〕《宋書》：謝靈運爲永嘉太守，郡有名山水，素所愛好。既不得志，遂肆意遊遨，所至輒爲詩詠，以致其意。《永嘉志》云：永嘉縣本漢東甌縣，晉太康二年，明帝立永嘉郡。〔查註〕《太平寰宇記》：永嘉有南亭、北亭、白岸亭、楠溪、石帆、石室、謝公池、謝公巖諸名勝。靈運皆有詩。縱飲座中遺白帢，〔王註次公曰〕帢，音乞，帽也。魏初有白帢之製，猶白接䍦、白綸巾也。〔合註〕「白帢」見《晉書・五行志》，「白接䍦」見《山簡傳》，「白綸巾」見《謝萬傳》。幽尋盡處見桃花。〔王註援曰〕陶淵明《桃花源記》：晉武陵人，捕魚爲業，緣溪行，逢桃花林。不堪山鳥號歸去，〔王註任居實曰〕子規啼云，不如歸去。長遺王孫苦憶家。

和董傳留别

〔王註堯卿曰〕董傳，字至和，洛陽人。有詩名於時。嘗在鳳翔，與東坡相從。韓魏公鎮長安，傳有詩云：古來風義遺才少，近世公卿薦士稀。韓舉而已卒矣。【誥案】時董傳家於二曲，此詩則作於長安也。自此首起以下，皆罷鳳翔還朝作。

麤繒大布裹生涯，〔查註〕陶潛詩：御冬足大布，麤絺以應陽。腹有詩書氣自華。〔查註〕韓退之詩：由腹有詩書。厭伴老儒烹瓠葉，〔王註續曰〕《後漢書》：劉昆教授弟子，恒五百餘人，每春秋饗射，常備列典儀，以素木瓠葉爲俎豆。〔次公曰〕《詩·小雅·瓠葉》：幡幡瓠葉，采之烹之。鄭氏註云：酒既成，先與父兄室人烹瓠葉而飲。强隨舉子踏槐花。〔王註〕《南部新書》載：長安舉子，自六月後，落第者不出京，謂之過夏。多借静坊廟院作新文章，曰夏課。時語曰，槐花黄，舉子忙。囊空不辦尋春馬，〔王註〕孟郊《及第》詩：春風得意馬蹄疾，一日看盡長安花。〔合註〕《南史·虞玩之傳》：爲少府，猶躡屐。高帝問曰：「卿此屐已幾載？」曰：「著已三十年，貧士竟不辦易。」眼亂行看擇壻車〔五三〕。〔王註援曰〕唐進士開宴，常寄曲江亭。其日，公卿家傾城縱觀，鈿車珠鞅，櫛比而至，中東榻之選者十八九。〔合註〕《唐摭言》：曲江之宴，行市羅列，長安幾於半空。公卿家率以其日揀選東牀，車馬闐塞，不可殫至。【誥案】董傳未娶，故有此句。其後熙寧二年正月，公在長安，重見傳於旅次時，有彭駕部者，許嫁以妹，竟以不及娶而終。詳卷六案中。得意猶堪誇世俗，詔黄新濕字如鴉。〔王註〕盧仝《示添丁》詩：閑來案上翻墨汁，塗抹詩書如老鴉。〔查註〕《南史·王韶之傳》：遷黄門侍郎，領著作，凡諸詔黄，皆其辭也。王楙《野客叢書》：唐中書制詔，畫旨而施行者，曰發曰勅，用黄麻紙；承旨而行者，曰勅牒，用黄藤紙。

驪山三絶句〔五三〕

〔查註〕程大昌《雍録》：驪山，周爲驪戎國，即藍田山也。《輿地廣記》：天寶元年，更名會昌山。

《太平寰宇記》：驪山，在昭應縣東南二里，温湯出山下。〔合註〕三詩皆詠唐玄宗，故首章言華清，次章言上皇，末章言朝元也。【誥案】宋時，朝元閣猶存，公罷任至長安，與陳睦游驪山，飲於朝元閣上，乃賦詩時也。餘詳案中。〔案〕總案卷五「作驪山詩」條云：本集《送陳睦知潭州》詩「二十三年真一夢」云云。《送陳睦》詩，作於元祐元年丙寅，逆數二十三年，爲治平元年甲辰。公以是年罷鳳翔任，過長安，始游驪山，作詩。今改編。

其一

功成惟欲〔三四〕善持盈，〔合註〕《國語》：持盈者與天。可歎前王恃太平。辛苦驪山山下〔三五〕土，阿房纔廢又華清。〔查註〕《元和郡縣志》：阿房宮，在長安縣西北十四里。《太平寰宇紀》：始皇築阿房宮，十五年始成，以在山阿之旁，故名。《雍録》：華清宮，開元十年建，初名温泉宮，天寶六載改華清宮。明皇每歲十月往幸，歲盡乃歸。江少虞《宋朝事實類苑》：故宮在繡嶺之下，今靈泉觀是也。宋敏求《長安志》：華清宮四面皆有繚牆，內有朝元閣，長生殿、羯鼓樓。

其二

幾變雕牆幾變灰，舉烽指鹿事悠哉。〔王註縯曰〕周幽王舉烽火會諸侯，以悦褒姒，趙高指鹿爲馬，以欺秦二世。俱見《史記》。上皇不念前車戒，〔合註〕《漢書·賈誼傳》：前車覆，後車戒。却怨驪山是禍胎。〔馮註〕枚乘《上書諫吳王》：福生有基，禍生有胎。

其　三

海中方士覓三山，〔合註〕《史記·封禪書》：始皇東游海上，祠八神，求仙人羨門之屬。八神四日陰主，祠三山。萬古明知去不還。咫尺秦陵是商鑑，〔馮註〕《詩·大雅·蕩》：殷鑑不遠。〔查註〕《元和郡縣志》：始皇陵，在長安縣東八里。始皇卽位，治驪山陵，役徒七十萬人，蓋以驪山水源本北流者，陂障使東西流。又，此土無石，取大石於渭北諸山，其費功力由此也。朝元何必苦躋攀。〔王註續曰〕唐明皇作朝元閣於驪山。〔查註〕《長安志》：天寶七載，玄元皇帝見於朝元閣，卽改名降聖閣。老君殿，在朝元閣之南。《事實類苑》：繡嶺山半有玉蕊峰，所謂朝元閣者，峰側有夾柱，作王母之像。其御階，甃以蓮花磚千條。次一石柱，柱端有孔，相傳云，天寶中貫以紅錦組，宮女攀援而上，天聖末尚在。至慶曆中，王母像已失，石柱亦爲道士燒爲灰矣。〔合註〕杜子美《早起》詩：緩步有躋攀。

華陰寄子由

〔查註〕《元和郡縣志》：華州華陰縣，漢屬弘農郡，太華山在縣南八里。《輿地廣記》：禹貢華陰之地，秦更名寧秦，漢高八年，改爲華陰縣。

三年無日不思歸，夢裏還家旋覺非。臘酒送寒催去國，〔合註〕岑參詩：臘酒飲未盡。東風吹雪滿征衣。三峰已過天浮翠，〔王註援曰〕三峰，謂太華三峰，蓮華、松檜、毛女也。〔查註〕《名山記》：華岳有三峰，直上數千仞，基廣而峰峻，有如削成，今博山香爐形，實象之。四扇行看日照扉。〔王註〕韓退之詩：荆山已去華山來，日出潼關四扇開。【誥案】貽上「高秋曉日」一聯，不但襲韓，兼襲此聯。但其「曉」字換得辛苦，後勝於前也。後人有此機巧，亦許襲用舊句。里堠消磨不禁盡，〔邵註〕韓退之《路傍堠》詩：堆堆路傍堠，一隻復一隻。註：堠，封土爲臺以記里也。速擕家餉勞騶騑。

夜直祕閣呈王敏甫

〔查註〕《文獻通考》：太平興國二年，始建崇文院。端拱初，建祕閣，亦在崇文院中。《職官分紀》：端拱元年，置祕閣，每夜輪校理校勘一人直宿。《隆平集》：祕閣初隸京百司。淳化元年，祕書監李至等言，願與三館同列，不隸京百司。詔自今祕閣宜次三館。按宋時祕閣之秩，視三館較卑。三館者，昭文、集賢、史館也。《墓志》：英宗治平二年，公自鳳翔罷還，召試祕閣，入三等，得直史館。題中所云直祕閣，疑當作直史館。〔合註〕李攸《宋朝事實》云：三館書八萬餘卷。端拱元年詔，分萬餘卷別爲書庫，目曰祕閣。【誥案】題未必誤，或是時以史館兼祕閣耳，但此種差事，在旬月之間者，無從稽考，誌、傳亦不載也。此詩施編不載，查註從邵本補編。自此首起，皆治平二年直史館作。

蓬瀛宮闕隔埃氛，〔合註〕王融《淨行頌》：嬌步寫埃氛。帝樂天香似許聞。〔合註〕唐李郢《贈羽林將軍》詩：馬隨仙仗識天香。瓦弄寒暉〔五六〕鴛卧月，樓生晴靄鳳盤雲。〔合註〕《唐文粹》李庚《東都賦》：鴛瓦鱗萃。鮑照詩：鳳樓十二重。共誰交臂論今古，〔合註〕《九州春秋》：韓遂、樊稠交臂相加，共語良久。只有閑心對此君。〔馮註〕「此君」，用晉王子猷語。〔翁方綱註〕白樂天《效陶》詩云：乃知陰與晴，安可無此君。「此君」指酒也。大隱本來無境界，〔馮註〕白樂天詩：大隱在朝市。北山猿鶴漫移文。

謝蘇自之惠酒

〔查註〕《謝蘇自之》詩，外集編第四卷。自鳳翔還朝直史館時作。【誥案】此詩施編不載，查註從邵本補編。

「高士例須憐麴蘖」，此語常聞退之說。〔馮註〕韓退之《贈崔立之》詩：高士例須憐麴蘖。我今有説殆不然〔五七〕，麴蘖未必高士憐。醉者墜車莊生言，全酒未若全於天。達人本是〔五八〕不虧缺，何暇更求全處全。〔馮註〕《莊子·達生篇》：夫醉者之墜車，雖疾不死，骨節與人同，而犯害與人異，其神全也。又：彼得全於酒，而猶若是，況得全於天乎。【誥案】紀昀曰：旋轉自如，止如口語而不落淺易，格力高也。然此種殊不易學，無其格力，而以頽唐出之，風斯下矣。景山沉迷阮籍傲，〔馮註〕《三國·魏志》：徐邈，字景山。爲尚書郎時，科禁酒，而邈私飲至於沉醉。《晉書·阮籍傳》：傲然獨得，任性不羈，嗜酒能嘯。畢卓盜竊劉伶顛。〔馮註〕《晉書》：畢卓，字茂世。太興末爲吏部郎，常飲酒廢職。比舍郎釀熟，卓因醉，夜至其甕間盜飲之，爲掌酒者所縛。《劉伶傳》：字伯倫。與阮籍、嵇康相遇，欣然神解。常乘鹿車攜一壺酒，使人荷鍤而隨之，謂曰：「死便埋我。」其遺形骸如此。貪狂嗜怪無足取，世俗喜異矜其賢。杜陵詩客尤可笑，羅列八子參羣仙。〔合註〕《樂府詩集·古雞鳴曲》：羅列自成行。流涎露頂置不説〔五九〕，爲問底處能逃禪。〔馮註〕杜子美《飲中八仙歌》：道逢麴車口流涎，脱帽露頂王公前，醉中往往愛逃禪。我今不飲非不飲，心月皎皎常孤圓〔六〇〕。〔馮註〕《傳燈録》：心月孤圓，光吞萬象。有時客至亦爲酌，琴雖未去聊忘絃〔六一〕。〔馮註〕《晉・陶潛傳》：性不解音，而畜素琴一張，絃徽不具，每朋酒之會，則撫而和之，曰：「但識琴中趣，何勞絃上聲。」吾宗先生有深意，百里雙罌遠將寄。〔合註〕《晉書・孔嚴傳》：餉吾兩罌酒。且言不飲固亦高，舉世皆同吾獨異〔六二〕。不如同異兩俱冥〔六三〕，【誥案】紀昀曰：一路莊論，幾無轉身之地，忽化出此意作結，可謂辯才無礙。得鹿亡羊等嬉戲。〔馮註〕《列子・周穆王篇》：鄭人遇駭鹿，御而擊之，斃之，覆之以蕉。俄而遺其所藏之處，遂以爲夢焉。順途而詠其事。傍人有聞者，用其言而取之，告其室人曰：「向薪者夢得鹿而不知其處，吾今得之，彼直真夢者矣。」〔合註〕《史記》：孔子爲兒嬉戲。決須〔六四〕飲此勿復辭，何用區區較醒醉。〔馮註〕《楚辭・漁父》：衆人皆醉我獨醒。

入館

黃省文書分道山，〔合註〕《唐書・百官志》註：門下省，開元元年曰黃門省。靜傳鐘鼓建章閑。天邊玉樹西風起，知有新秋到世間。【誥案】紀昀曰：二句自佳。

贈蔡茂先

京城三日雨留人，【誥案】《東都事畧》：治平二年八月庚寅，大雨，詔曰：比年以來，水潦爲沴，京師室廬，墊傷被溺者衆，大田之稼，害於有秋。吳市門前訪子真。赤脚長鬚俱好事，新詩軟語坐生春。鄴侯久有牙籤富，太史猶探禹穴新。【誥案】此聯從「三日雨留」生出，亦茂先家內之辭也。不惜爲君揮尺素，却憂善守備三鄰。〔合註〕《左傳·昭公七年》：君其備禦三鄰，愼守寶矣。【誥案】紀昀曰：此似東坡不經意作。

卷五校勘記

〔一〕次韻　類本作「和」。

〔二〕得十一詩寄子由　集甲、集註、類本「子由」前有「舍弟」二字。

〔三〕告以　集註、類本無「以」字。

〔四〕滚滚　集甲、集註、類本作「袞袞」。

〔五〕有寺二一在潭北　集甲、集註、類本作「有寺三二在潭北」。

〔六〕不能到　類本作「不可到」。

〔七〕誰能　類甲、類乙、類丙作「誰言」。

〔八〕馬融石室　七集續集重收此詩。

〔九〕何須困　類甲、類乙作「何用困」。

〔一〇〕悲叱　集甲、類丙作「悲吒」。

〔一一〕大老寺　外集作「天和寺」。

〔一二〕燕婉　集甲作「嬿婉」。按，《康熙字典》：「嬿」，通作「燕」。

〔一三〕一以敷　集甲、集註、類本作「一已敷」。

〔一四〕困倒　集甲、集註、類本作「困倒」。

〔一五〕人已老　集甲作「人亦老」。

〔一六〕勞心　集甲、集註、類本作「芳心」。盧校同。

〔一七〕蘆筍初似竹云云　此詩，七集續集重收，題作《蘆》。章鈺校（以下簡稱章校）：宋刊《國朝文鑑》（以下簡稱《鑑》）「愛此」作「憂此」。

〔一八〕芳辰　七集作「芳晨」。

〔一九〕霜雪　集甲、集註、類本作「雪霜」。

〔二〇〕八月十一日　集甲、集註、類本作「八月十二日」。

〔二一〕數十首　集甲、集註、類本作「數十篇」。

〔二二〕但記　集甲、集註、類本作「唯記」。

〔二三〕採樵人　集甲、集註、類丙作「採樵子」。

〔二四〕次韻和子由聞予善射　合註謂一本無「和」字。

〔二五〕鸞鷺　外集作「鵁鶄」。

〔二六〕也如　類本作「亦如」，外集作「亦知」。

〔二七〕長思　外集作「良思」。

〔二八〕次韻　集甲、集註、類本作「和」。

〔二九〕不獨　集甲、集註、類本作「不謂」。盧校同。

〔三〇〕體勢　集甲、集註、類本作「皆云」。

〔三一〕十一把　類乙、類丙作「下一把」。

〔三二〕和子由欲得　外集作「子由尋」。

〔三三〕繡嶺　七集作「繡領」。

〔三四〕淚痕　外集作「涕痕」。

〔三五〕念此微陋　集甲、類本「念此」作「念茲」。集註作「念茲微漏」。

〔三六〕廟謨　集甲、集註、類本作「廟謀」。

〔三七〕漢書翟義傳王莽下詔曰　原作「漢冲帝詔曰」，誤。今據《漢書》校改。

〔三八〕留枯槎　集甲、集註、類本作「歲留槎」。

〔三九〕曉出　查註「曉」一作「時」。

〔四〇〕爆野　原作「暴野」，今從集甲、集註、類本。盧校同。

〔四一〕者逢箭　查註、合註謂「者」一作「苦」。

〔四二〕避犬　合註謂「犬」一作「火」，並謂「火」譌。集甲作「避犬」。

〔四三〕詞客　集甲、集註、類本作「賦客」。盧校同。

〔四四〕賓殊嘉　集甲、集註、類本作「客殊佳」。

〔四五〕亡伯提刑郎中挽詩二首甲辰十二月八日鳳翔官舍書　西樓帖題作：「軾謹賦挽辭二章寄獻故提刑郎中伯伯靈筵。」題下書：「姪殿中丞頓首再拜。」外集題作：「亡伯提刑郎中挽詩二首。」西樓帖、外集「甲辰」十字，俱另行書詩後。

〔四六〕見思　西樓帖、外集作「嘆悲」。
〔四七〕舊史　西樓帖作「舊吏」。
〔四八〕同鄉　西樓帖作「桐鄉」。
〔四九〕東門　西樓帖作「都門」。
〔五〇〕古東池　合註謂一本無「東」字。
〔五一〕清池　集甲、集註、類本作「新池」。
〔五二〕眼亂行看擇壻車　此句句下，原有查註「申培詩説摽有梅女父擇壻之詩」一條。沈欽韓《蘇詩查註補正》謂《詩説》乃明豐坊僞撰。删去此條查註。
〔五三〕驪山三絶句　類本、外集作「驪山絶句三首」。
〔五四〕惟欲　類本、七集作「雖欲」。
〔五五〕山下　外集作「山上」。
〔五六〕寒暉　七集作「寒蟬」。
〔五七〕有説殆不然　外集作「有所獨不然」。
〔五八〕本是　外集作「本自」。
〔五九〕置不説　外集作「置勿説」。
〔六〇〕常孤圓　七集、外集作「長孤圓」。
〔六一〕忘絃　外集作「亡絃」。

〔六二〕吾獨異　外集作「君獨異」。
〔六三〕不如同異兩俱冥　外集作「不知同異兩俱空」。
〔六四〕決須　外集作「快須」。

蘇軾詩集卷六

古今體詩五十六首

【誥案】起神宗熙寧二年己酉二月還朝，在殿中丞直史館判官告院任。四年辛亥正月，權開封府推官，六月，以太常博士直史館，通守杭州，七月，出京至陳州，九月，自陳至潁，十月，抵揚州作。《宋史》：太常博士，正八品。殿中丞，有出身，轉太常博士，無出身，轉國子監博士，内帶館職，同有出身。

送任伋通判黄州兼寄其兄孜

〔王註堯卿曰〕孜時爲簡州平泉令，字師平。伋，字師中。皆名士，眉人也。慶曆間登第。〔查註〕《宋史·任孜傳》：其弟伋，亦知名，嘗通判黄州，當時稱大任、小任。《元和郡縣志》：黄州，春秋時邾子之地。後又爲黄國之境，蕭齊於此置齊安郡。隋開皇三年，罷郡，置黄州。【誥案】自此首起，以下皆熙寧己酉還朝後作。

吾州之豪任公子，少年盛壯日千里。〔王註〕《史記·荆軻傳》：田光曰：「騏驥盛壯之時，一日而馳千里，至其衰老，駑馬先之。」無媒自進誰識之，〔合註〕《戰國策》：女無媒而嫁。有才〔一〕不用今老矣。别來十年學不厭，

【誥案】前以宮師《送任伋宰清江》詩，載入嘉祐五年庚子，乃本此句作十年別也。但自此以後，公與二任皆不復見矣。

讀破萬卷詩愈美。〔王註〕杜子美《贈韋左丞》詩：讀書破萬卷，下筆如有神。黄州小郡夾溪谷〔二〕，〔合註〕《南史・謝恂傳》：不可屈爲小郡。茅屋數家依竹葦。〔王註〕佛書：稻麻竹葦。〔合註〕《維摩詰經》：譬如甘蔗竹葦，稻麻叢林。至此詩似用退之《送區册序》「夾江荒茅篁竹之間，小吏十餘家，皆鳥言夷面」之語。知命無憂子何病，見賢不薦誰當恥。平泉〔三〕老令更可悲，〔合註〕《太平寰宇記》：劍南西道簡州，屬縣平泉。任孜必爲此令，故先生前過江安縣，有《泊南牛口期遵聖長官》詩也。七集本作「平泉」，與王註合。又子由《次韻任遵聖見寄》詩，有「梅福辭官晚作仙」句，似任是時已罷退也。【誥案】合註既有「似已罷退」語，其後熙寧十年，《京師哭任遵聖》題下，又謂當卒於平泉官舍，何也？六十青衫貧欲死。桐鄉遺老至今泣，〔王註〕《前漢書》：朱邑，字仲卿。病且死，屬其子曰：「我故桐鄉吏，其民愛我，必葬我桐鄉。後世子孫奉嘗我，不如桐鄉民。」【誥案】此句，任罷去已久。合註何弗見耶？潁川大姓誰能箠。〔王註〕《漢書・趙廣漢傳》：遷潁川太守，郡大姓原、褚宗族横恣，賓客犯爲盜賊，前二千石莫能擒制。廣漢既至數月，誅原、褚首惡，郡中震慄。因君寄聲問消息，莫對黄鷂矜爪觜。〔王註〕韓退之詩：魯連細而黠，有似黄鷂子。田巴兀老蒼，憐汝矜爪觜。【誥案】子由與師中別僅五載，此詩據《欒城集》改列卷首。但公自此起歷杭、密、徐、湖詩，皆託諷而止於謫黄，其題卽從黄起，竟有數在。

秀州僧本瑩靜照堂

〔查註〕《元和郡縣志》：嘉興縣，本長水縣。秦爲由拳，孫吳時有嘉禾生，改禾興，後以孫皓父名，改爲嘉興。《五代史・職方考》：秀州，吳越王錢元瓘置，割杭州之嘉興縣爲屬而治之。柳琰《嘉興舊志》：招提講寺，在郡治西北三里，唐曹刺史捨宅爲院，賜名羅漢院。宋治平四年改招提院，僧慧空住院内。有静照堂，蘇文忠、王介甫諸公皆有詩。慧空，卽本瑩字也。

鳥囚不忘飛，馬繫常念馳〔四〕。〔合註〕庾信銘：身雖繫馬。静中不自勝，不若聽所之。君看厭事人，無事乃更悲。〔王註〕《史記》：陳軫謂犀首曰：「公何好飲也？」曰：「無事也。」軫謂曰：「吾請令公厭事，可乎？」【誥案】紀昀曰：本之香山《病人多夢醫》一章，而以下機調不同，故非剽襲。貧賤苦形勞，富貴嗟神疲。作堂名静照，此語子爲誰〔五〕。江湖隱淪士，豈無適時資。〔合註〕郭璞《江賦》：納隱淪之列真。隋煬帝檄：器用適時。老死不自惜，扁舟自娱嬉。從之恐莫見，況肯從我爲。〔王註次公曰〕以譏本瑩之在人間，亦不能終静也。

石蒼舒醉墨堂

〔王註子仁曰〕蒼舒，京兆人，字才美。善行草，人謂得草聖三昧。官爲承事郎，通判保安軍，嘗爲丞相汲郡吕公微仲所薦，不達而卒。〔查註〕文與可《丹淵集》有《石屯田墓志》，畧云：石君瑜世居關中。男一人蒼舒，儁慧脩爽，雜習可喜，工詞章，善草隸，前爲高陵縣主簿。〔合註〕何焯曰：石才美家藏褚登善《聖教序》真跡。見《玉照新志》。【誥案】石才美，本集作石才翁。公判鳳翔，過長安，必至其家。熙寧戊申，公還朝，在長安度歲，與王頤、石才翁會於韓魏公座上。此詩乃京中寄題者也。餘詳各總案中。〔案〕：總案云：「子由題此詩，亦編京師。以是知非過關中作也。」餘畧。

人生識字憂患始，〔王註〕杜子美《醉時歌》詩：「子雲識字終投閣。」姓名粗記可以休。〔王註〕《漢書·項羽傳》：項籍季父梁。籍少時學書不成，梁怒之。籍曰：「書足記姓名而已，不足學，學萬人敵耳。」【誥案】一起兀突，自是熙寧二年詩。公自謂錢塘詩皆縱筆，詰謂實發端於此詩也。但無此一路詩，卽非公之所以爲人，而亦不成此集，故史家以「詩人託諷，庶幾有補於國」予之，未嘗稍詆之也。獨曉嵐牢騷剽露等語，在處塗抹，務彊使之變方而爲圓，豈猶及冀其自新也耶。何用草書誇神速，〔王註〕杜子美《醉歌行》：「總角草書又神速，世上兒子徒紛紛。」開卷惝怳令人愁。〔王註〕張衡賦：「神惝怳以疑愁。」我嘗好之每自笑，君有此病何能〔六〕瘳。自言其中有至樂，適意無異逍遥遊。〔王註〕《莊子》有《至樂》、《逍遥遊》二篇。近者作堂名醉墨，如飲美酒消百憂。乃知柳子語不妄，病嗜土炭如珍羞。〔王註〕柳子厚《答崔黯書》云：「凡人好詞工書，皆病癖也。吾嘗見病心腹人，有思啗土炭嗜酸鹹者，不得則大戚。觀吾子之意，亦已戚矣。」君於此藝亦云至，堆牆敗筆如山丘。〔王註〕《國史補》：「長沙僧懷素，好草書，棄筆堆積，埋於山下，號曰筆冢。」興來一揮百紙盡，駿馬倏忽踏九州。【誥案】此句狀草書之神速也。我書意造本無法，〔王註〕《南史·曹景宗傳》：「爲人自恃尚勝，每作書字，有不解，不以問人，皆以意造。」點畫信手煩推求。〔合註〕許瑶詩：「醉來信手兩三行。」胡爲議論獨見假，隻字片紙皆藏收。〔合註〕陸機《見原後謝齊王表》：「片言隻字。」《晉書·衛恒傳》：「張伯英草書，寸紙不見遺，至今世猶寶其書。」不減鍾、張君自足，〔王註〕《法帖》懷素書：「王右軍云：『吾真書過鍾，而草不減張。』僕以爲真不如鍾，草不及張。」下方羅、趙我亦優。〔王註〕《晉·衛恒傳》：「羅叔景、趙元嗣與張伯英並時，見稱於西州，而矜巧自與，衆頗惑之。故伯英自稱上比崔、杜不足，下方羅、趙有餘。」〔合註〕《法書要録》：「羅暉、趙襲，並京兆人，工草書。」不須臨池更苦學，完取絹素充衾裯。〔王

註〕《三國・魏志・韋誕傳註》：張伯英家之衣帛，必書而後練，臨池學書，池水盡黑。

王頤赴建州錢監求詩及草書

〔查註〕《九域志》：福建路建州建寧軍節度，縣六，監一，咸平三年置，鑄銅錢。〔合註〕王頤，太原人。《續通鑑長編》：熙寧八年二月，三司請如勾當官王頤奏，廢在京雜賣場。王昶《金石粹編》載：《宋永興軍香城善感禪院海公壽塔記》，爲宣德郎守尚書虞部員外郎管勾永興軍耀州三白渠公事騎都尉賜緋魚袋王頤書碑。

我昔識子自武功，〔王註次公曰〕武功，縣名，屬永興軍，今之長安也。〔邵註〕《漢書・地理志》：武功縣，屬右扶風。〔查註〕《元和郡縣志》：武功縣在渭水南。今郿縣地是也。按舊縣境有武功山斜谷水，亦曰武功水，則縣本以山水立名。寒廳夜語樽酒同。〔王註〕韓退之《答張徹》詩：勤來得晤語，勿憚宿寒廳。酒闌燭盡語不盡，〔查註〕《唐書・柳公權傳》：充翰林學士。文宗夜召對，燭盡而語未盡，宮人以蠟液濡紙繼之。〔合註〕《禮記・曲禮》：燭不見跋。註：跋，本也，燭盡則去之。嫌若燼多有厭倦。倦僕立寐僵屏風。〔王註〕《漢書》：陳萬年病，召子咸教戒於牀下，語至夜半，咸睡，頭觸屏風。【誥案】紀昀曰：對面烘托。丁寧勸學不死訣，自言親受方瞳翁。〔王註厚曰〕真人之目方瞳，綠筋貫之，有紫光。【誥案】公判鳳翔，王頤爲武功令，相與厚善。以上一節，皆追敘岐下事也。嗟予聞道不早悟，醉夢顛倒隨盲聾。〔合註〕《易林》：耳目盲聾。邇來憂患苦摧剥，意思蕭索如霜蓬。〔合註〕《文選》謝惠連《雪》詩：氛氳蕭索。王僧達詩：孤蓬卷霜根。羡君顏色愈少壯，外慕漸少由中充。河車挽水灌腦黑，〔王註〕《黄庭經》云：北方正氣名河車。〔次公曰〕《道訣》云：脅腹腰曲緑，黄河水逆流。河車挽水，蓋搬運之法也。丹砂伏火入頰紅。〔王註張孝祥曰〕《古嵩子真訣》云：大丹第六轉，以文武火養，一伏時成，其伏火朱砂以楮汁丸如麻子大，駐顔定色。大梁相逢又東去，〔合註〕《史記·魏世家》：惠王徙治大梁。【誥案】《欒城集》題云：京師送王頤殿丞公。此詩亦作於京師，故云「大梁相逢又東去」也。但道何日辭樊籠。〔王註〕《莊子·養生主篇》：澤雉十步一啄，百步一飲，不蘄畜乎樊中。《北史》：陽休之不樂煩職，典選稍久，非其所好，曰：「此官實自清華，但煩劇妨吾賞適，真是樊籠矣。」未能便乞勾漏〔七〕令，〔王註〕《晉·葛洪傳》：洪以年老欲錬丹，聞交阯出丹，求爲勾漏令。帝不許，洪曰：「非欲爲榮，以有丹耳。」官曹似是錫與銅。〔合註〕庾信《司馬裔碑》：官曹案牘。留詩河上慰離别，草書未暇緣悤悤。〔王註〕《晉·衛恒傳》：張伯英下筆必爲楷，則曰悤悤不暇草書。

次韻楊褒早春

〔施註〕楊褒，字之美。嘉祐末爲國子監直講。治平間，出通判潁州。劉貢父同在學舍，多與倡酬，載貢父集。好收法書，蔡君謨多從借搨，刻君謨帖中。歐陽文忠公見其女奴彈琵琶，有詩呈梅聖俞云：楊君好雅心不俗，太學官卑飯脱粟。嬌兒兩幅青布裙，三脚木牀坐調曲。奇書古畫不論價，盛以錦囊裝玉軸。亦可見其人也。〔合註〕楊褒，華陽人。見《澠水燕談》。劉貢父《彭城集》有《次韻楊褒早春》詩二首。【誥案】此詩乃公在京過楊褒家作，今改編，餘詳總案中。〔案〕總案卷六「正月和楊褒《早春》詩」條下云：此詩，施註原編初到杭州詩前，查註、合註從誤。考其詩意，乃早春時公到楊褒家和之，情境如繪，必非過潁及赴杭寄和之詩也。又案《欒城集》有《和楊褒直講攬鏡》一詩，編《送錢藻出守婺州》詩前。時褒方官於都中，而錢藻守婺，乃三年三月事，今據此改編三年正月爲當。查註以楊褒於治平間通判潁州，疑爲過潁所作。考治平初元至公赴杭，已越八年，難以懸斷。而合註謂劉貢父《彭城集》亦有《和楊褒早春》詩，時貢父正在京，信爲同時和作。

窮巷淒涼苦未和，〔施註〕《漢・陳平傳》：家乃負郭窮巷。君家庭院得春多。不辭瘦馬衝殘雪〔八〕，〔施註〕白樂天詩：憐君馬瘦衣裘薄，許到江東訪鄙夫。又，《日高卧》詩：未裹頭時傾一盞，何如衝雪趁朝人。來聽佳人唱《踏莎》。〔施註〕《漢・外戚李夫人傳》：北方有佳人，絶世而獨立。今曲名有《踏莎行》。破恨徑須煩麴蘖，〔施註〕《世説》：孔羣嘗書與親舊，今年，田得七百斛秫米，不了麴蘖事。增年誰復怨羲娥。〔施註〕韓退之《石鼓歌》：掎摭星宿遺羲娥。《山海經》：東南海之外，甘水之間，有羲和之國，有女子名曰羲娥，方日浴於甘淵。羲娥者，帝俊之妻，生十日。〔合註〕《宋書・樂志》：常願主人增年，與天相守。良辰樂事古難並，〔施註〕謝靈運《擬太子鄴中詩序》：天下良辰美景，賞心樂事，四者難並。白髮青衫我亦歌。〔王註〕本朝盧秉詩：青衫白髮病參軍。〔施註〕白樂天詩：白髮更添今日鬢，青衫猶是去年身。細雨郊園聊種菜，〔施註〕杜子美《小園種秋菜》詩：秋耕屬地濕，山雨近甚勻。冬菁飯之半，牛力晚來新。深耕種數畝，未甚後四隣。冷官門户可張羅。〔施註〕《漢・鄭當時傳》：先是下邽翟公爲廷尉，賓客填門，及廢，門外可設爵羅。放朝三日君恩重，〔施註〕白樂天《雨雪放朝因懷微之》詩：歸騎紛紛滿九衢，放朝三日爲泥塗。〔查註〕司空圖詩：高秋期步野，積雨放趨朝。睡美不知身在何。〔施註〕杜子美《逼仄行》：曉來急雨春風顛，睡美不聞鐘鼓傳。

次韻柳子玉見寄

〔查註〕柳子玉，名瑾，吴人。與王介甫同年，集中有詩。又梅聖俞有《送柳瑾秘丞》詩及《柳秘丞赴大名知録》詩。【誥案】柳瑾，丹徒人。其子仲遠，爲中都公婿，公之妹婿也。已詳載各總案中。〔案〕總案「二月和柳瑾所寄詩」條下云：此詩作於寒食之前，當爲二月。《欒城集》同和此韻，有「新年始是識君初」句。考熙寧二年正月，公與子由並在長安。則兩公之詩，皆三年所作也。

薄雷輕雨曉晴初，〔合註〕沈佺期詩：流澗含輕雨，虚岩應薄雷。陌上春泥未濺裾。行樂及時雖有酒，出門無侣漫看書。遥知寒食催歸騎，定把鴟夷載後車。〔王註〕《漢書》揚雄《酒箴》：鴟夷滑稽，腹如大壺，常爲國器，託於屬車。〔邵註〕《漢書·陳遵傳註》：鴟夷，韋囊以盛酒，即今鴟夷幐也。他日見邀須强起，不應辭病似相如。〔王註〕《漢書》：司馬相如素與臨邛令王吉相善。臨邛多富人。卓王孫、程鄭乃相謂曰：「令有貴客，爲具召之。并召令。」令既至，卓氏客以百數，長卿謝病不能臨。臨邛令不敢嘗食，身自迎相如，相如爲不得已而强往，一座盡傾。〔合註〕《後漢書·來歙傳》：蓋延收淚强起。

送錢藻出守婺州得英字

〔施註〕錢藻，字醇老。武肅王鏐五世孫。第進士，又中賢良方正科。熙寧三年三月，以尚書司封郎秘閣校理出守婺州。嘗爲知制誥，加樞密直學士知開封府，改翰林侍讀學士，除審官東院，卒。〔查註〕《東都事畧》：錢藻爲人，清謹寡過，爲治簡静，人稱長者。神宗時遷直舍人，擢知制誥，除樞密直學士，知開封府。不及守婺州事。曾子固《送錢婺州詩序》云：醇老以明經進士制策入等，入館閣，編校書籍，其文章學問有過人者，宜在天子左右，而顧請一州，欲自試於川窮山險之地，此賦詩者所以推其賢，惜其意，而不能已也。《元和郡縣志》：江南道婺州東陽郡，本會稽西部都尉。孫晧始分會稽，置東陽。隋平陳，置婺州，取其地於天文爲婺女分野也。《烏臺詩案》：錢藻知婺州，舊例館閣補外任，同舍餞送。席上，先索藻詩，欲各分韻作送行詩。藻作五言絶句一首，某分得英字，作古詩。

老手便劇郡，〔王註〕《前漢書》：張敞自謂治劇郡。〔施註〕《漢・朱邑傳》：遠守劇郡，馭於繩墨。高懷厭承明。〔王註〕《漢・嚴助傳》：爲會稽太守。賜書曰，君厭承明之廬，勞侍從之事，懷故土，出爲郡吏。〔施註〕張晏曰：承明廬，在石渠閣外。聊紆東陽綬，〔施註〕《揚子》：使我紆朱懷金。《後漢・輿服志》：郡太守二千石，銀印青綬。一濯滄浪纓。東陽佳山水〔九〕，〔王註〕劉禹錫《答東陽于令涵碧圖》詩：東陽本是佳山水，何況曾經沈隱侯。未到意已清。過家父老喜，〔施註〕《後漢・岑彭傳》：南還津鄉，有詔過家上冢。出郭壺漿迎。〔施註〕《古樂府・木蘭歌》：爺孃聞女來，出郭相扶將。白樂天《初到江州》詩：遥見朱輪來出郭，相迎勞動使君公。子行得所願，愴悢〔一〇〕居者情。〔施註〕《文選》班叔皮《北征賦》：心愴悢以傷懷。吾君方急賢，〔合註〕任昉《求薦士詔》：稱朕急賢之旨。日旰坐邇英〔一一〕。〔公自註〕邇英，閣名〔一二〕。〔施註〕《左傳・襄公四年》：衛獻公戒孫文子、甯惠子，食，日旰不召。杜預曰：旰，晏也。又，《昭公二十年》：伍奢聞員不來，曰：「楚君大夫其旰食乎？」《漢·張湯傳》：每朝奏事，語國家用，日旰，天子忘食。仁宗皇帝景祐二年，置邇英，在迎陽門之北，東向；延義，在崇政殿之西南隅。〔查註〕《事實類苑》：延義閣、邇英閣，皆講讀之所也。黄金招樂毅，〔王註續曰〕《白孔六帖》：燕昭王置千金於臺上，以延天下士，謂之黄金臺。《史記》：樂毅使燕，遂委質爲臣。李白《行路難》詩：昭王白骨縈蔓草，何人更掃黄金臺。白璧賜虞卿。〔王註〕《史記》：虞卿躡屩擔簦，説趙孝成王。一見，賜黄金百鎰，白璧一雙。再見爲上卿。子不少自貶，陳義空峥嶸。〔王註〕《孔子世家》：子貢曰：「夫子之道至大也，故天下莫能容，夫子盍少貶焉。」《莊子·讓王篇》：楚王反國，賞國人，屠羊説不受。王曰：「屠羊説居處卑賤，而陳義甚高。」〔施註〕李太白《大鵬賦》：吐峥嶸之高論。古稱爲郡樂，漸恐煩敲搒。〔施註〕《漢·項籍傳·贊》：執敲扑以鞭笞天下。《漢·東方朔傳》：郭舍人曰：「願令朔復射，朔中之，臣搒百。」顔師古曰：搒，擊也。韓退之《赴江陵》詩：何況親犴獄，敲搒發姦偷。〔邵註〕搒，音崩。臨分敢不〔三〕盡，〔施註〕韓退之《示爽》詩：臨分不汝誑。醉語醒還驚。〔施註〕《烏臺詩案》：熙寧三年三月，作古詩一首送錢藻，言朝廷方急賢才，多士並進，子獨遠出爲郡，不少自勉强求進，但守道義，意譏當時之人急進也。又言，青苗、助役既行，百姓輸納不前，爲郡者不免用鞭箠催督，醉中道此語，醒後還驚恐得罪朝廷，以譏諷新法不便之故也。

送劉攽倅海陵

〔施註〕劉攽，字貢父，臨江新喻人。博記能文章，政事侔古循吏，身兼數器，守道不回。與王介甫爲友，介甫得政行新法，貢父時在館閣，詒書論其不便，曰：今百姓取青苗錢於官者，公私債負逼迫，故稱貸出息以濟其急。介甫爲政，不能使家給人足無稱貸之患，而特開稱貸之法，以爲有益於民，不亦可羞哉。今郡縣之吏，方以青苗錢爲殿最，未足，不得催二稅。如此，民安得不請，安得不納，而謂其願而不可止者，吾誰欺，欺天乎。又謂，皇甫鎛、裴延齡之聚斂，商鞅、張湯之變法，未有保終吉者。介甫怒斥，通判泰州。題館壁云：璧門金闕倚天開，五見宫花落古槐。明日扁舟滄海去，却從雲氣望蓬萊。元祐間，拜中書舍人，卒於官。〔合註〕《續通鑑長編》：熙寧三年四月，詔館閣校勘劉攽，與外任。攽初考試開封，與王介甫争言，爲臺諫所劾，既贖銅，又罷考功及鼓院。〔查註〕《宋史》：劉攽與兄敞同登科，仕州縣二十年。始爲國子直講，熙寧中，判尚書考功。嘗貽王安石書，非新法，安石怒斥，通判泰州。《輿地廣記》：泰州有吴太倉，《枚乘傳》「不如海陵之倉」是也。晉安帝置海陵郡。《太平寰宇記》：淮南道海陵監，煮鹹之務也。唐置縣，僞唐於海陵縣置泰州。按，泰州今屬揚州府。

君不見阮嗣宗臧否不挂口，莫誇〔一四〕舌在齒牙〔一五〕牢，〔王註師民瞻曰〕《烏臺詩案》：此詩譏諷朝廷新法不便，不容人直言，不若耳不聞而口不言也。〔施註〕《史記·張儀傳》：嘗從楚相飲，已而楚相亡璧。門下意張儀，共執掠笞。其妻曰：「子毋讀書遊説，安得此辱乎？」儀曰：「視吾舌尚在不？」妻笑曰：「舌在也。」儀曰：「足矣。」韓退之《贈劉師服》詩：羡君齒牙牢且潔，大肉硬餅如刀截。是中惟可飲醇酒。〔王註〕《南史·謝瀹傳》：謝朏爲吴興，其弟瀹於征虜渚送別，朏指瀹口曰：「此中惟宜飲酒。」〔合註〕《史記·微子世家》：飲之醇酒。讀書不用多，〔施註〕《南史》：衡陽王鈞《論語》曰：「誦此，能行足矣，焉用多讀而不行乎。」作詩不須工，〔施註〕白樂天《與楊汝士》詩：不用更教詩過好，折君官職是詩名。海邊無事日日醉，〔施註〕杜子美《曲江》詩：朝迴日日典春衣，每日江頭盡醉歸。夢魂不到蓬萊宫。〔王註〕杜子美《莫相疑行》詩：憶獻三賦蓬萊宫。〔施註〕《史記·封禪書》：蓬萊、方丈、瀛洲，此三神山者，共傳在渤海中。〔查註〕貢父時從館閣謫官，其題壁詩，有「却從雲氣望蓬萊」句。秋風昨夜入庭樹，〔王註〕劉禹錫《秋風引》：何處秋風至，蕭蕭送雁羣。朝來入庭樹，孤客最先聞。又《團扇歌》：秋風入庭樹，從此不相見。蓴絲未老君先去。〔王註〕《晉·張翰傳》：齊王冏辟爲大司馬東曹掾。因見秋風起，乃思吳中菰菜蓴羹鱸魚膾，曰：「人生貴得適志，何能羈宦數千里，以要名爵乎。」遂命駕而歸。俄而冏敗，人皆謂之見幾。杜子美《陪王漢州留杜綿州泛房公西湖》詩：豉化蓴絲熟。《齊民要術》云：四月，蓴生莖而未葉，名雉尾蓴，葉舒，長足，名絲蓴。君先去，幾時回？〔王註〕柳子厚詩：不知從此去，更遣幾年回。〔合註〕杜子美《送翰林張司馬南海勒碑》詩：天遣幾時回。劉郎應白髮，〔施註〕劉禹錫《還京師》詩：南曹舊吏來相問，何處淹留白髮生。桃花開不開〔一六〕。〔王註堯卿曰〕劉夢得《元和十一年自朗州召至京師戲贈看花諸君子》詩：紫陌紅塵拂面來，無人不道看花回。玄都觀裏桃千樹，盡是劉郎去後栽。太和二年，重遊兹觀，蕩然無復一樹，唯兎葵燕麥動摇春風耳。再題詩曰：百畝庭中半是苔，桃花凈盡菜花開。種桃道士歸何處？前度劉郎今又來。

送曾子固倅越得燕字

〔查註〕韓持國撰《曾子固神道碑》，畧云：公嘉祐二年，進士及第。爲太平州司法參軍，歲餘，召編修史館書籍。嘗爲英宗實録檢討官，踰月，罷，出通判越州。【誥案】史載曾鞏判越州，則贍田野饑，守齊州，則平章丘盜，餘若濬河省驛，救疫儲藥，凡便民事，不可勝書；又能戢征南之師，不爲地方擾害，此皆政事之卓然者也。其廉潔自守，至於自入之利皆罷；又天性孝友，父亡，奉繼母益至，撫四弟九妹於委廢單弱中，宦學婚嫁，一出其力，此皆行義之卓然者也。且鞏素與王安石善，神宗問安石何如人，則以勇於有爲吝於改過爲對，是鞏之不敢朋比欺君，與韓維、吕公著之交相稱薦而至誤國者，賢不肖相去遠矣。史又云吕公著嘗告神宗，鞏行義不如政事，政事不如文章，以是不大用。若如其説，則凡當日大小臣工史不載者，皆當出鞏之上，而何以史家立傳諸人，其行義、政事、文章不及鞏者多耶？神宗素不喜鞏文章，公著特爲此語中之，故其視鞏行義、政事爲尤可吐棄，而因以流落不偶。夫以鞏之行義、政事、文章，卓然可見，人所信尚者，公著尚讒之如此，則如伊川、明道之學，當日天下之所驚疑而未盡信者，宜其激怒太皇，立時逐去也。跡其設心之毒，與其父夷簡之逐范仲淹、孔道輔一轍。然夷簡恣行姧利，尚不自諱，而公著則深中多數，不可測識，且以鞏與其弟布並論。人皆知鞏之賢而布之姧矣，公著何不亦一言去之，而竟以貽禍國家，究其是非之顛倒，雖公著亦不能自解也。

醉翁門下士，雜遝難爲賢。〔王註〕《漢書・劉向傳》：雜遝衆賢，罔不肅和。【詁案】王安石初未知名，因曾鞏游於歐陽永叔之門，爲薦於朝。及安石得政，遂叛永叔，排之不遺餘力。又，常秩者，隱居樂道，永叔高其名，屢薦不起。安石更法令，海内沸騰，秩獨以爲是，遂應召拜右正言，直集賢院兼舍人院，遷天章閣侍講，同修起居注。又，蔣之奇者，永叔知舉所得士，公同年也。拜殿中侍御史，永叔建濮議，之奇盛稱之。及爲言者所攻，之奇忽彈以帷簿事，考驗無實，謫爲監税，永叔亦以是罷參知政事，典郡。詩言「雜遝」，皆指此曹也。查註不能引論，故曉嵐有「憤激招尤，殊乖温厚」之説，皆非是。曾子獨超軼，孤芳陋羣妍。〔王註次公曰〕韓退之詩：異質忌處羣，孤芳難寄林。昔從南方來，與翁兩聯翩。〔王註次公曰〕醉翁爲參政時，子固亦在館閣，故云「兩聯翩」。翁今自憔悴，〔合註〕是時，歐公當知蔡州。【詁案】永叔由參知政事罷知亳州，移青州。時諸路散青苗錢，乞令民止納本錢，罷提舉官，不報。除判太原府，以不任重寄，力丐蔡州，逾年而歸。公作此詩，正其初到蔡州之時，故云「憔悴」也。子去亦宜然。賈誼窮適楚，〔王註厚曰〕《漢書·賈誼傳》：天子議以誼任公卿之位，絳、灌、東陽侯馮敬之屬盡害之，乃毁誼，出爲長沙王太傅。長沙，楚地也。樂生老思燕。〔王註〕《史記·樂毅傳》：毅畏誅，西降趙，燕王以子樂閒爲昌國君，而毅往來復通燕。那因江鱠美，遽厭天庖羶。〔合註〕《抱朴子》：劉安謫守天庖。但苦世論隘，聒耳如蜩蟬。〔王註〕晉嵇康《與山巨源絶交書》：賓客盈座，鳴聲聒耳。安得萬頃池，〔合註〕晉孫綽《蘭亭集後序》：長湖萬頃。養此橫海鱣。〔王註〕賈誼《弔屈原賦》：橫江湖之鱣鯨兮，固將制於螻蟻。謝晦詩：偉哉橫海鱗，壯矣垂天翼。李太白詩：魯國一杯水，難容橫海鱗。〔查註〕《烏臺詩案》：熙寧三年，曾鞏準勅通判越州。臨行，館閣同舍舊例餞送，衆人分韻，軾探得燕字韻，作詩一首。中云「但苦世論隘，聒耳如蜩蟬」，譏諷近日朝廷進用多刻薄之人，議論褊隘，聒喧如蜩蟬之鳴，不足聽也。又云「安得萬頃池，養此橫海鱣」，以此比鞏橫才也。

緑筠亭〔七〕

〔查註〕緑筠堂，一作緑筠亭。本集先生自書此詩後云：清獻先生嘗求東坡居士作緑筠亭詩，曰：「此吾鄉人梁處士之居也。」後二十五年，乃見處士之子琯，請書此本。時紹聖二年四月十三日。【誥案】此詩，王註、施註本皆作《次韻子由緑筠堂》，考《欒城集》無原作，且與本集跋語不合，似題有譌也。今更正改編，餘已詳總案中。〔案〕總案熙寧三年四月「緑筠亭詩」條下云：公自跋此詩云云。查註據以爲熙寧四年所作者。但公題跋所扣年限不一，有僅按年扣者，亦有扣足年月者，率多一年，如此跋，卽當以二十六年爲二十五年也。據公所作《趙清獻公神道碑》，是年四月知杭，到杭卽徙青州，及公赴杭倅任，而趙卽移知成都，自此更遠矣。今據跋改編趙抃罷政之日，庶幾爲當。

愛竹能延客，求詩剩掛牆。〔施註〕《唐·陳子昂傳》：委棄有司，掛牆屋耳。風梢千纛亂，〔王註〕本朝宋子京詩：概竹生烟纛。月影萬夫長。〔王註〕杜牧之《晚晴賦》：竹林外裹兮，十萬丈夫，甲刃樅樅，密陣而環侍。谷鳥驚棋響，山蜂識酒香。〔合註〕杜子美《上白帝城》詩：谷鳥鳴還過。又《題鄭縣亭子》詩云：花底山蜂遠趁人。只應陶靖節，會聽〔一八〕北窗涼。〔施註〕《晉·陶潛傳》：嘗言夏月虛閑，高臥北窗之下，清風颯至，自謂羲皇上人。《南史·陶潛傳》：卒號靖節先生。〔合註〕何焯曰：李白《尋陽紫極宮感秋作》詩，何處聞秋風，倏倏北窗竹。

送安惇秀才失解西歸

〔查註〕《宋史·奸臣傳》：安惇，字處厚，廣安軍人。上舍及第。紹聖初，章惇、蔡卞造同文謗獄，使與蔡京雜治元祐諸臣者，卽其人也。〔合註〕《續通鑑長編》：熙寧八年十月，詔國子監上舍生安惇，如不得解，與免解，已得解，免禮部試。此雖在後，可以證安惇之屢困場屋也。又《後漢書·黃瓊傳·論》：漢初，詔舉賢良、方正，州郡察孝廉、秀才。

舊書不厭百回讀，熟讀深思子自知。〔王註續曰〕人有從董遇學者，遇不肯教，而云：必當先讀百回，讀書百遍，而義自見。〔合註〕見《三國·魏志註》，百回作百徧。他年名宦恐不免，今日棲遲那可追。我昔家居斷還往，著書不暇〔一九〕窺園葵。〔王註〕《漢書》：董仲舒，孝景時爲博士，下帷講誦，蓋三年不窺園。〔次公曰〕「園葵」字，則使《史記》「公儀子拔去園葵」也。朅來東游慕人爵，棄去舊學從兒嬉。狂謀謬算百不遂，

〔合註〕《唐書・舒元輿傳》：詭謀謬算。惟有霜鬢來如期〔二〇〕。故山松柏皆手種，行且拱矣歸何時。〔王註〕《左傳・僖公三十二年》：秦穆公使孟明、西乞、白乙伐鄭，蹇叔哭之。公曰：「爾何知？中壽，爾墓之木拱矣。」萬事早知皆有命，十年浪走寧非癡。〔王註〕《南史》：沈攸之曰：「早知窮達有命，恨不十年讀書。」與君未可較得失，臨別惟有長嗟咨。

送呂希道知和州

〔施註〕呂希道，字景純，河東人。丞相文靖公之孫，翰林侍讀學士公綽之子。慶曆六年，獻所爲文，召試，賜進士出身。入判登聞鼓院，歷知解、和、滁、汝、澶、湖、亳七州，河南監牧使，三司都勾院。景純性寬厚，沈靜端默。熙寧、元豐間，士急於進取，獨雍容其間，安分隨所適而樂，遇事有不可，必力爭。及元祐之初，吏治寬平，景純雅量自如，亦不改其故。爲郡，皆有惠政，去而人思之。〔合註〕《續通鑑長編》：呂希道知澶州，以治績稱。保甲白晝持鋌，公然爲盜，教隊巡檢和德挾提舉司勢，希道發其贓，捕德下獄。提舉官聞之，馳驛至澶，取保甲囚盡釋之。希道曰：「山可移，獄不可變。」既窮治，取其首領於劫掠處斬之。張適上河朔鹽利，以助邊計，詔推行之。希道曰：「祖宗手詔，在河朔之人，可安不可擾。」適深恨怒。初，澶河未徙，南北城相望，河貫其內，故并河爲禁地。河既徙而北流，有盜十餘人，刦掠他州縣，夜道退灘，適因奏强賊由城中過，法當按責守臣，希道遂罷。元祐五年三月，爲少府監。【誥案】希道嘗留守南都，在公赴湖州時也。

去年送君守解梁，〔施註〕《九域志》：解州。解梁城事，見《左傳·僖公十五年》。〔查註〕《水經注》：涑水逕解縣故城南。《春秋》：晉惠公因秦返國，許秦以河外五城。內及解梁，即此城也。《太平寰宇記》：解州，漢舊縣。五代漢乾祐元年，於解縣置州。今年送君守歷陽。〔查註〕劉禹錫《和州廳壁記》：歷陽古揚州之域，秦爲九江治所。梁之亡也，侯淵明與王僧辯盟，二國協和，而州得名。年年送人作太守，〔王註〕《世説》：襄陽羅友好道嗜酒，桓温雖以才遇之，許而不用。人有得郡者，温爲席送別。友至，尤晚。問之，友答曰：「民性飲道嗜味，昨奉教旨，乃是首旦出門，逢一鬼，大見揶揄，云，我只見汝送人作郡，不曾見人送汝作郡。遂慚怖却回，不覺成淹緩之罪。」温心愧焉，後以爲襄陽太守。坐受塵土堆胸腸。君家聯翩三將相，〔查註〕按《宋史·宰輔表》及《宰輔編年録》：吕蒙正，於太宗端拱元年參知政事，加中書侍郎平章事，咸平六年封萊國公。吕夷簡，於仁宗天聖七年除同平章事，景祐元年封申國公。吕公弼，於英宗治平二年除樞密副使，四年進樞密使。富貴未已今方將。〔施註〕《毛詩·商頌·長發》：有娀方將。註云：將，大也。鳳雛驥子生有種，〔王註〕杜子美《入奏行》詩：竇侍御，驥之子，鳳之雛，年未三十忠義俱。毛骨往往傳諸郎。〔王註堯卿曰〕晉、宋時，江左謂王、謝子弟爲烏衣諸郎。〔施註〕《世説》：王右軍道祖士少風領毛骨，恐没世不復見如此人。觀君崛鬱負奇表，便合劍珮趨明光。〔王註師曰〕西漢有明光宮。〔施註〕《漢·蕭何傳》：賜何帶劍履上殿。唐王昌齡《寄崔員外》詩：我有故人曰鳳皇，腰佩金玉趨明光。胡爲小郡屢奔走，征馬未解風帆張。〔施註〕韓退之《岳陽樓》詩：嚴程迫風帆，劈剪入高浪。我生本是〔三〕便江海，忍耻未去猶徬徨。〔施註〕《左傳·襄公二十七年》：趙孟曰：「以能忍恥，庶無害趙宗乎。」《毛詩·黍離·序》：徬徨不忍去，而作是詩也。無言贈君有長歎，〔施註〕白樂天《庚七》詩：相悲一長歎，薄命與君同。美哉河水空洋洋。〔王註〕《史記·孔子世家》：孔子將西見趙簡子，至於河，而聞竇鳴犢、舜華之死也，臨河而歎曰：「美哉河水，洋洋乎，丘之不濟此，命也夫。」〔施註〕《毛詩·衞風·碩人》：河水洋洋，北流活活。

送文與可出守陵州

〔王註堯卿曰〕與可名同，梓州鹹亭縣人，皇祐元年馮京榜及第。〔施註〕與可爲人靖深，操韻高潔，超然不攖世故。熙寧初，王介甫得政，時論紛然，與可時爲集賢校理，請遠郡以去。後知洋州，改湖州，未到郡而卒。自以文翁之後，號石室先生，所著有《丹淵集》四十卷，行於世。〔查註〕《元和郡縣志》：劍南道東川陵州，南北二面，懸崖斗絶，南臨鹹井。《太平寰宇記》：陵州，漢犍爲郡之武陽縣東境也。《丹淵集》中有《乞改陵州州名狀》云：州之所以得名之由，據地理志，本犍爲與蜀二郡之地，在梁爲懷仁郡，西魏時改爲陵州，因境内有陵井，故名。陵井始後漢張陵開輿，因以名井，復以井名以名其州。

壁上墨君不解語，【誥案】本集《墨君堂記》云：王子猷謂竹君，天下從而君之，無異辭。今與可又能以墨象君之形容，作堂以居君，而屬余爲文以頌君德，則與可之於君信厚矣。與可獨能得君之深，而知君之所以賢，雍容談笑，揮灑奮迅，稚壯枯老之容，披折偃仰之勢，風雪凌厲以觀其操，崖石犖确以致其節，得志遂茂而不驕，不得志瘁瘠而不辱，羣居不倚，獨立不懼，與可之於君，可謂得其情而盡其性矣。見之尚可消百憂。而況我友似君者，素節凜凜欺霜秋。〔施註〕《後漢·孔融傳·論》：凜凜焉，皜皜焉，與琨玉秋霜比質可也。〔合註〕張九齡詩：苟能秉素節。清詩健筆何足數，〔王註〕杜子美《貽阮隱居》詩：清詩近道要。又《奉贈太守張卿均》云：健筆淩鸚鵡。〔施註〕杜子美《戲爲六絶句》詩：庾信文章老更成，淩雲健筆意縱横。逍遥齊物追莊周。〔施註〕《莊子·内篇》有《逍遥游篇》、《齊物論篇》。奪官遣去不自覺，〔查註〕范百禄《文與可墓志》：熙寧三年，知太常禮院時，執政欲興事功，多更釐，附麗者衆，公獨遠之。及與陳薦等議宗室襲封事，執據典禮，坐奪一官，再請鄉郡，以太常博士知陵州。曉梳脱髮誰能收。江邊亂山赤如赭，陵陽正在千山頭。〔施註〕杜子美《光禄坂》詩：山行落日下絶壁，四望千山萬山赤。君知〔二二〕遠别懷抱惡，〔施註〕《晉·王羲之傳》：中年以來，傷於哀樂，與親友别，輒作數日惡。杜子美《送長孫侍御赴武威判官》詩：使我不能飡，令我惡懷抱。時遣墨君解我愁〔二三〕。〔合註〕陸雲書：解愁忘憂。

次韻王誨夜坐

〔查註〕王誨，字規父。熙寧中爲蘇州守。〔合註〕《續通鑑長編》：王誨，舉正子。又，熙寧三年五月載：羣牧判官王誨上《羣牧司編》，敕行之。四年八月，以度支判官司勳郎中爲遼國正旦使。

【誥案】誨後出知平江，公有爲王誨《題御飛白記》。

愛君東閣能延客，〔施註〕《漢·公孫弘傳》：起徒步數年，至宰相封侯，於是起客館，開東閣，以延賢人。顧我閑官不計員。〔施註〕韓退之《留别李襄州》詩：應許閑官寄病身。策杖頻過知未厭〔二四〕，卜居相近豈辭遷。〔施註〕《卜居》，《楚辭》篇名。杜子美《過朱山人池亭》詩：相近竹參差，相過人不知。莫將詩句驚摇落，〔王註〕《九辨》：蕭瑟兮草木摇落而變衰。〔施註〕杜子美《摇落》詩：摇落巫山暮，寒江東北流。漸喜樽罍省撲緣。〔施註〕《莊子·人間世篇》：愛馬者以筐盛矢，以蜄盛溺。適有蚊虻撲緣，而拊之不時，則缺銜毁首碎胸。待約〔二五〕月明池上宿，夜深同看水中天。〔施註〕李太白《送弟昌峒》詩：人乘海上月，帆落湖中天。賈島詩：船壓水中天。

送蔡冠卿知饒州

〔查註〕《鄱陽記》：蔡冠卿，字元輔。慶曆六年進士，知鄢陵縣，遷大理少卿。〔施註〕初知登州。許遵因婦人阿云傷夫獄，遵言大理審刑所定刑名不當，翰林學士王安石是遵議。熙寧元年七月，詔謀殺已傷案問欲舉自首從謀殺減二等論，富弼、曾公亮爲相，皆不然之。二年二月三日，詔自今謀殺人已死自首及案問欲舉並奏裁，而安石以右諫議大夫參知政事奏言，謀殺刑名，論辨已一年，宜早裁處。先是呂公著、韓維、錢公輔定案問欲舉如安石議。詔依所定。而審刑院大理寺官齊恢、王師元、蔡冠卿皆以爲不當。安石與參政唐介數争議於上前，上卒從安石議。冠卿既與安石不合，遂補外得饒州。〔查註〕徐湛《鄱陽記》：饒州郡北有堯山，地加饒衍，蓋食而爲饒矣。《九域志》：江南東路饒州鄱陽郡，治鄱陽縣。【誥案】合註謂《宋史》定刑名事，在熙寧二年，則蔡之出知饒州，必在三年。此詩施、查二編並誤，今據此改編。

吾觀蔡子與人遊，〔合註〕張衡《歸田賦》：感蔡子之慷慨。掀豗〔二六〕笑語無不可。〔王註〕杜子美《憶昔行》詩：倏忽東西無不可。【誥案】《正韻》：喧豗，閧聲。掀豗，當卽喧豗之意。平生〔二七〕儻蕩〔二八〕不驚俗，〔施註〕《漢・史丹傳》：貌若儻蕩不備，然心甚謹密。註：儻蕩，疎誕無檢也。〔合註〕韓退之詩：東野動驚俗。臨事迂闊乃過我。〔合註〕班固《答賓戲》：彼豈樂爲迂闊哉。横前坑穽衆所畏，〔合註〕陳琳《爲袁紹檄豫州》：坑穽塞路。布路金珠誰不裹。〔施註〕《左傳・襄公三十年》：鄭伯有夜飲，朝至，未已。朝者皆自朝布路而罷。爾來變化驚何速，昔號剛强今亦頗。〔合註〕《漢書・馮野王傳》：剛强堅固。憐君獨守廷尉法，〔施註〕《漢・百官表》：廷尉，秦官，掌刑辟，秩千石。《張釋之傳》：釋之爲廷尉，曰：「廷尉，天下之平也，壹傾，天下用法皆爲之輕重，民安所措其手足。」晚歲却理〔二九〕鄱陽柂。〔施註〕杜子美《短歌行》：君今起柂春江流。莫嗟天驥逐羸牛，〔施註〕《文選》顔延年《赭白馬賦》：漢道興而天驥呈才。杜子美《錦樹行》：青草萋萋盡枯死，天馬跛足隨羸牛。東方朔《七諫》：服罷牛而驂驥。欲試良玉須猛火。〔王註〕《淮南子》：鍾山之玉，灼以爐炭，三日三夜，色澤不變，得天地之精也。〔施註〕白樂天《放言》詩：試玉要燒三日滿。世事徐觀真夢寐，〔施註〕李太白《醉起言志》詩：處世若大夢，胡爲勞其生。人生不信長轗軻〔三〇〕。〔施註〕《文選・古詩》：無爲守貧賤，轗軻長苦辛。知君決獄有陰功，〔施註〕《漢・于定國傳》：父于公曰：「我治獄多陰德，未嘗有所冤，子孫必有興者。」他日老人酬魏顆。〔施註〕《左傳・宣公十五年》：魏武子有嬖妾，無子。武子疾，命顆曰：「必嫁是。」疾病，則曰：「必以爲殉。」及卒，顆嫁之，曰：「疾病則亂，吾從其治也。」及輔氏之役，顆見老人結草以亢杜回，回躓而顛，故獲之。夜夢之曰：「余，而所嫁婦人之父也。爾用先人之治命，是以報。」〔查註〕《烏臺詩案》：大理少卿蔡冠卿，準敕差知饒州，軾作詩送之。其云「橫前坑穽衆所畏」，以譏當時用事之人，有逆其意者，則設坑穽以陷之也。又云「布路金珠誰不裹」，以譏朝廷用事之人，有順其意者，則以利誘之，如以金珠布路也。又「爾來變化」二句，以譏士大夫爲利所誘脅，變化從之，雖舊號剛强，今亦然也。又云「憐君獨守廷尉法」，言冠卿屢與朝廷爭議刑法，以致不進用，出守小郡。又云「莫嗟天驥逐羸牛」，以冠卿比天驥，以進用不才比羸牛，以譏諷進用之人不當也。又云「欲試良玉須猛火」，玉經火不變，然後爲良，言冠卿經歷艱險折挫，節操不改也。【誥案】冠卿別有爭婦人減等坐失出，故用魏顆事，此詩所指也。施註阿云案，乃冠卿指欲舉不當者。合註引《長編》秦州民曹政案，乃坐失入者。與詩旨相反，並誤。

宋叔達家聽琵琶

〔查註〕《范忠宣集·朝請大夫宋君墓志》云：公諱道，字叔達，河南人。少孤力學，登進士甲科，與弟迪同榜。累遷祕省著作郎，尚書屯田員外郎中。英宗朝，提點福建刑獄，入爲開封推官，出知同州。年高倦於民事，提舉西京崇福宮。與賢士大夫遊，善爲詩歌。元豐六年，終於洛之歸仁坊私第。〔合註〕《續通鑑長編》：熙寧四年三月，上論農兵欲行宋道召人免税充弓箭手事。道，泌孫也，時爲都官郎中，同提舉三門白波輦運。嘗應詔上五事，又請倣古民兵之法，可得戰士二十萬，事多施行。官止朝請大夫。【誥案】宋選與道、迪皆兄弟行，惟選是否爲泌孫，卽無由知也。此詩施編倅杭卷内，合註已疑其誤，今改編於此，餘詳案中。〔案〕總案熙寧三年十月後「過宋道家」條云：宋家於洛中。此詩不作於洛，卽作於京，以宋叔達方仕於朝故也。本集雖無至洛明文，然作《別子由詩跋》，有「其後雖不過洛」之語，《題盧鴻草堂圖》詩，亦有過洛之跡，是公未嘗不至洛也。西京乃原廟所在，差事旁午，經旬往復，無可稽考。謂公必不至洛者，獨查註耳。今附編於此。

數絃已品龍香撥，〔王註厚曰〕楊妃琵琶，以邏逤檀爲槽，龍香板爲撥。鄭嵎《津陽門》詩：玉奴琵琶龍香撥。〔邵註〕《楊妃外傳》：妃子琵琶，以邏逤檀爲之，絃乃末訶彌羅國所貢緑冰蠶絲也。〔合註〕《論衡》：數絃之聲。半面猶遮鳳尾槽。〔王註〕白樂天《琵琶行》：猶抱琵琶半遮面。《楊妃外傳》：寺人白季貞使蜀還，進木，温潤如玉，光耀可鑑，有金縷紅文，蹙成雙鳳。〔合註〕《明皇雜録》作白秀貞。新曲從翻《玉連鎖》〔三一〕，〔王註厚曰〕《玉連鎖》，今曲名。〔次公曰〕歐陽《贈沈博士歌》云：杜彬琵琶皮作絃，自從彬死世莫傳，玉連鎖聲入黄泉。舊聲終愛鬱輪袍。〔邵註〕《廣林記》：王維微時，爲岐王所知，將應舉，王令作琵琶新曲引。至公主家，維自彈，主問何曲？曰：「鬱輪袍也。」主大愛之，是年遂爲舉首。夢回只記歸舟字，〔王註績曰〕昔有李生，遇盧生。生號二舅。盧邀李生入北亭命酌，曰：「兼與公求得佐酒者，頗善箜篌。」須臾，引一女子至。李生視箜篌上有朱字云：天際識歸舟，雲間辨江樹。李生其年往汴，陸長源以女嫁之。既婚，頗類北亭子所覩者，復解箜篌，果有朱書字，視之，「天際」之詩兩句也。見《太平廣記》云。賦〔三二〕罷雙垂紫錦條。〔王註堯卿曰〕紫錦條，見張説《琵琶賦》。〔查註〕周霆震詩云：西園蹴踘醉蒲萄，北里琵琶紫錦條。何異烏孫送公主，〔王註〕傅玄《琵琶賦序》：故老云，漢遣烏孫公主嫁昆彌，念其行道思慕，使工人知音者，裁琴、箏、筑、箜篌之屬，作馬上之樂，以方語目之，故云琵琶，取易傳於外國也。碧天無際雁行高。

次韻子由初到陳州二首〔三三〕

〔查註〕《水經注》：陳州故陳國，伏羲、神農並都之。舜後嬀滿爲周陶正，武王妻以元女太姬，而封諸陳。《九域志》：京東北路陳州鎮安軍節度，治宛丘縣，去東京二百四十五里。《欒城集·初到陳州》詩云：謀拙身無向，歸田久未成。來陳爲懶計，傳道愧虚名。俎豆終難合，詩書强欲明。斯文吾已試，深恐誤諸生。其二云：久愛閑居樂，兹行恐遂不？上官容碌碌，飽食更悠悠。枕畔書成癖，湖邊柳散愁。疎慵愧韓子，文字化潮州。

其一

道喪雖云久，吾猶及老成。如今各衰晚，〔合註〕杜子美《題省中院壁》詩：腐儒衰晚謬通籍。那更治刑名。〔施註〕《史記·韓非傳》：喜刑名法術之學。【誥案】此詩次首有「舊隱三年別」句爲證，作於四年六月倅杭命下之後，故云「那更治刑名」也。查註引《潁濱遺老傳》「子由爲條例司屬，行青苗法，議事多牾」，以釋「更治刑名」之語，誤甚。卽子由爲陳州學官，亦不用更治刑名也。此乃公借子由舊韻自道其意，猶言爾我各已衰晚，而我更須學俗吏奔走，日事敲朴，蓋極不然之詞也。若從子由原題尋著落處，全非二詩之旨矣。懶惰便樗散，〔王註〕《莊子·逍遥遊篇》：吾有大木，人謂之樗。又《人間世篇》：曲轅櫟社樹，其大蔽牛。匠石曰：「散木也。」〔施註〕杜子美《鄭十八貶台州司户》詩：鄭公樗散鬢如絲。又：堂成詩懶惰，無心作解嘲。疎狂託聖明。〔施註〕白樂天《寄微之》詩：疎狂屬年少，閑散爲官卑。〔合註〕《宋書·樂志》：承聖明。阿奴須碌碌，門户要全生。〔施註〕《晉·列女周顗母李氏傳》：顗等既長，謂之曰：「我屈節爲汝家作妾，門户計耳。」中興時，顗等並列顯位。嘗冬至置酒，絡秀舉觴賜三子曰：「爾等並貴，列我目前，吾復何憂。」嵩起曰：「恐不如尊旨。伯仁好乘人之弊，非自全之道；嵩性抗直，亦不容於世；惟阿奴碌碌，當在阿母目下耳。」李氏，字絡秀。顗，字伯仁。謨，小字阿奴。〔合註〕《莊子·養生主篇》：可以全生。

其二

舊隱三年別，【誥案】公以熙寧己酉還朝，至是四年辛亥爲三年，故云「舊隱三年別」也。必看清此句，扣出年限，二詩之旨方出。餘詳總案。改編四年六月條下。〔案〕總案熙寧四年六月「因和子由」條下云：《次韻子由初到陳州二首》，施註原編在《緑筠堂》、《送劉攽倅海陵》詩前，卽爲三年作。查註、合註從誤。詩有「那更治刑名」句，謂不合作杭倅也。又有

「還來送别處，雙淚寄南州」句，謂在京送别子由之處，作詩以寄。此乃四年六月倅杭命下之後，用子由舊韻以寄。今改編於此。杉松〔三四〕好在不？〔施註〕白樂天詩：好在王員外，平生記得不？我今〔三五〕尚眷眷，〔施註〕《毛詩·小雅·小明》：眷眷懷顧。〔合註〕《詩經》作睠睠，與眷同。此意恐悠悠。〔施註〕《毛詩·鄭風·子衿》：悠悠我心。閉户時尋夢，【誥案】紀昀曰：昌谷詩「楚魂尋夢風颯然」，二字本此。無人可説愁。還來送别處，雙淚寄南州。

送劉道原歸覲南康

〔王註堯卿曰〕道原，名恕。熙寧二年，爲秘書丞，編修文字。〔施註〕劉道原，筠州人。父渙，爲潁上令，不能事上官，棄之去，家廬山。道原少穎悟，書過目卽誦。既第，篤好史學，上下數千載間，可坐而問。博學强識，求書不遠數百里，身就之讀且抄，殆忘寢食。司馬公編次《通鑑》，英宗令自擇館閣英才，公曰：「館閣文士誠多，至於專精史學，臣得而知者，惟劉恕耳。」卽召爲局僚。書成，公推其功爲多，而道原亡矣。家至無以養，而不以一毫取於人，冬無寒具，司馬公遺衣褥，亦封還之。與王介甫有舊，介甫執政，道原在館閣，欲引寘條例司，固辭，而謂曰：「天子方付公大政，宜恢張堯舜之道，不應以利爲先。」是時，介甫權震天下，人不敢忤，而道原憤憤，欲與之校。又條陳所更法令不合衆心者，勸使復舊，至面刺其過。介甫怒，變色如鐵，道原不以爲意。或稠人廣坐，對其門生，誦言得失無所忌，遂與之絶。以親老求監南康軍酒。官至秘書丞，卒年四十七。此詩端爲介甫而發。其云「孔融不肯下曹操，汲黯本是輕張湯」，蓋以孔融、汲黯比道原，曹操、張湯況介甫。又云「雖無尺箠與寸刃，口吻排擊含風霜」，蓋著其面折之實也。子義仲，字壯輿，其學能世其家。〔查註〕《太平寰宇記》：江南西路南康軍，本江州星子鎮，太平興國三年，以地當要津，改鎮爲星子縣，仍割江州之都昌、洪州之建昌等縣以屬焉。又，贛州舊名南康府，與此有別。【誥案】道原與公之出，最後詩意甚明，施註編此詩於《出都來陳》題前，可證。餘詳見總案中。〔案〕總案熙寧四年六月「送劉恕歸覲南康作詩」條下云：此詩，施註原編於此，在《出都來陳八首》之前。是時公將出京，乃熙寧四年作也。先是治平中司馬光奉命編次《通鑑》，辟劉道原爲局僚。光出知永興軍，道原以親老求爲南康軍監酒以歸，過公言别，因贈此詩，詩有「交朋」二句云云，是道原與公之出最後，可爲四年確證。又子由《劉凝之哀辭》述其子道原云：「君得請以歸養其親，三年，得疾不起。」考公以四年至杭倅任，七年春中在潤州，道原相約來會，似道原已罷酒官，故出游也。是時距公出京，已幾及三年，約道原之卒，即在七八兩年之間。子由紀年，概用約略之詞，故云三年。《續通鑑長編》：三年九月，司馬光出知永興軍。據此，則光出在前一年，與兩集詩文皆可合。

晏嬰不滿六尺長，高節萬仞陵首陽。〔施註〕《史記·晏嬰傳》：晏子爲齊相，在朝，君語及之則危言，語不及之卽危行。出。其御之妻請去，曰：「晏子長不滿六尺，身相齊國，名顯諸侯，今妾觀其出，志念深矣，常有以自下者。今子長八尺，乃爲人僕御，子之意自以爲足。妾是以求去。」《史記·伯夷傳》：義不食周粟，隱於首陽山，采薇而食之。〔合註〕馬融《長笛賦》：臨萬仞之石磎。青衫白髮不自歎，富貴在天那得忙。十年閉户樂幽獨，〔施註〕李頎詩：十年閉户潁水陽。《楚辭》屈原《九歌》：哀吾生之無樂兮，幽獨處乎山中。百金購書收散亡。〔施註〕《漢·張安世傳》：上行幸河東，嘗亡書三篋，安世具作其事。後購求得書，以相校，無所遺失。揭來東觀弄丹墨，〔施註〕《後漢・和帝紀》：永元十三年，幸東觀，覽書林，閱篇籍，博選術藝之士以充其官。《三國志》引《魏畧》：董遇善《左氏傳》，更爲作朱墨別異。韓退之詩：丹墨交橫揮。〔合註〕曾子《歸耕操》：揭來歸耕。司馬相如《大人賦》：回車揭來。聊借舊史誅姦强。〔施註〕韓退之《答崔立之書》：將作唐之一經，垂之於無窮，誅奸諛於既死，發潛德之幽光。〔合註〕《續通鑑長編》：治平三年四月，司馬光奏，翁源縣令廣南西路經畧安撫司勾當公事劉恕，史學爲衆所推，望差同修《通鑑》。從之。至恕所著史書，詳載《宋史》。孔融不肯下曹操，〔施註〕《後漢・孔融傳》：見曹操雄詐漸著，數不能堪，故發辭偏宕，多致乖忤。汲黯本自〔三六〕輕張湯。〔施註〕《漢・汲黯傳》：張湯以更定律令爲廷尉，黯質責張湯於上前，憤怒罵曰：「天下謂刀筆吏不可爲公卿，果然，必湯也。」雖無尺箠與寸刃〔三七〕，〔施註〕《莊子・天下篇》：一尺之棰。韓退之《送張道士》詩：恨無一尺棰，爲國笞羌夷。又《月蝕》詩：臣有一寸刃。口吻排擊含風霜。〔施註〕《舊唐書・嗣虢王巨傳》：楊國忠曰：「比來人多口擊賊，公不爾乎？」《新書》，「擊」作「打」。《西京雜記》：淮南王著《鴻烈書》，自云字中皆挾風霜。【誥案】此五句明借修史事，以詆介甫，詩必如是作，方可謂之史筆，亦爲維持綱常名教之文。曉嵐所見卑陋，故凡遇此類詩輒詆之，殊不知文忠二字，皆由此一片忠憤中來，而古人之足當此二字者，爲卒鮮也。自言靜中閱世俗，有似不飲觀酒狂。〔施註〕《漢・蓋寬饒傳》：無多酌我，我迺酒狂。衣巾狼藉又屢舞，〔王註〕《詩・小雅・賓之初筵》：屢舞僛僛，屢舞傞傞。〔施註〕《史記・滑稽傳》：淳于髡曰：「履舄交錯，杯盤狼藉，當此之時，能飲一石。」傍人大笑供千場。〔王註〕李太白《短歌行》：天公見玉女，大笑億千場。交朋翩翩去畧盡，〔施註〕《史記・平原君傳》：翩翩濁世之佳公子。惟吾〔三八〕與子猶徬徨。【誥案】《宋史・本紀》：熙寧二年六月，御史中丞呂誨罷知鄧州。八月，侍御史劉琦貶監處州鹽酒務，御史裏行錢顗貶監衢州鹽稅，同知諫院范純仁知河中府，侍御史知雜事劉述貶知江州。十月，同中書門下平章事富弼罷，判亳州。三年正月，判尚書省張方平罷，知陳州。三月，右正言孫覺貶知廣德軍。四月，御史中丞呂公著貶知潁州，參知政事趙抃罷知杭州，右正言李常貶通判滑州。九月，翰林學士司馬光，罷知永興軍。四年六月，歐陽修以太子少師致仕，富弼坐格青苗法，徙判汝州。以上二句指此。世人共棄君獨厚，〔施註〕《漢·貨殖傳》：白圭樂觀時變，故人棄我取，人取我予。杜子美《曲江對酒》詩：縱飲已拚人共棄。豈敢自愛恐子傷。〔王註〕韓退之《答胡直均書》：如生之徒於我厚者，知其賢，時或道之，於生未有益也。不知者，乃用是爲謗，不敢自愛，懼生之無益而有傷也。朝來告別驚何速，歸意已逐征鴻翔。匡廬先生古君子，〔查註〕《東都事略》：劉渙，字凝之。舉進士，爲潁上令，以剛直不屈，卽棄官而歸，家於廬山之陽，時年且五十。歐陽修與渙，同年進士也。高其節，作《廬山高》詩以美之。居廬山三十餘年，以壽終。朱文公《壯節亭記》畧云：凝之官至屯田員外郎，家居四十年，八十五卒。二子，長名恕，次名格。挂冠兩紀鬢未蒼。〔施註〕《後漢·逢萌傳》：解冠掛東都城門。《南史·陶弘景傳》：上表辭祿，脱朝服，挂神虎門。定將文度置膝上，〔施註〕《晉·王述傳》：愛子坦之雖長大，猶抱置膝上。坦之，字文度。喜動鄰里烹豬羊。〔施註〕《古樂府·木蘭歌》：小弟喜姊來，磨刀霍霍向豬羊。君歸爲我道名姓〔三九〕，幅巾他日容登堂。〔王註〕《後漢書》：符融遊太學，師事少府李膺。膺夙性高簡，每見融，輒絶賓客，聽其言論。融幅巾奮褎，談辭如雲。〔施註〕《後漢·法真傳》：太守請見，真乃幅巾詣謁。《傅子》：漢末，王公皆委正服，以幅巾爲雅。見《魏志註》。

出都來陳，所乘船上有題小詩八首，不知何人有感於余心者〔四〇〕，聊爲和之

【誥案】自此題起，赴倅杭任，以下皆道中作。

其　一

蛙鳴青草泊，蟬噪垂楊浦。〔施註〕《説文》：泊，止舟也。《玉篇》：水源枝注江海邊曰浦〔四一〕。吾行亦偶然，〔施註〕《後漢·劉昆傳》：偶然耳。【誥案】紀昀曰：亦字承上二句。及此新過雨。〔施註〕《松陵唱和》陸龜蒙《銷夏灣》詩：古岸過新雨，高蘿蔭橫流。

其　二

鳥樂忘罝罦，〔查註〕《月令》：田獵罝罘，羅網畢翳。按，罘，音浮，通作罦。〔合註〕《左傳·襄公十八年》：鳥烏之聲樂。魚樂忘鈎餌。〔王註〕《莊子·胠篋篇》：鈎餌網罟罾笱之知多，則魚亂於水矣。削格羅落罝罘之知多，則獸亂於澤矣。何必擇所安，〔施註〕《莊子·人間世篇》：事其親者，不擇地而安之，孝之至也。事其君者，不擇事而安之，忠之至也。滔滔天下是。

其　三

烟火動村落，晨光尚熹微〔四三〕。〔王註〕陶淵明《歸去來辭》：問征夫以前路，恨晨光之熹微。田園處處好，淵明胡不歸。〔王註〕《晉書·陶潛傳》：郡遣督郵至縣，吏白，應束帶見之。潛歎曰：「吾不能爲五斗米折腰，拳拳事鄉里小人。」即解印去縣，乃賦《歸去來》。

其四

我行無疾徐，〔施註〕《史記・項羽紀》：徐行則免死，疾行則及禍。輕楫信溶漾〔四三〕。〔合註〕梁簡文帝詩：浮苔染輕楫。船留村市鬧，閘發寒波漲。〔王註堯卿曰〕《説文》謂開閉門曰閘，江淮之間，作堰閘以制水，而時放決之。〔施註〕《文選》丘遲詩：淅淅寒波漲。

其五

舟人苦炎熱，〔施註〕《唐・柳公權傳》：文宗嘗召與聯句，帝曰：「人皆苦炎熱，我愛夏日長。」宿此喬木灣。清月未及上，黑雲如頹山。〔王註〕《後漢・光武紀》：王尋、邑營中，晝有雲，如壞山，當營而隕。〔施註〕庾信《詠懷》詩：哭市聞妖獸，頹山起怪雲。歐陽文忠公《答梅聖俞大雨》詩：夕雲若頹山，夜雨如決渠。〔合註〕《後漢書・杜篤傳》：屯黑雲。

其六

萬竅號地籟，〔施註〕《莊子・齊物論篇》：子綦曰：「大塊噫氣，其名爲風，是惟無作，作則萬竅怒號。」子游曰：「地籟則衆竅是也。」衝風散天池。〔施註〕《楚辭》屈原《九歌》：衝風起兮水揚波。《漢・韓安國傳》：衝風之衰，不能起毛羽。《莊子・逍遥遊篇》：南溟者，天池也。喧豗瞬息間，〔王註〕李太白《蜀道難》：飛湍瀑流争喧豗。〔合註〕王僧孺文：瞬息不留。還掛斗與箕。

其七

潁水非漢水,〔查註〕《名勝志》:潁水在陳州南五十里,通上蔡,水出南頓,而注於淮。亦作蒲萄緑。〔施註〕李太白《襄陽歌》:遥看漢水鴨頭緑,恰似蒲萄初醱醅。恨無襄陽兒,令唱《銅鞮曲》。〔王註〕《晉書·山簡傳》:鎮襄陽,有童兒歌,曰:「山公出何許,往至高陽池。」古樂府云:《襄陽蹋銅鞮歌》云:梁武帝在雍鎮,有童謡云:「襄陽白銅鞮,反縛揚州兒。」識者言銅爲金,鞮爲馬也。及義師之起,實以鐵騎,揚州之士皆面縛。

其八

我詩雖云拙,心平聲韻和。〔施註〕《左傳·昭公二十年》:晏子曰:「聲,亦如味也。君子聽之以平其心,心平德和,故《詩》曰,德音不瑕。」年來煩惱盡,〔施註〕《圓覺經》:斷除一切煩惱障蔽。古井無由波。〔王註〕孟郊詩:妾心古井水,波瀾誓不起。白樂天詩:無波古井水,有節秋竹竿。

次韻子由柳湖感物

〔查註〕《名勝志》:柳湖在陳州城北。子由爲教授時,搬亭於上。《欒城集》原作云:柳湖萬柳作雲屯,種時亂插不須根。根如卧蛇身合抱,仰視不見蜩蟬喧。開花三月亂飛雪,過牆渡水無復還。窮高極遠風力盡,棄墜泥土顔色昏。偶然直墜湖水中,化爲浮萍輕且繁。隨波上下去無定,物性不改天使然。南山老松長百尺,根入石底蛟龍蟠。秋深葉上露如雨,傾流入土明珠圓。乘春發生葉短短，根大如指長而堅。神農嘗藥最上品，氣力直壓鍾乳溫。物生稟受久已異，世俗何始分愚賢。【誥案】此詩作於陳州，今改編，餘詳總案中。〔案〕總案熙寧四年七月「出都赴陳州，至陳，與子由同遊柳湖」條下云：本集《記鐵墓、厄臺》云，舊遊陳州，留七十餘日，柳湖旁有丘，俗謂之鐵墓云。又，「和子由柳湖感物詩」條下云：此詩，施註原編初到杭州詩前，查註、合註從之。

憶昔子美在東屯，〔王註縯曰〕東屯，今夔州故城之東。數間茅屋蒼山根。〔施註〕杜子美《移居東屯》詩：東屯復瀼西，一種住清溪。來往皆茅屋，淹留爲稻畦。嘲吟草木調蠻獠，〔施註〕《北史·蠻獠傳》：蠻之種類，蓋盤瓠之後。獠者，南蠻之別種。欲與猿鳥爭啾喧。子今憔悴衆所棄，〔施註〕《左傳·成公九年》：《詩》曰：雖有姬姜，無棄憔悴。驅馬獨出無往還。〔施註〕《毛詩·鄘風·載馳》：驅馬悠悠。惟有柳湖萬株柳，〔王註〕杜牧詩：萬株楊柳拂波垂。清陰與子供朝昏。〔施註〕柳子厚《飲酒》詩：清陰自可庇，竟夕聞佳言。胡爲譏評〔四〕不少借，〔施註〕韓退之《送浮屠令縱西遊序》：促席接膝，譏評文章，商較人士。《史記·荆軻傳》：願大王少假借之。按子由《柳湖感物》詩意，謂柳花入水爲浮萍，松性堅耐，其露墜地爲仙茅，功力十倍鍾乳，故東坡有是句。〔合註〕此見子由詩自註。生意凌挫難爲繁。〔施註〕《世説》：桓玄既敗，殷仲文還，爲大司馬諮議，視廳前老槐樹，歎曰：「槐樹婆娑，無復生意。」〔查註〕庾信《枯樹賦》：此樹婆娑，生意盡矣。柳雖無言不解慍，世俗乍見應憮然。嬌姿共愛春濯濯，〔施註〕《晉·王恭傳》：恭美姿儀，或目之曰，濯濯如春月柳。豈問空腹修蛇蟠。〔施註〕白樂天《悟真寺》詩：根株抱石長，屈曲蟲蛇蟠。朝看濃翠傲炎赫，夜愛疎影搖清圓。〔施註〕杜子美《宿贊公土室》詩：松門耿疎影。〔合

註〕杜子美《舟中》詩：昨夜月清圓。風翻雪陣春絮亂，〔施註〕《晉・列女傳》：雪驟下，謝安曰：「何所似也？」道韞曰：「未若柳絮因風起。」蠹響啄木秋聲堅。四時盛衰各有態，〔施註〕白樂天《松庭》詩：四時各有趣，萬木非其儕。搖落悽愴驚寒温。南山孤松積雪底，抱凍不死誰復賢。〔合註〕庾信《奉答賜酒鵝》詩：寒魚抱凍沈。

次韻張安道讀杜詩

【誥案】張安道，詳後題註中。此詩，王註謂熙寧四年辛亥五月作，誤。考《欒城集》此詩亦編《送赴留臺》詩前，則公詩作於陳州無疑，究當從施編也。〔查註〕張安道原作詩云：文物皇唐盛，詩家老杜豪。雅音還正始，感興出《離騷》。運海張鵬翅，追風騁驥髦。三春上林苑，八月浙江濤。璀璨開蛟室，幽深閉虎牢。金晶神鼎重，玉氣霽虹高。甲馬騰千隊，戈船下萬艘。吴鈎銛莫敵，羿彀巧無逃。遠意隨孤鳥，雄筋舉六鼇。曲嚴周廟肅，頌美孔圖褒。世亂多羣盜，天遥隔九皋。途窮傷白髮，行在窘青袍。憂國論時事，司功去諫曹。《七哀》同谷寓，一曲錦川遨。妻子飢寒累，朝廷戰伐勞。倦遊徒右席，樂善乏干旄。萬里歸無路，危城至輒遭。行吟悲楚澤，達觀念莊濠。逸思乘秋水，愁腸困濁醪。耒陽三尺土，誰爲剪蓬蒿？

《大雅》初微缺，流風困暴豪。〔王註〕裴説《題杜公祠》詩：擬掘孤墳破，重教《大雅》生。〔合註〕《漢書・董仲舒傳》：王道雖微缺。《史記・游俠傳》：暴豪之徒。〔施註〕李太白《古風》：《大雅》久不作，吾衰竟誰陳。正聲何微茫，哀怨起騷人。【誥案】李陽冰取太白此詩以冠集，公亦取作讀杜首段總論，施註雖徵其事，於詩旨則茫如也。張爲詞客賦，變作楚臣《騷》。〔王註次公曰〕《荀子》有《雲》、《蠶》等賦，其後《文選》所載《兩都》、《二京》，皆詞客之所爲也。

屈原作《離騷經》，初有騷之名。〔施註〕班孟堅《兩都賦·序》云：賦者，古詩之流也。梁昭明太子《文選序》：今之作者，異乎古昔。古詩之體，今則全取賦名，荀、宋表之於前，賈、馬繼之於末，自茲以降，源流實繁。展轉更崩壞，紛綸閱俊髦。〔施註〕《毛詩·周南·關雎》：悠哉悠哉，輾轉反側。後漢班固《東都賦》：方軌並迹，紛綸后辟。地偏蕃怪産，源失亂狂濤。粉黛迷真色，〔施註〕杜子美《玉華宮》詩：況乃粉黛假。魚鰕易豢牢。〔合註〕于公異撰《李晟收西京露布》：瘈狗吠豢牢之主。【誥案】自首句至此，仿太白《古風》第一首意，作總起，下四句以李陪杜，仍是李、杜並論，是作此詩手眼。誰知杜陵傑，〔施註〕杜子美《進西嶽賦表》：臣本杜陵諸生。名與謫仙高。〔王註〕《舊唐書》：賀知章見李白，賞之曰：「子天上謫仙人也。」〔施註〕《唐·杜甫傳》：少與李白齊名，時稱李、杜。【誥案】太白還山之日，正杜陵省親東郡之時，故其後初投李詩，有「李侯金閨彦」等句可證。李、杜詩可並名，人非齊名也。《杜甫傳》并《飯顆山》亦摭拾入之，皆史之失。掃地收千軌，〔施註〕《韓退之集》：掃地赤立。《後漢·杜密傳》：劉勝自蜀郡告歸鄉里，閉門掃軌，無所干及。争標看兩艘。〔王註〕唐盧肇《競渡》詩：向道是龍剛不信，果然奪得錦標歸。【誥案】二句謂甫已兼諸家之長，獨與太白相抗。詩人例窮苦，〔施註〕歐陽文忠《梅聖俞詩序》：詩人少達而多窮。【誥案】此句「例」字，總束太白，却是放去太白。下句「天意」，乃入甫事之開筆。趙次公以流夜郎并論，則氣脈不清，且不當以亂定後事敍入亂離之前也，今已删去。即查註於此詩，亦不清楚，彼如了了，則所引《唐書》當載「謝王褒」句下，必不載「遺奔逃」句下，亦倒置也。天意遣奔逃。〔查註〕《舊唐書·杜甫傳》：禄山陷京師，肅宗徵兵靈武，甫自京師宵遁，赴河西，拜右拾遺。明年，房琯罷相，出甫爲華州司功參軍。時關畿亂離，甫寓居同谷。【誥案】此句虚籠下段事，未説出，先爲註實，謬甚。塵暗人亡鹿，〔施註〕《漢·蒯通傳》：秦失其鹿，天下共逐之。【誥案】此句將甫陷賊中，順手帶過，本集凡不肯别起頭腦，又不輕易放過者，皆用此法。溟翻帝斬鼇。〔王註厚曰〕此言肅宗誅安、史，再造唐室。〔施註〕《列子·湯問篇》：昔者女媧氏鍊五色石以補其缺，斷鼇之足以立四極。【詁案】此句又將甫從賊中奔赴行在，蓄入氣內。艱危思李牧，〔施註〕《漢・馮唐傳》：文帝曰：「嗟乎，吾獨不得廉頗、李牧爲將，豈憂匈奴哉。」述作謝王褒。〔王註〕《前漢書》：王褒作《中和》、《樂職》、《宣布》詩，益州刺史奏褒有軼材，上乃徵褒，爲《聖主得賢臣頌》。上令與張子僑等並待詔。〔合註〕此聯言遭值兵亂之時，尚武而輕文也。【詁案】此聯謂甫坐救房琯被逐也。甫實事只此，斷不能少，如不實排，其下亦落不到嚴武也。公平生論甫多矣，從無貶詞，而甫之救琯未免議者，詩用一思字表其心跡，亦公之苦心也。合註非是。失意各千里，〔施註〕樂府鮑明遠《結客少年場行》：失意杯酒間，白刃起相讎。【詁案】此句仍又兼管太白。哀鳴聞九皋。【詁案】謂甫聞白流夜郎諸詩。騎鯨遁滄海，〔施註〕杜子美《送孔巢父》詩：巢父掉頭不肯住，東將入海隨煙霧。又：若逢李白騎鯨魚，道甫問信今何如。東方朔《十洲記》：滄海島在北海中，水皆蒼色，仙人謂之滄海也。捋虎得綈袍。〔施註〕《唐・杜甫傳》：流落劍南，會嚴武節度西川，往依焉。嘗登武牀瞪視曰：「嚴挺之乃有此兒。」武欲殺甫，其母奔救得止。《雲谿友議》：甫曰：「不謂嚴挺之有此兒。」武恚，目久之，曰：「杜審言孫擬捋虎鬚。」《史記・范雎傳》：魏使須賈於秦。范雎爲微行，敝衣閒步之邸，見賈，賈驚曰：「范叔一寒如此哉！」乃取一綈袍賜之。雎爲賈御入秦相府，門下曰：「乃吾相張君也。」賈大驚，謝罪。於是雎盛帷帳見之，數賈三罪，曰：「以綈袍戀戀有故人之意，故釋公。」【詁案】敍甫事至此已畢，前以杜、李對起，此以李、杜對結，提起放倒，無不如意，已開文章家偏全題法門，前此所未有也。行氣至此，一頓。以下是公斷語，而評註諸家未有指出之者，率爲光芒所炫矣。巨筆屠龍手，〔施註〕《莊子・列禦寇篇》：朱泙漫學屠龍於支離益，單千金之家，三年技成，而無所用其巧。【詁案】此句讀杜斷語，找足題面。微官似馬曹。〔邵註〕《世説》：王子猷爲桓冲騎兵參軍，桓問曰：「卿何署？」答曰：「不知何署。時見牽馬來，似是馬曹。」【詁案】此句總束敍甫一段。迂疎無事業，【詁案】此句亦專指杜，但其意欲於下句搭進李也。醉飽死遊遨。〔施註〕《莊子・列禦寇篇》：

無能者，無所求，飽食而遨遊。〔查註〕《舊唐書·杜甫傳》：永泰元年，蜀中大亂。甫扁舟下峽，未維舟，而江陵亂。乃沿泝湘流，游衡山，寓居耒陽。甫嘗遊岳廟，爲暴水所阻，旬日不得食。耒陽聶令知之，自櫂舟迎甫而還。永泰二年，啗牛肉白酒，一夕而卒。〔合註〕「遊敖」字見《詩經》。【誥案】醉指李，飽指杜，非專言白酒牛肉，諸註皆失之。翁註且辯施註引《摭遺》之誤，並刪。　簡牘儀型在，〔施註〕《毛詩·周頌》：儀式刑文王之典。又《大雅》：儀刑文王，萬邦作孚。【誥案】句謂李、杜文章，其表見者如此也。　兒童篆刻勞。〔王註〕《揚子》：雕蟲篆刻，壯夫不爲。【誥案】此用韓退之「不知羣兒愚，何用故謗傷」二首。以上六句是斷，亦李、杜雙收。　今誰主文字？【誥案】上句「主文字」者，即元微之。因有「今誰」一問，此處人安道，最易脱氣。而詩從上句直下，明討便宜，其故作開筆者，花假也。不如是解，則主字無來歷，即非公之家法矣。　公合抱旌旄〔四五〕。〔王註子仁曰〕韓退之詩：文字鋭氣在，輝輝見旌旄。【誥案】公謂安道也。　開卷遥相憶，〔王註〕陶淵明《與子儼等疏》：開卷有得，便欣然忘食。　知音兩不遭。〔施註〕《文選·古詩》：但傷知音稀。魏文帝《與吳質書》：痛知音之難遇。　般斤思郢質，〔王註〕《莊子·徐無鬼篇》：郢人堊漫其鼻端，若蠅翼，使匠石斲之。匠石運斤成風，聽而斲之，盡堊而鼻不傷，郢人立不失容。宋元君聞之，召匠石曰：「嘗試爲寡人爲之。」匠石曰：「臣則嘗能斲之，雖然臣之質死久矣，自夫子之死也，吾無以爲質矣。」〔施註〕《揚子》：般之揮斤，羿之激矢。〔合註〕《晉·稽康傳》：以高契難期，每思郢質。【誥案】以上三句，謂安道讀杜作詩。　鯤化陋儵濠〔四六〕。〔施註〕《莊子·逍遥遊篇》：北溟有魚，其名爲鯤，化而爲鳥，其名爲鵬。《秋水篇》：莊子與惠子游於濠梁之上。莊子曰：「儵魚出遊從容，是魚樂也。」【誥案】此句落到次韻。　恨我無佳句，〔施註〕杜子美《贈韋左丞》詩：猥誦佳句新。　時蒙致白醪。〔合註〕白樂天詩：白醪充夜酌。　殷勤理黄菊，〔施註〕《漢·司馬相如傳》：通殷勤。　未遣没蓬蒿。〔施註〕《高士傳》：張仲蔚常居窮素，所處蓬蒿没人。【誥案】詩家以五排爲長城，而欲以難韻和讀杜，又欲全幅似杜，已屬棘手。此詩以太白《古風》提唱，即以太白對做，是難中之難也。却又主賓判然，疏密相間，於排比之中，寓流走之法，面目是杜，氣骨是蘇，非杜不能步步爲營，非蘇不能句句直下，其驅遣難韻，若無其事焉者，不知何以輳泊至是，而杜排無此難作詩也。評註去公之意遠甚，拾級聚足，未能連步以上。「鴛鴦繡出從君看，不把金鍼度與人」。而今而後，凡梯山航海者，蓬瀛其在望乎。紀昀曰：字字深穩，句句飛動，而結意蘊藉，此爲詩人之筆。

送張安道赴南都留臺

〔施註〕張文定公名方平，字安道。神宗擢參知政事。會御史中丞缺，曾公亮欲用王安石，安道極論不可，未幾以憂去位。先是知皇祐貢舉，嘗辟安石考校，既入院，凡院中之事，皆欲紛更，遂檄使出。老蘇公嘗作《辨姦論》，以譏安石，謂必亂天下，安道爲載於所撰墓碣。安石當軸，神宗欲再使共政，安石每力排之。而安道論新法之害，皆深言危語不少屈。知陳州時，監司皆新進，趨時興利，長吏初不與聞。安道曰：「吾衰矣，雅不能事人，歸歟，以全吾志。」即力請留臺而歸。故詩云「一言有歸志，闔府諫莫移」也。〔合註〕《續通鑑長編》：知陳州張方平判南京御史臺，載在熙寧四年八月。〔查註〕《元和郡縣志》：河南道宋州，即高辛氏之子閼伯所居商丘，今州理是也。漢爲梁國，隋於睢陽置宋州。《太平寰宇記》：後唐同光元年，改爲歸德軍，至東京三百里。《輿地廣記》：宋景德四年，陞應天府。《九域志》：祥符七年，改應天府爲南京。《宋史·職官志》：舊制，天子巡狩親征，則命親王或大臣總留守事，是爲東京留守。其西、南、北京留守各一人，以知府兼之。《晉書》：張方劫惠帝，幸長安，僕射荀藩等在洛陽，爲留臺，承制行事。留臺之名始此。

我公古仙伯，〔王註次公曰〕道科有仙卿、仙伯，如《集仙録·大茅君傳》有云紫陽左公、太極仙伯是也。〔施註〕杜子美《白水縣崔少府十九翁高齋三十韻》詩：諸公乃仙伯，杖藜長松陰。超然羨門姿。〔王註〕《前漢·郊祀志》：始皇東遊海上，求仙人羨門之屬。應劭曰：羨門名子高，古仙人也。偶懷濟物志，遂爲世所縻。〔施註〕《文選》謝靈運《述祖德》詩：兼抱濟物性，而不纓垢氛。《周易·中孚》又《繫辭上》：我有好爵，吾與爾縻之。黄龍遊帝郊，〔王註〕《揚雄傳》：鳳凰巢其樹，黄龍游其沼。〔施註〕《瑞應圖》：黄龍居四龍之長，神靈之精，舜東巡狩，黄龍負圖置舜前。簫韶鳳來儀。〔王註〕《書·益稷》：簫韶九成，鳳皇來儀。終然反溟極，豈復安籠池。〔施註〕《文選》潘安仁《秋興賦》：譬猶池魚籠鳥，而有江湖之思。出入四十年，憂患未嘗辭。一言有歸意，閫府〔四七〕諫莫移。〔施註〕《漢·翟方進傳》：閫府三百餘人，惟君侯擇其中，與盡節轉凶。吾君信英睿，〔合註〕《晉書·李暠傳·贊》：武昭英睿。搜士及茅茨。無人長者側，何以安子思。歸來掃一室，〔王註〕《後漢書》：陳蕃嘗閑處一室，而庭宇蕪穢。薛勤謂蕃曰：「孺子何不洒掃以待賓客？」蕃曰：「大丈夫當掃除天下，安事一室乎。」虚白以自怡。〔施註〕《莊子·人間世篇》：虚室生白，吉祥止止。游於物之初，〔施註〕《莊子·田子方篇》：老聃曰：「吾游於物之初。」世俗安得知。〔施註〕《晉·王獻之傳》：謝安問君書何如君家尊？答曰：「故當不同。」安曰：「外論不爾。」答曰：「外人那得知。」我亦世味薄，因循鬢生絲。〔王註〕韓退之《示爽》詩：我老世味薄，因循致留連。〔施註〕白樂天《覽鏡喜老》詩：須鬢盡生絲。出處良細事，〔施註〕《周易》：或出或處。孟東野《百憂》詩：出處各有時。《漢·黄霸傳》：偁聲軼於京師，非細事也。韓退之《閔己賦》：在隱約而平寛，固哲人之細事。從公當有時。〔查註〕《烏臺詩案》：熙寧四年，軾將赴杭州，張方平陳乞得南京留臺。本人有詩一首送軾，只記得落句云「最好乘船遊禪扉」，其餘不記。却有一詩送本人云「無人長者側，何以安子思」，比方平之賢，朝廷當堅留要任，不可令閑也。

傅堯俞濟源草堂〔四八〕

〔王註堯卿曰〕堯俞，字欽之。孟州濟源縣有別業。〔施註〕傅欽之，本鄆人，官孟州，樂濟源風土，徙焉。〔查註〕《水經》：濟水出王屋山。註云：山下有濟源廟。《太平寰宇記》：孟州濟源縣，在州西北四十里，濟水在縣西北三里，出平地，有二源。《名勝志》：濟源草堂，在濟瀆廟西，宋知河陽軍傅堯俞建，俗呼其遺趾爲傅家林。〔合註〕子由詩自註云：時欽之在許州。【誥案】元祐元年，傅堯俞與朱光庭、王巖叟合力攻公，誣以謗訕，自是開端，搆成黨禍，宋社以屋。《東都事畧》斷謂君子不仁，《宋史》謂小人忌惡擠排，堯俞其一也。

微官共有田園興，〔施註〕《文選》：歐陽堅石詩：咨余冲且暗，抱責在微官。老罷方尋隱退廬。〔施註〕杜子美《憶舊》詩：老罷知明鏡，悲來望白雲。栽種成陰十年事，〔王註〕《史記》：十年之計，樹之以木。〔施註〕《管子》：一年之計，莫如樹穀；十年之計，莫如樹木；終身之計，莫如樹人。倉黄求買百金無〔四九〕。〔施註〕白樂天《閑忙》詩：倉黄日下山。《南史·呂僧珍傳》：宋季雅市宅，僧珍問宅價，曰：「一千一百萬。」怪其貴。季雅曰：「一百萬買宅，一千萬買隣。」先生卜築臨清濟，〔王註胡銓曰〕《洞天福地記》：濟瀆源出王屋山，名沇水，係清源王所理。喬木如今似畫圖。〔施註〕杜子美《反照》詩：荻岸如秋水，松門似畫圖。鄰里亦知偏愛竹，春來相與護龍雛。〔王註〕《襄沔記》：辛仲宣多植竹，截竹爲甖，人問其故。仲宣曰：「我性愛竹好酒，欲令此二物相並耳。」〔施註〕杜子美《秋清》詩：愛竹遺兒書。吳僧贊寧《筍譜》：俗間謂筍爲龍孫。盧仝《寄抱孫》詩：竹林吾最惜，新筍好看守。萬籜苞龍兒，攢迸溢林藪。

陸龍圖詵挽詞

〔王註堯卿曰〕詵，字介夫。熙寧己酉年，以龍圖閣直學士右諫議大夫集英殿修撰知成都府。〔施註〕陸詵，餘杭人。進士起家，除知延州，入覲，以龍圖閣直學士知成都。青苗法出，詵言蜀峽刀耕火種，民食常不足，至種芋充飢，今省税科折已重，脱歲儉不能償官，適陷之死地，願罷四路使者。并言差役水利事，皆不當改。詔獨置成都府一路提舉，省其三使，先生詩云「挺然直節庇峩岷」，蓋謂是也。所歷桂、延、秦鳳、晉、真定、成都六州。秦鳳未上而改命。詩曰「六州巷哭」，蓋總言之耳。〔合註〕《續通鑑長編》：熙寧三年八月丙戌，龍圖閣直學士知成都府陸詵卒。〔查註〕《宋史・職官志》：龍圖閣有學士、直學士、待制、直閣等員。凡館閣久次者，必遷直龍圖閣，元豐後，爲補外者貼職閣中，奉太宗御製及世譜圖書符瑞之物。《何氏語林》：舊制，直龍圖閣謂之假龍，待制謂之小龍，直學士謂之大龍，學士謂之老龍。凡帶此職，例呼龍圖。

挺然直節庇峨岷，〔合註〕《晉書・劉毅傳》：毅方正亮直，挺然不羣。韓退之詩：屹起高峨岷。謀道從來不計身。屬纊家無十金產，〔王註〕《禮記・喪大記》：屬纊以俟絶氣。註云：纊即今之新緜，易動摇，置口鼻之上以爲候。《漢・揚雄傳》：家產不過十金，乏無儋石之儲，晏如也。過車巷哭六州民。〔王註〕《晉書》：羊祜卒，南州人聞羊祜喪，莫不號慟罷市，巷哭者聲相接，其德所感如此。〔施註〕《後漢・祭遵傳》：喪還，光武幸城門，過其車騎。〔合註〕李義山詩：淚痕猶墮六州兒。塵埃輦寺三年別，樽俎岐陽一夢新。〔王註堯卿曰〕東坡與介夫相別於京師，而會於鳳翔，故詩及之。〔施註〕《唐·地理志》：鳳翔府，貞觀七年置岐陽縣。〔合註〕《晏子春秋》：不出樽俎之間，而折衝千里之外。他日思賢見遺像，〔公自註〕成都有思賢閣，畫諸公像。〔施註〕《成都古今集記》：大聖慈寺思賢閣，歷政知府一一繪像，因以爲名。鮑照《從過舊居》詩：遺像在陶漁。不論宿草更沾巾。〔王註〕《禮·檀弓上》：朋友之墓，有宿草而不哭焉。〔施註〕杜子美《熱》詩：爲爾一沾巾。

胡完夫母周夫人挽詞

〔查註〕《東都事畧》：胡宗愈，晉陵人，胡宿弟之子也。舉進士甲科。英宗朝，同知諫院。李定自秀州推官除御史，蘇頌、李大臨不草制，落職。宗愈封還詞頭，坐奪職，通判真州。哲宗即位，試中書舍人，遷給事中，累遷御史中丞，吏部尚書。卒謚修簡。後坐元祐黨籍。〔合註〕何焯曰：夫人非嫡，故題係以子。【誥案】此詩用周顗伯仁事，義門之説尚可通，若《潘推官母李氏挽詞》，則大謬不然矣。其説究非是，不可以該此集也。

柏舟高節冠鄉鄰，〔王註〕《詩·柏舟》，共姜自誓也。衛世子共伯蚤死，其妻守義，父母欲奪而嫁之，誓而勿許。絳帳清風聳搢紳。〔施註〕《晉·列女傳》：韋逞母宋氏，父授以《周官音義》。逞仕苻堅爲太常，堅嘗幸太學，問博士經典時，博士盧壺曰：「惟《周官禮註》未有其師，自非此母，無可以傳授後生。」於是就宋氏家立講堂，隔絳紗幔受業。豈似凡人但慈母，〔施註〕《史記·李斯傳》：韓子曰，慈母有敗子，嚴家無格虜。〔合註〕兼用《禮記·仲尼燕居》「子産猶衆人之母，能食之不能教」意。能令孝子作忠臣。〔王註〕《南史》：劉敬宣八歲喪母，晝夜號泣。桓序謂其父牢之曰：

「卿此兒非惟家之孝子，必爲國之忠臣。」〔施註〕《後漢・韋彪傳》：求忠臣必於孝子之門。當年織屨隨方進，〔施註〕《漢・翟方進傳》：欲西至京師受經，母憐其幼，隨之長安，織屨以給。晚節稱觴見伯仁。回首悲涼便陳迹，〔施註〕《文選》謝靈運《廬陵王墓下》詩：道消結憤懣，運開申悲涼。《莊子・天運篇》：《六經》，先王之陳迹也。晉王羲之《蘭亭序》：俯仰之間，已爲陳迹。凱風吹盡棘成薪。〔王註〕《詩・凱風註》：棘薪其成就者。〔施註〕《毛詩・邶風・凱風》：凱風自南，吹彼棘薪，母氏聖善，我無令人。

次韻柳子玉過陳絶糧二首〔五〇〕

【誥案】是時柳子玉謫官壽春，舟過宛丘，以詩寄子由，見《欒城集》。此二詩，亦同時所作也。

其一

風雨蕭蕭夜晦迷，不須鳴叫强知時。〔王註〕《詩》：風雨蕭蕭，鷄鳴膠膠。又云：風雨如晦，鷄鳴不已。〔施註〕《毛詩・風雨》，思君子也，亂世則思君子，不改其度焉。多才久被天公怪，〔王註〕《晉書・陸機傳》：張華嘗謂之，曰：「人之爲文，常恨才少，而子更患其多。」韓退之《雙鳥》詩：天公怪雙鳥，各捉一處囚。闕食惟應孌婦知。杜叟挽衣那及脛，〔施註〕杜子美《寓同谷縣》詩：黄獨無苗山雪盛，短衣數挽不掩脛。顔公〔五一〕食粥敢言炊。〔王註〕顔真卿《乞米帖》云：拙於生事，舉家食粥已數月，今又罄乏，實用憂煎。詩人情味真嘗遍，試問於今底處虧〔五二〕。〔施註〕韓退之《瀧吏》詩：潮州底處所。

其二

如我自觀猶可厭，非君誰復肯相尋。〔合註〕《易經・觀卦註》：自觀其道。《梁書・劉孝綽傳》：存問相尋。圖書跌宕悲年老，〔王註〕《文選》江文通《恨賦》：脱略公卿，跌宕文史。梁蕭統《陶淵明文集序》曰：文章不羣，詞彩精拔，跌宕昭彰，獨超衆類。燈火青熒語夜深。〔王註次公曰〕青熒，燈燭光也。《文選・羽獵賦》：炫燿青熒。杜子美詩：兒女燈前語夜深。〔施註〕韓退之《湘西寺獨宿》詩：曙燈青睒睒。後漢班固《西都賦》：琳珉青熒。註云：青熒，其色光也。【誥案】紀昀曰：澹語傳神。早歲便懷齊物志〔五三〕，〔施註〕《莊子・齊物論篇》郭象註：謂是非雖異，而彼已均也。微官敢有濟時心。〔施註〕潘安仁詩：豈敢陋微官。白樂天《與李賓客同游》詩：可惜濟時心力在。南行千里成何事〔五四〕，一聽秋濤萬鼓音。〔查註〕《錢塘潮候圖》：聲如雷鼓，猶不足以形容之。〔合註〕枚叔《七發》：將以八月之望，觀濤於廣陵之曲江。聲如雷鼓。高適詩：萬鼓雷殷地。

陪歐陽公燕西湖

〔王註堯卿曰〕潁州西湖。〔施註〕歐陽文忠公，廬陵人。仁宗擢爲參知政事。事英宗、神宗，堅求退，除觀文殿學士。出典亳、青二州，擢宣徽使，判太原。遣内侍賜告，諭赴闕，欲留共政，力辭，乞守蔡。在亳六請致仕，至蔡復請，乃許。公年未及謝，天下高之。舊號醉翁，晚又號六一居士。昔守潁上，樂其風土，因卜居焉。郡有西湖，公尤愛之，作《念語》及十詞歌之。是時，王介甫得政，推行新法，小人用事。公爲郡，不忍以法病民，在青州，以便宜止散青苗錢，且上疏論之。介甫舊出公門，至是懼其復用，間惎始深，毁沮不已，謂必無補時事，但使異論者附之，遂聽歸老。東坡用桓伊事，意實在此。然居潁纔一年而薨，年六十有六。〔合註〕《續通鑑長編》：熙寧四年六月，歐陽修爲太子少師致仕。【誥案】時子由從公至潁，謁歐陽永叔，自此詩起及以下四首皆潁州作。

謂公方壯鬢似雪，謂公已老光浮頰。揭來湖上飲美酒，〔施註〕《文選·古詩》：不如飲美酒，被服素與紈。醉後劇談猶激烈。〔王註〕《世説》：謝車騎在安西艱中，林道人往就語，將夕，乃退。有人問曰：「公何處來？」答曰：「今日與謝孝劇談一出來。」〔施註〕《漢·揚雄傳》：口吃不能劇談。《文選》蘇武詩：長歌正激烈。【誥案】著此一句，已該攻法諸事。湖邊草木新著霜，芙蓉晚菊争煌煌。〔施註〕宋玉《高唐賦》：玄木冬榮，煌煌熒熒。插花起舞爲公壽，〔施註〕《史記·魯仲連傳》：平原君酒酣，起爲壽。《漢·蓋寬饒傳》：許伯入第，長信少府起舞。公言百歲如風狂。〔王註〕韓退之詩：男兒不再壯，百歲如風狂。赤松共遊也不惡，〔施註〕《史記·張良世家》：願棄人間事，從赤松子遊，乃學辟穀道引輕身。《晉·列女謝道韞傳》：王郎逸少子不惡。白樂天《西征》詩：閑行亦不惡。誰能忍飢啖仙藥。〔王註〕陸龜蒙曰：我幾年來，忍飢誦經，豈不知屠沽兒有酒食耶？退而作《杞菊賦》以自廣。見《食杞菊賦序》。已將壽天〔三五〕付天公，〔施註〕白樂天《思舊》詩：且進一杯酒，其餘皆付天。彼徒辛苦吾差樂。〔王註〕《前漢書》：陳遵謂張竦曰：「足下諷誦經書，苦身自約，不敢蹉跌，而我放意自恣，浮湛俗間，官爵功名，不減於子，而差獨樂，故不優耶。」〔施註〕韓退之《贈侯喜》詩：人間事勢豈不見，徒自辛苦終何爲。【誥案】彼徒辛苦，指王安石也。其前已有激烈二字安根，故後以桓伊事作結也。義門指爲英宗朝事，不但時局不類，而此句亦落空。城上烏棲暮靄生，〔施註〕《後漢·五行志》：童謡曰，城上烏，尾畢逋。李太白詩：姑蘇臺上烏棲時。杜牧之詩：暮靄生深樹，斜陽下小樓。銀缸畫燭照湖明。〔施註〕《文選》班孟堅《西都賦》：金缸銜璧。註云：缸，燈盞也。〔合註〕《文選》作釭，註引《説文》，釭，轂鐵也。梁元帝《草名》詩：銀釭影梳頭。【詁案】紀昀曰：插此二句，便有情致，似從杜老《越王樓歌》化來。不辭歌詩勸公飲，坐無桓伊能撫箏。〔施註〕《晉・桓伊傳》：謝安女婿王國寶，安惡其爲人，每抑制之。孝武末年，國寶讒諛行於主相之間，嫌隙遂成。帝召伊飲，安侍坐，帝命伊吹笛，一弄，乃請以箏歌。伊撫箏而歌《怨詩》曰：「爲君既不易，爲臣良獨難。忠信事不顯，乃有見疑患。周旦佐文武，《金縢》功不刊。推心輔王政，二叔反流言。」聲節慷慨，俯仰可觀。安泣下霑襟，乃越席而就之，捋其須，曰：「使君於此不凡。」帝甚有愧色。〔合註〕何焯曰：歐公以濮議爲臺諫所攻，故云。【詁案】紀昀曰：末四句有樂往哀來之感，桓伊事，亦用得蘊藉。曉嵐專取末四句，故有樂往哀來之誤。詁立治平案，無片言及永叔者，以公親見濮議，而終身不置一詞也。

歐陽少師令賦所蓄石屏

〔查註〕《揮塵前録》：國朝百官致仕，庶寮守本官，以合遷一官回授任子，侍從仍轉一官，宰執換東宮官。熙寧初，歐陽公始以太子少師帶觀文殿學士致仕，示特恩也。自是遂以爲例。

何人遺公石屏風，〔合註〕《釋名》：屏風，以屏障風也。上有水墨希微踪。〔施註〕《老子》：聽之不聞名曰希，搏之不得名曰微。〔合註〕劉禹錫《疊石硯》詩：水墨兩氛氳。不畫長林與巨植，獨畫峨嵋山西雪嶺〔五六〕上萬歲不老〔五七〕之孤松。〔王註續曰〕松高尺餘，四時不改色，今峨嵋有之。崖崩澗絶可望不可到，〔王註〕唐周夔愛看山水，遥望之而不能到，乃作《到難》。孤烟落日相溟濛。含風偃蹇得真態，〔施註〕《左傳・哀公六年》：齊陳乞曰：「彼皆偃蹇，將棄子之命。」《楚辭・離騷》：望瑶臺之偃蹇兮，見有娀之佚女。刻畫始信天有工。〔施註〕《晉・周顗傳》：刻畫無鹽，唐突西施。《尚書・皋陶謨》：天工人其代之。我恐畢宏、韋偃死葬虢山下，骨可朽爛心難窮。〔王註〕杜子美《戲爲雙松圖歌》詩：天下幾人畫古松，畢宏已老韋偃少。〔施註〕朱景玄《歷代畫斷》：畢宏，大曆二年爲給事中，畫松石於左省廳壁，好事者皆以詩詠之。韋偃工老松、異石，咫尺千尋，駢柯攢景。神機巧思無所發，〔合註〕阮籍《答伏義書》：神機無準。化爲烟霏〔五八〕淪石中。〔施註〕韓退之《山石》詩：出入高下窮烟霏。【誥案】紀昀曰：借事生波，忽成奇弄，妙在純以意運，不是織巧字句鬬合，故不失大方。古來畫師非俗士，〔施註〕《文選》孔德璋《北山移文》：請迴俗士駕。摹寫物像〔五九〕略與詩人同。〔施註〕《唐文粹》元稹《杜甫墓誌》：李白亦以奇文取稱，時人謂之李、杜。觀其壯浪縱恣，擺去拘束，摹寫物像及樂府歌詩，誠亦差肩於子美。願公作詩慰不遇，〔施註〕班固《漢武故事》：顏駟三世不遇。無使二子含憤泣幽宮。〔施註〕《文選》江文通《別賦》：慚幽宮之琴瑟。〔合註〕江淹《詣建平王上書》：含憤獄户。【誥案】紀昀曰：有上四句之將無作有，須有此四句，方結束得住。

潁州初別子由二首

〔施註〕神宗求治甚急，子由以書言事，卽日召對。王介甫新得幸，以執政領三司條例，上使爲檢詳文字。介甫急於財利而不知本，吕惠卿爲之謀主。子由議事多牾，介甫大怒，將加以罪。同列止之，除河南推官。會張安道知陳州，辟爲教授。東坡通判杭州，出都來陳，子由送至潁，同謁歐陽公而別。此詩云：至今天下士，去莫如子猛。蓋謂是也。〔查註〕《元和郡縣志》：河南道潁州，漢汝南郡之汝陰也，後魏孝昌四年，改置潁州。西北至汴七百里，東至壽州二百六十里。《演繁露》：神宗初封潁王，故元豐二年，升爲順昌軍者，爲王封之舊也。〔合註〕子由詩第四句云：親愛形隨影。則先生詩亦當讀影字。【誥案】紀昀曰：二首皆悱惻深至。

其一

征帆掛西風，〔施註〕孟東野《送任齊》詩：一帆天外風。別淚滴清潁。〔施註〕庾信《詠懷》詩：別淚損橫波。〔查註〕《元和郡縣志》：潁水自項城縣界入州。《名勝志》：古語云，世亂潁水濁，世治潁水清。留連知無益，〔施註〕《北史·王悕傳》：詣晉祠，賦詩曰，日落應歸去，魚鳥見留連。惜此須臾景。〔施註〕《漢·賈山傳》：願少須臾毋死。《楚辭》劉向《九歎》：聊假日以須臾。【誥案】紀昀曰：用李陵「且復立斯須」意，而上句作一頓，意境便別。我生三度別，〔施註〕元微之《別白樂天》詩：自識君來三度別，遮回白盡老髭須。【誥案】嘉祐六年，公赴鳳翔，與子由別於鄭州。治平二年，子由赴大名推官，公別於京師。熙寧三年，子由赴陳州學官，公又別於京師。前和《初到陳州》詩，有「還來送別處，雙淚寄南州」句，可證。查註失考京師再別，而以本題潁州之別，湊足三度之數，淩躐下句題面，已刪。詩意謂潁州之別，較前三別爲可慨耳。此別尤酸冷。念子似先君，木訥剛且靜。寡辭真吉人，〔施註〕《周易·繫辭下》：吉人之辭寡。《晉書·王獻之傳》：與兄徽之、操之，俱詣謝安。二兄多言俗事，獻之寒溫而已。客問安：「王氏兄弟優劣？」安曰：「小者佳，吉人之辭少，以其少言故知之。」介石乃機警。〔施註〕《周易·繫辭下》：介於石不終日，貞吉，介如石焉，寧用終日，斷可識矣。〔合註〕《晉書·顧和傳》：王導謂和曰：「卿圭璋特達，機警有鋒。」至今天下士，〔施註〕《史記·魯仲連傳》：所貴於天下之士者，爲人排患釋難解紛亂而無取也。去莫如子猛。〔查註〕《烏臺詩案》：熙寧四年，軾赴杭州，時弟轍至潁州相別，作初別子由詩云：「至今天下士，去莫如子猛。」爲弟轍在制置條例司，充檢詳文字，爭議新法不合，乞罷，既喜弟轍去之勇決，意亦諷朝廷新法不便也。【誥案】子由和詩，別於霜降之後，公以十月二日至渦口，有詩，皆九月別於潁州之確據也。詩案作十月誤，今刪去，餘已駁正總案題下。嗟我久病狂，〔施註〕《漢・匈奴傳》：伊邪莫演曰：「我病狂，妄言耳。」意行無坎井。〔王註〕劉禹錫《蠻子歌》：腰斧上高山，意行無舊路。〔施註〕《史記・越世家》：范蠡曰：「君行令，臣行意。」《漢・賈誼傳》：乘流則逝，得坎則止。《莊子・秋水篇》：埳井之鼃。柳子厚《愚谿對》：吾足蹈坎井，頭抵木石。有如醉且墜，幸未傷輒醒。從今得閑暇，默坐消日永。〔合註〕韓退之詩：默坐念語笑。作詩解子憂，持用日三省。〔施註〕柳子厚《田家》詩：竭茲筋力事，持用窮歲年。「日三省」引《論語》。

其二

近別不改容，〔施註〕《文選》宋玉《高唐賦》：崪兮直上，忽兮改容。遠別涕霑胸。〔施註〕《文選》潘安仁《悼亡》詩：不覺淚霑胸。咫尺不相見，實與千里同。〔施註〕李太白《巫山屏風》詩：高唐咫尺如千里。人生無離別〔六〇〕，〔施註〕李商隱詩：花發多風雨，人生足別離。誰知恩愛重。〔施註〕《文選》曹子建《贈白馬王彪》詩：恩愛苟不虧，在遠分日親。【誥案】紀昀曰：意本蘇武「惟念當乖離，恩情日以新」。始我來宛丘，〔施註〕《毛詩・陳・宛丘註》云：四方高，中央下，曰宛丘。〔查註〕《元和郡縣志》：宛丘本漢陳縣，高齊時移項縣理於此，隋改宛丘縣。《爾雅》：丘上有丘爲宛丘。郭璞註：今在陳郡陳縣。《太平寰宇記》：東南至潁州三百里。牽衣舞兒童。〔王註〕李太白《別內赴徵》詩：出門妻子强牽衣。又《南陵別兒童入京》：兒女嬉笑牽人衣。便知有此恨，留我過秋風。秋風亦已過，別恨終無窮。【誥案】紀昀曰：曲折之至，而爽朗如話，蓋情真而筆亦足以達之，遂爲絶調。問我何年歸？我言歲在東。【誥案】公當以寅年成資，故云歲在東也。王註謂辰卯年誤，查註以求爲東州守實之，則先知後事矣。皆刪。

離合既循環，〔施註〕《文選》陸士衡《爲顧彦先贈婦》詩：離合非有常。《史記·漢高帝紀》：三王之道若循環，終而復始。憂喜迭相攻。語此〔六一〕長太息，〔施註〕《楚辭》屈原《遠遊》：長太息而掩涕。我生如飛蓬。〔施註〕《文選》潘安仁《西征賦》：陋吾人之拘攣，飄萍浮而蓬轉。多憂髮早白，〔合註〕魏文帝《短歌行》：人亦有言，憂令人老，嗟我白髮，生亦何早。不見六一翁。〔王註師民瞻曰〕歐陽公自號六一居士。《傳》云：我家藏書一萬卷，集録三代以來金石遺文一千卷，有琴一張，有碁一局，而常置酒一壺，以吾一老翁於此五物之間，是豈不爲六一乎。【誥案】一結本地風光。如二詩在杭補作，公未必遽及此也，可爲施註顛編之證。

十月〔六二〕二日，將至渦口五里所，遇風留宿

〔查註〕《左傳·哀公九年》：吳城邗溝，通江淮。註云：東北通射陽湖，西北至宋口入淮。是也。《困學記聞》：渦口在濠州鍾離縣西北九十里。陳克《東南防守利便》云：淮南之浸，有淮水、淝水、渦水，皆在淮北，晉、魏侵吳，必自譙入渦，元魏時作十三城於渦口。《泗州志》云：渦河發源，自葛河口西來，至亳州界，黄河從西北注之，至亳城北，與馬當河合，經蒙城，流至懷遠縣，東入淮，謂之渦口。以水勢曲折旋轉，故名。

長淮久無風，〔查註〕《圖經》云：淮河四瀆之一，自泗州龜山東北流，與汴河合，東北入海，即長淮也。放意弄清快。今朝雪浪滿，〔施註〕孟東野《有所思》詩：寒江浪起千堆雪。始覺平野隘。兩山控吾前，〔查註〕《水經注》：荆、塗二山對峙爲一脈，自神禹以桐柏之水汎濫爲害，乃鑿山爲二以通之。按，兩山今在懷遠縣南。吞吐久不

嘬。〔王註師民瞻曰〕嘬，楚快切。〔施註〕《禮記·曲禮上》：毋嘬炙。鄭氏云：嘬，謂一舉盡臠。〔合註〕鮑照書：吞吐百川。孤舟繫桑本，〔王註〕《左傳·成公二年》：齊高固入晉師，桀石以投人，禽之，而乘其車，繫桑本焉。〔查註〕《易·否卦》：九五，繫於苞桑。疏云：苞，本也，凡物繫於桑之苞本，則牢固也。終夜舞澎湃。〔施註〕《漢·司馬相如傳·上林賦》：沸乎暴怒，洶湧澎湃。舟人更傳呼，〔施註〕《漢·蕭望之傳》：倉頭廬兒，傳呼甚寵。弱纜恃菅蒯。〔王註〕《左傳·成公九年》：《詩》曰：雖有絲麻，無棄菅蒯。〔合註〕杜子美《水宿遣興奉呈羣公》詩：弱纜且長隄。平生傲憂患，久矣〔六三〕恬百怪。〔合註〕韓退之詩：百怪入我腸。鬼神欺吾窮，戲我聊一噫〔六四〕。〔施註〕韓退之《感二鳥賦》：雖得之而不能，乃鬼神之所戲。瓶中尚有酒，信命誰能戒。〔施註〕杜子美《偪仄行》：男兒信命絕可憐。

出潁口初見淮山，是日至壽州〔六五〕

〔施註〕東坡嘗縱筆書此詩且題云：予年三十六，赴杭倅過壽，作此詩。今五十九，南遷至虔，烟雨淒然，頗有當年氣象也。墨蹟在吳興秦氏。集本作平淮，墨蹟作長淮，今從墨蹟。〔查註〕《水經》：淮水又東流，與潁口會，又東北流逕壽春故城西。《元和郡縣志》：秦九江郡，南北朝爲壽春，隋改壽州。《太平寰宇記》：淮南道壽州壽春郡，本朝升忠正軍節度。西北至東京八百五十里，東至濠州一百二十里。《五代會要》：周顯德四年，移壽州於下蔡，以舊壽州爲壽春縣。

我行日夜向江海，【誥案】此極沈痛語，淺人自不知耳。楓葉蘆花秋興長。〔王註〕白樂天《琵琶行》詩：楓葉荻花秋索索。杜子美《寄彭州高三十五君》詩：秋來興甚長。長淮〔六〕忽迷天遠近，青山久與船低昂。壽州已見白石塔，短棹未轉黄茅岡。〔施註〕白樂天《山鷓鴣》詩：黄茅岡頭秋日晚，苦竹嶺上寒月低。〔合註〕戴叔倫詩：短櫂晚烟迷。波平風軟望不到，〔施註〕杜牧之《六言》詩：河橋酒旆風軟，候館梅花雪嬌。故人久立烟蒼茫。〔王註〕杜子美《樂遊園歌》詩：獨立蒼茫自詠詩。〔施註〕庾信《蕩子賦》：摇蕩寒關，蒼茫日晚。

壽州李定少卿出餞城東龍潭上

〔查註〕《揮麈前録》：李定嘉祐、治平以來，以風采聞，偏歷諸路計度轉運使。官制未行，老於正卿，蓋濟南人也。《烏臺詩案》：李定承受無譏諷文字。【誥案】查註二條，皆已删正，餘詳總案中。〔案〕總案熙寧四年十月「李定出餞」條云：此李定，即《烏臺詩案》承受無譏諷文字之李定，當即指此詩也。其不服母喪之李定，時爲御史裏行。又，李定爲晏元獻之甥者。考晏殊爲相，在仁宗慶曆三年，似其甥年齒至是亦稍長，且與本集毫無關涉。查註既引《揮麈前録》之三李定，《烏臺詩案》之兩李定，輒云未詳孰是。此不難分別也。〔查註〕《水經注》：淝水又西逕東臺下，即壽春外郭東北隅阿之榭也。東側有一湖，三春九夏，紅荷覆水，引瀆城隍，水滙成潭，謂之東臺湖。《名勝志》：魏安豐郡，自晉至宋，或爲壽陽郡，隋改壽州。芍陂在城東。後漢建安十四年，鄧艾重修此陂，所謂「龍泉之陂，良疇萬頃」也。

山鴉噪處古靈湫，〔合註〕杜子美有《湯東靈湫》詩。亂沫浮涎繞客舟。未暇燃犀照奇鬼，〔施註〕《吕氏春秋》：梁北有黎丘部，有奇鬼焉，善效人之子姪昆弟之狀。邑丈人有醉歸者，鬼效其子之狀，扶而道苦之。〔合註〕燃犀，見前《仙游潭》詩註。欲將燒燕出潛虬。〔王註縯曰〕燕肉，水族嗜之，今釣魚聚蛇，其術多以燕肉。〔次公曰〕梁四公記載震澤洞事。龍畏蠟，愛美玉及空青而嗜燕，啓之武帝，燒燕五百枚，教羅子春以燒燕往，而得寶珠。〔胡銓曰〕《物類相感志》：龍之爲性粗猛而畏鐵，愛玉及空青而嗜燒燕肉，故食燕肉之人，不可以渡江海。〔施註〕《北夢瑣言》：李宣之子，釣於潭上，一旦龍見，蓋以煎燕爲餌，發龍之嗜欲也。使君惜別催歌管，〔施註〕《三國志・蜀先主傳》：天下英雄，惟使君與操耳。村巷驚呼聚玃猱。〔施註〕韓退之《南山》詩：微瀾動水面，踴躍躁猱狖。驚呼惜破碎，仰喜呀不仆。此地〔六七〕他年頌遺愛，〔施註〕《左傳・昭公二十年》：子產卒，仲尼聞之，出涕曰：「古之遺愛也。」觀魚并記老莊周。

濠州七絶

〔查註〕《通典》：濠州，春秋末鍾離之國，隋開皇二年，改濠州，因濠水爲名。《元和郡縣志》：濠州本屬淮南，與壽陽阻淮帶水爲險。自貞元以後，州西渦口對岸置兩城。東北至楚州四百一十里，西南至壽州二百二十里。

塗　山

〔公自註〕下有鯀廟，山前有禹會村。〔施註〕《唐・地理志》：濠州鍾離縣有塗山。《九域志》：當塗城，塗山氏之邑。〔查註〕《水經注》：沙水出荆山之左，當塗之右。《左傳》：禹會諸侯於塗山。

川鎖支祁水尚渾，〔施註〕《古岳瀆經》：禹理淮水，三至桐柏，水功不能興。禹怒，召集百靈，搜命九䢖，乃獲淮渦水神，名無支祁。善應對言語，辨淮之淺深、原隰之遠近，形若猿猱，縮鼻高額，青軀白首，金目雪牙，頸伸百尺，力輸五象，搏擊騰趠，疾奔輕利，倏忽之間，視之不可久。禹授之同律，同律不能制。授之烏木田，烏木田不能制。授之庚辰，庚辰遂頸鎖大鐵，鼻穿金鈴，徙淮之陰，龜山之足。淮水乃安流，注於海。李肇《國史補》：永泰初，楚州有漁者於淮中釣得古鐵鎖，挽之不絕，以告。刺史李揚大集人力引之，鎖窮，有獮猴躍復沒。〔合註〕《畫墁集》云：龜山寺後山脚有石穴，以磚塞其户，俗云無支祁所宅也。地埋汪罔骨應存。〔王註厚曰〕禹會諸侯於塗山，防風氏後至，禹殺而戮之，其骨節專車。防風，汪罔氏之君也，守封禺之山。樵蘇已入黄能〔六〕廟，〔王註援曰〕殛鯀於羽山，其神化爲黄熊，入於羽淵。〔林致約曰〕《左傳》稱鯀化爲黄熊。《國語》作黄能。按，熊，獸名。能，奴來切，三足鼈也。東海人祭禹廟，不用熊白及鼈爲膳，抑亦以《左傳》、《國語》不同，兼存之也。〔施註〕《漢・韓信傳》：樵蘇後爨，師不宿飽。顔師古曰：樵，取薪，蘇，取草。烏鵲猶朝禹會村。〔查註〕《太平寰宇記》：塗山西有禹村。《帝王世紀》曰：禹會諸侯於塗山，在揚州之域，今鍾離邑界有當塗故縣存。宋濂記畧云：自塗山足曳杖，入山三四里，至聖水泉亭，又一里，至山巔，禹廟在焉。游目四顧，壽春、臨濠、宿州皆在冥濛昏杳中。山下聚落甚盛，名禹會村。山麓有鯀廟。

彭祖廟

〔公自註〕有雲母山，云彭祖所採服也。〔查註〕《世本》：陸終之子，其三曰錢，是爲彭祖。長年八百，綿壽永世。《太平寰宇記》：彭祖廟，在濠州子城上東北角。

跨歷商周看盛衰，〔王註次公曰〕《神仙傳》：彭祖姓籛名鏗，帝顓頊之玄孫也。至殷末已七百六十七歲，故云跨歷商周。欲將齒髮鬬蛇龜。〔王註〕《玉策記》曰：千歲之龜，五色具焉。又云：蛇有無窮之壽。空餐雲母連山盡，〔施註〕《神仙傳》：彭祖善於補導之術，服朮桂雲母粉、麋角散，常有少容。〔查註〕《方輿勝覽》：雲母山，在臨淮縣南四十里，山出雲母。縣西有慶壽坊，以彭鏗嘗寓此。不見蟠桃著子時。〔王註〕《漢武內傳》：西王母命侍女以玉槃盛仙桃七顆，形圓青色，此桃三千年一生實。

逍遙臺

〔公自註〕莊子祠堂在開元寺，即墓爲堂也〔六九〕。〔查註〕《太平寰宇記》：南華真人冢，在州東二里開元寺講堂後。《名勝志》：唐刺史梁延嗣累土爲之，刻莊生像於其上，《九域志》以爲莊周墓在焉。又云：潛龍殿在莊臺寺，南唐主李昪微時，常寓寺中，即今開元寺。〔合註〕《蘇子容集》有《遊逍遙臺，睹南華塑像，獨置一榻，傍無侍衛，前無香火，因抒長句》，即此臺也。

常怪劉伶死便埋〔七〇〕，〔王註師民瞻曰〕公曰：伯倫非達者也，棺槨衣衾，不害爲達，苟爲不然，死則死矣，何必更埋。見《東坡志林》。豈伊忘死未忘骸。烏鳶奪得與螻蟻，〔王註〕《莊子·列禦寇篇》：將死，弟子欲厚葬之，曰：「吾恐烏鳶之食夫子也。」莊子曰：「在上爲烏鳶食，在下爲螻蟻食，奪彼予此，何其偏也。」誰信先生無此懷。

觀魚臺

〔施註〕《九域志》：濠州有莊子觀魚臺。〔查註〕《元和郡縣志》：莊周臺在鍾離縣西南七里，濠水經其前。《太平寰宇記》：莊子與惠子觀魚即此，又名觀魚臺。〔合註〕《名勝志》：惠、莊觀魚臺，在鳳陽縣城東十五里濠水上。

欲將同異較錙銖，〔施註〕陸士衡《文賦》：考殿最於錙銖。鄭玄《禮記註》：八兩曰錙。《漢・律曆志》：二十四銖而成兩。肝膽猶能楚越如。〔王註〕《莊子・德充符篇》：自其異者視之，肝膽楚越也；自其同者視之，萬物皆一也。若信萬殊歸一理，〔施註〕《淮南子》：斟酌萬殊。《文選》陸士衡《文賦》：體有萬殊，物無一量。子今知我我知魚。〔施註〕《莊子・秋水篇》：莊子與惠子游於濠梁之上。莊子曰：「儵魚出遊從容，是魚樂也。」惠子曰：「子非魚，安知魚之樂？」莊子曰：「子非我，安知我不知魚之樂？」又曰：「既已知吾知之而問我，我知之濠上也。」

虞姬墓

〔施註〕《九域志》：陰陵城，項羽迷失道於此，蓋虞姬死所。〔查註〕《太平寰宇記》：虞姬墓在定遠縣南六十里，高六丈。《名勝志》：俗名嗟虞墩。〔合註〕《史記註》引《楚漢春秋》：歌曰：「漢兵已畧地，四方楚歌聲。大王意氣盡，賤妾何聊生。」則虞姬之死可知。《史記》，美人名虞，與《漢書》虞氏不同。

帳下佳人拭淚痕，門前壯士氣如雲。〔施註〕《漢・項籍傳》：壁垓下，夜聞漢軍四面皆楚歌，乃驚曰：「漢皆已得楚乎，是何楚人多也？」起飲帳中。有美人姓虞氏，常幸從，駿馬名騅，常騎。乃悲歌忼慨，自爲歌詩，曰：「力拔山兮氣蓋世，時不利兮騅不逝。騅不逝兮可奈何，虞兮虞兮奈若何。」歌數曲，美人和之，羽泣下數行，左右皆泣。於是羽遂上馬，戲下騎從者八百餘人，夜直潰圍南出。白樂天《答諸少年》詩：饒君壯歲氣如雲。倉黃不負君王意，只有〔七〕虞姬與鄭君。〔王註續曰〕項羽垓下之敗，虞姬自刎，鄭君嘗事項籍，籍死而屬漢。高祖令諸故項籍臣名籍，鄭君獨不奉詔。詔盡拜名籍者爲大夫，而逐鄭君，見《前漢·鄭當時傳》。〔查註〕鄭君，《史記》不載其名。按南宋俞德鄰《佩韋齊輯聞》引《唐世系》云：鄭君名榮，大司農鄭當時乃其後云。〔合註〕《唐書·宰相世系表》：鄭氏公子魯六世孫榮，號鄭君，生當時。

四望亭

〔公自註〕太和中，刺史劉嗣之立。李紳以太子賓客分司東都，過濠爲作記，記今存〔七二〕而亭廢者數年矣。〔查註〕李紳《四望亭記》：濠城之西北隅迴環者可數百里而遠，盡彼目力，四封不閱。郡守彭城劉君嗣之步履所及，悦而創亭焉。雲山左右，長淮縈帶，下繞清濠，傍瞰城邑，四封五達，皆可洞然。

頹垣破礎沒柴荆，〔合註〕宋武帝詩：拱木秀頹垣。《説文》：礎，礩也。礩，柱下石。故老猶言短李亭。〔施註〕《唐·李紳傳》：爲人短小精悍，於詩最有名，時號短李。白樂天詩云：閑吟短李詩。又云：借教短李作歌行。〔查註〕白樂天詩：悶勸迂辛酒，狂吟短李詩。敢請使君重起廢，〔王註〕唐《柳宗元文集》有《起廢》一篇。〔施註〕《史記·太史公自序》：孔子修舊起廢。落霞孤鶩換新銘。〔王註〕唐王勃《滕王閣序》：落霞與孤鶩齊飛。

浮山洞

〔公自註〕洞在淮上，夏潦不能及，而冬不加高，故人疑其浮也。〔查註〕《水經注》：淮水又東逕浮山。《元和郡縣志》：梁時童謡云，荆山爲上格，浮山爲下格，遂於鍾離南起浮山堰。《太平寰宇記》：浮山在泗州招信縣西七十里，下有石穴，每淮波汎濫，不能没其穴。

人言洞府是黿宮，升降隨波與海通。〔施註〕《列子·湯問篇》：渤海之東，有大壑焉，實惟無底之谷，其中有五山焉。一曰岱輿，二曰員嶠，三曰方壺，四曰瀛洲，五曰蓬萊。五山之根，無所連著，常隨潮波上下，往還不得暫峙焉。仙聖毒之，訴之於帝，帝恐流於西極，失羣聖之居，乃命禺彊使巨黿十五，舉首戴之，五山始峙。共坐船中那得見，乾坤浮水水浮空。〔王註〕杜子美《洞庭》詩：乾坤日夜浮。漢張衡《渾天儀》：天如鷄子青，地如鷄子黄，孤居於天内，天大而地小，天表裏有水，四海之表，浮於元氣之上，天地各乘氣而立，載水而行。〔施註〕《晉·天文志》：黄帝書曰：天在地外，水在天外，水浮天而載地者也。

泗州僧伽塔

〔查註〕《元和郡縣志》：秦泗水郡，漢武分置臨淮郡，周大象二年，改泗州，開元中，自宿遷縣移於今理。《太平寰宇記》：泗州南至淮水一里，與盱眙分界。《東南防守利便》：泗州夾河爲城，古盱眙縣在淮岸北，今城鎮淮泗之衝。〔施註〕東坡云：《泗州大聖傳》云，和尚，何國人也。又曰：世莫知其所從來，云，不知何國人也。近讀《隋書·西域傳》，乃有何國。見《東坡志林》。〔查註〕《高僧傳》：僧伽者，葱嶺北何國人也。何國在碎葉國東北，伽在本土，少而出家，始至西涼，次歷江淮。當龍朔初，至臨淮，就信義坊居人乞地，下標志之，穴土獲古碑，乃齊香積寺，得金像，衣葉刻普照王佛字。嘗卧賀拔氏家，現十一面觀音形，其家遂捨宅，其香積寺基，即今寺也。中宗景龍二年，詔赴内道場，仍褒飾其寺，曰普光王。四年示寂，歸葬淮上。多於塔頂現小僧狀。於是乞風者分風，求子者得子。太平興國七年，勅重蓋塔，務從高敞，加其層累。《釋氏稽古略》云：宋太宗詔修增僧伽塔，加謚大聖二字。劉貢父《中山詩話》：泗州塔，人傳下藏真身。退之云，火燒水轉掃地空，則真身焚矣。塔本喻都料所造，極工巧，俗謂塔頂爲天門。蘇國老詩云：上到天門最高處，不能容物只容身。【誥案】此詩施編不誤，查註改編卷十八自徐赴湖時，誤甚。今復舊編，餘詳總案中。〔案〕總案熙寧四年十月「作《泗州僧伽塔》及《龜山》詩」條下云：甲寅自杭守密，公由江淮取道海州，後自宜興起知登州，亦出此道，皆不過泗州。此二詩如「去無所逐」、「飄蕩何求」等句，明寓上言被出之感。若入移湖卷中，氣局全別。其「再過五周」句，合註已引「丙午載喪過淮至是五年」爲據。

我昔南行舟繫汴，逆風三日沙吹面。〔王註〕杜子美《東屯北崦》詩：步壑風吹面。〔合註〕先生於治平三年護老蘇公喪，舟行還蜀，必自汴入泗入淮，計至倅杭時，正周五歲。故下詩云「再過龜山歲五周」也。舟人共勸禱靈塔，香火未收旂脚轉。〔施註〕白樂天詩：本結菩提香火社。回頭頃刻失長橋，却到龜山未朝飯。〔王註〕梅聖俞《龍女祠祈順風》詩：龍母龍相依，風雲隨所變。舟人請予往，出廟旂脚轉。又云：長蘆江口發平明，白露洲前已朝飯。〔施註〕《泗州圖經》：龜山水陸院，在城東三十里。宋元嘉中，文帝遣臧質拒魏太武於此山，築長城，造浮橋，絶水路。至人無心何厚薄，我自懷私欣所便。耕田欲雨刈欲晴，去得順風來者怨。〔施註〕劉禹錫《何卜賦》：同涉於川，其時在風。沿者之吉，泝者之凶。同藝於野，其時在澤。伊穜之利，乃穋之厄。若使人人禱輒遂，造物應須日千變。〔施註〕《文選》賈誼《服賦》：千變萬化，未始有極。今我〔七三〕身世兩悠悠，去無所逐來無戀。【誥案】公以攻新法被出，反去爲奉行新法之官，是此官無可做也。此句是通篇主腦，却不道破，其在廣陵與劉貢父詩，有「吾邦正喧鬨」句，即「去無所逐」四字註脚也。即前之「我行日夜向江海」句，後之「我生飄蕩去何求」句，一線穿下，皆同此意，豈可折編二處？此卷與徐、湖卷氣息全不類也。合註明知查編之誤，而肯爲苟安者，究未貫通諸詩之故，使具知之，則改之惟恐後矣。得行固願留不惡，每到有求神亦倦。退之舊云三百尺，澄觀所營今已换。〔施註〕韓退之《送僧澄觀》詩：僧伽後出淮泗上，勢到衆佛尤恢奇。清淮無波平如席，欄柱傾扶半天赤。火燒水轉掃地空，突兀便高三百尺。借問經營本何人，道人澄觀名籍籍。〔查註〕《韻語陽秋》：唐中葉，浮屠中有四澄觀。架支提以舍僧伽者，洛陽之澄觀也，退之元和五年爲洛陽令與之詩者也。不嫌俗士汚丹梯，〔王註〕杜子美《卜居》詩：著處覓丹梯。〔施註〕《文選》謝靈運《擬鄴中》詩：躡步陵丹梯，並坐侍君子。杜子美《丈人山》詩：爲愛丈人山，丹梯近幽意。一看雲山繞淮甸。〔施註〕《文選》鮑明遠詩：登艫眺淮甸。

龜山

〔施註〕《九域志》：泗州盱眙縣龜山鎮。〔查註〕《宋書》：元嘉二十七年，遣臧質拒魏，遂於梁山築長圍城。《太平寰宇記》：梁山又改爲長圍山，在楚州西南盱眙縣北，即下龜山也。上有絶壁，下有重淵，宋文帝築城拒魏處。【誥案】此詩施編不誤，查註改編卷十八自徐赴湖時，誤甚。今復舊編，餘詳總案中。〔案〕總案云云，見《泗州僧伽塔》詩所引。

我生飄蕩去何求，〔王註〕杜子美《別贊上人》詩：我生苦飄蕩。【誥案】此句領起全章，即「去無所逐來無戀」意，確爲被出赴杭之作。若列守湖卷中，即大謬矣。再過龜山歲五周。〔施註〕韓退之《別知賦》：將歲行之兩周。【誥案】公自治平丙午秋中載喪歸蜀過此，至是熙寧辛亥九月再過，凡六年中，扣足五周，確不可易。餘分詳總案中。身行萬里半天下，僧卧一菴初白頭。【誥案】此聯謂五周之飄蕩，皆名場所致也，今再遇菴僧，頭已初白，而我之飄蕩正無已時，將頭白而止矣。如頭白而僅與此僧比肩，是反不如亦卧一菴也。不如是解，則此聯隨處可用，而本意緊接上文。王安石欲改日頭以對天下，蓋惡其作此等語，特意攪亂之，非不喻其旨也。地隔中原勞北望，〔施註〕《文選》曹子建《七啓》：游觀中原，逍遥閑宫。潮連滄海〔七四〕欲東游。【誥案】此聯是龜山地面層次，而詩乃借形勢以發揮，上句卽「浮雲蔽日」意，下句卽「乘桴浮海」意。皆有意運用空靈，故人不覺也。其下但借本地一事，輕輕一問作收，全篇並無弔古之意，并亦不暇弔古也。曉嵐解直是倭話。元嘉舊事無人記，故壘摧頹今在不？〔公自註〕宋文帝遣將拒魏太武，築城此山〔七五〕。〔施註〕元嘉，文帝紀年也。《文選》應休璉《侍五官中郎將建章臺》詩：毛羽日摧頹。【誥案】紀昀曰：霸業雄圖，尚有今昔之感，而況一人之身乎。前四句與後四句，映發有情，便不是弔古套語。

發洪澤，中途遇大風，復還

〔施註〕《九域志》：楚州淮陰縣洪澤鎮。〔查註〕《名勝志》：洪澤在清河縣東南六十里，湖長八十里。

風浪忽如此，吾行欲安歸。〔施註〕《晉·謝安傳》：與孫綽等汎海，風起浪湧，諸人並懼。安吟嘯自若，舟人以安爲悦，猶去不止。風轉急，安徐曰：「如此將何歸邪？」舟人承言卽回，衆咸服其雅量。掛帆却西邁，〔施註〕《文選》木元虚《海賦》：維長綃，掛帆席。〔合註〕傅亮《爲宋公至洛陽謁五陵表》：揚舲西邁。【誥案】謂逆風不可前，故順風而還也。此計未爲非。洪澤三十里，安流去如飛。〔王註〕《唐書·王義方傳》：道南海，酌水誓曰，四維廓氛，千里安流。李太白《巴女詞》詩：巴水急如箭，巴船去如飛。〔施註〕《楚辭·九歌·湘君章》：使江水兮安流。《文選》王仲宣

《從軍》詩：拓地三千里，往返速若飛。居民見我還，勞問亦依依。〔施註〕《文選》李少卿《答蘇武書》：望風懷想，能不依依。《後漢·馬援傳》：其意依依，嘗獨爲西州言。〔合註〕《後漢書·黄憲傳》：未及勞問。攜酒就船賣，〔施註〕杜荀鶴詩：就船買得魚偏美，踏雪沽來酒倍香。此意厚莫違。〔施註〕鄭嵎《津陽門》詩：今夕一尊君莫違。醒來夜已半，岸木聲向微。明日淮陰市，〔查註〕《水經注》：淮水又東逕淮陰縣故城北。《説文》：陰，水之南也。《太平寰宇記》：淮陰本漢舊縣，在楚州城西五十里，宋於此置北兗州，隋重置淮陰縣。白魚能許肥。〔王註次公曰〕白魚惟淮楚有之。杜子美《峽隘》詩：白魚如切玉。又《解悶》：溪友得錢留白魚。我行無南北，〔施註〕杜子美《別贊上人》詩：是身如浮雲，安可限南北。適意乃所祈。〔施註〕《文選·古詩》：眄睞以適意。何勞舞澎湃〔七六〕，〔施註〕《漢·司馬相如傳·上林賦》：八川分流，相背異態。洶湧澎湃，滭弗宓汩。終夜摇窗扉。妻孥莫憂色，更典篋中衣。〔王註〕韓退之詩：篋中有餘衣。

十月十六日〔七七〕記所見

風高月暗雲水黄，淮陰夜發朝山陽。〔查註〕《太平寰宇記》：楚州淮陰郡，理山陽縣，本漢射陽縣地，在射水之陽也。晉改射陽爲山陽。山陽曉霧如細雨，炯炯初日寒無光。〔施註〕《漢·于定國傳》：永光元年，春霜夏寒，日青無光。白樂天詩：白日冷無光，黄河凍不流。〔合註〕《廣雅》：炯炯，光也。雲收霧卷已亭午，〔施註〕白樂天《吴中好風景》詩：兩衙漸多暇，亭午初無熱。韓退之《游青龍寺》詩：須知節候即風寒，幸及亭午猶妍暖。有風北來寒欲僵。忽驚飛雹穿户牖，迅駛不復容遮防。市人顛沛百賈亂，〔合註〕《漢書·尹翁歸傳》：百賈歸之。

疾雷一聲如頹牆。〔施註〕《莊子・齊物論篇》：疾雷破山。《漢・司馬相如傳・上林賦》：乃命有司，隤牆填塹。使君來呼晚置酒，〔施註〕《史記・李斯傳》：置酒於家，百官長者皆前爲壽。【誥案】謂楚州守也。坐定已復日照廊。恍疑所見皆夢寐，百種變怪旋消亡。共言蛟龍厭舊穴，〔施註〕韓退之詩：天昏地黑蛟龍移，雷驚電擊雌雄隨。〔合註〕于公異露布：妖狐就擒，猶守舊穴。魚鼈隨徙空陂塘。〔合註〕《水經注》：水積之處，謂之陂塘。愚儒無知守章句，〔施註〕《漢・張湯傳》：博士狄山曰：「和親便。」上問湯，湯曰：「此愚儒無知。」《夏侯勝傳》：章句小儒，破碎大道。《後漢・徐防傳》：《詩》、《書》、《禮》、《樂》，定自孔子，發明章句，始於子夏。鮑照詩：愚儒守章句，未足識行藏。論説黑白推何祥。〔施註〕《漢・五行志》：言之不從，則有白眚、白祥；聽之不聰，則有黑眚、黑祥。《左傳・僖公十六年》：隕石於宋五。隕星也。六鷁退飛過宋都，風也。宋襄公問周内史叔興曰：「是何祥也，吉凶焉在？」惟有主人言可用，天寒欲雪飲此觴。

廣陵會三同舍，各以其字爲韻，仍邀同賦

劉貢父

〔施註〕劉攽貢父，天資滑稽，不能自禁。與王介甫素厚，迨當國亦屢謔之。雖每爲絶倒，然意終不能平也。初以館閣校勘同知禮院，與王介甫考開封試，因争小畜二音，語言往復，爲御史彈奏，罷禮院及考功矣。介甫又告神宗曰：「司馬光朝夕所與切磋者，乃劉攽、蘇軾之徒，觀近臣以其所主，所主者如此，其人可知也。」尋出倅海陵。貢父先已被劾，今又爲介甫所斥，故詩云：「夫子

少年時，雄辯輕子貢。爾來再傷弓，戢羽念前痛。」錢公輔，字君倚，時正在郡。「況逢賢主人，白酒撥春甕，竹西已揮手，灣口猶屢送」者，謂君倚也。〔合註〕《續通鑑長編》載：熙寧四年五月，錢公輔知揚州。先生十月過揚與之相會也。

去年送劉郎，醉語已驚衆。〔施註〕《文選》顏延年詩：長嘯若懷人，越禮自驚衆。【誥案】即前《送倅海陵》一篇也。如今各飄泊〔七八〕，〔施註〕《文選》謝靈運《擬鄴中詩序》：汝、潁之士，流離世故，頗有飄泊之歎。杜子美詩：如今飄泊將安用。筆硯〔七九〕誰能弄。〔施註〕《唐·祖君彥傳》：弄筆生有餘罪。韓退之《寄盧仝》詩：往年弄筆嘲同異，怪辭驚衆謗不已。我命不在天，〔王註〕《書·西伯戡黎》云：我生不有命在天。羿彀未必中。〔施註〕《莊子·德充符篇》：游於羿之彀中，中央者中地也，然而不中者命也。作詩聊遣意，老大慵譏諷。夫子少年時，雄辯輕子貢。〔施註〕《史記·仲尼弟子傳》：子貢利口巧辭，孔子常黜其辯。杜子美《飲中八仙歌》：焦遂五斗方卓然，高談雄辯驚四筵。爾來再傷弓，〔施註〕《文選》諸葛孔明《出師表》：爾來二十有一年矣。《荀子》：傷弓之鳥，見曲木而驚。〔合註〕《晉書·前秦載記》：鄧羌説黃眉曰：「傷弓之鳥，落於虛發。」戢翼念前痛。〔施註〕《毛詩·小雅·鴛鴦》：鴛鴦在梁，戢其左翼。《戰國策》：更羸與魏王處京臺之下，有閒雁從東方來，更羸以虛發而下之。魏王曰：「射可至此乎？」更羸曰：「此孽也。」其飛徐而鳴悲。飛徐者，故瘡痛也。鳴悲者，久失羣也。故瘡未息，而驚心未去也。聞弦音烈而高飛，故瘡隕也。」廣陵三日飲〔八〇〕，〔查註〕《太平寰宇記》：淮南道揚州廣陵郡，州城置在陵上，一名崑崙岡。漢爲江都國，隋開皇九年改揚州，唐天寶元年，改爲廣陵郡，本朝爲大都督府，治江都縣。西北至東京一千九百四十里。相對恍如夢。〔施註〕杜子美《羌村》詩：夜闌更秉燭，相對如夢寐。況逢賢主人，〔王註〕李太白《江夏贈韋南陵冰》詩：山公醉後能騎馬，別是風流賢主人。杜子美《白水縣崔少府十九翁高齋》詩：始知賢主人，贈此遣愁寂。〔施註〕《文選》王仲宣《公燕》詩：願我賢主人，與天享巍巍。【誥案】指錢公輔也。白酒潑春甕〔八二〕。〔合註〕《周禮》：酒正辨三酒之物，二曰昔酒。註：今之酋久白酒。竹西已揮手，〔施註〕《文選》劉休玄《擬古》詩：揮手從此辭。灣口猶屢送。〔王註次公曰〕杜牧之《題禪智寺》詩：誰知竹西路，歌吹是揚州。灣口，則揚州地志載之。〔查註〕《寶祐維揚志》：竹西亭，在禪智寺前官河北岸，取杜牧之詩語也。《名勝志》：茱萸溝在江都縣東北十里，從合瀆渠，東過茱萸埭七十里，至岱石湖，又西四里對張綱溝，入海陵縣界。阮昇之記謂：吳王濞開邗溝，通運，至海陵倉北，有茱萸村云。《揚州志》：茱萸灣，俗名灣口，亦曰灣頭。羡子去安閑，吾邦正喧鬨。〔施註〕《揚子》：一鬨之市。〔查註〕《烏臺詩案》：熙寧四年十月內，赴杭州通判，到揚州。有劉攽并館職孫洙、劉摯皆在本州，偶然相聚數日，別後作詩三首，各用逐人字爲韻。內寄攽詩「羡子去安閑，吾邦正喧鬨」，言杭州監司所聚，初行新法，事多不便也。

孫巨源

〔施註〕孫巨源，名洙，廣陵人。未冠，擢進士第。歐陽公、吳文肅舉應制科進策，指陳政體，韓忠獻讀之，太息曰：「今之賈誼也。」在諫院時，王介甫行新法，多逐諫官御史，巨源心知不可，而鬱鬱不能有所言，但懇乞補外。知海州。既會於此，東坡與劉貢父、劉莘老皆坐論新法以去。巨源既同舍，雅相厚，又居諫省，而此詩云「終歲不及門」，則異趣可見。又用柳子厚王孫猿事，終以「子通真巨源，絕交固未敢」之句，其責之深矣。子由亦和此詩云：立談信無補，閉口出國門。然東坡與巨源交契甚厚，既別於海州景疏樓，後懷巨源，作《永遇樂》詞以寄。元祐間，同子由微雪訪王定國，子由言昔與巨源同過定國，感念存没，爲之悲歎。〔查註〕《宋史》本傳：孫洙同知諫院，神宗主王安石新法，洙知不可，而鬱鬱不能有所言，但力求外補，得知海州。免役法行，常平使者欲加斂取贏，洙力争之。尋勾當三班院，進知制誥，自直學士擢翰林學士。時參知政事缺，將用之，竟卒。【誥案】是時公與貢父、莘老皆以攻法被出，風節凛然，獨巨源在座，隤靡不振，可想見其慚然不終日矣。諫院如是，將焉用此言官爲。公素與之厚，故勖之以義，然巨源究以求去自全，與紛然希進者不同，終不失爲君子，故云「絶交固未敢」也。子由詩與公同旨。其後巨源在海州，與使者力争免役，皆此詩一激之力。此與韓愈責陽城大畧相似，世爲之解者，未嘗以陽城爲小人也。查註乃引陳訏曲説，謂施註以巨源爲小人，誤甚。至施註謂公後登景疏樓懷巨源作《永遇樂》詞，其説亦謬。今分别删正，餘詳卷十三總案《永遇樂詞》條下。〔案〕總案卷十三熙寧八年正月「永遇樂詞」條下云：此詞有「别來三度，孤光又滿」句，乃與巨源相别三月，而客至東武，爲道巨源寄語，故作此詞。時巨源以同修起居注知制誥召還，計其必已自淮入京，故又有「而今何在，西垣清禁」及「此時看回廊曉月」等句，道其鎖宿之情事也。此詞作於乙卯正月。

三年客京輦，〔施註〕《後漢・周舉傳》：出入京輦，有欽哉之績。憔悴難具論。〔施註〕《楚辭》劉向《九歎》：憂憔悴而無樂。《文選》謝靈運《入彭蠡》詩：風潮難具論。揮汗紅塵中，〔施註〕《史記・蘇秦傳》：揮汗成雨。班孟堅《西都賦》：紅塵四合，煙雲相連。但隨馬蹄翻。人情貴往返〔二〕，不報生禍根。坐令平生友，〔施註〕韓退之《感春》詩：心懷平生友，莫一在燕席。終歲不及門。南來實清曠，〔施註〕《宋・謝靈運傳・山居賦》：捷清曠於山川。

但恨無與言。不謂廣陵城，得逢劉與孫。異趣不兩立，〔施註〕韓退之詩：與衆異趣誰相親。〔合註〕《戰國策》：燕、秦不兩立。譬如王孫猿。〔施註〕柳子厚《憎王孫文》：猿、王孫居異山，德異性，不能相容。猿之德静以常，王孫之德躁以囂，雖羣不相善也。吾儕久相聚，〔施註〕《左傳·襄公十七年》：宋子罕曰：「吾儕小人，皆有闔廬，以避燥濕寒暑。」《漢·張良傳》：恐見疑過失及誅，故相聚而謀反耳。恐見疑排根。〔施註〕《漢·灌夫傳》：竇嬰失勢，亦欲倚夫引繩排根生平慕之後棄者。孟康曰：根，音痕，欲引繩以彈排擯根格之也。我褊類中散，【誥案】既有此句，可見通篇皆責詞也。施註解並不誤，查註駁之誤甚。子通真巨源。〔施註〕《晉·嵇康傳》：初婚魏宗室，拜中散大夫。山濤將去選官，舉康自代，康與濤書告絶。康作《幽憤》詩曰：惟此褊心，顯明臧否。又《與山濤絶交書》云：足下傍通，多可而少怪。書見《文選》。山濤，字巨源。絶交固未敢，且復東南奔。〔施註〕唐沈傳師《嶽麓寺》詩：承明年老輒自論，乞得湘守東南奔。

劉莘老〔八三〕

〔施註〕劉莘老，名摯，永静東光人。中甲科。韓忠獻薦除館閣校勘，王安石一見器異之，擢檢正中書禮房，非其好也。纔月餘，爲監察御史，即奏論亳州青苗獄，謂小人意在傾摇富弼，今弼已得罪，願少寬之。自此極論新法，章數上，中其要害。中丞楊繪亦言其非。安石使曾布作《十難》折之。仍詰兩人向背好惡之情，繪懼謝罪。莘老獨奮曰：「爲人臣豈可壓於權勢，使天子不知利害之實。」即條對所難，以伸其説。若謂向背，則臣所向者義，所背者利，所向者君父，所背者權臣。安石大怒，將竄嶺外。上不聽，監衡州鹽倉。安石始爲小官，不汲汲於仕進，屢辭官不就，由是名重天下，士大夫恨不識其面。後除知制誥，自是乃不復辭。初，安石黨友傾一時，造作言語，以爲幾於聖人，至是遂以其學亂天下。先生詩云：「士方在田里，自比渭與莘。出試乃大謬，芻狗難重陳。」謂此也。治平丙午夏，奉老蘇公喪，舟行歸蜀道江陵，而莘老正在荆州幕府，故云「江陵昔相遇，幕府稱上賓」，此會蓋去御史謫衡陽時也。〔合註〕《續通鑑長編》載劉摯監衡州鹽倉事，在熙寧四年七月。先生作詩，正摯道經廣陵時也。【誥案】劉摯在熙寧間，頗著風節，大有虎變豹變氣象。其後入相元祐，則結死黨排善類，援引小人，陰納姦臣邢恕、章惇，以爲囊槖。且邢恕乃程伊川門人，亦伊川之所薦。摯既與恕厚善，曷不少爲伊川地而務欲首攻逐之乎。觀摯後之所爲，又無異犬羊之鞹矣。

江陵昔相遇，〔施註〕《唐・地理志》：江陵本荆州南郡，天寶元年更郡名。幕府稱上賓。〔王註〕《晉書》：郄超在桓温幕下。謝安曰：「郄生可謂入幕之賓。」〔施註〕《漢・馮唐傳》：上功幕府。〔查註〕《東都事畧》：摯初舉進士，調知南宮縣，徙江陵府觀察推官。再見明光宮，〔王註〕《前漢・武帝紀》：太初四年秋，起明光宮。《元后傳》：成都侯商病，欲避暑，從上借明光宮。師古曰：《黄圖》云，在城中，近桂宮。《三秦記》曰：明光殿以金爲戺，以玉爲階。〔施註〕《漢武故事》：上起明光宮，發燕趙美女二千人充之。杜子美《十二月一日》詩：明光起草人所羨。峨冠挹搢紳〔四〕。〔王註〕韓退之詩：峨峨進賢冠。〔施註〕韓退之《赴江陵》詩：復聞顛夭輩，峨冠進鴻疇。《史記・封禪書》：搢紳者不道。李奇註曰：搢，插笏於紳。紳，大帶。如今三見子，坎坷爲逐臣。〔施註〕《戰國策》：梁之大盜，趙之逐臣。朝遊雲霄間，欲分丞相茵。〔王註〕《漢・酷吏周陽由傳》：汲黯爲忮，司馬安之文惡，俱在二千石列，同車未嘗敢均茵馮。〔施註〕《漢・丙吉傳》：馭吏醉嘔丞相車上。吉曰：「第忍之，不過污丞相車茵耳。」暮落江湖上，〔施註〕韓退之《赴江陵》

詩：朝爲青雲士，暮作白首囚。遂與屈子鄰。〔施註〕《楚辭・離騷序》：遷之江南。〔查註〕《烏臺詩案》：贈劉摯詩「暮落江湖上，遂與屈子隣」，意謂屈原放逐潭湘之間而非其罪，今摯亦謫官湖南，故言與屈子相隣近也。緣是時聞説摯爲言新法不便責降，既以屈原非罪比摯，即是謂摯所言爲當也。了不見愠喜〔五〕，〔施註〕《晉・嵇康傳》：王戎自言與康居山陽二十年，未嘗見其喜愠之色。子豈真可人。〔施註〕《晉・桓温傳》：嘗行經王敦墓，曰：「可人可人。」邂逅成一歡〔六〕，〔施註〕《毛詩・鄭風・野有蔓草》：邂逅相遇，適我願兮。醉語出天真。〔施註〕杜子美《寄李白》詩：劇談憐野逸，嗜酒見天真。士方在田里，自比渭與莘。〔施註〕《史記・齊世家》：西伯獵，遇太公於渭之陽。《孟子》：伊尹耕於有莘之野。出試乃大謬，〔施註〕《漢・司馬遷傳・報任安書》：事乃有大謬不然者。〔合註〕《漢書・劉向傳》：出而試之。芻狗難重陳。〔施註〕《莊子・天運篇》：芻狗之未陳也，盛以篋衍，巾以文繡，尸祝齋戒以將之；及其已陳也，行者踐其首脊，蘇者取而爨之。〔查註〕《烏臺詩案》：莊子詆毁孔子之言，皆先王之陳迹，譬如已陳之芻狗難再陳也。軾意以譏執政大臣在田里時，自比太公、伊尹，及出而試用，大謬戾，當便罷退，不可再施用也。歲晚多霜露，歸耕當及辰。〔施註〕《前漢・夏侯勝傳》：學經不明，不如歸耕。《文選・古詩》：爲樂當及時，何能待來兹。

卷六校勘記

〔一〕有才　集甲作「有材」。

〔二〕夾溪谷　集甲作「隔溪谷」。

〔三〕平泉　類丙作「平原」。合註謂諸本作「平原」，非是。集甲作「平泉」。類甲亦作「平泉」。

〔四〕常念馳　類本作「嘗念馳」。
〔五〕子爲誰　集甲、集註、類本作「子謂誰」。
〔六〕何能　集甲、集註、類本作「何年」。
〔七〕勾漏　集甲作「岣嶁」。合註謂「岣嶁」誤。
〔八〕銜殘雪　集甲、集註、施乙、類本作「騎銜雪」。
〔九〕東陽佳山水　查註、合註謂《烏臺詩案》（以下簡稱《詩案》）作「平生好山水」。
〔一〇〕愴恨　集註、類本作「愴恨」。
〔一一〕坐邇英　合註謂《詩案》作「伏延英」。
〔一二〕邇英閣名　集甲、施乙無此條自註。集註、類本有。
〔一三〕敢不　集註、類本作「不敢」。
〔一四〕莫誇　集註、類本作「休誇」。何校同。
〔一五〕齒牙　集甲、集註、施乙、類本作「牙齒」。
〔一六〕開不開　查註作「開未開」。
〔一七〕緑筠亭　集甲、施乙、類本作「次韻子由緑筠堂」。
〔一八〕會聽　集甲、集註、施乙、類本作「會聽」，今從。原作「會取」。
〔一九〕不暇　集甲、集註、類本作「不復」。
〔二〇〕如期　合註謂「如」一作「無」。

〔二一〕本是　集甲、集註、施乙、類本作「本自」。

〔二二〕君知　此處，集註、類丙作「知君」。

〔二三〕解我愁　類本作「消我愁」。

〔二四〕知未厭　集甲、集註、類本作「如未厭」。

〔二五〕待約　此處，集註、類本作「但約」。

〔二六〕掀豗　合註謂「豗」一作「逐」。

〔二七〕平生　集甲、集註、類本作「平時」。

〔二八〕儻蕩　查註、合註謂《苕溪漁隱叢話》（以下簡稱《叢話》）作「倜儻」。

〔二九〕却理　查註作「久理」，謂《叢話》作「却理」。施乙作「却理」。

〔三〇〕轗軻　集註、類本作「坎軻」。

〔三一〕從翻玉連鎖　集註、類本「從翻」作「翻從」。集甲、類丙「鎖」作「瑣」。

〔三二〕賦罷　合註謂「賦」一作「舞」。

〔三三〕次韻子由初到陳州二首　集甲、集註、施乙、類本「次韻」作「和」，「州」後有「見寄」二字。集甲、集註題下原註：次韻。

〔三四〕杉松　集註、類丙作「松杉」。

〔三五〕我今　集甲、集註、施乙、類本作「吾今」。

〔三六〕本自　集甲、集註、施乙、類本、查註作「本自」，今從。原作「本是」。合註作「本是」，不知所本。

〔三七〕與寸刃　集註、類本作「當寸刃」，合註謂誤。集甲、施乙作「與寸刃」。
〔三八〕惟吾　集甲、施乙、類本作「惟我」。
〔三九〕名姓　集甲作「姓名」，集註、類本作「姓字」。
〔四〇〕有感於余心者　集註、類本無「者」字。
〔四一〕玉篇水源枝注江海邊曰浦　原無「玉篇」二字，「注江」作「註云」，今訂補。
〔四二〕尚熹微　類本作「向熹微」。
〔四三〕溶漾　施乙作「容漾」。
〔四四〕譏評　集甲、集註、類本原註：評，去聲。
〔四五〕抱旌旄　集甲作「把旌旄」。
〔四六〕鯈濠　集甲作「鯈濠」。集註、類本作「鯈濠」。
〔四七〕闤府　原作「闠府」，今從集甲、集註、施乙、類本。
〔四八〕傅堯俞濟源草堂　盧校：此詩亦載《山谷集》。何校同。
〔四九〕倉黃求買百金無　施乙「求買」作「欲買」，集甲、集註、類本「百金」作「萬金」。
〔五〇〕次韻柳子玉過陳絕糧二首　集甲作「和柳子玉過陳絕糧」，「糧」下原注：次韻二首。集註、類本作「和柳子玉過陳絕糧次韻二首」。
〔五一〕顏公　集甲、集註作「顏翁」。
〔五二〕試問於今底處虧　集甲、類本「於今」作「於君」，集甲、集註、類本「底處」作「底事」。

〔五三〕齊物志　集甲、施乙作「齊物意」。
〔五四〕成何事　類丁作「知何事」。
〔五五〕壽夭　七集作「夭壽」。
〔五六〕雪嶺　集註、類丙無「雪」字。
〔五七〕不老　集甲、集註、施乙、類本作「不長」。
〔五八〕煙霏　集註、類本作「煙飛」。
〔五九〕物像　原作「物象」。盧校：「物像」，施註註文引《杜甫墓誌》作「物像」，今從。
〔六〇〕離别　集註、類本作「别離」。
〔六一〕語此　集甲、集註、類本作「悟此」。何校同。
〔六二〕十月　集註、類本作「十二月」。
〔六三〕久矣　集甲、集註、類本作「久已」。
〔六四〕聊一噫　集註、類本作「留一噫」。
〔六五〕出潁口初見淮山是日至壽州　《安徽通志稿古物考稿》卷十四收此詩石刻，乃據施註所云之墨蹟刻出者，文字與施註全同。
〔六六〕長淮　集甲、集註、類本作「平淮」。
〔六七〕此地　集註、類本作「北地」。
〔六八〕黄能　集註、施乙、類本作「黄熊」。

〔六九〕卽墓爲堂也　集甲、施乙無「也」字。

〔七〇〕死便埋　集甲、集註作「死更埋」。

〔七一〕只有　集註、類本作「獨有」。

〔七二〕記今存　原脱「記」字，據施乙補。

〔七三〕今我　集甲、集註、施乙作「我今」。

〔七四〕滄海　集註、類乙作「蒼海」。

〔七五〕宋文帝云云　集註、類本謂爲趙次公註。

〔七六〕舞澎湃　集甲、集註、施乙、類本作「弄澎湃」。

〔七七〕十六日　集註、類本無「十」字。

〔七八〕飄泊　集甲、集註、施乙、類丙作「漂泊」。查註亦作「漂泊」。

〔七九〕筆硯　集註、類丙作「筆研」。「硯」、「研」通。

〔八〇〕三日飲　集註、類本作「三日語」。

〔八一〕潑春甕　集甲、集註、施乙、類甲作「撥春甕」。

〔八二〕貴往返　集甲作「責往返」。

〔八三〕劉莘老　類本「老」字下原註：劉丞相摯。

〔八四〕挹搢紳　集註、類本作「揖搢紳」。

〔八五〕慍喜　集甲、集註、施乙、類本作「喜慍」。

〔八六〕成一歡　集註、類甲作「成二歡」。